HERA LIND | Schleuderprogramm

HERA LIND
Schleuderprogramm

Roman

Verlagsgruppe Random House FSC-DEU-0100
Das für dieses Buch verwendete
FSC-zertifizierte Papier *Munken Premium Cream*
liefert Arctic Paper Munkedals AB, Schweden.

Copyright © 2007 by Diana Verlag, München,
in der Verlagsgruppe Random House GmbH
Herstellung | Helga Schörnig
Satz | Leingärtner, Nabburg
Druck und Bindung | GGP Media GmbH, Pößneck
Alle Rechte vorbehalten
Printed in Germany

ISBN 978-3-453-35137-0

Für meinen Mann

1

»Nebenan ist ein Anruf für Sie.«

»Nicht jetzt, Menschenskind!«

»Es ist Ihr Großvater!«

»Mein ... Großvater? – *Jetzt?*«

»Tut mir leid. Er sagte, es sei dringend.«

Zitternd begebe ich mich in den Probensaal, wo der Hörer auf dem Tisch liegt.

»Großvater?«

»Ja.«

»Hallo! Wie geht es dir?«

»Schlecht.«

»Großvater, ich habe gleich Premiere, kann sich Frau Bär um dich kümmern?«

»Nein.«

»Warum nicht?«

Schweigen.

Angespannt presse ich den Hörer ans Ohr.

»Großvater? Ich hör dich ganz schlecht, hier ist so ein Lärm, ich bin im Festspielhaus, und eigentlich dürfen wir so kurz vor dem Auftritt keine Anrufe mehr entgegennehmen ... Also *warum geht es dir schlecht?*«

Schweigen. Dann, in Verbindung mit einem Seufzer: »Frau Bär ist wohl tot.«

»Wie, Frau Bär ist wohl tot? Ich meine, ist das eine vage Vermutung, oder ist sie tot im Sinne von tot?«

Seufzen. Dann: »Sie bewegt sich nicht mehr.«

Okay. Keine Panik. *Keine Panik.* Das kriegen wir hin. Sie schläft vielleicht nur. Ich meine, so eine Haushälterin muss sich ja auch mal ausruhen. Besonders wenn sie einen so schwierigen Pflegefall wie meinen Großvater hat. Seit fünf Jahren ist Frau Bär rund um die Uhr für ihn da. Und sie ist ja auch nicht mehr die Jüngste. Ich hole tief Luft:

»Wo ... ist sie denn?«

»Auf dem Sofa.«

»Na also. Großväterchen!« Ich lache erleichtert auf. »Die macht ein Schläfchen!«

»Nein.«

»Nein? Sie macht ... kein ... Was macht sie denn?«

»Sie atmet nicht.«

»Seit wann?!« Mir bricht der Schweiß aus.

»Seit heute Morgen.«

»Seit heute Morgen sitzt sie auf dem Sofa und atmet nicht?«

»Nein.«

Also für Eingeweihte ist die Sache klar. Leute, die stundenlang auf dem Sofa sitzen und dabei nicht atmen, sind in der Regel tot.

Und da Großvater nur noch mich hat, weil meine Eltern vor vielen Jahren bei einem Autounfall ums Leben gekommen sind und Großmutter auch schon lange im Nirwana weilt, hat Großvater mich angerufen.

Aber ich will das nicht wahrhaben. Nicht hier und nicht jetzt.

In drei Stunden kann die meinetwegen tot sein, aber nicht vor der *Carmen*-Premiere. Nicht vor *meinem* großen Auftritt!

Ein letzter Hoffnungsschimmer keimt in mir auf.

»Großvater? Rüttel sie doch mal.«

Ist das ein guter Vorschlag? Wenn sie wirklich tot ist, kippt sie jetzt womöglich kopfüber auf den Glastisch.

Es kommt jetzt nur darauf an, ruhig weiterzuatmen. Ich nestle den Hörer aus der schwarzlockigen Zigeunerinnenperücke, die mir die Maskenbildnerin gerade mit viel Geduld und Spucke aufgesetzt hat, und reiße mir den klappernden Riesenohrring wieder ab. Man versteht ja sein eigenes Wort nicht mehr.

»So, Großvater. Jetzt noch mal von vorn. Du sagst also, sie bewegt sich nicht mehr.«

Die Tür fliegt auf und Dutzende von geschminkten und verkleideten Darstellern sowie Musikern im Frack strömen aufgeregt in den Saal. Um mich herum setzt freudiges Gefiedel und Geflöte ein. Premierenfieber. Normalerweise liebe ich das. Dieser Adrenalinschub. Aber doch nicht jetzt, Leute! Ruhe doch mal!

Ich presse den Hörer ans Ohr.

»Großvater? Bist du noch da?«

Am anderen Ende der Leitung entsteht eine lange Pause.

»Großvater?« Meine Stimme klingt leider hysterisch statt tonrein.

»Ja.«

»Ist sie ... wirklich und unmissverständlich ... tot?«

Schweigen. Ich werde wahnsinnig.

Ich presse den Hörer an mein Ohr, bis er sich beinahe daran festsaugt.

»Großvater?! Bist du noch dran?«

Pause, dann: »Ja.«

»Aha.« O Gott, bitte. Bitte alles, aber nicht das.

Mein Herz rast und hämmert, der kalte Schweiß steht mir auf der Stirn. Die gepuderten Perücken um mich herum bewegen sich wie in Zeitlupe, die staubigen Kostüme, die Schminke, die Kollegen. Das geschäftige Gewusel, das Lampenfieber, die letzten Klänge von den sich einspielenden Orchestermitgliedern.

Neben mir bläst einer rücksichtslos in sein Fagott, als ob ich hier nur zum Spaß telefonieren würde. Und der Don Escamillo schmettert keine zwei Meter neben mir: »Auf in den Kampf, Toreheheherooo!« Die Kinder vom Chor toben aufgeregt durcheinander, der Chordirektor klatscht in die Hände, der Inspizient mustert mich besorgt.

»Frau Bär ist ... also wirklich und unmissverständlich ... tot?«, brülle ich in den Krach hinein. Als wenn sie davon wieder lebendig würde.

»Ja«, kommt es ganz leise und kraftlos aus dem Hörer.

Ich atme so tief ich kann in meinen bebenden und hämmernden Brustkorb.

Wilde Stiche durchzucken meine Schläfen, Adrenalin schießt mir bis in die Fußspitzen.

Frau Bär.

Aber das kann doch gar nicht sein. Wir haben doch erst gestern telefoniert, sie hat mir noch Toi, toi, toi gewünscht für meine Premiere und sagte, sie würde sich die Übertragung im Fernsehen ansehen.

Opas geliebte alte treue Frau Bär kann doch nicht einfach ...

Obwohl, ihr Herz hatte schon häufig verrückt gespielt ...

Sie wollte nur noch den Großvater überleben, hat sie immer gesagt.

Ja, ohne Frau Bär ist mein Großvater ...

Hilflos. Aufgeschmissen.

Ich weiß nicht, ob ich es schon erwähnt habe: Mein Großvater sitzt im Rollstuhl!

Sie kann doch nicht einfach so sterben! Ich meine, doch nicht *jetzt*! Nicht in *diesem Moment*!

»Orchester, bitte auf die Plätze! Die Vorstellung beginnt in fünfzehn Minuten!«

Die Stimme des Inspizienten erreicht mich wie durch eine dicke Wattewolke.

Ich presse das Telefon ans Ohr und fahre mir mit der anderen Hand wie wild durch die lange schwarze Perücke, unter der mir so unerträglich heiß geworden ist.

Okay. Ruhe bewahren. Keine Panik. Mir fällt schon was ein. In fünfzehn Minuten kann man viel organisieren. Das haben wir gleich.

Außerdem fangen sie ohne mich nicht an. Hahaha, das nenn ich Galgenhumor.

»Großvater?! Wer ist denn jetzt bei dir?!«

Ich meine, außer der toten Frau Bär?, denke ich. Mich friert, und alle Härchen auf meiner Haut stehen senkrecht.

Lange Pause.

»Niemand.«

Aha, niemand also.

Okay. Das muss ich jetzt mal kurz überdenken.

Zwischen uns liegen siebenhundert Kilometer, aber ich werde das jetzt hier regeln. Es ist ja nicht so, dass ich keine Erfahrung im Improvisieren habe, als um die Welt reisende Opernsängerin und geschiedene Mutter von zwei Kindern.

»Großvater, warte, das haben wir gleich. Ich lass mir was einfallen!«

Ich schaffe das. Ich bin eine starke Frau.

»Was ist denn mit den Renners von nebenan?«, frage ich so sachlich wie möglich. Okay, ich weiß, dass Renners und mein Großvater seit dreißig Jahren nicht mehr miteinander reden, aber es gibt Situationen, in denen kann man ja mal eine Ausnahme machen.

Langes Schweigen.

»Hallo, Großvater?!« Mein Gott, was *brüllen* die hier alle so! Wenn dieses verdammte Telefon nicht fest installiert wäre, könnte ich es mit in meine Garderobe nehmen, aber hier sind wir im Chorsaal!

»Die sind im Urlaub.«

»Und die anderen Nachbarn? Hermanns?!« Ich werde langsam hysterisch.

»Die sind auf den Festspielen.«

Ich möchte weinen. Die Hermanns, die den Schlüssel zum Reihenhaus meines Großvaters in Oer-Erkenschwick haben, sitzen jetzt hier im Festspielhaus und scharren mit den Füßen, weil sie mich sehen wollen, Ella Herbst, das einstige Mädchen von nebenan, das es zur erfolgreichen Sängerin gebracht hat. O Gott, denke ich. Bitte, Gott. Vorhang. Ende des ersten Aktes. Pause.

Irgendwas. Denk dir was aus. Du führst doch sonst immer so genial Regie. Fast völlig pannenfrei. Also, Pannen gab es schon viele, aber doch keine *Katastrophe*!

»Frau Herbst? Sie müssten jetzt auflegen«, sagt mir der Inspizient, der besorgt auf mich herabsieht. »Sie müssen auf die Bühne.«

»Hat sie die Kastagnetten?«, brüllt er nach hinten. »Wo sind die verdammten Kastagnetten?«

»Was ist mit dem Roten Kreuz?«, schreie ich in den Hörer. »Ärztlicher Notdienst?!«

Jemand bringt diensteifrig die Kastagnetten und hält sie mir kokett klappernd vor die Nase. Nicht doch! Ich winke verzweifelt ab. »Großvater?«

Pause. Schweigen.

Jemand anders reicht mir ein Glas Wasser.

»Großvater?!« Ich spüre, wie mir das Glas aus der schweißnassen Hand rutscht. Wasser spritzt auf mein Kostüm. Ich fasse mir zitternd an den Hals. Wie soll ich gleich singen?

Wie soll ich gleich auf dem Tisch tanzen, barfuß, mit Kastagnetten in den Händen, die Hüften schwingen und »tralalalala – die Liebe ist wie ein bunter Vogel« gurren? Vor laufender Fernsehkamera, vor dem anspruchsvollen Festspielpublikum, vor der ... *Welt*? Während mein Großvater neben seiner toten Haushälterin im Reihenhaus in Oer-Erkenschwick sitzt?

Ich *kann* nicht.

Ruhig werden. Durchatmen. Keine Panik. Eins nach dem anderen. Jetzt gehe ich auf die Bühne und singe. Das ist der Auftritt meines Lebens.

Gleich morgen früh werde ich nach Düsseldorf fliegen.

Die zweite Vorstellung kann auch jemand anders singen. Die Russin, wenn es sein muss.

Nein. Jetzt nicht darüber nachdenken. Für diese Rolle habe ich mein Leben lang gekämpft. Sie ist mein absoluter Lebenstraum. Und der wird sich in zehn Minuten erfüllen.

Wen kann ich denn jetzt verdammt noch mal anrufen?

Ich räuspere mich.

»Und die Hengstenbergs von gegenüber?« Ich weiß, dass er die nicht leiden kann, weil sie seiner Meinung nach Proleten sind. Aber da muss er jetzt eben mal über seinen Schatten ...

»Da sind seit Tagen die Rollläden runter.«

»Die Caritas? Essen auf Rädern?!«

»Ja.«

»Da müssen doch irgendwelche Nummern am Küchenbrett hängen! Frau Bär hat doch immer alle Nummern aufgeschrieben, für den Notfall ...!«, kreische ich ins Telefon.

»Ja.«

»Kannst du die wählen?«

Pause.

»Großvater! Kannst du jetzt die Notfallnummer wählen? Was für Nummern stehen denn am Schwarzen Brett?«

Pause. Seufzen. Dann: »Deine.«

Jemand schiebt mir einen Stuhl in die Kniekehlen.

Mein Gott, wie ich mich schäme. Ich kann doch meinen Großvater jetzt nicht im Stich lassen!

Mein Mund schmeckt nach totem Biber.

»Frau Herbst?!« Der Inspizient hat den Dirigenten geholt. Beide reden auf mich ein, aber ich sehe nur, wie sie ihre Münder auf- und zumachen, wie Fische im Aquarium. Kein Ton von dem, was sie sagen, dringt zu mir durch.

Plötzlich durchzuckt mich ein sehr klarer, sehr realer Gedanke.

Die große Uhr über der Garderobentür zeigt sieben Minuten vor sechs.

Es klingelt zum zweiten Mal.

Die Geräuschkulisse um mich herum hat sich zu einem unangenehmen Dauerton in meinem Innenohr verdichtet. Es dröhnt und scheppert und pfeift und rauscht.

Wie durch dicken Nebel sehe ich jetzt Dieter Fux in die Garderobe stürmen, meinen Manager. Er hat rote Flecken am Hals und zupft nervös an seiner Krawatte.

Die Menschen, die sich besorgt um mich scharen, reden auf ihn ein. Er wird puterrot, der Schweiß steht ihm auf der Stirn, er rauft sich die Haare, brüllt mich an, dass ich jetzt sofort meinen Arsch auf die Bühne bewegen soll, um meinen Opa könne sich doch irgendein Wehrdienstverweigerer oder eine barmherzige Tante kümmern, der sei doch jetzt wirklich nicht unser Problem!

Da sehe ich in der amorphen Masse derer, die sich um mich scharen, ganz deutlich das liebe, gütige Gesicht von Frau Bär. Sie nickt mir aufmunternd zu.

Plötzlich durchzuckt mich ein sehr klarer, sehr realer Gedanke. Ich frage mich, was ich hier eigentlich noch mache.

Mit einer ruckartigen Bewegung reiße ich mir die Perücke vom Kopf.

2

Im »Stillen Frieden« ist es so harmonisch, als hätten Jürgen und ich uns nie getrennt. Wir sitzen mit Großvater und den Kindern beim Essen und unterhalten uns so freundschaftlich und nett wie immer.

»Und die *Carmen* hast du nun abgesagt?«, erkundigt sich Jürgen lächelnd und trinkt einen Schluck Kaffee.

»Abgesagt trifft es nicht ganz«, muss ich zugeben. »Abgehauen kommt der Sache schon näher.« Die Diva sackt schuldbewusst in sich zusammen.

Das war zwar ein bühnenreifer Abgang, aber leider nicht auf der Bühne.

Vom Manager Dieter Fux seitdem kein Wort. Ich schätze, der ist beleidigt.

Dafür viele liebe Worte von meinem mich bestimmt immer noch liebenden Ex.

Ich meine, ich liebe ihn ja auch immer noch. Irgendwie.

»Es hat ja diese junge Russin gesungen.«

»Ja.« Plötzlich bin ich so einsilbig wie Großvater, der bleich und wächsern am Tischende hockt und ins Leere starrt.

»Die hat ja ganz tolle Kritiken gekriegt.«

»Hm.«

Jürgen weiß immer alles, bevor der Rest der Welt es weiß.

Mit Sicherheit hat er schon heute Morgen um sechs seine Nase ins Internet gesteckt. Damit er mir von den tollen Kritiken berichten kann. Wie gesagt, meine Gefühle für Jürgen sind immer noch … dieselben wie früher.

Ich versinke erst mal in meinem Glas.

Das ist eines meiner schlimmsten Laster: Ich trinke wahnsinnig gern Champagner. Das Zeug hilft erstens gegen Lampenfieber und verleiht einem zweitens bis tausendstens auch in anderen Situationen das Gefühl, dass das Leben schön ist.

Auch wenn es das manchmal gar nicht ist.

Wie jetzt zum Beispiel.

»Die soll ja noch blutjung sein«, setzt Jürgen das unerfreuliche Thema mit hassenswerter Penetranz fort. »Und bildhübsch.«

Bestimmt hat er sich sämtliche Fotos von ihr runtergeladen.

»Kann schon sein«, murmle ich verdrossen. Ich bin in Trauer. Wie soll ich mich für eine junge Kollegin freuen, die den plötzlichen Herztod der Pflegerin meines Großvaters für ihren Karrieresprung benutzt hat? Das ist doch im höchsten Grade unmoralisch!

»Mama, die sieht echt geil aus«, mischt sich Robby mit überkieksender Stimme ein. »Voll die langen schwarzen Haare und die supergute Figur.«

Ich werde mich doch nicht aus der Fassung bringen lassen. Von einem pubertierenden Rotzbuben, der auch noch mein Sohn ist. Also unser Sohn, um der Wahrheit Genüge zu tun.

»Das hier ist eine *Trauerfeier*«, zische ich ihn wütend an. »Nimm bitte Rücksicht auf Großvater!«

Und der Großvater blicket stumm auf dem ganzen Tisch herum.

Robby grinst genauso zynisch wie eben Jürgen. »Alles klar Mamski, *wir* trauern alle um Frau Bär. Und *du* um deine Karriere. Die kannst du heute in Champagner ertränken.«

»Jürgen«, sage ich streng. »Hau ihm eine.« Das meine ich natürlich nicht so.

»Die junge Russin wird noch Weltkarriere machen«, entgegnet Jürgen stattdessen genüsslich. »Das Sprungbrett dafür hast du ihr gegeben.«

Selbstgefällig stopft er Streuselkuchen in sich rein.

Ich stoße ein unfrohes Lachen aus. Ich bin so fassungslos, dass mir ganz schwindelig wird. Nein. Jürgen hat sich nicht geändert.

Nun gönn ihm doch den kleinen inneren Triumph, sage ich mir. Er nimmt doch während der Festspielzeit die Kinder, damit du Karriere machen kannst. Nun hat das Schicksal dir einen kleinen Tritt versetzt, und er freut sich darüber. So ist Jürgen.

Da stehst du doch drüber. Und nächste Woche stehst du wieder im Festspielhaus und zeigst allen, was 'ne Harke ist.

Apropos Neid: nicht dass der Eindruck entsteht, ich *gönne* der jungen Russin diesen Karrieresprung nicht. Ich *kenne* gar keinen Neid. Also fast keinen.

»Die hat sich ins gemachte Nest gesetzt«, höre ich Jürgen genüsslich sagen.

Plötzlich wird mir ganz anders.

Das mit der Russin, das wird doch kein ... Dauerzustand werden?

Ich meine, sie ist nur mal kurzfristig eingesprungen.

Nicht?

Ich reiße der Kellnerin ein Glas Champagner vom Tablett und kippe es hastig hinunter. Mit einem bösen Blick auf Robby zische ich: »Wehe, du kommentierst das jetzt!«

Robby legt seine Riesenpranke um meine Schultern und drückt mich an sich. »Mamski! Du lachst dich doch sonst kaputt, wenn wir dich verarschen.«

»Besonders auf Beerdigungen lache ich gern«, gebe ich düster von mir.

»Du wirst dich wohl jetzt erst mal um deinen Großvater kümmern müssen«, stellt Jürgen mit gönnerhaftem Lächeln fest. »Schließlich bist du seine einzige Angehörige.«

Genau so hat Jürgen mich immer beim Schachspielen angelächelt. Wenn er mal wieder alle meine Läufer und Türme und Pferde und Bauern und Stallknechte und Damen und Herren und was da noch so rumspringt gnadenlos ausradiert hatte. Und ich das Wutpipi nur mühsam einhalten konnte.

Mit welchem Genuss er die Worte »Schach« und »matt!« immer

ausgesprochen hat! Ich musste mich dann mühsam beherrschen, nicht wie ein trotziges Kleinkind alle Schachfiguren zornig vom Tisch zu fegen. Um der Wahrheit Genüge zu tun: Ich bin leider schlecht im Verlieren.

Um nicht zu sagen sehr schlecht.

»Diesen Sommer kannst du die Festspiele getrost vergessen«, merkt Jürgen milde lächelnd an. »Oder wo willst du deinen Großvater kurzfristig unterbringen?«

Neuerliche Panik durchzuckt mich wie ein Blitzschlag.

Ich werde auch die nächste Vorstellung nicht singen?

Und die übernächste auch nicht? Ich werde diesen Festspielsommer womöglich ... gar nicht ... mehr ...?

Jetzt reiß dich zusammen, Ella. Es geht nicht immer nur um dich.

So gefasst wie möglich stelle ich das Glas ab und gehe zu Großvater. Mit reglosem Gesicht sitzt er in seinem Rollstuhl und starrt ins Leere.

Hm. Meiner neuen Aufgabe als Altenpflegerin fühle ich mich keineswegs gewachsen. So eine Rolle habe ich noch nie einstudiert. Das war ja immer Frau Bärs Partie.

»Großvater? Geht es dir gut?«

Was für eine blöde Frage. So etwas Bescheuertes ist mir schon lange nicht mehr über die Lippen gekommen.

»Nein.«

»Kann ich etwas für dich tun?«

Schweigen. Seine Lippen sind ganz schmal.

»Großvater?«

»Ich möchte jetzt was essen.«

Müde sieht er mich an. Seine Augen sind klein und grau und leuchten schon lange nicht mehr.

Ich blinzle ein paar Tränen weg und räuspere mich tapfer. Jetzt wird nicht schlappgemacht, junge Frau.

»Na klar, Großvater!«, gebe ich mich salopp. »Hau rein!«

Ich schnappe mir einen Löffel und binde ihm ungelenk die Serviette um den Hals. Das kann doch alles nicht so schwer sein. Schließlich habe ich auch mal Kinder gefüttert. Dabei habe ich ihnen immer was vorgesungen, und dann ging das wunderbar!

Die Kinder beobachten mein ungeschicktes Tun argwöhnisch. Jenny ist elf, Robby fünfzehn. Jürgen beäugt mich mit sadistischer Grausamkeit, hochinteressiert, wie einen lahmen Vogel, der nur noch hilflos mit den Flügeln flattern und sowieso nicht mehr fliegen kann.

»Na dann mal los.« Ein Löffelchen für Frau Bär ... möchte ich sagen, verkneife es mir aber gerade noch.

»Großvater, das Leben geht weiter«, höre ich mich stumpfe Phrasen dreschen. »Wir packen das schon.«

Dabei habe ich selbst keine Ahnung, wovon ich da rede.

Pause. Er schluckt. Dann: »Ja.«

»Na also«, sage ich und denke, wenn jetzt nicht bald der Regisseur kommt und »Danke!« ruft, springe ich in den Orchestergraben und entleibe mich.

Das darf doch alles nicht wahr sein.

Bis Freitag war ich die gefeierte Diva! Wein, Weib und Gesang! Proben, Kostüme, Perücken, Arien, Liebesszenen, fette Gagen, Blumen am Bühnenausgang, Luxushotels, Weltreisen und super Kritiken in der *Süddeutschen!*

Dieses Leben scheint mir Lichtjahre entfernt.

Jetzt sitze ich in Oer-Erkenschwick in einem oberspießigen, deprimierenden Lokal neben dem städtischen Friedhof, direkt an den Straßenbahngleisen und füttere meinen greisen Großvater mit Kartoffelbrei. Jürgen beobachtet mich dabei mit diesem zufriedenen Lächeln, das er immer drauf hat, wenn ich was nicht kann und er sich mir überlegen fühlt. Selbst als er noch mein Steuerberater war und ganz schnell geschnallt hatte, dass ich nichts, aber auch gar nichts von Finanzen verstehe, hat er schon so gegrinst. So haben wir uns ja kennengelernt: Ich war das nichts ahnende, aber süße Dummchen, das seine Kanzlei aufsuchte, als der Geldsegen eintraf, und er war der große Durchblicker, der zwar nicht gut aussah, aber sofort meine Finanzangelegenheiten und später auch der Vollständigkeit halber mein ganzes Leben in die Hand genommen hat.

Er hat mir immer gönnerhaft das Kreuzchen dahin gemacht, wo ich unterschreiben sollte. Tja, mit logischem Denken habe ich es nicht so. Meine Gehirnhälften sind zwei müde alte Herren, die vor vielen Jahren mal versucht haben, eine Firma zu gründen, die sie »Ego-und-Co-GmbH« nennen wollten. Und auf dem Papier besteht diese Firma auch. Aber nur zum Schein. Herr Dr. Vernunft, der Geschäftsführer, kränkelt genauso vor sich hin wie Herr Direktor Logik. Nur bei Frau Bauch-Gefühl, Frau Spaß-Hab, Herr Karriere-Geil und Herr Ego-Schwein, dem Juniorchef in den unteren Räumen, geht immer die Post ab.

Also meine Gehirnzellen sind eigentlich immer nur am Singen und am Feiern. Bis auf Frau Gewissen. Die mäkelt ständig dazwischen. Eine schreckliche Spießerin. Ich weiß auch nicht, wer die in der Firma Ego-und-Co-GmbH eingestellt hat. Aber wegen ihr bin ich jetzt bei Großvater in Oer-Erkenschwick und nicht bei den Festspielen.

Da sieht es in Jürgens Oberstübchen schon ganz anders aus.

Seine Gehirnzellen sind straff organisiert, tragen Seitenscheitel, gebügelte Hosen und sitzen alle artig an ihrem Platz im Großraumbüro.

Irgendwie fühle ich mich wieder so, als hätte er »Schach« gesagt.

Als hätte er mich mit diesem Jürgen-Würgen-Lächeln vom Brett gekickt.

Gut, okay. Ich packe das. Ich bin eine ... ähm ... sehr flexible und anpassungsfähige und spontane und ... nun ja ... Frau.

Also, nicht dass ich mich nicht gern um meinen Großvater kümmere.

Großvater und ich, wir waren immer ... also wir haben uns im Wesentlichen ...

Na ja, eigentlich gar nicht so oft gesehen. Wir leben ja in ganz verschiedenen Welten. Es liegen fast fünfzig Jahre zwischen uns.

Ich bin Ende dreißig, und er ist irgendwas in der Nähe von neunzig. Aber er ist ja auch aus einem anderen Jahrtausend. Sein Frauenbild hat mit dem meinen so viel zu tun wie der Louvre mit Fantasialand. Er war wirklich *not amused*, als ich Jürgen damals verließ, nur weil ich mich in Felix verliebt hatte.

Frauen verlassen ihre Männer nicht.

Andersherum ist das natürlich was ganz anderes.

Großvater empfindet das alles bestimmt als Zumutung.

Ausgerechnet auf *mich* angewiesen zu sein.

Aber wir arrangieren uns schon.

»Der Papa hat 'ne neue Freundin!« Jenny schaut mich triumphierend über ihre Cola light hinweg an.

»Ähm ... wie?« Ich war gerade so in Gedanken versunken, dass ...

Nanu, wird Jürgen etwa *rot*? Das kann doch nicht ... Er hat sich doch sonst immer unter Kontrolle!

Bis jetzt, das gebe ich ehrlich zu, hatte ich immer so unterschwellig das Gefühl, dass ich in meiner einmaligen Originalität sowieso nicht zu ersetzen bin.

Hör ich richtig?

Ungläubig glotze ich Jürgen an. »Du hast eine *Freundin*?!«

»Jenny! Du solltest doch nichts sagen«, zischt Jürgen unsere Tochter an.

Am Grad seiner Verlegenheit ist zu ermessen, wie ernst es ihm mit der besagten Dame ist.

»Wieso denn nicht? Ich finde das großartig!«, behaupte ich. »Wie - wer - ich meine, was macht sie denn?«

»Die hat 'nen ganz abgefahrenen Job«, fängt Robby an, und seine Stimme kiekst wieder über vor lauter Sensationslust, »Mamski, darauf kommst du nie«, aber Jürgen unterbricht ihn: »Ja, die ist nämlich ... Hausfrau.«

»Was ist denn daran abgefahren?«, wundere ich mich.

Angespanntes Schweigen. Mir wird ganz heiß im Gesicht. Habe ich jetzt schon wieder was ... Falsches ... gesagt? Ich lache, um zu signalisieren, dass ich mich wirklich freue über die Nachricht. Aber Jürgen verzieht keine Miene.

»Nicht dass ich damit Probleme hätte, wenn eine Frau heutzutage Hausfrau ist«, versuche ich das Feuer zu löschen, gieße aber offensichtlich nur noch mehr Öl hinein. »Ich meine, ähm ... natürlich gibt es auch Frauen, die etwas Richtiges *können* ...« Mein Großvater hebt den Kopf und starrt an die Wand. Ich halte vorsichtshalber den Mund. Meine Aufregung verpufft schlagartig. Eigentlich bin ich sprachlos. Jürgen hat mich ... Er hat tatsächlich *Ersatz* für mich gefunden.

»Wie sieht sie aus?«, wage ich mich schließlich auf dünnes Eis.

»Ganz anders als du, Mamski!« Jenny kringelt meine Haare zu kleinen Locken, was ich nicht zu deuten weiß. Will sie mich aufmuntern oder ... trösten?

»Nämlich?«, ringe ich mir schließlich ab. »Dick oder dünn? Groß oder klein? Hübsch oder ähm ... sehr hübsch?«

Meine zwei Gehirnhälften stecken müde die Köpfe zusammen:

»Jetzt bloß nichts Falsches sagen«, brabbeln sie in ihre Bärte, »es könnte ganz schön viel Porzellan zertrümmert werden.«

»Sie ist ... unauffällig«, teilt Jürgen mir mit plötzlicher Entschlossenheit mit. »Das ist der Hauptunterschied zu dir.«

Ähm, wie soll ich denn das verstehen? Da ich mir auf diese Worte keinen Reim machen kann, sehe ich ihn mit wachsender Bestürzung an. Ich verspüre einen Stich im Herzen, weiß aber nicht genau, woher er rührt.

»Geht's dir gut, Jürgen? Ich meine, du hast eine neue Freundin, und das freut mich auch ... riesig, aber du scheinst es als absoluten Triumph zu empfinden, dass sie das Gegenteil von mir ist ... Aber dein Frauengeschmack war ja schon immer zum Weinen ...«, versuche ich einen Scherz.

O mein Gott. Das war gar nicht gut. Und schon gar nicht vor Großvater. Der hätte gewollt, dass ich bei Jürgen bleibe, bis der Tod uns scheidet. Aber der Scheidungsrichter ist ihm zuvorgekommen, dem Tod.

Mensch Ella, so *halt* doch mal den Mund, schreien die paar Gehirnzellen, die noch im Dienst sind.

»Sie hat sehr kurze graue Haare«, verrät Jenny, als spielten wir hier »Ich sehe was, was du nicht siehst«. »Und sie trägt am liebsten braune Cordhosen und Flanellhemden. Und flache Schuhe und kein Make-up.«

»Aber sie sieht nett aus, nicht wahr, Großvater?«, wendet sich Jürgen an meinen Großvater, der zusammengesunken im Rollstuhl sitzt.

Schweigen. Dann: »Sie ist ein zurückhaltendes Mädchen.«

Okay, registriere ich heimlich. Mein *Großvater* kennt sie also schon. Mir wird ganz kalt.

Und dass sie *zurückhaltend* ist, findet er wahrscheinlich erstrebenswert. Für ein »Mädchen«. Wie alt mag sie sein? Darf ich wagen, das zu fragen?

Besser nicht. Wenn sie graue Haare hat ... Schlimmstenfalls ist sie schon in den Wechseljahren. Gütiger Himmel. Was hat Jürgen vor? Ist das wieder einer seiner ... ähm ... Schachzüge?

»Okay«, sprudelt es umgehend aus mir hervor. »So was nennt man wohl ... natürlichen Chic. Und für eine Hausfrau ist das ja auch praktisch, nicht wahr?«

Ähm. Das war jetzt nicht *im Geringsten* ironisch gemeint.

Ich freue mich wirklich für Jürgen, dass er eine *Nachfolgerin* für mich gefunden hat! Was ja praktisch unmöglich war!

Obwohl ... Souverän lächelnd versuche ich, die in mir aufwallenden Gefühlsregungen zu verbergen.

Sie ist tatsächlich meine Nachfolgerin. Sie tritt in meine Fußstapfen. Bildlich gesehen. Sie übernimmt meine Rolle. Auch mit den Kindern und so. Und rein Jürgen-mäßig. Also werde ich,

Frau von Welt, die ich bin, auf sie zugehen, sie in unserer Familie willkommen heißen und ihr ... meine Freundschaft anbieten. Ja, das werde ich tun. Sie selbst ist dazu sicherlich zu schüchtern. Wahrscheinlich hat sie schon viel von mir gehört ... nicht nur von Jürgen meine ich, aber *auch*. Der hat mit Sicherheit nur von mir geschwärmt. Und die Kinder auch, und Frau Bär und mein Großvater ... und jetzt traut sie sich nicht, den ersten Schritt zu machen, zumal sie eben eine ... nichts für ungut ... Hausfrau ist. Eine grauhaarige Flanellhemdträgerin.

Da ist es doch völlig verständlich, dass es an *mir* ist, auf sie zuzugehen.

»Ich *freue* mich so für dich, Jürgen«, juble ich mit perfekt geschulter Stimme ein bisschen zu laut, dass alle schwarz gekleideten Trauereulen im Restaurant, die Sahnetorte in ihre traurigen Schnäbel stopfen, rübergucken. »Ein neues Mitglied in unserer wunderbaren, lustigen, toleranten und modernen Patchworkfamilie! Ich werde sie sofort zum Essen einladen.«

Jetzt schweigen schon wieder alle. Mein Gott, warum sind die denn alle so verkrampft? Wir können doch völlig locker und ungezwungen miteinander umgehen!

»Also nicht zu einem Essen, das *ich* gekocht hätte«, kichere ich, um *political correctness* bemüht. »Ins Restaurant lade ich sie natürlich ein! Zum Goldenen Hirschen! Ganz stilvoll!« Ich bin plötzlich ganz aufgeregt. »Wir werden hoffentlich Freundinnen, von mir aus schon mal ganz sicher!«

Bestimmt werden wir zwei Flaschen Champagner leeren und die Köpfe zusammenstecken – sie ihren völlig naturbelassenen grauen und ich meinen blondgesträhnten – und über die kleinen liebenswerten Schwächen von Jürgen kichern. Dann werde ich sie fragen, ob sie links oder rechts schläft in unserem ehemaligen Ehebett und ob er immer noch im Bad regelmäßig mit dem Kopf gegen die Dachschräge knallt, wenn er aus der Wanne steigt, weil die Dachschräge bei ihm angeblich im toten Winkel ist.

Welch heiterer Abend kommt da auf uns zu!

Triumphierend sehe ich Jürgen an, der lediglich die Augen senkt.

»Ella«, bemerkt Jürgen schließlich und knibbelt an seinem Ellbogen. Das tut er immer, wenn er verlegen ist.

»Hanne-Marie ist *meine* Freundin. Nicht deine.«

»Aber natürlich ist Annemarie *deine* Freundin, aber sie kann doch auch *meine* Freundin werden, und dann sind alle eine glückliche Familie.«

»HHHHHanne-Marie«, trumpft Robby auf. »Mit H wie Hammer.«

»Wow«, sage ich. Hanne-Marie. Das ist ja was ganz Abgefahrenes.«

Ich hebe das Champagnerglas.

»Auf Hammer-Marie!«, gluckse ich begeistert.

»Ich glaube, dein Großvater will etwas sagen«, sagt Jürgen.

Ich schaue Großvater an. Und richtig. Großvater öffnet den Mund und spricht:

»Ich will ins Bett.«

3 »Prinzessin, mach dir überhaupt keine Sorgen«, ruft mein geliebter Felix in den Hörer, als ich ihn endlich – *endlich!* – erreiche und ihm das Dilemma mit Großvater erzählt habe. Felix ist sehr erfolgreicher Unternehmensberater und so gut wie dauernd unterwegs. Vielleicht ist unsere Beziehung deshalb so aufregend.

»Felix! Wo warst du denn?«

Ich liebe es, wenn er mich Prinzessin nennt. Ist das nicht süß?

Nur zum Vergleich: Jürgen hat mich »Brausebienchen« genannt.

So. Es ist ja nicht so, dass ich ihn *grundlos* verlassen hätte.

»In Grönland!«, ruft Felix fröhlich. »Ich hab mit einer Tiefkühlfirma einen Wahnsinnsdeal gemacht! Wir vertreiben jetzt Gefrierkost an die Eskimos!« Er lacht mit seiner warmen, tiefen Stimme, bei der ich immer noch Herzklopfen bekomme.

Ja, so ist mein Felix. Der würde auch den Wüstenbewohnern Sand verkaufen, den Schweden Knäckebrot und den Lappen Lappen.

Es knackt in der Leitung, was beweist, dass Felix wirklich sehr weit weg ist. »Tut mir leid, dass ich nicht eher zurückgerufen habe. Da oben sind ja alle im totalen Funkloch!«

Mein Felix ist das Glück meines Lebens. Er trägt seinen Namen völlig zu Recht. Er ist der fröhlichste, sorgloseste, positivste, optimistischste, witzigste, originellste, ideenreichste, leidenschaftlichste, zärtlichste, appetitlichste ... ähm.

Das tut jetzt nichts zur Sache. Er macht wahnsinnig tolle Deals, die irre viel Geld bringen. Meistens im Ausland.

Er spricht acht Sprachen. Und er sieht einfach toll aus.

Also, nicht dass Jürgen *nicht* toll aussähe, aber ...

Okay. Jürgen sieht *nicht* toll aus. Er hat nicht wirklich »Hier!« geschrien, als Männlichkeit, Breitschultrigkeit, Lässigkeit, Abgebrühtheit, Coolheit, Sportlichkeit und all das verteilt wurden.

Der stand eher in der Schlange »Gediegenheit, Häuslichkeit, Zuverlässigkeit«, »Geldanlagen«, »Steuerersparnisse« und »Bedienungsanleitungen«.

Ganz anders Felix: Er ist das Bild von einem Mann. Ein durchtrainierter Athlet mit dichten schwarzen Locken, wundervollen Grübchen und strahlend weißen Zähnen. Eigentlich viel zu schön für mich ...

Seine dunkelbraunen Augen haben grüne Sprenkel und ... was mich völlig verrückt macht: Das rechte schielt ein bisschen. Aber nur eine Spur.

Unsere erste Begegnung läuft immer wieder wie ein Film vor mir ab:

Wir haben uns beim Skifahren kennengelernt, in Moritz.

Ja ich *weiß*, dass es eigentlich *Sankt* Moritz heißt, aber Insider sagen nur ganz cool: Moritz.

Ich hatte auf einer Gala im Palace Hotel einen gut bezahlten Auftritt und war sogar mit dem Privatflieger eingeflogen worden. Und er stand an der Bar dieses Fünf-Sterne-Schuppens und hörte mir zu ... obwohl, ehrlich gesagt, plauderte er die ganze Zeit mit diesem Multimillionär, der mich engagiert hatte. Ich glaube, er hat sich erkundigt, wer ich bin ... aber nachher lud er mich zum Skifahren ein.

Es ist nicht so, dass ich nicht Skifahren kann. Also einen Babylift schaffe ich schon. Da steckt man sich so einen roten Teller an den Hintern und muss aufpassen, dass man nicht auf die Schnauze fällt, wenn der in halsbrecherischer Geschwindigkeit plötzlich steil nach oben schnellt. Dann muss man tierisch die Zähne zusammenbeißen, um in dieser spaghettischmalen Spur zu bleiben, denn wenn man die verlässt, versinkt man in meterhohen Schneebergen, die da lebensgefährlich aufgetürmt sind und einen für immer verschlucken. Ich meine, wie oft hat man schon gelesen, dass ganze Schulklassen, die im Babylift aus der Spur gekommen sind, im Tiefschnee verschwunden sind? Da stehen doch überall Gedenksteine ...

Nur zum besseren Verständnis: Nach sechzehn Jahren Ehe mit einem übergewichtigen Steuerberater, der deshalb und wegen seiner Größe nicht Ski fährt, war ich ein bisschen aus der Übung.

Insofern habe ich Felix strahlend angelächelt und so getan, als hätte ich nur zufällig meine perfekte Skiausrüstung im Opernhaus stehen lassen!

Aber da kannte ich meinen Felix noch nicht.

Er hat nämlich im Handumdrehen genau so eine organisiert!

Und ehe ich mich's versah, saßen wir zwei in einer süßen schnuckeligen Gondel und schaukelten höchst romantisch auf irgendein »Teufelsriff« oder »Höllenkar« hinauf. Er half mir, die Skischuhschnallen zuzumachen, wobei er mich ganz zufällig am Bein berührte, und oben stiegen wir aus.

Lässig schaute ich unverbindlich über den Pistenrand.

»Das macht Ihnen doch keine Probleme?«, rief Felix, der in seinem knallroten coolen Spider-Turbo-Anzug bereits zweihundert Meter senkrecht unter mir stand und mich mit seinen strahlend weißen Zähnen im braun gebrannten Gesicht fröhlich anlachte.

»Aber nein!«, rief ich genauso fröhlich. »Wo denken Sie hin, haha?«

Meine Gehirnzellen in der Firma Ego-und-Co-GmbH steckten ihre Häupter zusammen und murmelten was von »gefährlich« und »völlig untrainiert«, aber Herr Spaß-Hab und Frau Bauch-Gefühl aus der unteren Abteilung winkten mir aufmunternd zu und schrien liebestrunken: »Nur zu, Mädel! So jung kommt ihr nicht mehr zusammen!«

Und dann ging ich ein wenig in die Knie, die zu meiner grenzenlosen Verwunderung ein bisschen zitterten.

Also, nicht dass ich Höhenangst hätte.

Ich bin da total relax.

Ich kneife doch nicht vor so einem bisschen Pulverschnee!

Also fuhr ich beherzt los.

Nur dass meine Beine sich in Sekundenschnelle komplett verknotet hatten.

Und ich mit dem Gesicht zuunterst in einer nicht präparierten Piste lag.

Aber Felix hat mich gerettet.

Er zog mich lachend aus dem Schnee und klopfte mich ab.

Ich lachte auch ... oder habe ich geweint ...? Ich weiß es gar nicht mehr so genau. Auf jeden Fall nahm er mich huckepack und sauste mit mir zu Tal.

Ich kreischte und quietschte – aber nicht dass ich Todesangst gehabt hätte!

Wegen so was doch nicht!

Nein, es war die pure Lebensfreude, der Nervenkitzel, dieses *geile* Gefühl, mit einem schmucken Robert Redford in Jung zu Tal zu rasen, der noch nicht mal *Anstalten* machte, ins Stolpern zu geraten.

Als wir unten waren, bremste er mit unglaublich gekonntem Schwung, wobei er die umstehenden Skifahrer mit Pulverschnee bestäubte, und pflückte mich anschließend von sich ab.

Ich hätte natürlich auch ganz grazil runterspringen können. Glaube ich zumindest aus heutiger Sicht. Aber ...

Er stellte mich auf die Beine, die einzuknicken drohten, weil sie zitterten wie Espenlaub.

Er schloss mich fest in seine Arme und hinderte mich irgendwie daran, das Bewusstsein zu verlieren.

Ach ja, jetzt fällt es mir wieder ein.

Indem er mich küsste.

»Prinzessin! Mach dir keine Sorgen! Ich komme mit der nächsten Maschine nach Hause, und dann kümmern wir uns um deinen alten Herrn!«

»Das willst du wirklich tun?«

Ich stehe in dem handtuchschmalen Garten des grauen Reihenhauses meines Großvaters in Oer-Erkenschwick und versuche, mit den spitzen Absätzen meiner schwarzen Beerdigungspumps nicht im feuchten Gras einzusacken.

»Er braucht Pflege rund um die Uhr«, raune ich in mein Handy. »Um ehrlich zu sein, er muss sogar ...« Ich sehe mich vorsichtig um, ob auch niemand in den Nachbargärten an der Hecke lauscht, aber die sind ja alle in Urlaub, die Schweine. »Er braucht sogar ...«

»Das mache ich alles bei uns zu Hause in der Parkallee!«, ruft Felix, als wäre es das Selbstverständlichste von der Welt.

Die Parkallee am Sophienberg ist das Oberluxusviertel der Stadt. Rund um den Schlosspark stehen die tollsten Villen. Eine davon haben wir vor drei Jahren spontan gekauft, und Felix hat sie perfekt umgebaut und eingerichtet. Felix kann einfach alles.

»Aber er ist ein schwerer Pflegefall!«, gebe ich zu bedenken. Ich spreche leise, denn Großvaters Schlafzimmerfenster ist direkt neben mir.

»Ich muss sehen, dass ich wieder auf die Bühne komme! Sonst ist die Saison vorbei, und dann ...« Ich wage nicht, das Unaussprechliche auch nur zu denken.

»Prinzessin! Das mache alles ich! Mach dir keine Sorgen! Du singst, und ich kümmere mich um den alten Großvater!«

Ja, so ist mein Felix. Jürgen hätte stundenlang das Für und Wider abgewägt, so lange, bis mein Großvater längst im Himmel gewesen wäre.

»Felix? Seit wann bist du Altenpfleger?«

»Das kann man alles lernen!« Mein Felix lässt sich unter keinen Umständen von seinem Optimismus abbringen. Ich habe noch nie, *niemals* einen so positiven, heiteren und sorglosen Menschen erlebt. Er kennt einfach keine Probleme. »Deinen Großvater kriegen wir schon wieder hin«, ruft Felix aufgeräumt ins Handy. »In ein paar Wochen schreit der vor Glück!«

Na ja, also ... ähm ... *mein* Großvater schreit eigentlich nie. Und schon gar nicht vor Glück. Frau Bär hat ihn mit ihrer Engelsgeduld und Ausgeglichenheit ab und zu mal zum Anheben seiner Mundwinkel bewegen können.

»Du hast doch überhaupt keine Zeit«, wiegle ich ab. »Du bist doch ständig im Ausland unterwegs, du machst deine sagenhaften Deals und so ...«

»Dann bleib ich eben mal ein paar Jahre zu Hause«, ruft mein Mann leichthin, so als hätte er gerade beschlossen, heute mal nicht golfen zu gehen. »Prinzessin! Mach dir keine Sorgen! Wir ziehen das durch!«

»Ja, aber du verdienst richtig *Geld*«, setze ich dagegen. »Du bist gerade in einer unglaublich erfolgreichen Phase!«

»Na ja, die einen sagen so, die anderen sagen so.«

Ach, mein Felix ist immer so lässig!

»Sonst stecken wir ihn eben ins Altersheim«, sprudelt es freudig aus dem Hörer.

»Da organisiere ich ihm schon eine feine Bude. Und eine schnuckelige Pflegerin obendrein!«

Mein Schuh sackt abrupt in den schlammigen Boden.

»Altersheim?«, rufe ich entrüstet. »Mein Großvater?! – Nie!«

4

»So, hier entlang, bitte!«

Die dralle Person im hellblau-weiß gestreiften Kittel eiert auf ihren ausgelatschten Birkenstock-Sandalen vor uns her.

Es riecht nach Bohnerwachs und Blumenkohl, nach Urin und Meister Proper.

»Sie können von Glück sagen, dass wir für Ihren Herrn Großvater auf die Schnelle noch ein Einzelzimmer organisieren konnten«, ruft die Heimleiterin aufgekratzt über die Schulter. »Aber wir sagen auch Dankeschön für die großzügige Spende.«

»Wie viel hast du ihnen gegeben?«, zische ich Felix zu, der munter den Rollstuhl über die Gänge schiebt. Ich kann ihn gerade noch daran hindern, mit dem apathischen Großvater Schlangenlinien um die Gummibäume zu fahren.

»Zwanzig Riesen.«

»Zwanzig ... tausend ... Euro?«

»Für den Großvater von Ella Herbst ist nichts zu teuer«, konstatiert Felix aufgeräumt, während er Großvater kumpelhaft auf die Schulter klopft. »Gell, Großvatta!!«, brüllt er dem alten Mann ins Ohr.

»Mein Großvater ist nicht schwerhörig«, ermahne ich mild. »Nur weil er nicht viel redet, heißt das nicht, dass er taub ist!«

Im Gegenteil. Mein Großvater ist äußerst geräuschempfindlich. Vielleicht hat er sich deshalb nie mit meinem Beruf anfreunden können. Er hat immer die Stille gesucht. Und ich den Lärm des Lebens.

»Da wären wir!«, schreit die Heimleiterin Theresia Hierzberger und beugt sich zu meinem Großvater hinunter. »Gell, Herr Professor! Das Kammerl ist klein, aber mein!«

Ich habe der Heimleiterin schon unten im Büro gesagt, dass mein Großvater nicht mit »Ernst« angesprochen werden will, auch wenn das hier auf dem Land so Sitte ist. Mein Großvater ist ein pensionierter Universitätsprofessor für Latein und frühe Kirchengeschichte, und er wünscht mit »Herr Professor« angesprochen zu werden.

Und ich habe ihr auch gesagt, dass mein Großvater nicht taub ist.

»Jetzt schaun mer mal!«, schreit Theresia Hierzberger meinen armen Großvater an. »Immer herein in die gute Stuben! Gell!«

»Na bitte«, freut sich Felix, als wir die muffige Dachkammer betreten. »Ist doch 'ne geile Bude!«

Also eigentlich *liebe* ich die frische jugendliche Art von Felix. Ich meine, er ist noch so ... ungezwungen, so ... herrlich ... unkonventionell. Deswegen bin ich ja so fasziniert von ihm.

Aber *manchmal* kann er sich auch im Ton vergreifen.

Doch ein bisschen frischer Wind tut diesen alten Mauern auch mal ganz gut. Und meinem Großvater auch. Seien wir doch mal ehrlich.

Das Leben geht weiter.

Und alles ist gut.

»Und jetzt machen wir erst mal richtig Urlaub«, schlägt Felix vor, als wir endlich wieder im Auto sitzen.

Obwohl – Auto – das ist glaube ich ein unpassendes Wort für diesen riesigen, metallicfarbenen, weich gepolsterten, leise schnurrenden, wie eine Rakete abgehenden ... was ist denn das hier überhaupt? Ich versuche, irgendein Zeichen auf dem Lenkrad oder Armaturenbrett zu erkennen.

Porsche Cayenne.

Wir haben ihn quasi geschenkt gekriegt. Sagt Felix. Von Herrn oder Frau Porsche persönlich. Ich weiß das nicht so genau, weil ich da gerade bei den Proben für *Carmen* war. Aber Felix hat den Wagen mal eben klargemacht.

»Es war den Porsches eine Ehre, einer Ella Herbst den Wagen zu überlassen. Sie wollten nur eine Premierenkarte für die *Carmen*.«

»Aber ich *war* nicht bei der Premiere die Carmen!«

»Wurscht!«, freut sich Felix. »Ist das nicht ein *Wahnsinns*-Sound aus der Stereoanlage?«

Er dreht das Radio auf volle Lautstärke, und zu meinem Entsetzen tönt mir die »Habanera« aus *Carmen* entgegen. Allerdings von der jungen Russin.

Nicht von mir.

»Hey, das kenn ich doch!«, ruft Felix begeistert. Er fuchtelt dirigierend in der Gegend herum, als wäre es ihm völlig egal, wer da meinen Gehörgang beleidigt. Also, nicht dass ich da genau hinhören würde, aber ...

Die Russin singt leider gut.

Um genau zu sein – sie singt fantastisch. Ich bin ja völlig neidlos. Ich kann das ohne Probleme zugeben. Sie singt gut.

Meine müden Gehirnhälften nicken wohlwollend mit den ergrauten Köpfen. Jaja, murmelt Herr Dr. Vernunft. Das muss man der Jugend lassen. Die kennt noch keine Angst. Die singt einfach. Die ist ein Naturtalent.

Jetzt kommt das hohe H.

Ich zucke zusammen und presse mich in den Ledersitz.

Das ist so was von unfair!

Herr Karriere-Geil in der unteren Büroetage wird ganz grün im Gesicht. Ich meine, das kann die doch nicht bringen!

Mal eben am Premierentag um zehn vor sechs einspringen und dann auch noch volle Wäsche im Radio rumplärren! Die hat ja kaum ihr Ausreisevisum gehabt! Und kann kein Deutsch und nichts! Die hat doch meines Wissens letztes Jahr noch als Putzfrau gearbeitet, in der Oper von Nowosibirsk oder so. Das haben sie in der Kantine erzählt.

Aber was schert uns die Russin.

Viel wichtiger ist doch jetzt, wie es meinem Großvater geht, nicht wahr?

Im Moment schläft er. Felix hat ihn in diesem Riesenauto aus Oer-Erkenschwick abgeholt und ihn mitsamt Rollstuhl und Habseligkeiten mit 240 Sachen zu uns nach Sophienhöh gebracht. Also ... in das liebe kleine Altersheim.

Erste Sahne. Wirklich. Man gönnt sich ja sonst nichts.

Der Blick aus seinem Dachfenster ist auch ganz schön.

Über das Schloss Sophienhöh, den See, die Berge und alles.

Aber wenn man im Rollstuhl sitzt, sieht man natürlich nur ein Stück Himmel und einen Ast von der Kastanie, die im Altersheimgarten steht.

Aber ich werde ihn ja jeden Tag an die frische Luft schieben. Versprochen.

Das kriegen wir schon hin. Ich wollte sowieso öfter spazieren gehen. Und wenn ich demnächst mit *Carmen* auf Welttournee gehe, dann erledigt Felix das. Die werden schon Spaß haben, die zwei. Ich weiß es. Das sagt mir meine weibliche Intuition.

Plötzlich schießt mir das Adrenalin nur so in die Adern.

Wenn ich auf die Welttournee gehe ...

Verdammt. Warum singt die denn so ... schamlos gut?!

Die ist doch gerade erst fünfundzwanzig oder so?! Die *kann* ja überhaupt noch keine Ausstrahlung haben. Und keine Erotik. Woher denn auch. Ich meine, die Carmen ist eine reife Frau, die die Männer an der Nase herumführt, die sich nimmt, wen sie will, die nur mit den Fingern schnippen oder mit den Kastagnetten klappern muss, und den Offizieren und Toreros steht schon das Messer in der Hose. Und so was bringt eben kein russisches Chormädchen, das vorgestern noch in Nowosibirsk die Kantine geputzt hat. Dazu braucht es einfach ... Lebenserfahrung, weibliche Reife, Erfahrung, Raffinesse. Reden wir doch mal Klartext, Leute.

Als die Arie auf dem hohen Fis endet, kneife ich die Augen zusammen.

Bitte jetzt keinen Beifall. Jedenfalls nicht allzu viel.

Bitte nicht. Ihr fandet sie nicht gut.

Beifall rauscht, dass es die Boxen der Stereoanlage sprengt. Das Publikum brüllt und johlt und pfeift, Füßegetrappel, Da-capo-Rufe, und das im hochheiligen Festspielhaus.

Mir schießen die Tränen in die Augen, aber das macht bestimmt der ...

Gegenwind. Ich meine, dieser Porsche hier hat ein Schiebedach, und das ist offen.

Nicht dass ich ihr das nicht gönne, dieser ... wie heißt sie überhaupt.

Olga Irgendwer.

»Die Krasnenko hat ja 'ne Wahnsinnsröhre!«, freut sich Felix und drückt noch fester aufs Gaspedal.

Ich schweige eisern.

Er riskiert einen Seitenblick. »Aber an dich reicht sie noch lange nicht heran!«

»Felix, du verstehst doch gar nichts von Musik!«

Er legt liebevoll die Hand auf mein Bein: »Prinzessin! Du bist die Größte!«

»Ich weiß«, knirsche ich zwischen den Zähnen hervor. Können wir jetzt mal das Thema wechseln?

»Die Kleine singt auch die nächsten Vorstellungen, habe ich in der Zeitung gelesen.«

»Ich weiß.«

»Sie nehmen nur Rücksicht auf dich! Du hattest einen Todesfall in der Familie! Du brauchst Zeit, um in Ruhe zu trauern!«

»Felix, ich *trauere in Ruhe*!!«, schreie ich genervt.

»Na bitte! Dann haben wir endlich mal Zeit!«

Ich schaue Felix mit einer Mischung aus Ratlosigkeit und Ärger an.

Ich will nicht trauern. Ich will *singen*! Und zwar sofort!!

Die Carmen ist die Partie meines Lebens, und im Festspielhaus wäre ich zum Höhepunkt gekommen. Meiner Karriere, natürlich.

Kann sich eigentlich überhaupt jemand vorstellen, wie frustrierend es ist, kurz vor dem Karriereorgasmus von einer fünfzehn Jahre jüngeren Kollegin abgelöst zu werden?

»Weinst du etwa?«

»Nein. Ich halte mir den Bauch vor Lachen.«

»Du bist traurig. Sag's.«

»Gut, okay, ich geb's zu. Ich bin traurig.«

»Ich lade dich ein!«, ruft Felix begeistert. »Auf eine Traumreise! Nach Venedig! Da lachen wir den ganzen Tag!«

»Nach Venedig?«, jaule ich auf. »Wir haben gerade meinen Großvater ins Altersheim gebracht und ihm versprochen, ihn jeden Tag zu besuchen!«

Wenn ich schon nicht die nächsten Vorstellungen singe, verdammte Scheiße.

»Dann nehmen wir ihn mit!« Felix tritt das Gaspedal bis zum Anschlag durch und überholt mit lustvollem Schwenk einen Trecker, der mit Heuballen beladen ist. Einzelne Strohhalme flattern auf unsere Windschutzscheibe und klammern sich vergeblich an den Scheibenwischern fest, bis der Gegenwind sie gnadenlos wegpeitscht. Wie mich.

»Wir nehmen meinen Großvater mit nach *Venedig*?« Verwirrt glotze ich meinen Felix an. »Was soll er denn da?«

»Venedig sehen und sterben«, lacht Felix.

Na, der hat Humor.

»Weißt du, über wie viele Treppen wir ihn mit dem Rollstuhl tragen müssten?« Genervt mache ich das Radio aus. »Ausgerechnet Venedig ist kein bisschen behindertengerecht!«

»Ich dachte, Venedig könnte ihn ein bisschen ablenken.«

»Nein, mit Sicherheit nicht!«

Die Stadt ist eh so morbid. Da bringen mich keine zehn Pferde hin.

Ich war da mit Jürgen an unserem Hochzeitstag und verbinde nur traurige Erinnerungen damit. Endzeitstimmung. November. Ein Mozart-Requiem in der Markuskirche. Ein letzter Versuch, etwas zu beleben, was schon längst gestorben ist.

»Aber *du* musst mal raus hier! Du gehst mir ja zugrunde!« Felix macht das Radio wieder an. Die Krasnenko trällert ungehindert weiter. Jetzt tanzt sie barfuß mit den Kastagnetten auf dem Tisch.

Das ist *mein* Job! Ich könnte sie umbringen.

Das war *mein Tisch*. Meine Kastagnetten. Meine Arien. Mein Publikum. Mein Don José. *Meine Gage!*

Tralallala lala ... lalala lallalala ...

Ich habe diese Stelle *geliebt*. Ich fühlte mich immer so ... einzigartig. Erotisch. Unwiderstehlich. Männermordend. Jung. An dieser Stelle vergaß ich immer, dass ich bald vierzig werde.

Und jetzt wird es mir grausam bewusst.

»Na, Großvater, wie geht es dir heute?«

Seufzen. Schweigen. Großvater sitzt im Rollstuhl und starrt vor sich hin.

»Ist das nicht ein toller Breitbildfernseher? Felix hat ihn extra mit dem Hausmeister hergeschleppt.«

Kein Kommentar.

War ganz schön teuer, das Dolby-Surround-Monstrum mit zweihundertachtzig Kanälen, möchte ich noch hinzufügen, aber über Geld spricht man nicht. Das hat man.

»Da kannst du dir jeden Tag *Reich und Schön* reinziehen«, gebe ich mich jovial. »In Lebensgröße.«

Großvater schweigt.

»Das ist meine Lieblingsserie«, plaudere ich betont heiter weiter. »Die gucke ich immer beim Turnen. Ich muss mich nämlich fit halten, wenn ich abends auf der Bühne barfuß auf dem Tisch tanzen will ...«, scherze ich locker. Tja, denke ich kokett. Vielleicht wirft er jetzt mal einen Blick auf meine mühsam instand gehaltene Figur.

Großvater hebt nicht mal den Kopf.
Okay. Themawechsel.
»Und was sagst du zu den Ölgemälden, die Felix dir aufgehängt hat?«
Felix hat sich nicht lumpen lassen. Er hat die modernsten Bilder ersteigert, die von der Größe her gerade noch in dieses Zimmer passten. Und die teuersten. Klar.
»Du kannst doch nicht immer nur auf die Wände starren!«
»Nein.«
»Na also«, freue ich mich. »Sie gefallen dir also?!«
»Nein.«
»Nein? Sie gefallen dir ... nur ein bisschen nicht oder gar nicht?«
Pause. Starrer Blick. Dann: »Gar nicht.«
»Felix hat ein Vermögen dafür ausgegeben, sie sind von einer Zwangsversteigerung von Leuten, die sich äh ... finanziell ... übernommen haben«, sage ich wie nebenbei. Aber eigentlich will ich die Enttäuschung überspielen, dass wir ihm so gar nichts recht machen können.
Eigentlich hatte ich praktischerweise ein paar von meinen Opernplakaten aufhängen wollen, die bei uns zuhauf im Keller herumstehen. Felix hat sie alle rahmen lassen, und es stehen viele international berühmte Namen drauf – aber das hätte Großvater erst recht nicht gut gefunden. Ich weiß das. Er hasst das Getue um Prominente, die sich in seinen Augen alle nur wichtig machen.
»Die Bilder gefallen dir nicht?!«, sage ich mit brechender Stimme.
»Er kann sie wieder mitnehmen.«
Ich schlucke an einem breiigen Frustkloß herum, der meine Stimmbänder blockiert.
»Gut, okay, dann ... sage ich ihm das. Aber den ... amerikanischen Kühlschrank mit der Eiswürfelmaschine, den magst du schon, oder? Guck mal, der spricht mit dir ...« Ich bediene zitternd den Riesenapparat und hoffe, den Vorführeffekt nicht zu vermasseln. »Der erinnert dich, wenn die Milch alle ist. Dann sagt der ...«

Ich fummle hilflos an den Schaltern herum. »... ›Milk is empty!‹ oder so ähnlich ... ›You need new orange-juice‹ ... ›Don't forget the champagne‹.«

Großvater seufzt und starrt vor sich hin. Ich wollte ihm doch nur eine *Freude* machen! Eine *kleine* Freude!

Obwohl – Felix muss es auch immer übertreiben. Großvater *braucht* doch gar keinen Zweihundert-Liter-Kühlschrank, der ihn daran erinnert, dass er mal wieder in den Supermarkt gehen muss.

»Den kann er auch wieder mitnehmen.«

Wir schweigen. Ich starre auf die moderne abstrakte Kunst, die uns meine letzte Gage gekostet hat, und hoffe, dass diese blöde Träne, die sich in meinem Auge gebildet hat, jetzt nicht unverhofft auf den gebohnerten Fußboden tropft.

Ich bin neununddreißig und eine gestandene Frau.

Ich *heule* doch nicht, nur weil meinem Großvater auf Anhieb was nicht gefällt!

»Wir ... müssen uns erst wieder aneinander gewöhnen, was?«, frage ich mit brüchiger Stimme.

Großvater schweigt.

»Ich bin inzwischen einen anderen Lebensstil gewöhnt als du, und ... äh ...wir sind eine unkonventionelle, moderne Familie und verdienen alle sehr gut. Da leben wir vermutlich auf größerem Fuß als du mit Frau Bär in deinem Reihenhaus in Oer-Erkenschwick ...«

Ich finde, das lässt sich schon mal ganz gut an.

Psychologie für Anfänger gestern heute morgen. Absatz eins, das offene Gespräch.

»Frau Bär und du, ihr wart immer recht genügsam, nicht wahr, und ähm ... ihr habt auch immer schön leise Kirchenmusik im Radio gehört. Meine Opernarien waren euch zu laut und zu ... schrill ... Und ich war euch auch zu grell geschminkt, zu oberflächlich, dazu mein Champagner immer, den ich mir so angewöhnt habe, mein neureicher Mann, mein Haus, mein Boot, meine gol-

dene Schallplatte ... Das verbuchst du alles unter Geltungsdrang, Gefallsucht, Hoffart, Reichtum, Augenlust ... wie schon in der Bachkantate Nr. 106 ...«, brabble ich ziemlich hilflos vor mich hin.
»Die mochtest du ja noch!«
»Ich möchte ins Bad.«
»Gut, okay. Klar.« Ich springe auf. »Ins Bad. Natürlich.«
Plötzlich spüre ich, wie ich immer schneller altere. Wahrscheinlich hält man meinen Großvater und mich demnächst noch für ein Ehepaar.

Das Bad teilt sich mein Großvater mit seinem Zimmernachbarn.
Also, nicht dass er das freiwillig tun würde.
Aber das Altenpflegeheim ist so konzipiert.
Je zwei Zimmer haben Zugang zu einem gemeinsamen, in der Mitte liegenden kleinen ... ähm ... nasszellenähnlichen, gekachelten ... Etablissement.
Jeder hat von seiner Seite aus eine Eingangstür, die verständlicherweise ausdrücklich nicht von innen verriegelt werden soll.
Ich klopfe. Nichts.
Vorsichtig öffne ich die Tür. Lieber Gott, lass da jetzt bitte ...
Zum Glück sitzt da kein Tattergreis auf dem Klo.
Es riecht nach Sagrotan.
Da sind eine Dusche, in der man sitzen kann, ein Plastikhocker, zwei Allibert-Schränkchen mit Spiegel, ansonsten ein Waschbecken, zwei Handtuchhalter, zwei Rasierpinsel, zwei Flaschen Kukident. Ein Klo.
Ich räuspere mich. »Okay. Ich rufe dann mal den Pfleger.«
Puh. Also, nicht dass ich Berührungsängste hätte oder so. Ich meine, er ist mein *Großvater*. Auch wenn wir uns seit Jahren eigentlich nicht wirklich ...
Aber es gibt auch noch so was wie eine Intimsphäre.
Während ich noch überlege, ob ich mich aus dem Fenster hängen und »Mein Opa muss Pipi!« in den Garten brüllen oder

auf den roten Alarmschalter drücken soll, der neben der Toilette angebracht ist, wird von der anderen Seite die Tür aufgerissen.

Ein sehr platinblonder, unglaublich langhaariger Frauenhinterkopf keift in österreichischer Mundart ins angrenzende Zimmer:

»Also des interessiert mi net, dass du di so hänga lasst! Wennst scheißen muasst, dann scheiß, und i putz dir aa n Oasch aus, aber i bin net dei Putzfetzen, herst!«

Holla. Da hat aber jemand eine andere Tonart drauf.

Von wegen gefällt dir das Ölgemälde und magst du den Breitbildfernseher.

Die Platinblonde zerrt nun in Wut einen sperrigen Rollstuhl herein. Ich gewahre einen unglaublich schmalen, knackigen Frauenhintern, der von hippen Hüfthosen so spärlich bedeckt wird, dass ein knapper Seidentanga hervorblitzt, und wir stoßen zusammen.

»Oh«, sage ich. »Hoppla.«

Sie fährt herum, dass ihre seidige, lange Mähne im Badezimmerlicht hin und her schwingt. Ihr bildhübsches Gesicht ist von roten Flecken übersät, ihre Augen blicken hektisch, ihr Mund ist ein schmaler Strich. Aber eigentlich ist die Frau bildschön. Und sehr gepflegt. Sie ist perfekt geschminkt und trägt ein supermodisches Outfit, bestehend aus einer schneeweißen, gestärkten Rüschenbluse, einer Tweedweste, den knackigsten Jeans, die ich je gesehen habe, die von einem glitzernden Ledergürtel mit riesiger Schnalle kurz unter ihrem entzückenden Bauchnabel gehalten werden, aus schmal zulaufenden Krokodillederstiefeln und ganz tollem Swarowski-Schmuck. Sie sieht aus, als käme sie gerade von einer Modenschau. Und sie riecht nach einem unglaublich angesagten Parfüm, etwas, das in diesem Badezimmer durchaus gern gesehen wird. Ähm, gerochen wird. Mensch, Direktor Logik. Was faselst du denn da.

Aber sie hat offensichtlich Stress.

»Entschuldigung«, entfährt es mir. »Ich glaube, wir sind Zimmernachbarn.«

Augenblicklich lächelt sie. »Ach, das ist mir aber jetzt peinlich ...«

»Das muss es nicht«, sage ich verbindlich. »*Wir* sind schließlich die Neuen.«

»Ich habe schon von Ihnen gehört«, sagt das Supermodel und schüttelt mir kräftig die Hand. »Sie sind die Opernsängerin.«

»Na ja, um mich geht es hier eigentlich nicht«, räume ich bescheiden ein. »Ich bin nur die Enkelin. Mein ... Großvater ...« Ich zeige unbeholfen ins Innere des Kämmerleins, in dem mein Großvater reglos vor den modernen Gemälden hockt.

»Katharina Eder«, stellt die Frau sich vor. »Und das hier ist Xaver, mein Mann.«

Ich schaue auf den rotgesichtigen, bullig wirkenden Mann, den sie versucht, ins Bad zu bugsieren, und auf den sie eben noch so laut eingeschimpft hat.

Er ist ... in meinem Alter! Böse blickend sitzt er in seinem Rollstuhl. Sein linker Arm liegt verdreht auf seinem Schoß. Sein Gesichtsausdruck ist ...

furchterregend! Er sieht nicht so aus, als sei er zum Scherzen aufgelegt.

»Bitte nach Ihnen«, mache ich höflich Platz. Der Platzhirsch hat hier ältere Rechte, und so wie der dreinblickt, muss der ganz dringend.

Katharina Eder schlüpft neugierig durch das schmale Bad und steht schon im Zimmer meines Großvaters.

»Da muss man doch erst mal Grüß Gott sagen!«, schreit sie meinem armen Großvater ins Ohr. »Eder, Katharina! Wir sind Nachbarn!« Sie will ihm die gichtverkrümmte Hand schütteln, aber ich kann sie gerade noch davon abhalten.

Mein Großvater zeigt keine Regung. Dabei könnte er dieser außergewöhnlichen Schönheit ruhig mal einen Blick schenken.

»Kann er mich hören?«, schreit sie mich an.

»Ja«, flüstere ich und zucke zusammen. »Nur zu gut! Wir sollten nicht in der dritten Person über jemanden reden, der absolut klar bei Verstand ist«, raune ich. »Großvater, das ist Katharina Eder, unsere Nachbarin.«

Großvater hebt den Kopf: »Ich möchte ins Bad.«

Später, als der Pfleger endlich Ordnung in die eigentümliche Wohngemeinschaft gebracht hat und unsere beiden Schützlinge ihre Geschäfte erledigt haben, hocken Katharina Eder und ich im Innenhof des Altersheims. Meinen Großvater habe ich unter die große Kastanie geschoben, wo er seine Ruhe hat, und Xaver sitzt mit bösem Gesicht bei uns an der Gartenmauer. Um uns herum hocken teilnahmslos blickende Gestalten in Rollstühlen oder auf ihren Sesseln und starren vor sich hin. Einige Pflegerinnen unterhalten sich rauchend.

»Der Xaver hatte einen Schlaganfall«, berichtet Katharina und rührt Zucker in ihren Kaffee. »Seitdem ist er unerträglich.«

Sie schiebt mir einen Pappbecher hin. »Kaffee?«

»Nein danke.« Herzklabastern habe ich schon.

»Sprudel? Apfelsaft? Tee?« Würg.

»Nee, lass mal. Meinst du, die haben hier Champagner?«

»Hä?« Katharina schaut mich an, als hätte ich gefragt, ob man hier mit dem Heißluftballon landen kann.

»Champagner will ich auch«, lässt sich Xaver aus seinem Rollstuhl vernehmen.

»Ach geh, du weißt genau, dass du keinen Alkohol kriegst!«, herrscht Katharina ihn an. »Du stehst unter Medikamenten! Reiß dich zusammen, Mann!«

»Ach, halt's Maul!«, blafft Xaver zurück. »I sauf, wann i wui!«

Recht hat er, denke ich und mache mich auf die Suche nach Champagner.

Es gibt Umstände, die schreien förmlich nach Alkohol.

Und dieser hier gehört eindeutig dazu.

Schließlich werde ich in der Kantine fündig. Hinter dem Spülmittel im Küchenschrank modert ein angestaubtes Piccolöchen vor sich hin. Es ist zwar warm, und es ist »Söhnlein Brillant«, aber es gibt Situationen, da darf man nicht wählerisch sein.

»Ihr habt ja einen ganz schön rüden Umgangston«, versuche ich die Stimmung aufzulockern, als ich wiederkomme.

»Anders geht das nicht«, sagt Katharina. »Er braucht klare Grenzen.« Sie nimmt einen Schluck Kaffee. Dann weist sie mit dem Kopf auf ihren Mann. »Ein Schlaganfall aus heiterem Himmel. Wir waren gerade beim Skifahren.«

Ich schweige.

Wenn man nichts sagt, kann man auch nichts Falsches sagen.

Warum habe ich das nicht schon viel früher kapiert?

»Jetzt lern ich endlich mal die berühmte Ella Herbst kennen«, strahlt Katharina mich an, bemüht, das Thema zu wechseln. »Ich hab schon so viel von dir gehört! Du sollst die beste Carmen der Welt gesungen haben.«

Interessant, denke ich, dass sie die Vergangenheitsform benutzt.

»Ich denke, ich hab's noch drauf«, murmle ich trotzig und nehme einen Schluck lauwarmen Sekt.

»Ich hatte leider nie die Zeit, ins Festspielhaus zu gehen ... Ich hab lange als Model gearbeitet, weißt ...« Sie wirft einen Blick auf ihren Mann, der aus einer Schnabeltasse Tee schlürft. Er scheint mit Absicht sehr unappetitlich zu trinken. Fast wie ein trotziges Kind.

»Aber ... wie schaffst du das alles?« Ich räuspere mich. »Ich meine, hast du das Modeln aufgegeben?«

»Ich glaube, jeder Mensch kriegt die Aufgabe vom Himmelvater, die er meistern kann«, sagt Katharina schlicht. »Ich hatte international Erfolg, aber Xaver noch viel mehr. Hast du noch nie von Xaver Eder gehört? Dem berühmten Skifahrer?«

Mir bleibt der Mund offen stehen, und ich schütte schnell etwas warmen Sekt hinein. In mir entzündet sich ein Feuerwerk von Gedanken, die sich aus vagen Erinnerungsfetzen zusammensetzen. Meine müden Gehirnhälften reiben sich verschlafen die Augen: *Das* ist *der* Xaver Eder? Der *Pistenpanther von Mühlbach am Hochkönig?*

Dieser unverwundbare Skigott war doch in sämtlichen Gazetten! In allen Talkshows und Sportshows und Spielshows und wo auch immer! Gut, irgendwann war es still um ihn geworden, aber das war mir gar nicht aufgefallen. Ich versuche, überrascht zu sein, ich versuche, fassungslos zu sein.

Ich mache den Mund auf und schließe ihn wieder. O Gott, denke ich. Das Gleiche wird *mir* passieren! Man wird mich schlichtweg *vergessen*!

Ich würde am liebsten laut losheulen, aber das geht jetzt absolut nicht.

»Der Pistenpanther sitzt im Rollstuhl ...?« Mir klebt die Zunge am Gaumen, und ich nehme schnell einen Schluck Sekt, um sie wieder zu lösen.

»Pscht«, macht Katharina und dreht sich weg. »Muss er ja nicht so mitkriegen. Schlaganfall, mitten auf der Piste. Karriere zu Ende, Rollstuhl, Herzinfarkt. Aus.«

Mir gerinnt das Blut in den Adern. »So schnell kann es gehen«, röchle ich tonlos. Eine mühsam erarbeitete Karriere kann mit einem Schlag zu Ende sein.

Sie zieht mich am Arm ein Stück die Wiese hinunter. Dort stehen wir am See und betrachten ein paar Schwäne, die majestätisch und lautlos dahingleiten.

»Wir hatten schon bessere Zeiten«, sprudelt es aus Katharina heraus, »Xaver war zweifacher Olympiasieger, Weltmeister und vierfacher Europameister im Abfahrtslauf. Er hatte eine eigene

Firma, sicher hast du davon gehört. Pistenpanther, stellt Skier, Skistöcke und Skimode her.«

»*Ihr* seid das?!«

»Ja. Ich war sein Topmodel. Der Xaver hatte große Pläne.« Katharina zündet sich eine Zigarette an und inhaliert den ersten Zug, als ob er der letzte ihres Lebens wäre. »Er wollte die Jugend fördern, hatte schon mehrere Trainingszentren gebaut. Vielleicht schaffe ich es allein, unsere Firma zu leiten, wenn ...« Sie spricht das Unaussprechliche nicht aus. »Bis dahin muss ich mich halt zusammenreißen ...«

»Ja«, sage ich verlegen. »Es gibt auch manchmal harte Zeiten im Leben.«

Keine Ahnung, warum ich solche altklugen Phrasen dresche.

Ich nicke weise, um mir meine Verwirrung nicht anmerken zu lassen.

Ihr superschickes Handy klingelt, und sie wirft mir einen entschuldigenden Blick zu. »Der Lehrbub.«

Sie entfernt sich über den Kies, wobei sie wütend in ihr Handy schreit. Ich schlendere hinüber zu Xaver, der müde den Blick hebt.

Die Skilegende. Nicht dass mich das Skifahren je interessiert hätte.

Aber von Xaver Eder habe selbst ich schon gehört. Felix schwärmt ja von dem wie verrückt! Ob Felix weiß, dass es die Skilegende ... nicht mehr gibt?

Dass dieser ehemalige Unverwundbare wie ein Häufchen Elend zusammengesunken im Rollstuhl sitzt und sich von seiner Frau füttern, wickeln und anschreien lässt?

Ohne groß zu überlegen, strecke ich Xaver Eder meinen Söhnlein Brillant hin.

Ein Anflug von einem Lächeln geht über sein unrasiertes, fleckiges Gesicht.

Er greift nach der Flasche und setzt sie an den Mund. Gierig trinkt er den lauwarmen Rest schäbigen Billigsekt und rülpst laut.

Kann sein, dass ich heute einen neuen Freund gewonnen habe.

5

»Jetzt sei mal nicht gleich so pessimistisch, Ella. Klar hast du die Premiere geschmissen. Klar singt die kleine Russin sensationell. Aber in der nächsten Saison bist du wieder ganz vorn dabei. Dafür sorge ich, beim Augenlicht meines Sohnes.« Ich bin froh, dass Dieter Fux endlich mal anruft. Schließlich sind seit der hingeworfenen Premiere ganze zwei Wochen vergangen, ohne dass ein Hahn nach mir gekräht hätte.

»Was hätte ich denn machen sollen?«, heule ich ins Telefon. »Meinen Großvater im Stich lassen? Der saß in seiner eigenen Sch...« Wie eine übelkeiterregende Welle schwappt die Erinnerung über mich. Wie ich ihn in seiner Wohnung vorgefunden habe. Neben der toten Frau Bär. Und wie es roch in dem ungelüfteten Wohnzimmer.

Das Ganze kommt mir vor wie ein schlechter Traum.

»Nein, nein. Du hast ja alles richtig gemacht!«, bestätigt mich Dieter. »Das hätte jeder gemacht, Ella. Und das verstehen auch alle. Keiner ist dir böse!«

»Aber warum darf ich dann keine einzige Vorstellung der diesjährigen Festspiele mehr singen?«

Ich kann es nicht fassen. »Sie können mich doch nicht einfach so ... absägen!«

Mein Puls hämmert mir in den Ohren. Ich bettle Dieter um Jobs an! Das kann doch nicht wahr sein!

Könnte ich nicht einfach aufwachen und feststellen, dass alles nur ein böser Traum war? Dieses Gespräch mit meinem Manager führe ich doch nicht *wirklich*, oder?

»Keiner sägt dich ab, Ella. Das musst du mir glauben. Ich kämpfe hier an vorderster Front für dich. Aber die Krasnenko ist eben einfach ... das Überraschungsei der Festspiele! Das war ja nicht vorherzusehen!«

Ich kann mich nicht rühren. Ich bin wie gelähmt vor Angst. Mir wird speiübel.

»Ja, ich weiß«, murre ich bockig wie ein kleines Kind. »Alle reden nur noch von der Russin!«

»Die Meute will eben was, worüber sie sich das Maul zerreißen kann«, erklärt mir Dieter, als ob ich noch nie was vom Showbiz gehört hätte. »Die Olga ist einfach ... die Sensation. Da können alle mitreden, selbst die, die nichts von Kunst verstehen. Die Frau sieht geil aus, das sieht auch der letzte Müllkutscher!« Panik durchzuckt mich. Er wird doch nicht ...

Seit er mein Manager ist, haben sich meine Gagen verdreifacht. Wird er jetzt die Gagen der Russin verzehnfachen?

»Mann, ich bin doch nicht blöd!«, kanzle ich ihn ab. »Du sollst mir nicht das Massenphänomen Publikum erklären. Du sollst mir Engagements verschaffen! Wenn nicht auf den Festspielen, dann anderswo.«

»Das *tu* ich doch, Ella, glaub mir! Du bist unangefochten die Nummer eins! Und das bleibst du auch!« Ich sinke auf einen Stuhl, in der Hoffnung, dass dieses panische Schwindelgefühl davon besser wird.

»Davon merke ich nichts! Im Gegenteil. Ich habe eher das Gefühl, dass die Krasnenko ...« Ich schlucke. Mich vom Thron gestürzt hat, möchte ich am liebsten sagen. Meine Stimme ist ein bisschen wackelig, deshalb lege ich eine Pause ein. Okay, es wird nicht besser. Es wird schlimmer. Ich heule fast.

»Das ist jetzt so ein Strohfeuer«, wiegelt Dieter ab. »Die Kleine kann sich nicht auf Dauer halten. Die hat ja gar nicht dein Format, geschweige denn deine Erfahrung. Lass die noch ein, zwei Vorstellungen singen, dann ist die fertig.«

»Wirklich?«, quieke ich hoffnungsfroh in den Hörer, während

ich gleichzeitig versuche, die in mir aufsteigende Panik zu unterdrücken.

»Klaro! Die schafft das nervlich nicht. Und stimmlich schon mal gar nicht. Außerdem hat die überhaupt nicht deinen *Biss*!« Jetzt lacht er sein dröhnendes Raubtierlachen. Mein Mund ist staubtrocken, ich brauche unbedingt einen Schluck Champagner. Zum Glück steht einer in Reichweite.

»Dein Wort in Gottes Ohr«, röchle ich matt. »Und dann sorgst du sofort dafür, dass ich wieder besetzt werde?« Ich bemühe mich, entspannt zu klingen.

»Selbstverständlich! Beim Augenlicht meines Sohnes!« Ich bin einigermaßen verblüfft, wie oft er bereit ist, seinen Sohn auf dem Altar der Versprechungen zu opfern. Eigentlich müsste der arme Junge schon völlig erblindet sein.

»Rufst du mich dann sofort an?!«, höre ich mich flehen. Verdammt. Am Ende denkt Dieter noch, ich wäre total auf ihn angewiesen ... und das bin ich ja auch. Dieter, der Fux, der dumme Gänse wie mich aus ihren Hühnerställen raubt und in seine Höhle schleppt, um sie dort genüsslich zu zerfleischen, hat alle Federn ... äh ... Fäden in der Hand.

Aber es fällt mir schwer, es zuzugeben ... Ich kann doch nicht *selbst* zum Hörer greifen, um mich irgendwo anzupreisen!

Wer das nötig hat, ist unten durch! Klinken putzen? Ich? Nie!

»Natürlich! Aber jetzt entspann dich erst mal. Im Moment sieht es nicht danach aus, dass du in der nächsten Zeit ...«

»Gibt es denn überhaupt nichts, was ich diesen Sommer tun kann? Die Russin kann doch nicht auch noch meine sämtlichen Konzerte singen!«

»Gönn dir mal ein schönes Wellnesshotel«, schlägt Dieter gönnerhaft vor. »Lass dich massieren und verwöhnen und mach 'ne Fastenkur! Das wolltest du doch schon immer tun!«

»Mann, ich hab meinen *Großvater* hier im Pflegeheim«, raunze ich zurück. »Schon vergessen? Außerdem bin ich dünn genug!«

»Dann geh meinetwegen mit deinem Großvater im Park spazieren! Oder fang an zu malen ... oder zu töpfern! Und hast du nicht sogar zwei Kinder?«

»Ich glaube, ich hör nicht richtig!«, schnauze ich ins Telefon. »Du bist mein *Manager*, nicht mein Beschäftigungstherapeut!«

»Also Ella, wenn das so ist, kann ich im Moment wirklich nichts für dich tun!«

Unwillkürlich fange ich an zu keuchen, ich habe das Gefühl, gleich ersticken zu müssen. Er *will* nichts mehr für mich tun.

»Hallo?!«, schreie ich panisch. »Dieter?!«

Aber da hat Dieter Fux schon aufgelegt.

Okay. Keine Panik. Nur keine Panik. Ich werde mich doch von Dieter nicht durcheinanderbringen lassen.

Es ist nicht so, dass ich arbeitslos wäre und keine Perspektiven hätte.

Es ist auch nicht so, dass ich nicht wüsste, wie ich diesen wunderschönen Sommer im herrlichen Salzkammergut verbringen kann.

Felix ist zurzeit allerdings oft geschäftlich unterwegs und lässt mich viel allein. Aber einer muss ja das Geld verdienen.

Großvater schläft viel. Mehr als zweimal am Tag kann ich ihn nicht besuchen. Er redet so gut wie nichts. Einmal besuchen ist auch okay.

Eigentlich ist es ja ganz schön, mal so richtig Zeit für mein Privatleben zu haben. Mich um meine Freunde kümmern zu können, zum Beispiel.

Ähm ... welche Freunde? Ich habe mich ja nie darum gekümmert! Wie denn auch, bei meinem überfüllten Terminkalender ...

Hammer-Marie! Familienzuwachs! Ganz genau!

Die freut sich bestimmt wahnsinnig, wenn die mich sieht.

Ich setze mich einfach in diesen schnurrenden Porsche Cayenne und rausche mal eben rüber nach Bad Reichenhall. Natürlich kann ich jederzeit meine Kinder besuchen, das gilt ja auch für Jürgen. Wir müssen uns noch nicht mal telefonisch anmelden. Das machen nur die Verbissenen. *Wir* reichen uns nicht schweigend die Kinder über den Gartenzaun und werfen noch den gepackten Rucksack, den Badeanzug, die Schwimmflügelchen, die Zahnspange und das Kuscheltier hinterher. *Wir* nicht. Wir haben einen total lockeren, unkomplizierten Umgang. Weil wir uns noch mögen. Und respektieren. Also ich ihn. Und er mich ... doch. Bestimmt. Wir sind nur zu verschieden. Das ist alles.

Als ich vor dem Steuerberaterbungalow in der Kurparkstraße vorfahre, habe ich ganz schön Herzklopfen. Was, wenn sie gerade im Swimmingpool rumplanschen und eine Menge Spaß haben ohne mich ...? Was, wenn sie gerade laut quietschend Federball spielen? Was, wenn sie auf der Terrasse Mau-Mau ... oder gar Kuchen essen und die neuen Schwiegereltern sind da ...? Aber der Garten ist verwaist.

Plötzliche Enttäuschung macht sich breit.

Sie sind gar nicht zu Hause?!

Da sehe ich, wie sich die Gardine am Schlafzimmerfenster bewegt.

Ha! Und wie die da sind! Juhuu! Überraschung! Mamski kommt!

Das fremde Gesicht am Fenster wirkt eine Winzigkeit entsetzt.

Ach, Hammer-Marie! Ich bin's doch nur, Mamski! Die friedfertigste, netteste, unzickigste, hintergedankenloseste, witzigste, spontanste ... Mist. War das ein ... Rums?

Mann, rückwärts einparken ist vielleicht ein Stress. Ständig wird man von drängelnden Hintermännern angehupt. Dabei muss ich mit dieser Riesenkiste nur ein Dutzend Mal die Position korrigieren! Ich meine, ich habe *Publikum*!

Ich werde vom ersten Rang aus beobachtet!

Da muss ich schon eine tadellose Leistung bringen!

Aber je mehr Leute kopfschüttelnd auf dem Bürgersteig stehen bleiben, desto schwieriger wird das Manöver. Zumal ich seit Jahren nicht mehr selber Auto gefahren bin. Ich hatte bis jetzt immer einen Chauffeur. Das sollten sich die blöden Gaffer mal klarmachen. Oder haben sie mich einfach nur ...

Ich schüttle über mich selbst lachend den Kopf.

Na klar, Mensch. Ich bin Ella Herbst! Und parke mit der auffälligsten Luxuskutsche ein, die in diesem spießigen Kaff je gesichtet wurde.

Man muss nur mal einen Blick auf das Nummernschild werfen, das Felix extra für mich hat anfertigen lassen!

»Sophienhöh – STAR 1«!

Na logo gucken die Leute! Die haben mich erkannt! Die meisten von ihnen kommen gerade vom Wandern und haben einen Rucksack dabei und Hüte mit einem Rasierpinsel auf. Hier in Bad Reichenhall geht man entweder wandern ... oder man lungert neugierig auf Bürgersteigen am Kurpark herum. Müßiggang ist aller Laster Anfang.

Endlich stehe ich in dieser Parklücke. Ich krame noch ein paar Autogrammkarten hervor. Nur für den Fall ...

Langbeinig schwinge ich mich aus der Karosse, greife noch schnell nach der Kühlbox mit dem Schampus sowie nach meinem Geschenk für Hanne-Marie und klingle aufgeräumt am Gartentor. Na gut. Keiner will ein Autogramm. Macht nichts.

»Ich bin's«, flöte ich glockenhell. »Juhuu! Überraschung!«

Kopfschüttelnd gehen die Leute weiter.

Täusche ich mich, oder bewegt sich die Gardine nicht mehr?

Ich zupfe mir das zugegeben sehr sorgfältig geföhnte Haar über der Stirn zurecht, damit es fülliger wirkt, ziehe meinen rosafarbenen Kostümrock über den Knien glatt und setze mein strahlendstes, herzlichstes »Ich tu dir nichts, tu du mir auch nichts«-Lächeln auf.

Der Summer geht, ich lege die sorgfältig manikürte Hand auf das Gartentor und öffne es mit Schwung. Nun noch ein paar jugendliche Sprünge in Richtung Haustür, fünf Stufen hinauf, und ... da steht sie auf der Schwelle! Meine ... *Nachfolgerin*! Die neue Hausfrau im Steuerberaterbungalow!

Nun gut. Sie trägt wirklich braune Cordhosen und ein Flanellhemd. Und hat wirklich graue Haare.

Wer hätte das gedacht.

Aber das *macht* doch nichts! Sie kann doch *trotzdem* meine beste Freundin werden! Wir sind eine moderne, unkomplizierte tolerante Patchworkfamilie!

»Hammerma... Hammermäßig!«, rufe ich aus und möchte der lang Vermissten um den Hals fallen. »Hanne-Marie! Wie schön, dich endlich kennenzulernen! Ich darf doch hoffentlich Du sagen? Du scheinst älter zu sein als ich ... aber ich mach mal den Anfang. Willkommen in der Familie!«

»Tach«, sagt sie ziemlich einsilbig. Sie sieht nicht so aus, als würde sie sich ein Loch in den Bauch freuen. Aber Großvater hatte gesagt, sie sei zurückhaltend.

Das muss ich also keineswegs persönlich nehmen.

»Ich kam gerade hier vorbei, war beruflich in ähm ... München, und da dachte ich, bei dem herrlichen Wetter ... trinke ich mit euch einen ... Kennenlernchampagner.« Ich zaubere einen eisgekühlten Roederer Cristal aus der Kühlbox. »Und meinen Bikini habe ich auch dabei ...«

Ich wedle mit meinem weißen Wolford-Bikini, der meine braun gebrannte Haut so richtig zur Geltung bringen soll, vor ihrem fassungslosen Gesicht herum. Hanne-Marie scheint nie in der Sonne zu liegen, sie ist blass, und ihr Gesicht wirkt irgendwie teigig. Außerdem schreit ihre ziemlich konturlose Figur nicht nach einem Bikini, so viel ist mal klar nach dem ersten Drei-Sekunden-Check.

»Jürgen ist mit den Kindern unterwegs«, teilt Hammer-Marie mir sachlich mit. Täusche ich mich, oder warum drängt sich mir der Eindruck auf, dass sie jetzt gern die hölzerne Bungalowtür vor mir zuwerfen würde?

»Aber das *macht* doch nichts!« Ich will mich ihr gerade an den Hals werfen, als ich merke, dass sie eine Spur zurückweicht. Ach ja. Keine Panik. Das haben zurückhaltende Menschen so an sich, sage ich mir geduldig. Vielleicht mag sie auch meine Stimme nicht. Kann sein, dass ich etwas schrill war im Eifer des Gefechts. Ich bin hier nicht auf der Bühne. Sorry.

»Das ist vielleicht gar nicht so blöd«, ulke ich aufgeräumt, »dann haben wir beide ein bisschen Zeit unter uns Pastorentöchtern!«

»Ich bin keine Pastorentochter«, sagt Hammer-Marie mit undurchdringlichem Gesicht.

»Du Dummchen! Ich doch auch nicht! Das *sagt* man doch nur so ...«

Aufgeregt drängle ich mich an ihr vorbei in den Flur. »Sieht noch genauso aus wie früher«, stelle ich fachmännisch fest. »Die Tür zum Gästeklo klemmt immer noch, stimmt's?« Ich stoße mit Schwung die Klotür auf und fahre erschrocken zurück: eine fauchende Katze flüchtet mit eingezogenem Schwanz durch das Klofenster ins Freie. Neben der Toilette steht ein Katzenklo, dessen weiße Steinchen von zwei dampfenden braunen Haufen verunziert werden.

Mir fällt nichts Originelleres ein als: »Offensichtlich habe ich das Viech gerade beim Kacken gestört!«

»Das ist kein ›Viech‹«, sagt Hanne-Marie geziert, »das ist ein reinrassiger Tonkanese.«

Ich lache befreit. »Und ich hatte gedacht, das ist eine Katze! Seit wann können reinrassige Pekinesen durchs Fenster springen?«

»Das *ist* eine *Katze*«, stellt Hanne-Marie schmallippig klar. Wir stehen immer noch in der Klotür. Das muss doch jetzt mal ein Ende haben!

»Wusste ich's doch!«, überspiele ich die Situation. »Ein Katzenviech!«

»Ein *rein*rassiger Tonkanese«, beharrt Hanne-Marie.

»Okay«, gebe ich klein bei. »Und wie heißt die Mieze?«

»Die ... *Mieze* ... heißt Illia von Bendelstein«, informiert mich Hanne-Marie.

Illia von Bendelstein. Die hat doch einen an der Klatsche. Meine armen Kinder, schießt es mir durch den Kopf. Und auch Jürgen. Das hat er nicht verdient.

Ich will gerade mit einer unfreundlichen Retourkutsche parieren, als mir mein Vorsatz wieder einfällt: neue Freunde gewinnen und das Beste aus der Situation machen. Hm. Das passt aber jetzt gar nicht ins Konzept.

Hanne-Maries stahlgraue Augen fixieren mich ausdruckslos, und ich bin mir im Moment gar nicht mehr so sicher, ob ich möchte, dass wir gute Freundinnen werden.

»Na, wie dem auch sei«, moderiere ich diese peinliche Szene ab. »Das adelige Kätzchen hat ja nun erst mal das Weite gesucht. Gehen wir in den Garten?«

Mit temperamentvollem Hüftschwung steuere ich das Wohnzimmer an und klappere in meinen hohen Pumps über das Laminat – ja, das ist nämlich gar kein Parkettboden, liebste Hammer-Marie! –, reiße die Gardine auf und öffne mit Schwung die Terrassentür.

Ach, das geht mir nach all den Jahren noch so leicht von der Hand!

Lächelnd schaue ich mich nach meiner Nachfolgerin um. Sicher hat sie schon zwei Schampusgläser in der Hand.

Doch Hanne-Marie erwidert mein Lächeln nicht. Sie steht immer noch da, die Hände in den Cordhosentaschen vergraben. Na gut, vielleicht ist es merkwürdig für sie, ihrer Vorgängerin in deren ehemaligem Haus zu begegnen.

Ich muss feinfühlig sein, rufe ich mich barsch zur Ordnung.

Jetzt weiß ich gar nicht, was ich als Nächstes sagen soll.

Wir sitzen auf der Terrasse meines ... also ähm ... natürlich Jürgens ... Bungalows mit Blick auf den Nachbarzaun und diesen scheußlichen Springbrunnen, den ich schon damals bei Strafe verbieten lassen wollte, der aber immer noch aus einer steinernen Delfinschnauze auf graue, runde Steine tröpfelt, und Hanne-Marie hat mir ein Glas Wasser angeboten. Aus der Leitung. Ohne Prickel.

Ja Herrschaftszeiten, da *kann* ja keine Freude aufkommen.

Das hier ist total abgefahren. Ich sitze meiner Nachfolgerin gegenüber, auf *meiner* Terrasse aus Klinkersteinen, auf den gleichen Kissen, vor den gleichen Buschwindröschen an der gleichen Hecke, und das Glas, das Hanne-Marie mir auf den gleichen Untersetzer auf den Plastiktisch gestellt hat, ist *original* dasselbe, das ich vor einigen Jahren bei Ikea auf dem Wühltisch für einen Euro gekauft habe.

Dass wir jetzt gemeinsam juchzend in den Swimmingpool springen, halte ich im Moment eher für unwahrscheinlich.

Wahrscheinlich beäugt sie mich genauso misstrauisch wie ich sie, geht es mir plötzlich durch den Kopf. Wir sitzen also da und schweigen.

Das mit dem Tokajer war schon mal voll daneben. Hoffentlich kommt er wieder und gibt mir noch eine Chance.

»Mein Großvater ruht, meine Karriere auch ...«, sprudle ich los. Hahaha, bin ich nicht wahnsinnig witzig und originell?? Wenn ich über mich selbst lachen kann und der ganzen Sache schon mal den Wind aus den Segeln nehme, wird sie auftauen wie ein Nutellabrötchen! »Und da dachte ich, wir könnten uns endlich kennenlernen! – Bei dem Wetter!«, füge ich überflüssigerweise dazu.

Hanne-Marie nickt und schweigt. Mann, die ist ja wirklich *sehr* zurückhaltend.

Da haben Großvater und Jürgen ja noch *untertrieben*, als sie mir »das Mädchen« schilderten. Ich schätze die Gute auf Mitte bis Ende vierzig. Oder in welchem Alter pflegt eine Frau heutzutage zu ergrauen?

Und warum die was gegen Friseure hat, würde ich auch gern mal wissen.

Ich muss sie ein bisschen aus der Reserve locken.

»Und? Stimmt das Bild, das du dir von mir gemacht hast?« Kokett recke ich das Kinn gegen den blauen Himmel. »Ich meine, du kennst mich sicher nur aus dem Fernsehen ...«

»Wieso sollte ich mir ein Bild von dir machen?«

»Na weil ich deine ...« Ich kichere verschwörerisch, »... Vorgängerin bin!«

»Das tut nichts zur Sache.« Hanne-Marie nimmt einen Schluck Leitungswasser aus dem Ikeaglas, und ich unterdrücke das heftige Bedürfnis, ihr mein abgestandenes Wasser aus dem glanzlosen Glas über das glanzlose Haar zu kippen.

»Also wirklich, Hanne-Marie«, mache ich einen auf Spaß, »du wohnst in dem Haus, in dem ich gewohnt habe, du isst von meinem Tellerchen, du trinkst aus meinem Becherchen, du schläfst in meinem Bettchen, du hütest alle meine Entchen und du ... ähm ...« Also das mit dem Schwänzchen-in-die-Höh bringe ich jetzt nicht über die Lippen. Dazu ist die Sache noch zu frisch.

»Na und?«

»Da musst du dir doch Gedanken darüber gemacht haben, wer das alles vor dir ...«

»Nein.«

»Aber du musst doch auf Schritt und Tritt ... Ich meine, das alles hier, die Tischdecke, die Sitzkissen, die Sets, die Trinkkaraffe, die Gläser, das ist alles *mein* Geschmack. Ähm. Gewesen. Also damals. Als ich noch nicht so gut bei Kasse war. Haha. Ähm. Also. Das habe alles *ich* gekauft. Und jetzt bietest *du* mir daraus Wasser an, ist das nicht eine ... irrwitzige Situation?«

»Nein.« Hanne-Marie glotzt mich verständnislos an.

Mensch Ella, du *bist* aber auch penetrant, rufe ich mich selbst zur Ordnung.

Vielleicht ist ihr Komikzentrum nicht mit deinem kompatibel?! Ich fahre mir über das Gesicht.

Vielleicht lacht sie sich über Witze der Marke »Wie kriegt man einen Elefanten in den Kühlschrank« kaputt?

Oder sie geht zum Lachen in den Keller? Oder haben sie extra einen Bunker dafür bauen lassen?

»Also dann ... prost!«, mache ich verlegen mit dem blöden abgestandenen Wasser und werfe einen Blick auf die Keramikfische neben dem spuckenden Delfin. »Hier könnte man ja mal ... Also, nicht dass ich euch reinreden will, aber ... das hat ja mehr so Siebzigerjahre-Charme, nicht? Jetzt, wo du hier die Hausherrin bist ... Und Jürgen ist ja auch kein armer Schlucker ...« Ich schlucke.

Mein Gott, warum sind wir denn so verkrampft? Wir können doch völlig locker über dieses heutzutage alltägliche Thema reden! Mit einem oder zwei Gläsern Champagner fiele uns das vermutlich leichter!

Ich merke, wie ich Boden verliere. Auf meinem eigenen ... ähm ... ehemaligen Grund und Boden. Gut. Ich verschränke die Arme vor der Brust. Dann werde ich eben kein gutes Verhältnis zu meiner Nachfolgerin aufbauen.

Lächerlich.

Ich habe schon auf ganz anderen Bühnen gestanden und ... ein viel zäheres Publikum überzeugt. Obwohl ich zugeben muss, dass Hanne-Marie zäh wie ein Steak aus meiner Versuchsküche ist. Ich krieg sie. Warte nur. Ich hab sie noch alle gekriegt.

Reflexartig greife ich in meine rosafarbene Chanel-Handtasche, die Felix mir aus New York mitgebracht hat.

»Ich habe dir was mitgebracht!« Triumphierend halte ich eine festlich verpackte Hochglanzschachtel von edelstem Design in die Höhe.

»Was ist das?«

Ich lache verschmitzt: »Katzenzungen sind es nicht.«

Hilfsbereit reiße ich das seidene Geschenkpapier ab und stelle den Karton mit den verschiedenen CDs neben das Wasserglas. Eine davon nehme ich raus und halte sie ihr triumphierend hin.

»Die Wesendonk-Lieder!«, strahle ich Hanne-Marie an. Ich

glaube, ich muss ihr ein bisschen gut zureden. Sie traut sich nicht, mein Geschenk anzunehmen.

»Die Was-Lieder?«

Mann, ist die uncool! Aber vielleicht ist das einfach nur eine ihrer Eigenarten, an die ich mich gewöhnen muss. Die Kinder lieben sie ja schon, Großvater ist auch von ihr angetan, und Jürgen ist wieder versorgt. Dafür tue ich alles.

»Wesendonk! Richard Wagner! Schumann! Mahler! Brahms! Von *mir* gesungen! Ein Livemitschnitt aus der Carnegie Hall!« Ich reiche sie ihr gönnerhaft. »Keine Ursache!«

»Illia!«, ruft Hanne-Marie und zeigt plötzlich so etwas wie eine menschliche Regung.

»Nein, nicht Schostakowitsch«, erkläre ich mühsam. »Wagner. Richard Wa... was ist denn? Huch!«

Plötzlich springt ein beleidigt aussehendes Katzenviech schnurrend auf Hanne-Maries Schoß, und Hanne-Marie streichelt es, als wäre es ein im Tsunami verloren geglaubtes Kleinkind. »Ist ja gut, ist ja gut, ist ja gut«, murmelt sie gebetsmühlenartig vor sich hin. »Ja, da bist du wieder, mein Schmusebär, mein kleiner Liebling, meine Buschi-Muschi, hat die böse Tante dir den Schwanz geklemmt?! Bist du nicht mehr böse, nein?!«

Ich starre sie vollkommen verständnislos an. Mit jeder Streicheleinheit fliegen ein paar Katzenhaare im Sommerwind davon. Einige davon bleiben auch am Glas hängen, aber das scheint Hanne-Marie nicht im Geringsten zu stören. Die Katze grabscht nach meinem Geschenkpapier und verheddert sich mit ihren Krallen im Hochglanzkarton.

»Uihhh, ein neuer Karton, was ist da wohl drin?«, fiept Hanne-Marie glücklich.

»Meine Wesendonk-Lieder!«, beharre ich. »Von Wagner. Fünf frühe Werke.«

Aber Hanne-Maries Frage war wohl rhetorischer Art.

Nur der leere Karton und das knisternde Seidenpapier mitsamt

Schleife sind von Belang. Hanne-Marie unterhält sich mit dem schnurrenden Tokajer, als wäre ich Luft. Die adelige Katze grabscht und angelt hektisch nach dem Papier und versucht, die Schleife zu fressen.

»Die Sache ist nämlich die, diese Aufnahmen sind im Handel gar nicht mehr erhältlich.« Ich halte die Luft an.

»Echt«, sagt Hanne-Marie. Mann, bin ich erleichtert!

Sie interessiert sich sehr wohl für diese kostbare Rarität! Wenn ich ehrlich bin, habe ich ihr sogar das allerletzte Exemplar aus meinem eigenen Bestand mitgebracht! Weil sie es mir wert ist!

»Nein danke«, sagt Hanne-Marie. »Ich brauche keine CD. Aber die Kiste und das Geschenkband, das können wir gut gebrauchen, was Tonkibär?«

Entsetzt drehe ich mich zu ihr um. Hat sie vielleicht nicht richtig verstanden?

»Aber es ist *meine* Stimme!«, versuche ich ihr begreiflich zu machen. »Nicht irgend*eine* fremde Sängerin! *Ich* bin das, ich!« Ich trällere ein paar schrille Töne in den stillen Sommergarten, muss mich aber unterbrechen, weil ich ein Katzenhaar im Mund habe.

Hanne-Marie zuckt mit den Schultern: »Danke, kein Interesse.«

Mir fehlen die Worte. Ich meine, wie kann man nur so ... direkt sein, so unverblümt, so unhöflich?! Um nicht zu sagen, so ... herzlos und gemein?

»Tonkis sind sehr anhänglich«, stößt Hanne-Marie inbrünstig aus, und zum ersten Mal erkenne ich in ihr so was wie totale Hingabe.

»Illia fordert von Papa und Mama ihre intensiven Streicheleinheiten.«

»Echt? Sind ihre Eltern auch hier?« Ich sehe mich suchend im Kleingarten um und heuchle das Mega-Interesse. Fangen wir doch mit *ihren* Interessen an, dann wird sie für *meine* Belange auch ein offenes Ohr haben!

»Erzähl. Was stellt es denn so an, das possierliche Tierchen?«

Ich unterdrücke ein Gähnen. »Was passiert noch in Tonkiland? Von welcher Rasse stammt denn so eine Tonkinette ab?«

Bestimmt überzüchtet, denke ich. Der Tonkinettenbär. Während ich jahrelang in geschlossenen Räumen gesungen habe, ist mir wohl der neueste Entwicklungsstand der Evolution entgangen.

»Ton*k*anese«, verbessert mich Hanne-Marie. »Natürlich sind mit Papa und Mama *wir* gemeint.«

»Wer ist wir?«

»Wir. Jürgen und ich.«

Sie zieht die Nase hoch und schaut mich vorwurfsvoll an.

Ich habe keine Ahnung, was ich darauf sagen soll. Bis jetzt hatte ich Jürgen als halbwegs intelligenten, praktisch denkenden ... ähm ... Steuerberater und Vater meiner *Kinder* in Erinnerung.

Wie kann er jetzt Vater einer *Katze* sein? Dann wären *meine* Kinder ja quasi die ... Geschwister ... von diesem Viech?

»Weißt du was?« Ich bemühe mich, beschwingt zu klingen. »Die Kinder haben sicher einen Riesenspaß an der Katze. Warum machen wir jetzt nicht einfach den Champagner auf?«

Okay. Das war jetzt nicht gerade Liebe auf den ersten Blick.

Ich hab mich zu neuen Freundinnen schon mehr hingezogen gefühlt.

Mann, das ist ja wohl die trübsinnigste Unke, die mir je begegnet ist.

Ich bin völlig umsonst nach Bad Reichenhall gefahren.

Was mache ich denn jetzt? Allein der Gedanke, in mein leeres Haus nach Sophienhöh zurückzufahren, ist unerträglich. Ich vermisse Felix so!

Meinen heiteren, tatkräftigen, immer zu Späßen aufgelegten, großzügigen, humorvollen, gut aussehenden ... Mit dem würde ich mich jetzt über Hanne-Marie und ihr überzüchtetes Katzenviech kaputtlachen. Er würde Hanne-Marie so perfekt nachahmen, dass ich vor Lachen Pipi machen müsste. Aber ... leider. Er ist nicht hier. Er macht wieder Riesengeschäfte im Ausland, während ich faul und nichtsnutzig ... Egal.

Macht nichts. Der Sommer ist noch lang. Und ich muss erst noch lernen, die neu gewonnene Freiheit zu genießen. Es ist ja nicht so, dass ich mich langweilen würde.

Ganz und gar nicht. Ich muss mich nur einfach daran gewöhnen, dass ich nicht mehr dauernd unter Termindruck stehe. Aber das kriege ich schon hin.

Hier und jetzt beginnt mein neues Leben. Ich werde lernen, was im Leben wirklich wichtig ist, wenn man keinen Beruf und keine Mutterpflichten mehr hat.

Natürlich nur vorübergehend. *Vorübergehend.*

Das Wetter ist herrlich, und ich habe mir bei meinem absoluten Lieblingsladen, diesem sensationellen »Heute gönne ich mir was weil ich es mir wert bin«-Damenausstatter Hämmerle in der Getreidegasse erst mal eine superschicke Dreiviertelhose gekauft. Ehrlich gesagt, eigentlich zwei. Eine enge Jeans in Größe 36 (die süße Verkäuferin hat wahrscheinlich noch schnell ein falsches Etikett drangemacht, damit ich mich freue), und eine weiße, die voll edel aussieht und zu meinen Ballerinas passt. Und wenn man dieses superschöne rosa Spaghettiträgertop mit den handbestickten Applikationen dazurechnet ... Menschenskind, ich bin neununddreißig und habe wirklich noch eine gute Figur! Das haben die bei Hämmerle auch gesagt. Herr Kaltenbrunner und Frau Stöckl und so. Dann haben sie mir noch ein ganz süßes T-Shirt geschenkt, auf dem sich zwei Frösche küssen, und einer von ihnen hat eine Krone auf. Da habe ich gleich an Jürgen und Hammer-Marie gedacht und an die tröpfelnde Delfinschnauze im Garten ... Also bei Hämmerle ... Die sind so was von nett! Und herzlich! Es tat einfach mal wieder gut, mit Komplimenten und Anerkennung bedacht zu werden.

Auch wenn sie dafür bezahlt werden, dass sie so was sagen.

Und dann haben sie ganz beiläufig über die Russin gesprochen, die wäre auch vor Kurzem bei ihnen im Geschäft gewesen, und die hätte natürlich auch eine ganz zierliche Größe 36. (Da mussten sie noch nicht mal die Zettel vertauschen.)

Und die macht gar nichts dafür, stand in der *Woman*. Die ist einfach ... jung.

Da fällt mir ein:

Komischerweise wollte die *Woman* dieses Jahr gar kein Interview mit mir.

Auch nicht die *Gala* und erst recht nicht die *Cosmopolitan*.

Aber – egal. Wir waren gerade beim Thema Freizeit, Freiheit, Friede, Freude, neues Leben. Entspannt sein im Hier und Jetzt.

»Frau Herbst, es ist uns eine Ehre, Sie beraten zu dürfen, und wenn Sie jetzt endlich mal Zeit für sich haben, dann *gönnen* Sie sich doch auch mal was Besonderes! Weil Sie es sich wert sind! Sie können es sich doch *leisten*!«

Meinten die jetzt finanziell oder figürlich? Beides natürlich!

Ach, die sind so *nett* bei Hämmerle in der Getreidegasse!

Zu dritt und zu viert haben sie mir die edlen Teile in die Kabine gereicht, und ich bin immer wieder rausgekommen und habe mich vor dem Spiegel gedreht wie ein Pfau. Dann gab es natürlich Champagner, und wahrscheinlich habe ich mir mich selbst schöngetrunken. Jedenfalls kam ich mit einigen Tüten wieder raus und bin noch erhobenen Hauptes die Getreidegasse runtergeschlendert und habe mich an den Blicken der Passanten geweidet. Ich glaube schon, dass sie mich erkannt haben.

Die meisten jedenfalls.

Kann auch sein, dass einige einfach weitergegangen sind.

Kann sein, dass die mich jetzt nicht so ... wahrgenommen haben. Ich sehe ja mit Einkaufstüten in der Hand auch ganz anders aus als auf der Bühne.

Aber sonst ... Doch. Einige. Um nicht zu sagen, viele.

Haben sich bewundernd nach mir umgedreht.

Und ich dachte: Tja, Leute. Dieses Jahr bin ich mal ganz privat. Mein Großvater und so.

Ihr wisst schon. Stand ja in jeder Zeitung.

Und dann bin ich, ziemlich ungehindert eigentlich, ins Parkhaus gelangt, ohne dass mich jemand aufgehalten hätte oder so, von wegen Frau Herbst, bitte ein Autogramm und ich verehre Sie so und wann singen Sie wieder, ich bin extra wegen Ihnen in die Festspielstadt gereist ...

Jedenfalls bin ich jetzt zu Hause.

Hier in der Parkallee auf dem Sophienberg.

In meiner Villa. Also ... unserer Villa natürlich.

Ein sehr beachtliches Anwesen. Kein Vergleich mit dem spießigen Steuerberaterbungalow mit spuckendem Delfin und kackender Katze.

Nein, unsere Villa hat ein sich automatisch öffnendes Einfahrtstor zwischen zwei goldenen Säulen, auf denen zwei goldene Löwen thronen. Felix muss eben immer noch einen draufsetzen. Bildlich gesprochen. Zwei große Autos stehen in der Einfahrt.

Obwohl, das trifft es ja gar nicht. Autos.

Limousinen – nein, das sind glaube ich diese kleinen, unscheinbaren ...

Wir haben einen Jeep mit Stoßstange, also da könnte eine Elefantenherde reinrennen ...

Und das andere ... äh ... Fahrzeug ist der bereits erwähnte Porsche Cayenne. Mit dem ... schwebt man. Und außerdem machen alle anderen Platz. Wenn man von hinten heranschießt.

Nicht dass ich da Wert drauf lege oder so.

Aber Felix hat einfach einen Narren gefressen an solchen ... Image-Kanonen.

Nicht dass Felix ein Angeber wäre oder es irgendwie nötig hätte. Felix ist ein total bescheidener Mensch, genau wie ich.

Der braucht keine Statussymbole, um Eindruck zu schinden oder so was Albernes.

Nein, wir haben diese Fahrzeuge rein zufällig in der Einfahrt stehen.

Wie komme ich jetzt da drauf?

Ach so. Ich liege auf meiner Garpa-Liege im Garten an meinem Swimmingpool in meinem weißen Bikini, den Hanne-Marie so gar nicht bestaunen wollte, und lasse den Blick schweifen.

Tja. Das habe ich mir alles selbst erarbeitet. Ganz allein.

Da kann ich durchaus mal ein bisschen ausruhen, am Pool liegen, nachdenken.

Meinen vierzigsten Geburtstag will ich ganz groß feiern – so mit fünfhundert Gästen ... alles gute Freunde natürlich. Da muss ich noch mal überlegen, ob ich die zusammenkriege ... Bei Feinden wäre das kein Problem, da fallen mir auf Anhieb doppelt so viele ein. Und vorher gebe ich erst mal einen Liederabend, damit alle hören, dass ich den Zenith stimmlich noch nicht überschritten habe, Krasnenko hin oder her. Und dann fließt der Champagner in Strömen, und selbstverständlich ist die *Bunte* dabei und die *Gala* und die *Woman* ... und dann schreiben sie: »Ella Herbst ist noch lange nicht weg vom Fenster!« Und dann feiere ich mein sensationelles Comeback ... Während ich mir so ausmale, wie wunderschön das alles wird, den herrlichen Duft von frisch gemähtem Heu einatme und am Sommerhimmel über mir die kleinen unschuldigen Schäfchenwolken ihre Bahnen ziehen, tragen mich die federleichten Wunschträume fort in einen herrlich erfrischenden Sommerschlaf.

6

Der Sommer neigt sich dem Ende zu, die Ferien sind vorbei. Jürgen liefert die Kinder pflichtgemäß vor unserem Gartentor ab.

Er hat angerufen und gesagt, er bringt sie gegen fünf, und jetzt ist es *Punkt fünf*. Das konnte Jürgen deshalb mit ziemlicher Wahrscheinlichkeit vorhersagen, weil sein Navigationssystem eine exakte Ankunftsvorhersage hat. Unpünktlichkeit ist Jürgen ein Graus.

Weil ich eine unglaublich friedfertige, moderne Exfrau bin, bitte ich ihn auf einen Kaffee herein.

»Du bist braun geworden«, stellt Jürgen fest. Täusche ich mich, oder ist da wieder dieses angedeutete, zynische Lächeln?

Und du dick, möchte ich sagen, unterlasse es aber. Jürgen steckt in einem grasgrünen Ensemble aus kurzen Hosen, die seine weißen, behaarten Beine noch besser zur Geltung bringen, und einem engen grasgrünen T-Shirt, das seinen Bauch betont. Überall auf dem grünen Jürgen kleben Katzenhaare. Zu allem Überfluss hat er braune Halbschuhe mit Tennissocken an, eine Kombination, die man eigentlich nur trägt, wenn man darauf wartet, dass die Polizei kommt und einen in eine geschlossene Anstalt bringt.

Ich rutsche verlegen auf meinem Stuhl herum, und Jürgen starrt auf seine Schnürschuhe. Mann, das ist ja unerträglich. Früher hatte ich ihn modisch wenigstens halbwegs unter Kontrolle, aber jetzt hat er offensichtlich abrupt den Look geändert. Warum nur?

Sein schierer Anblick quält mich mehr und mehr, und plötzlich weiß ich, dass ich etwas sagen *muss*, denn sonst fährt er heim nach Bad Reichenhall, und diese Chance ist für immer vertan.

»Jürgen«, sage ich und atme geräuschvoll aus. »Bevor du dich jetzt endgültig auf ... ähm ... Hanne-Marie einlässt – es gibt da etwas Wichtiges, das ich dir schon lange sagen will.«

»Ja?« Er reißt den Kopf hoch, und ich sehe törichte Hoffnung in seinen grauen Augen schimmern. »Nur heraus damit, sag es einfach!«

Er sieht mich so gespannt an, dass ich ein ganz schlechtes Gewissen bekomme. Womöglich macht er sich Hoffnungen, dass ...

Aber jetzt, wo ich das Thema angeschnitten habe, muss ich es auch zu Ende bringen. Ich streiche mir eine Haarsträhne aus dem Gesicht und atme tief durch.

Dann geht mein Mund auf und folgende Worte purzeln heraus: »Wer ist denn neuerdings dein Modeberater?«

Jürgens Gesichtszüge fallen in sich zusammen, als hätte man in einen grünen Luftballon gestochen. Zurück bleiben Sorgenfalten und Enttäuschung.

Schlagartig wird mir klar, dass ich damit gleich zwei Menschen beleidigt habe. Ihn und Hanne-Marie. Wie konnte ich nur so taktlos sein?

Ich weiß genau, dass mir solche spitzzüngigen Widerwärtigkeiten nur deshalb rausrutschen, weil ich im Moment kein festes Engagement habe. Man könnte das Ganze auch schlicht Midlife-Crisis nennen, wenn es nicht so ... profan wäre.

Denn eine Midlife-Crisis ist das noch lange nicht. Leider hat Jenny alles mitbekommen.

»Mama!«, zischt sie streng. »Papa ist ein viel beschäftigter Mann, der keine Ahnung von Mode hat! Der sitzt den ganzen Tag über Steuerunterlagen und guckt nicht dauernd in den Spiegel wie *du*! Du bist *gemein*, wenn du so was sagst!«

Um ihretwillen will ich das Loch in der Atmosphäre reparieren.

»Es tut mir leid«, flüstere ich unter Tränen.

Ich wünschte, ich hätte lange, dichte Haare, unter denen ich verschwinden könnte.

»Warte mal«, sage ich mit zittriger Stimme. Ich stürme, wütend über mich selbst, in Felix' begehbare Garderobe und zerre das weite Burberry-Hemd heraus, das ihm zwei Nummern zu groß ist und an dem noch das Preisschild hängt.

Dann nehme ich eine von Felix noch nicht getragene beige Leinenhose, die er zum Golfspielen anziehen wollte, dazu passende beige Socken, die noch originalverpackt sind, und ein Paar weiche Kalbslederschuhe von Timberland, von denen Felix mindestens fünf Paar hat.

»Hier«, sage ich, als ich wieder im Wohnzimmer bin. »Zieh das mal an. Das fliegt hier sowieso nur rum.«

Jürgen verschwindet in Robbys Badezimmer, und als er wieder herauskommt, ist er ein neuer Mensch! Auf einmal sieht er richtig ... na ja, manierlich aus.

»Deine Haare«, sage ich. »Seit wann kämmst du sie dir so von der Seite her über den Kopf? Darf ich?« Ich hole etwas Gel aus Robbys Badezimmer, zerzause die glatt gestriegelten Streberhaare und verteile sie lässig auf seinem Kopf, ohne die Geheimratsecken überdecken zu wollen. Ein paar Schuppen rieseln auf seine Schultern, und ich klopfe sie ohne viel Aufhebens ab.

Jetzt sieht er wieder aus wie früher, wenn auch vielleicht nicht ganz so schlank.

»Besser?«, fragt Jürgen verunsichert und blickt verstört an sich hinunter.

»Viel besser! Du siehst voll cool aus!« Die Kinder umarmen ihn und stürmen mit ihren neuen Computerspielen auf ihre Zimmer.

Ich bin mit Jürgen allein.

»Das vorhin tut mir echt wahnsinnig leid.«

»Schon gut«, sagt Jürgen. »Mode interessiert mich eben nicht.«

»Und Hanne-Marie auch nicht, nein?«

»Die ist eben nicht so oberflächlich und äußerlich wie ... manch andere.«

Ich mag meinen Exmann, wie erwähnt. Oder ich sehe zumindest ein, warum das andere tun.

Wahrscheinlich war ich nur so gemein, weil ich seinen Worten »Du bist braun« entnommen habe, »Du hast also nichts mehr zu tun«.

Und das *stimmt* nicht!

Ich habe *eine Menge* zu tun – ich habe mir nur mal eine künstlerische Pause gegönnt. Das ist *wichtig*! Das war sogar dringend nötig! Sonst hätte ich früher oder später noch ein Burn-out-Syndrom bekommen!

»Wie war dein Sommer?«, fragt Jürgen, und dieses winzige »Schachmatt«-Lächeln legt sich um seine Mundwinkel.

»Wunderbar!«, behaupte ich und wachse gleich noch ein paar Zentimeter.

»Es war ja so wahnsinnig viel zu tun! Die ... Festspiele und die ... Interviews und das ... Fernsehen und die ... Tourneen. Also ... wenn ich es recht bedenke, bin ich eigentlich erst seit gestern Abend wieder zu Hause.« Ich räuspere mich.

»Ich bin total heiser. Völlig abgesungen. Es wird Zeit, dass ich mal ein bisschen die Schnauze halte.«

»Aha«, sagt Jürgen und schlürft den Kaffee, den ich ihm serviert habe.

Dann schaut er mich an und sagt: »Ja, es wird wirklich Zeit.«

»Was soll das nun wieder heißen?«, werde ich augenblicklich sauer.

Er lenkt sofort ein: »Schau mal, was Hanne-Marie für dich gebacken hat.«

Jürgen wickelt Streuselkuchen aus einer Alufolie und stopft sich gleich hungrig ein Stück in den Mund.

Das erinnert mich an früher, als Jürgen und ich noch ... zusammen gefrühstückt haben. Da hat er den Kaffee *genauso* geschlürft wie jetzt. Und mir haben sich die Zehennägel eingerollt bei dem Geräusch!

Na ja.

Ich muss ja nicht mehr mit ihm frühstücken. Das tut ja jetzt Hammer-Marie.

»Und was habt *ihr* so gemacht?« Interessiert neige ich den Kopf.

»Wir hatten sehr schöne Ferien in Bad Reichenhall. Wir waren in der Therme und im Kurpark, haben Minigolf gespielt und waren in Berchtesgaden im Hauptquartier des Führers ...«

»Wie interessant«, sage ich, um einen aufgeräumten Ton bemüht.

»Hanne-Marie hat jedenfalls die gesamte Wäsche der Kinder gewaschen und gebügelt. Du musst sie nur noch auspacken und in den Schrank legen.«

»Na super«, gebe ich mich begeistert. »Sag Hanne-Marie ganz liebe Grüße. Und danke für den fantastischen Streuselkuchen. Er hat ... wirklich ganz vorzüglich geschmeckt.«

»Sie hat auch über zwei Stunden die Butter schaumig gerührt. Wie geht es deinem Großvater?«

»Wunderbar. Ganz wunderbar.«

»Den Eindruck hatte ich nicht, als wir ihn besucht haben.«

»Wie – *ihr* habt ihn besucht? *Ihr* habt *meinen* Großvater besucht?«

»Ja. Hanne-Marie und die Kinder und ich. Er muss doch mal seine Urenkel sehen!«

Also das ist ...

Das ist doch der ... Gipfel der Hinterhältigkeit!

»Aber doch nicht dich und Hanne-Marie!«, rutscht es mir heraus.

»Na ja, immerhin war ich mal sein Schwiegerenkelsohn.«

»Aber Hanne-Marie war noch nie seine Schwiegerenkeltochter!« Also das geht mir jetzt doch ein bisschen zu weit mit der modernen unkomplizierten Patchworkfamilie!

»Nein, aber sie ist jetzt meine Lebensgefährtin. Seine Schwipp-Schwiegerenkeltochter, gewissermaßen.« Er hält einen Moment inne, weil ihm so ein origineller Ausdruck eingefallen ist.

»Ich dachte, ich entlaste dich ein bisschen. Wo du doch so wahnsinnig viel zu tun hast ...« Irre ich mich, oder ist da schon wieder dieses zynische, miese, fiese, kleine »Schachmatt«-Lächeln?

»Na gut«, räume ich ein. »Du bist ein feiner Kerl. Und? Was hat er so gesagt?«

»Dein Großvater redet ja nicht viel«, meint Jürgen und leckt sich die Finger ab.

Ach nee. Echt. Das hab ich ja noch gar nicht bemerkt!

»Und was habt ihr ... gemacht?«

»Wir sind am See spazieren gegangen und waren Eis essen.«

»Hm.«

Ich könnte Jürgen erwürgen! Wie schafft er es nach so vielen Jahren immer noch, dass ich mich *schlecht* fühle?

»Ihr habt eine neue Wohnzimmercouch«, stellt Jürgen fest, während er die letzten Krümel von der Alufolie pickt.

»Na ja, so 'n Designerteil«, sage ich bescheiden. »Hat Felix aus Schanghai mitgebracht.«

»Was macht Felix denn in Schanghai?« Jürgen hebt eine Augenbraue.

Oh, wie ich das *hasse*, dieses überhebliche ... spöttische Augenbrauenheben!

»Geschäfte«, sage ich kühl.

»Was denn für Geschäfte?«

»Ähm«, sage ich. Also, nicht dass ich nicht wüsste, was Felix so macht, wenn er Geschäfte macht. Bis jetzt haben die vielen Meetings, von denen er immer erzählt, stets zu weiteren Meetings geführt. Also er ... investiert. Und fusioniert. Und er berät Firmen und so. Und handelt. Und bringt wichtige Leute zusammen. Kontakte sind wichtig. Weltweit. Felix hat eine Visitenkartensammlung, da schnallst du ab. Was der Kontakte knüpft. Der ist überall und nirgends. Und dauernd klingelt sein Handy.

»Er ist Unternehmensberater«, lasse ich mich schließlich zu einer Auskunft herab. »Er hat eine internationale Consultingfirma gegründet.« Außerdem geht dich das einen Scheißdreck an, füge ich im Stillen hinzu. Ich fasse es nicht, dass ich mich von Jürgen immer noch ausfragen lasse wie ein kleines Kind! Nur weil er mal mein Ehemann war!

Lässig schiebe ich Jürgen eine von den neuen Visitenkarten über den Tisch. Felix lässt alle naselang neue drucken, weil er einfach immer mehr expandiert und immer internationaler wird. Auf der letzten Visitenkarte standen seine Daten nur in vier Sprachen, auf dieser sind es schon acht.

Jürgen studiert die Visitenkarte wie einen seltenen Käfer. Ich betrachte derweil sein altbekanntes Nasenhaar, das immer alles miterleben will und deshalb nicht in seiner Höhle bleibt.

»Und wen oder was hat er jetzt in Schanghai beraten?«

»Ein Weinimperium«, improvisiere ich. Ich bemühe mich, beschwingt zu klingen. »Er berät die chinesische Winzermafia.« Schweigen. Ich bin mir nicht ganz sicher, was ich jetzt sagen soll. Kann es sein, dass Jürgen schon wieder mit dem Mundwinkel zuckt?

»Dafür reichen seine Chinesischkenntnisse aus?«

»Natürlich. Er ist ein Sprachgenie.«

Wobei ... wenn ich jetzt so darüber nachdenke ... Ich habe ihn natürlich noch nie mit einem Chinesen reden hören.

»Was interessiert dich das eigentlich alles?«, gifte ich Jürgen an.

»Hauptsache, es geht bei dir beruflich wieder voran«, sagt Jürgen.

»Steck deine Nase doch in deinen eigenen Kram!« Ich fühle, wie ich innerlich anfange zu kochen. »Beruflich geht's mir blendend!«

Wie sehr ich nicht über meine berufliche Situation reden möchte, merke ich erst, als ich gemeinerweise nach Flecken auf Jürgens weißer Weste suche. Und derer gibt es viele! Wenn ich bedenke, wie sehr er sich auch schon geirrt hat, wenn er den Leuten irgendwelche Delta-Aktien und Wertpapiere und Fonds zu Steuersparzwecken aufgeschwatzt hat. Wie gut, dass es mich nicht betrifft. Meine Knete ist in trockenen Tüchern.

Er hat sie ganz solide angelegt.

»Ich wollte dir nicht zu nahe treten«, sagt Jürgen kühl.

Er erhebt sich und stößt mit dem Kopf gegen die Lampe. Wie immer. Jürgen ist so ein ... Tölpel!

»Finanziell passt also alles bei euch«, sagt Jürgen, der sich die Birne reibt.

»Wie kommst du denn darauf ... Ach, du meinst, weil ich diesen Sommer keine fünfstelligen Gagen verdient habe!«

Wie *gemein* Jürgen sein kann! Kaum hat er sich an *meiner* Lampe wehgetan, muss er schon verbal zurückschlagen.

»Na ja, du bist offensichtlich nicht wirklich über die Geschäfte von Felix im Bild«, zerrt Jürgen weiter an meinem Geduldsfaden.

»Wieso? Ich habe dir doch *gerade* erklärt, dass Felix die Wahnsinnsgeschäfte macht im In- und Ausland. Hörst du mir gar nicht zu?«

»Doch, ich höre sehr genau zu. Ich höre sozusagen auch die Zwischentöne«, bläht sich Jürgen unnötig auf. »Das bringt mein Beruf als Steuerberater so mit sich.«

Schade, dass die Stimmung so gekippt ist. Dabei war es doch bis eben so nett. Das neue Outfit und die nette Frisur. Und unsere netten Kinder. Klar haben wir jetzt neue Partner, die viel besser zu uns passen. *So what!*

Bedrückt schleichen wir zum Einfahrtstor.

Jürgen steht da, als sei sein Körper eine verwinkelte alte Villa, die er geerbt hat und in die er gerade einzieht.

»Na, dann fahr ich mal«, sagt er, und ich spüre genau, dass er noch mehr sagen will, das Risiko aber lieber nicht eingehen will. Ich kratzbürstige Diva stehe am Rande eines neuen Frustanfalls und weiß nicht, ob ich lachen oder weinen soll.

»Grüß Hanne-Marie«, quake ich hinter ihm her. »Und Tonkilein.«

Deine Halbschuhe deprimieren mich, denke ich düster, als sich das Gartentor leise quietschend hinter ihm schließt. Die von Felix hat er nämlich unauffällig im Vorhaus stehen lassen.

7

Als ich spätabends mit Jenny und Robby vom Reiten heimkomme, steht Felix' Porsche in der Einfahrt. Na endlich!

Wir springen die Stufen hinauf, Jenny wirft ihre Reitstiefel von sich, Robby zieht sich den Segelpullover über den Kopf, wir stürmen in die Halle.

Drinnen prasselt bereits ein wärmendes Feuer im Kamin. Aus der Küche duftet es nach Wärme und Geborgenheit. Felix hat die Stereoanlage auf volle Lautstärke gestellt – meine Arien hallen durchs Haus.

Ich weiß, dass er mir damit eine Freude machen will.

Aber ich kann es im Moment nicht ...

Ohne ihn kränken zu wollen, aber es zieht sich alles in mir zusammen.

Zum Glück kommt mir Jenny zuvor.

»Oh, nee, eh! Jetzt nicht auch noch dieses Gekreisch!« Blitzschnell haben ihre geübten Finger die CD ausgehebelt, und irgendwas Fetziges, Rhythmisches dröhnt aus den Boxen. Jenny wippt im Takt dazu und wackelt mit den Hüften. In ihren engen Jeans und dem bauchfreien T-Shirt sieht sie keck aus.

Was diese Mädels heutzutage ... Also ich mit elf war eine bezopfte Landpomeranze. Mit Zahnspange und den uncoolsten Klamotten der ganzen Stadt. Und die einzige Schallplatte, die ich besaß, war von Rudolf Schock.

»Prinzessin!« Da steht mein heiß geliebter Felix, die Kochschürze lässig umgebunden, die Ärmel seines schneeweißen Hemdes cool aufgerollt, mit zwei Gläsern Champagner in den Händen.

»Da bist du wieder, meine Traumfrau!«

Ich falle ihm um den Hals und drücke ihn so fest, dass der Champagner überschwappt. Er schnuppert an meinem Nacken: »Hm, apart. Neues Parfüm?«

»Altersheim«, murmle ich verlegen. »Wo warst du denn so lange?«

»Ich hab den Deal meines Lebens gemacht!« Felix strahlt über das ganze braun gebrannte Gesicht. Er sieht hinreißend aus. Immer wieder muss ich feststellen, dass ich den bestaussehenden Mann der Welt habe.

Und er hat gekocht! Ist er nicht ein Wahnsinn?

Auf dem Gaggenau-Herd in der riesigen Küche, die mit allen professionellen Luxusgeräten dieser Welt ausgestattet ist, brutzeln Garnelen in Knoblauchbutter. Der Reiskocher quillt fast über vor sämig-weichem Reis, und in der Kasserolle köchelt frischer Spinat vor sich hin.

Der Tisch im Esszimmer ist bereits gedeckt: eine frisch gestärkte Leinentischdecke, festlich gefaltete Servietten, langstielige Kerzen, unser bestes Porzellan, Kristallgläser und das Silberbesteck.

Mein Lieblingssalat aus knackigen Blättern, frischen Tomaten mit Mozzarella, Basilikum und Oliven steht bereits in einer großen blauen Glasschüssel auf dem Tisch.

»Haben wir was zu feiern?«

»Überraschung!«, sagt Felix. Wir trinken den Champagner, Felix greift um meine Taille und schwenkt mich zu den fetzigen Rhythmen aus der Stereoanlage hin und her.

Jenny und Robby schwofen mit.

Ach wir sind so eine coole Familie!

Unkonventionell. Ja genau. Spontan, ungeplant, unprogrammiert.

Bei uns kämen die Rollläden nicht auf die Idee, automatisch runterzugehen wie bei Jürgen und Hanne-Marie!

Bei denen gehen die jeden Abend zwischen dreizehn nach sechs und fünf nach halb sieben runter. Damit kein Einbrecher dieser

Welt auf die Idee kommt, sie seien ferngesteuert! Ist das nicht durchdacht? Ja, so schlau sind Jürgen und Hanne-Marie. Deren Gehirnzellen hocken aber auch Tag und Nacht im Büro und grübeln und planen und lesen Bedienungsanleitungen und machen Überstunden, im Gegensatz zu unseren paar Gehirnzellen, die schon ab mittags Champagner trinken.

Als wir fertig getanzt haben, setzen wir uns erschöpft an den Tisch.

Felix serviert uns professionell mit Damastserviette über dem Arm das Essen.

Es ist wie immer superköstlich!

Beim Dessert lässt Felix schließlich die Bombe platzen.

»Vor euch sitzt der Gewinner ... ähm ... der Gewinner des internationalen Wettbewerbs für internationale Kommunikation im Bereich Investment.«

Uns bleibt der Mund offen stehen.

»*Wow*!«, schreie ich begeistert. »Du bist unglaublich!«

»Was genau hast du gewonnen?«, will Jenny wissen.

Felix zieht ein pralles Bündel Geldscheine aus der Hosentasche und wedelt damit herum. Es sind Fünfhunderter und Tausender. Richtig viel.

»Sieht fett aus«, sagt Robby unbeeindruckt. »Hoffentlich hast du keine Bank überfallen!«

Wir lachen. Robby ist so was von witzig mit seinen fünfzehn Jahren!

»Und wie bist du an den Job gekommen?«, fragt Jenny neugierig.

»Ich hatte in Schanghai mit dem Botschafter der Komodo Islands zu tun«, erklärt Felix. »Dem hab ich gleich erklärt, wie berühmt eure Mamski ist.«

Ich höre auf zu kauen. »Was habe ich denn damit zu tun?«

»Ich habe dem Indonesier gesagt, dass du dort eine Schule baust oder ein Krankenhaus«, sagt Felix so ganz nebenbei. »Oder ein Waisenhaus oder so was.«

»Aber ich baue keine Schule auf Komodo Islands!«

»Nein! Nur so als ... Schirmherrin natürlich! Du musst dich da nur mal blicken lassen und eine Arie singen! Obwohl es da eigentlich nur Drachen gibt.«

Robby lacht. »Na klasse! Dann hat Mamski ja ihr neues Publikum gefunden!«

»Du bist blöd«, sagt Jenny. »Mamski kommt wieder ganz groß raus, da muss Felix gar keinen Konsul bestechen!«

»Ich habe niemanden bestochen«, verteidigt sich Felix. »Alle waren total beeindruckt, was für eine berühmte Frau ich habe!«

»Angeber«, schnaubt Robby.

»Ist doch alles nur Spaß«, versuche ich die Wogen zu glätten. »Aber die ... Ureinwohner dieser Dracheninsel ... wollen meine Arien bestimmt gar nicht hören!«

»Das macht nichts. Das ist auf jeden Fall gut für dein Image. Wir nehmen natürlich das Fernsehen mit.«

»Ich weiß nicht, ob das eine so gute Idee ist ...«

»Jedenfalls habe ich denen schon mal hunderttausend Euro rüberwachsen lassen. Für ihren Naturschutz und die Drachen.«

»Hunderttau...« Ich schlucke. »Ja, klar. Das war lieb von dir.«

»Find ich cool von dir«, lobt Jenny.

»Von welchem Geld denn?«, fragt Robby beiläufig.

»Von unserem natürlich!« Ich schenke meinem Felix ein liebevolles Lächeln.

»Wir kennen kein Mein und Dein.«

Robby schaut skeptisch in sein Colaglas: »Papa meint, es wäre besser, ihr hättet getrennte Kassen.«

»Der Steuerberater soll sich da raushalten«, sagt Felix. »Wir haben ihn nicht um seinen Rat gebeten.«

»Papa hat aber voll die Ahnung, und ihr nicht!«

»Ich hab das alles im Griff«, sagt Felix eine Spur zu aggressiv. »Ich mische mich ja auch nicht in seine Angelegenheiten.«

»Also Jürgen soll seine Nase ... Haben er und Hanne-Marie denn getrennte Kassen?« Ich meine, nicht dass mich das auch nur ansatzweise interessiert.

»Klaro.« Robby schlürft etwas zu penetrant an seinem Kaltgetränk. »Papa ist gegen alle Eventualitäten abgesichert.«

Felix und ich zwinkern uns einvernehmlich zu. »So ist Jürgen eben. Aber *wir* sind anders.« Ich schmiege mich an Felix' blütenweißes Hemd.

Betretenes Schweigen hält im Raum Einzug.

»Und wer genau hat dir jetzt das viele Geld ...?«, versuche ich den Faden wieder aufzunehmen.

Felix sieht auf seine goldene Rolex. Das ist eine von den vielen, die ihm sein Freund Ingo total günstig besorgt hat. Ingo handelt weltweit mit Rolex-Uhren, und Felix berät ihn. Sie erobern gerade den indonesischen Markt.

Komodo Island ist jetzt jedenfalls im Rolex-Rausch.

»Um halb acht kommt der Börsenbericht, und wenn ihr nichts dagegen habt, dann guck ich jetzt mal, wo der Dow Jones so steht.«

Wow!

Wir stürmen alle ins Wohnzimmer, in dem unser riesiger Breitbildfernseher dezent in die Wand eingelassen ist. Wir haben ein supergeschmackvoll eingerichtetes Haus. Felix, der früher auch mal ein paar Semester Innenarchitektur studiert hat, hat es fantastisch eingerichtet.

Und tatsächlich! Gerade als sich der Breitbildfernseher geräuschlos dem Betrachter zudreht, erklärt irgendein aufgeblasener Kerl mit Fliege den Stand des Dow Jones. Felix schlägt sich auf die Schenkel vor Begeisterung und wedelt mit seinen Geldscheinen vor dem Bildschirm rum. »Das ist nächste Woche das Dreifache wert!«

Ja, Felix hat voll den Überblick.

Wir klatschen Beifall, und ich muss mir eine Träne aus dem Augenwinkel wischen.

Sieht ganz so aus, als wäre Felix auf Dauer der Erfolgreichere von uns!

Na, macht nichts.

Ich muss nicht immer ganz oben auf der Karriereleiter stehen.

So. Heute habe ich einen Eierkocher, eine Mikrowelle, einen Toaster und ein Waffeleisen ins Altersheim geschleppt. Das hat alles Felix besorgt. Damit Großvater nicht immer dieses lauwarme, zähe Zeug essen muss, wo er doch eh so Probleme mit den Zähnen hat. So ist mein Felix. Kaum ist er wieder zu Hause, kümmert er sich total fürsorglich um uns alle.

»Grüß Gott!«

In der Teeküche des Altersheims steht die nette Pflegerin mit dem langen blonden Zopf, die immer so geduldig und nett zu meinem Großvater ist, am Spülbecken und schrubbt Töpfe aus. Sie heißt Simone.

Sie hat ganz rote Hände.

»Na, wie geht's dem Großvater?«, fragt sie, obwohl ich sie das Gleiche fragen könnte.

»Wie immer«, sage ich und zucke mit den Achseln. »Ich versuch, es ihm ein bisschen nett zu machen, aber er springt nicht gerade aus dem Hemd.«

»Er redet ja nicht viel«, sagt Simone und zuckt mit den Schultern.

»Dafür rede ich umso mehr«, versuche ich einen launigen Scherz. Ich packe meine Habseligkeiten aus. »Wo kann ich die Kartons hintun?«

»Lass ruhig liegen, ich nehme das Altpapier nachher mit zum Container.«

Simone strahlt mich an. »Das finde ich aber nett von dir, dass du unsere alte Teeküche ein bisschen aufrüstest!«

»Klar«, sage ich. »Gern.«

»Das Waffeleisen ist der neueste Hit«, freut sich Simone und hält das chromblinkende Gerät andächtig in den Händen. »Ich wollte, ich könnte mir auch so eines leisten!«

»Ich bitte dich«, sage ich schnell. »Dann nimm es mit! Ich schenk es dir!«

»Aber nein!« Simone sieht sich hastig in der Teeküche um, ob auch niemand zugehört hat. »Wir dürfen keine Geschenke annehmen!«

»Dann leih es dir einfach«, schlage ich locker vor und schiebe das glänzende Chromteil in ihren Jutesack, der an der Heizung hängt. Um meine Hände anderweitig zu beschäftigen, packe ich auch noch den Eierkocher und Toaster aus. »Wohin damit?«

»Danke«, stößt Simone mit tränenfeuchten Augen aus. »Dich hat uns wirklich der Himmel geschickt!«

»Na, jetzt übertreibst du aber. Wegen einer lumpigen Mikrowelle und einem Entsafter?!«

»Und die neue Parkbank vor dem Haus, die Lampen im Eingangsbereich, das neue Treppengeländer ...«

»Ja«, sage ich, »was ist damit?!«

»Na, das hast du doch alles gespendet! Vielen Dank auch im Namen der anderen Bewohner und Pfleger!« Sie schüttelt mir beherzt die Hand. Das verschlägt mir für einen Moment die Sprache.

Verlegen reibe ich mir das Spülwasser am Hosenbein ab. »Das ... habe ich doch gern gemacht!«

Ähm ... kann es sein, dass ich hier was nicht mitbekommen habe?

»Und der Kleinbus!«

»Ja ...?« Mir bricht der Schweiß aus. »Welchen Kleinbus meinst du genau?«

»Na, der behindertengerechte Bus! Den du gespendet hast! Damit unsere alten Leutchen Ausflüge machen können! Ins schöne Salzkammergut!«

»Ach so, *der*!« Mir entfährt ein hysterischer Lacher. »Der *Kleinbus*! Ja! Der stand bei uns sowieso nur rum ...«

Hat Felix etwa das ganze Zeug da gekauft? Von seinem Dow-Jones-Gewinn? Und behauptet, ich hätte das alles ... gespendet?

Damit ich einen guten Stand bei den alten Leutchen habe? Oder bei meinem Großvater?

Wie unglaublich lieb von Felix!

Und so viel, wie Felix gerade verdient ...

Da können wir ruhig mal an andere denken.

»Du bist wirklich großzügig«, lächelt Simone. »Magst an Kräutertee? Wir haben ...« Sie kramt in dem braunen Einbauschrank ... »Malve, Minze, Pfefferminz ...«

»Nein danke.«

Sie steigt auf einen Stuhl und verschwindet vollends in den angestaubten Teebeuteln. »Schlaf- und Nerven ... Hagebutte, Kamille ...«

»Kamille? Ist das nicht der, der nach faulem Komposthaufen schmeckt?«

»Blasentee, Nierentee ... Ach nee, hier sind schon die Inkontinenzeinlagen.«

»Nee danke, du, lass mal stecken ...«

Ein Champagner wäre mir jetzt lieber. Von wegen der Nerven. Und weil ich meine vielen Spenden erst mal verkraften muss.

In dem Moment fällt bei Simone der Groschen.

»Stimmt! Du trinkst ja lieber Champagner.«

Sie krabbelt aus dem Schrank und springt flugs vom Stuhl.

»Woher ... äh ...« Hat sich meine Vorliebe für das überteuerte Erfrischungsgetränk etwa schon rumgesprochen?

Sie reißt die Kühlschranktür auf und entnimmt ihr eine sehr feine, eiskalte Flasche Moët & Chandon.

»Dein Felix hat uns eine Kiste vorbeigebracht. Im Keller stehen noch zwölf.«

Das ist doch ... also wirklich ... Wie peinlich!

»Du hast ja einen wahnsinnig feschen Mann!«

»Ja, nicht wahr?«

»Also ich bin ja kein neidischer Mensch«, sagt Simone. »Aber der könnte mir gefallen.«

Ich lache stolz und greife nach einem Pappbecher.

»Wir haben auch Gläser!« Simone kramt schon wieder zwischen den Teebeuteln herum. »Teegläser allerdings nur ...«

Sie poliert mir eines mit dem Geschirrtuch blank.

»Dein Mann schwärmt so von dir!«, strahlt Simone, die sich zur Feier unserer netten kleinen Unterhaltung gleich auch ein Teegläschen Champagner gönnt. »Wie stolz er auf dich ist!«

»Na ja ...«, winde ich mich, »im Moment bin ich eher stolz auf ihn!«

»Ihr seid ja wirklich ein ganz tolles Paar«, schwärmt Simone neidlos. »Ihr passt einfach perfekt zusammen!«

»Ich bin auch wahnsinnig glücklich mit ihm. Und du?«, versuche ich das Thema zu wechseln. »Hast du auch einen ... Mann?«

»Nein!«, ruft sie erleichtert aus. »Nein, zum Glück nicht!«

»Was daran ein Glück sein soll, will mir nicht in den Kopf.«

»Na, ich hatte eigentlich immer Pech mit Männern«, lacht Simone froh. »Der erste war Alkoholiker, der zweite hat mich geschlagen, der dritte hat mich betrogen, der vierte war ein totaler Spießer und der fünfte ein Spieler.«

»Also, einen Spießer hatte ich auch schon in meiner Sammlung«, kichere ich, »aber einen Spieler ...?«

»Ja, der hat mir die tollsten Dinge erzählt, was er alles tut und kann, wen er alles kennt und was er alles besitzt ...«, Simone wischt sich mit dem Handrücken eine Haarsträhne aus dem Gesicht, »... aber in Wirklichkeit war er spielsüchtig und sitzt jetzt im Knast.«

»Oh!«, sage ich beiläufig und trinke einen Schluck Champagner.

»Er hat mir nichts als Schulden hinterlassen, ich musste seine Gläubiger vertrösten, habe mein Häuschen verloren, bin mit den Kindern in eine Sozialwohnung am Bahnhof gezogen, und am Ende habe ich Privatinsolvenz angemeldet.« Sie trinkt einen Schluck und stellt dann mit Schwung das Teeglas auf die Arbeitsplatte. »Aber jetzt bin ich ihn wenigstens los.«

Simone putzt zufrieden weiter an ihren Töpfen herum.

»Gib mal her«, sage ich und greife nach einem Trockentuch. *Das* muss ich erst mal verdauen. Schicksale gibt's.

»Aber das *brauchst* du doch nicht!« Simone will mir das Tuch entreißen. »Du bist eine weltberühmte Sängerin! Trink du deinen Champagner!«

»Zurzeit ohne Engagement«, murmle ich verdrossen. »Und Champagner trinken kann ich auch beim Putzen.«

Das Putzige daran ist: Ich *kann* es gar nicht. Putzen, meine ich. Aber ich kann natürlich so tun als ob.

So was lernt man auf der Opernbühne.

Ich schrubbe ungeschickt an dem riesigen Topf herum.

»Und ... wie kommst du so über die Runden?«, frage ich so beiläufig wie möglich.

»Ich stehe morgens um halb vier Uhr auf und trage Zeitungen aus. Dann komme ich um sechs Uhr nach Hause und wecke die Kinder. Wenn die alle in der Schule sind, bringe ich die Wohnung in Ordnung und mache die Wäsche, koche und so weiter.«

»Und dann arbeitest du auch noch im Altersheim?!«

»Ja natürlich! Ab zehn Uhr morgens bis abends um sechs. Weißt du, wie *schön* das ist?«

»Nein.«

»Diese lieben alten Leutchen, was die mir alles *geben*!«

»Was denn?« Ich reibe Daumen und Zeigefinger aneinander. »Springt da auch was bei rum?«

Sie schaut mich an, als hätte ich mir was Ekliges aus der Nase geholt.

»Meinst du ... Aber ich rede hier doch nicht von *Geld*! Die geben mir *Liebe* zurück! *Gefühle! Dankbarkeit! Anerkennung!*«

»Jou«, sage ich und nestle weiter an dem Topf herum, »das ist ja auch schon 'ne Menge.«

»Ich meine, *du* lebst doch auch vom Beifall deines Publikums!« Simone stemmt die Arme in die Hüften. »*Das* ist es doch, was dich immer wieder motiviert! *Das* ist es doch, was dich jeden Morgen aufstehen, in die Hände spucken und dich sagen lässt: Ein neuer Tag, packe ich es an!«

»Ja«, beeile ich mich zu sagen. »*Nur* das. Ganz klar. Geld bedeutet mir gar nichts. Und wenn ich keines hätte, wäre ich genauso glücklich wie vorher.«

Hastig greife ich zum Champagnerglas und leere es in einem Zug.

8 Den Nachmittag verbringe ich beim besten Friseur der Stadt. Ich lasse mir Haarverlängerungen machen.

Ich glaube, es war der letzte Anruf von Dieter Fux.

Er sagte so etwas Ähnliches wie ... Wir kamen irgendwie auf die Krasnenko zu sprechen, und Dieter sagte sinngemäß, die hätte ja so tolle lange Haare, diese Mähne, das sei so ... männermordend. Die sähe ja überhaupt hinreißend aus oder so. Dieter hätte zufällig erfahren, dass die *Vogue* gerade Aufnahmen mit ihr gemacht hätte. Und sie käme wohl jetzt aufs Titelbild der nächsten Ausgabe. Halb nackt, nur von ihren eigenen fließenden langen Haaren bedeckt.

Voll sexy.

Die Überschrift würde lauten: »In meinen Träumen singe ich nackt.«

Im Nachhinein überlege ich, woher er das eigentlich alles weiß.

Wo er doch beim Augenlicht seines Sohnes schwört, nichts mit der Krasnenko zu tun zu haben. Also, nicht dass ich auch nur auf die *Idee* käme, Dieter würde die jetzt managen oder so. Und ihr womöglich meine Engagements zuschieben.

Na ja, in der Branche wird viel geredet.

Ich lasse mir also jetzt die Haare verlängern. Dann kann ich demnächst auch solche tollen erotischen Titelfotos machen lassen.

Außerdem sehe ich mit den langen Haaren zehn Jahre jünger aus.

Das sagt auch der süße goldige Guido, *der* Starfriseur der Stadt.

Meine Haare sind nämlich von Natur aus eher dünn. Man könnte sogar sagen: mickrig. Wahrscheinlich esse ich zu wenig

Quecksilber, Eisen oder Zink oder so. Ich sollte jeden Tag ein bisschen von meiner Stimmgabel abknabbern.

Friseur Guido meint, das sei heutzutage überhaupt kein Problem, und niemand müsse mehr mit sprödem Stroh auf dem Kopf herumlaufen. Er lacht und sagt, damit meine er jetzt nicht etwa mein ... Material. Damit könne man durchaus was machen, ich solle mich mal vier Stunden entspannt zurücklehnen, und danach hätte ich seidene blonde Haare, die bis zur Schulter reichten.

Und nun sitze ich hier und träume davon, dass Dieter Fux mir demnächst auch mal ein Fotoshooting klarmacht, am besten mit der *Cosmopolitan* oder notfalls auch mit der *Gala* oder ... Die *Bunte* wäre auch akzeptabel. Die lesen alle im Flugzeug. Wenn ich da vorne drauf wäre ... mit Haaren, die in glänzenden Wellen über meine Schultern fallen, aber so, dass meine Schlüsselbeinknochen nicht verdeckt werden, und die Titelzeile lautet:

»Die reife Carmen ist zurück!« Oder besser: »Zweiter Frühling bei Ella Herbst!«

Ja, das ist cool. Mit meinem Namen kann man ja wunderbar spielen. »Altweibersommer bei Ella Herbst!« Nee, das ist zu ...

Das würde den Leser ja gerade darauf stoßen, dass ...

Nein, der Titel müsste was Frisches haben, so was von der Sorte: »Neue Haare, neuer Look: Ella Herbst startet wieder durch!«

Ich lächle verträumt vor mich hin, sehe das Ziel schon in greifbarer Nähe ...

»Das macht dann tausendachthundertsechsundvierzig Euro und dreißig Cent.«

Der Edelcoiffeur hält den Spiegel an meinen Hinterkopf, und ich sehe ... Haare!

Lange, fließende, na gut, glatte ... dünne ... aber immerhin!

Haare! Die über *meine* Schultern fallen!

Von hinten denke ich, ich bin das gar nicht. Ich sehe mir selbst gar nicht mehr ähnlich! Das könnte ja ... meine Tochter sein! Also von hinten.

Wie schön er sie geföhnt hat! Und so perfekt geschnitten! Die aus echtem Menschenhaar, von echten Schwedinnen oder Däninnen abgeschnittenen Haarverlängerungen. Man muss ja auch bedenken, dass so eine Schwedin oder Dänin mindestens einen Tausender dafür kassiert, dass sie sich die ganze Pracht erst wachsen und dann abschneiden lässt. Den trägt sie dann wahrscheinlich zu ihrem Psychotherapeuten, die Arme.

Und anschließend werden die Haare zu je zwei Dutzend gebündelt, gelötet und ... ähm ... angetackert ... nee, angeschweißt oder mit Laser irgendwie angenäht?

Das ist eine unglaublich komplizierte Technik. Bis das dann an einem anderen Kopf klebt. Muss *das* eine Arbeit gewesen sein! Mehr als dreihundert Strähnen haben sie mir an den Kopf gezaubert, mit fünf Mann hoch!

Wenn man bedenkt, dass jede Strähne letztlich nur sechs Euro kostet!

Das ist es auf jeden Fall wert.

Guido versichert mir, dass ich mit den Haaren alles machen kann.

Alles.

Also, Sport, Mütze auf, flechten, hochstecken, waschen, schütteln, föhnen, an der Luft trocknen, darauf schlafen, bürsten, kämmen, schwimmen gehen, tauchen, bergsteigen, Ski fahren, ja, und auf meine Nachfrage hin ... natürlich auch 'ne Carmen-Perücke drüberstülpen. Unglaublich.

Strahlend reiche ich ihm meine Goldene Visa-Karte.

»Zweitausend«, sage ich gönnerhaft.

»Danke!« Er lächelt und zieht die Karte durch den Schlitz.

»Na«, sagt er und zieht sie noch mal durch den Schlitz.

»Geht's?«, strahle ich und drehe mich immer wieder vor dem Spiegel, während ich meine ... beziehungsweise die der Dänin/Schwedin/Finnin ... nein, *meine*! Ich bezahle sie ja soeben! ... Haare durch die Luft fliegen lasse. Mensch, ist das ein Gefühl! Meine

Haare sind noch *nie* durch die Luft geflogen. Sie sind höchstens widerborstig vom Kopf abgestanden. Oder platt gelegen.

Aber jetzt: Sie ... schwingen.

Passend zu meinen Stimmbändern. Und zu meiner neuen Frühlingsstimmung. Obwohl Herbst ist. Ella *Herbst*! Im Herbst startet sie wieder voll durch!

»Ja, die Liebe hat bunte Flügel«, trällere ich selbstverliebt und flirte mit dem Spiegel. Die Friseure, mit denen ich gern flirten würde, sind schon alle am Fegen. Außerdem wollen die, glaube ich, nicht mit *mir* flirten.

»Ich glaube, der Apparat will sie nicht.«

»Oh, kein Problem ...« Ich nestle an meiner rosa Chanel-Tasche, die Felix mir aus New York mitgebracht hat.

»Dann nehmen wir eben die Diners!«

Guido lächelt, nimmt die Karte und sagt: »Wirklich toll. Viel jünger. Also Frau Herbst, das war wirklich eine gute Entscheidung. Das wird auch die ... Öffentlichkeit zu schätzen wissen. Sie wissen schon. Jetzt wird man Sie nicht mehr übersehen.«

»Ja, nicht wahr?« Ich drehe mich eitel vor seiner Kasse.

»Besonders von hinten«, sagt Guido, während er die Karte wieder und wieder durch den Schlitz zieht. »Also. Nicht dass Sie mich missverstehen.« Er lacht. »Von vorn sieht es natürlich auch ganz toll aus.«

»Was ist?«, frage ich, während ich versuche, mein eingefrorenes Lächeln nicht aus dem Gesicht fallen zu lassen. »Geht nicht?«

»Haben Sie eventuell noch eine Dritte?« Guido reicht mir die Diners zurück, und ich krame nach der Eurocard.

»Kein Thema!«

Aber auch die Eurocard will nicht, weder die Goldene noch die Platin. Ich halte inne. Guidos Augen werden zu Schlitzen, als er mein Zögern bemerkt.

»Wenn Sie Zahlungsschwierigkeiten haben ...« Sofort lächelt er wieder lieb.

»Ich habe keine Zahlungsschwierigkeiten«, falle ich ihm ins Wort.

»Wahrscheinlich hatten Sie die gemeinsam mit dem Handy in einem Fach«, hilft Guido mir über die aufsteigende Schamesröte hinweg.

»Dann sind die Magnetstreifen deaktiviert. Das passiert meinen Kundinnen oft.«

»Tja, was ... Ich meine, Sie kennen mich. Ich laufe Ihnen ja jetzt nicht weg mit den neuen Haaren ...«

»Natürlich kennen wir Sie, Frau Herbst. Sie können das Geld irgendwann vorbeibringen.« Guido lächelt nach wie vor herzlich, aber die Begeisterung ist aus seinem Lächeln gewichen. Kann es sein, dass da ein kleines bisschen ... Mitleid mitschwingt?

Nein. Quatsch. Ich meine, jeder weiß, dass ich diesen Sommer nicht so viel gesungen habe.

Nein, seien wir ehrlich. Keinen Ton. Habe. Ich. Gesungen. Dazu stehe ich.

Ich bin eine erwachsene Frau, die alle Höhen und Tiefen ...

Das heißt, eigentlich nur Höhen.

Dieser eine Sommer, der war ... Da habe ich nicht wirklich ... viel Geld verdient.

Eigentlich sogar keins.

Basta.

Diesen Sommer habe ich keinen Cent verdient.

Aber Tausende von Euro ausgegeben. Abertausende.

Sollte meine Bank ...

Blödsinn.

Mir schießt das Adrenalin in die Kniekehlen. Oder was macht die Beine sonst so puddingweich? Angst? Panik? Scham?

Quatsch. Blödsinn. Ich, Ella Herbst, habe Millionen. Vielleicht nicht gerade auf meinen Girokonten, aber ...

»Wissen Sie was, Guido«, sage ich munter. »Ich gehe jetzt zur Bank und hebe das Geld in bar ab. Und dann bringe ich es Ihnen heute noch vorbei.«

»Lassen Sie sich Zeit«, lächelt Guido. »Wir schließen um sechs, Sie können es morgen bringen oder bei Gelegenheit.«

Die fegenden Friseure schauen wie zufällig zu mir herüber.

»Nein«, sage ich mit fester Stimme. »Ich bleibe nicht gern was schuldig. Schließen Sie erst, wenn ich wieder hier bin.« Ich sehe Guido fest ins Gesicht:

»Bitte!«

»Wie Sie mögen, Frau Herbst«, sagt Guido. »Dann warten wir eben.«

Ich stiebe hochroten Kopfes – und mit fliegenden Haaren, wie ich leider nur nebenbei bemerke – aus dem Friseursalon und haste über die Straße.

Die Bank hat vielleicht schon zu?!

Nein. Die Tür ist offen.

Es drängeln sich noch einige Leute vor den Schaltern.

Ich stürme hinein und räuspere mich ein paarmal.

Ah, der Bankdirektor hat mich schon entdeckt. Er springt auf und kommt mir entgegen, wobei er sein Jackett zuknöpft.

Fast so, als ob er auf mich gewartet hätte …?

Ach Blödsinn. Das ist eben Dienst am besonderen Kunden, dass er mich so zuvorkommend behandelt. Er lässt mich halt nicht Schlange stehen wie die ganzen Hausfrauen mit ihren Einkaufskörben …

»Frau Herbst!«

»Herr Direktor!«

»Bitte hier entlang«, sagt der Bankdirektor. Wieso bilde ich mir ein, dass er … errötet ist? Ach so, lache ich innerlich erleichtert auf. Meine Haare!

Ihm gefallen meine neuen Haare! Ich sehe wahrscheinlich umwerfend aus!

Er bietet mir einen Stuhl an, wobei er keinerlei Bemerkung über meine Haare macht, so sehr ich sie auch über die Schulter werfe.

»Ich bin froh, dass Sie endlich einmal persönlich erscheinen«, bemerkt der Direktor und macht sich übereifrig an seinem Computer zu schaffen.

»Das freut mich«, lache ich glockenhell und wühle in meiner Chanel-Tasche. »Ich glaube, dass ich sogar noch ein paar Autogrammkarten dabeihabe ... allerdings noch mit der alten Frisur ...« Ich lache kokett. »Stimmt's? Sie haben mich erst gar nicht erkannt ...?«

Er schaut mich irritiert an. »Autogrammkarten interessieren mich eigentlich weniger«, sagt er schließlich ernst.

»Oh«, entfährt es mir. Ich rutsche unangenehm berührt auf dem Stuhl hin und her. Was meint er?

»Sie haben ...« Er tippt auf dem Computer herum, und ich fühle plötzlich einen unerträglichen Stich in der Magengegend. »... in letzter Zeit ...«

Na, was jetzt, Mann. Mach es nicht so spannend. Guido wartet mitsamt seinen fegenden Mädels im Fegefeuer der Eitelkeiten auf mich, und ich schulde denen noch zwei Riesen.

»Ja, ich hatte ein paar größere Ausgaben«, helfe ich dem armen Mann auf die Sprünge. »Spenden für das Altersheim und so. Und jetzt bräuchte ich mal eben zweitausend Euro ...« Ich streiche mir lasziv durchs Haar. »... für meinen *Friseur.*« Ich lache kokett. »Man gönnt sich ja sonst nichts!«

Mann jetzt *guck* doch mal. Wenigstens *ein* Mal. Du bist der *Erste*, der mich mit der neuen Haarpracht sieht!

»Sie haben in den letzten drei Monaten ...«, er schaut mich über seinen Brillenrand prüfend an, »... sämtliche Überziehungskredite voll ausgeschöpft. Insofern ist zurzeit keine Barabhebung ...« Er lässt seine Aussage unvollendet im Raum stehen.

Ich fühle tausend stechende Nadeln in meinen Hinterkopf.

So als wären die künstlichen Haare einzeln in meine Kopfhaut eingetackert worden.

»Überziehungskredit?«, stoße ich überrascht zwischen zwei hysterischen Lachern aus. »Das Wort kenne ich nicht. Ich meine ... ich bin doch im Plus!?«

»Leider nein«, sagt der Bankdirektor, und ich bin jetzt ganz sicher, dass hier ein Irrtum vorliegt.

»Hallo? Ich bin's! Ella Herbst!«

»Ich weiß, wer Sie sind, gnädige Frau.« Der Bankdirektor beugt sich leicht vor und sieht mir direkt in die Augen. »Vielleicht sollten Sie sich mal ein Bild von Ihrem Kontostand machen.«

O Gott, denke ich widerwillig. Dieser ganze Bankkram interessiert mich nicht die Bohne. Zum Glück macht das ja immer Felix, und früher hat es Jürgen für mich gemacht. Ich habe noch nie im Leben einen Kontoauszug geöffnet! Und aus dem Automaten holen kann ich die Dinger schon gar nicht.

Wie ich die armen Menschen immer bemitleide, die sich am Bankomaten ihre Auszüge drucken lassen, besorgt darauf starren und dann nach langem Überlegen zwanzig Euro abheben.

»Okay«, sage ich und straffe mich. »Das muss ich unbedingt mal tun. Jetzt habe ich ja auch endlich Zeit für so 'nen Kram ...« Ich lache entwaffnend, doch der Direktor mustert mich mit eingefrorener Miene. »Aber jetzt hätte ich nur gern schnell zweitausend Euro für den Friseur. Der schließt nämlich gleich.«

»Dann soll er schließen.«

»Ja wie ...« Ich erstarre. »Sie meinen, ich habe keine ... zweitausend Euro mehr?«

Mein hysterisches Lachen könnte auch als Schluchzer gewertet werden.

»Nein«, sagt der Bankdirektor. »Sie haben nicht nur keine zweitausend Euro mehr.« Er hebt den Kopf und fummelt an seiner Krawatte, so als wolle er sie als Zunge benutzen, weil ihm die Worte der Wahrheit so gar nicht von allein aus dem Mund kommen wollen.

»Sie haben bei dieser Bank Schulden in fünfstelliger Höhe.«

»Prinzessin!«, schreit Felix in den Hörer, als ich ihm, an eine Hausecke gelehnt, weil mich meine Beine nicht mehr tragen wollen, mein Elend gleich telefonisch mitteile. »Mach dir keine Sorgen! Ich habe nur ein Konto in der Schweiz eröffnet! Wegen der Steuern!«

Mir fällt ein Stein vom Herzen. Natürlich. Mein Felix ist so ein unglaublich vorausschauender Mann.

»Liebste Prinzessin! Das hätte ich dir sagen sollen!«, kommt seine Stimme von sehr weit her. »Ich wusste nicht, dass du in so eine blöde Verlegenheit kommst!«

»Du hast mir einen schönen Schrecken eingejagt!«, stoße ich erleichtert aus.

Jetzt fließt wieder Blut in meinen Adern! Ich hatte schon gedacht ...

Nein, ich hatte gar nichts gedacht. Nicht dass ich je Probleme mit meinen Finanzen gehabt hätte. Es ist nichts, denke ich. Nichts. Nur eine kleine vorübergehende Krise. Und es war ja theoretisch *unmöglich*. Schlichtweg ausgeschlossen, dass ich etwa pleite wäre oder so.

Ich meine, ich habe zwanzig Jahre lang *richtig Kohle* verdient.

»Prinzessin! So ein Schreck! Tut mir ja sooo leid! Du bist nicht pleite! Dummerchen! Du hast *Millionen!*«

»Ja«, lache ich, während meine Beine langsam wieder Halt finden und ich an der Hausmauer wieder hochrutsche, »das wusste ich doch!«

»Vier oder sechs *Millionen!*«, ruft Felix in mein Ohr. »*Nach* Steuern!«

»Und warum hast du sie in die Schweiz ver...«

Wie sagt man bei so viel Kohle? Ver...legt? Nee, das sagt man bei Patienten.

»Ver...frachtet?«, beende ich meinen Satz. Obwohl das auch nicht passt.

»Prinzessin! Wegen der Steuer! Du hast dieses Jahr nicht so viel verdient, aber sie veranlagen dich ja bei der Umsatzvorsteuerprüfung so wie für letztes Jahr, und dann liegt das Geld erst mal beim Finanzamt, bevor sie es dir bei der nächsten Umsatzvorsteuerprüfung zurücküberweisen. Das ist alles eine wahnsinnig langwierige und umständliche Geschichte, und so ist die Knete erst mal in Sicherheit!«

»Ach so«, sage ich. Obwohl ich eigentlich nichts verstanden habe. Aber egal.

»Mann, so ein Fehlalarm aber auch!«

»Ich gleiche dein Girokonto sofort wieder aus!«, schreit Felix hilfsbereit.

»Prima!«, rufe ich. »Und überweise bitte auch gleich das Geld an den Friseur! Dann hab ich den ganzen Ärger von der Backe.« Ich diktiere ihm die Nummer, die auf Guidos Rechnung knapp über »zuständiges Gericht« steht.

»Klar«, ruft Felix. »Mach ich sofort! Prinzessin! Du siehst jetzt bestimmt supertoll aus! Ich kann es kaum erwarten, dich zu sehen und dir über deine seidigen Haare zu streichen ...«

Ja, mein Felix.

Der hat aufgepasst. Ich war nämlich beim *Friseur*.

Das ist das Einzige, was wichtig ist.

9

Klar, dass mein Großvater diese unglaublich wichtige Tatsache komplett ignoriert.

Die Pflegerin Simone ist gerade mit ihm zugange, geschäftig räumt sie Hygieneartikel aus dem Bad zusammen. Großvater sitzt frisch gewaschen und gekämmt an seinem Tisch und starrt an die Wand. Vor ihm steht ein Plastikteller mit einem halben Käsebrot und eine Schnabeltasse mit lauwarmem Tee. Aber jetzt komme *ich* in dieses Elend! Die Sonne geht auf!

Ich drehe und wende mich eitel wie ein Pfau in seinem Altersheimkämmerchen, aber er starrt wortlos vor sich hin.

»Na? Fällt dir was auf?«

Schweigen.

»Wow!«, entfährt es Simone, die mit einer zusammengerollten Inkontinenzeinlage aus dem Bad kommt. »Das ist ja der Wahnsinn!« Sie strahlt über das ganze runde Gesicht. »Du siehst ja fast aus wie Katharina, unser Topmodel!«

»Ist nur 'ne Haarverlängerung«, sage ich bescheiden. »Ich schmücke mich sozusagen mit fremden Federn.«

»Aber du kannst es dir *leisten*!«, sagt Simone. »Na, Herr Professor, was sagen Sie zu Ihrer feschen Enkelin?«

Schweigen.

»Was es heutzutage für Möglichkeiten gibt, sich zu verschönern«, strahlt Simone, während sie die braune Wolldecke ausschüttelt und faltet. »Die langen Haare stehen dir wunderbar!«

»War mal ein Versuch«, wiegle ich ab und flirte kokett mit dem staubigen Badezimmerspiegel. »Das muss ich von Berufs wegen tun, weißt du. Die Konkurrenz schläft nicht.«

Ich lache eine Spur zu schrill.

»Da wirst du auf der Bühne fantastisch aussehen!« Simone kennt wirklich keinen Neid.

»Dazu jetzt ein bodenlanges schwarzes Abendkleid ...«

Sie krabbelt unter das Bett und angelt die Pantoffeln meines Großvaters hervor.

»Herr Professor!«, schreit sie, als sie wieder auftaucht, »Sie müssen so stolz sein auf Ihre erfolgreiche, schöne Enkelin!«

Schweigen.

»Na ja, nicht gerade wegen der Haare«, meine ich verlegen. Aus einer Übersprungshandlung heraus beiße ich in das Käsebrot. Schmeckt wirklich nach alter Herrensocke.

»Aber wegen dem, was du alles geleistet hast!«, ruft Simone aus.

Und wenn Simone der letzte Mensch auf dieser Welt ist, der das findet – außer Felix und den Kindern natürlich –, Großvater starrt vor sich hin.

Ich könnte das viergestrichene C erreichen, das Rad neu erfinden, mit Vierlingen niederkommen oder Osama bin Laden gefesselt und geknebelt in seinem Zimmer abliefern: Er würde keine Miene verziehen.

Na gut. Wir ziehen wieder einmal mit dem Rollstuhl los, und Simone winkt hinter uns her.

Zum Glück treffen wir auf dem frisch gebohnerten Gang Katharina, die ihren laut schimpfenden Xaver schiebt.

Wir quetschen uns gemeinsam in den Aufzug.

»Wow«, sagt Katharina anerkennend. »Das sieht ja hammermäßig aus. Kannst gleich bei mir als Model anfangen!«

»Danke«, strahle ich eitel. Da der Aufzug einen Spiegel hat, kann ich mich auch gleich noch mal davon überzeugen, wie recht Katharina hat.

»Ist das für einen neuen Auftritt?«

»Ähm ... nicht direkt. Aber ich bin sozusagen allzeit bereit!«

»Toll, dass du nicht aufgibst«, sagt Katharina.

»Tust du ja auch nicht«, antworte ich. »Das hab ich von dir gelernt.«

»Gratulation zu Ihrer tollen Enkeltochter!«, schreit Katharina meinen Großvater an, aber der stopft sich nur Ohropax in seine Ohren.

»Wie geht's bei euch so?«, will ich wissen.

»Ach, Ella«, seufzt Katharina. »Seit drei Jahren immer dasselbe. Ich warte auf ein Wunder, aber es tut sich nichts. Der Xaver will nimmer.«

Den Eindruck vermittelt er mir allerdings auch. Obwohl sich Katharina nach Kräften bemüht, ihn zu schieben, blockiert er den Rollstuhl bockig wie ein Kleinkind im Buggy, indem er den linken Fuß in die Erde rammt.

»Also, Xaver«, sage ich. »Jetzt heb mal deinen Fuß hoch!«

Ich bücke mich, um seine Ferse auf das Fußteil des Rollstuhls zu heben, aber er tritt nach mir.

»Eh! Hast du sie noch alle!?«

»Bring ma Champagner«, schnauzt Xaver mich an. »Champagner willi!«

»Hast du ihm etwa Champagner gegeben?«, fragt Katharina entsetzt.

»N... nein! Wie kommst du denn darauf! Ich und Champagner ... Das passt doch gar nicht zusammen.« Schleunigst schiebe ich meinen Großvater in Richtung Park.

»Bring ma an Schnaps!«, brüllt Xaver seine Frau an. »Saufen wui i, bis i sterb!«

»Mann, die Katharina hat aber auch was an der Backe mit dem«, sage ich zu dem Nippel auf der Baskenmütze, der mir wegen des Windes den Stinkefinger zeigt. »Bin ich froh, dass du so nett zu mir bist!«

An meinem Geburtstag stehen vierzig dunkelrote Baccarat-Rosen auf dem Tisch. Unglaublich, wie mein Felix die wieder mal hergezaubert hat!

Er ist nämlich heute gar nicht da, sondern geschäftlich in Australien. Er hat es nicht geschafft, pünktlich zurückzukommen, weil sie am Flughafen in Sydney streiken. Aber selbst von dort aus ist es ihm gelungen, die perfekten Rosen zum perfekten Zeitpunkt zu organisieren.

Ich bin gerührt.

Die Kinder umarmen mich stürmisch, und Robby stemmt mich sogar auf seine Schulter und lässt mich, wie so oft, wenn er gut drauf ist, mit dem Kopf nach unten hängend, im Kreis herumwirbeln.

»Coole coole Mamski!«, schreit er mit überkieksender Stimme. »Du siehst super aus, und bald singst du auch wieder super! Lass dich nur nicht unterkriegen!«

»Vorsicht, meine Haare!«, schreie ich lachend.

Jenny hat mir ein wunderschönes Bild gemalt: Ich, auf der Bühne, im traumhaften Abendkleid, von ihr selbst entworfen, singe eine Arie. Noten purzeln mir aus dem Mund, und ein begeistertes Publikum applaudiert. Sie hat das ganz entzückend hingekriegt: Das ganze Bild ist voller Hinterköpfe, alle unterschiedlich, überall applaudierende Hände, weiter unten ein Orchester, von einem rudernden Dirigenten beherrscht, und in der Mitte ein Lichtkegel, in dem ich stehe und hell erstrahle. Natürlich mit langen blonden Haaren.

Toll.

Darunter steht in geschwungenen Lettern: »Das wirst du wieder sein.« Fragt sich, wann. Mir kommen die Tränen.

Brutal wird mir bewusst, dass ich heute vierzig werde.

Irgendwie ist das mit der Riesenparty nicht zustande gekommen. Und mit dem Liederabend. Irgendwie haben die ganzen Freunde und Kollegen von der Oper, die ich eingeladen habe, gerade heute was anderes vorgehabt. Ist ja nicht so tragisch, dass ich heute nicht wirklich im Mittelpunkt stehe.

Energisch blinzle ich die aufsteigenden Tränen weg und strahle, so gut es geht.

»Mamski, du sollst auch mal das Positive sehen«, meint Jenny tadelnd, als ich mich in eine Papierserviette schnäuze. »Jetzt hast du endlich mal Zeit für uns!«

»Genau«, pflichtet Robby ihr bei. »Das war doch immer dein größter Wunsch! Jetzt ist er in Erfüllung gegangen!« Das gibt mir den Rest.

»Na toll«, heule ich in die Serviette. »Ich will doch nur noch ein bisschen singen! Ist das denn zu viel verlangt? Man kann mich doch nicht einfach von heute auf morgen ...« Ich schnäuze mich so laut wie ein wieherndes Pferd. Ich vergrabe das Gesicht in den Händen und gebe mich einem Weinkrampf hin. Meine Schultern beben, und ich schluchze und keuche. Bühnenreif.

»Mamski, du kommst in die Wechseljahre!«, bohrt Robby ungerührt in der Wunde. »Da ist Heulen ganz normal!«

Ich meine, es ist schlimm genug, vierzig zu werden. Als Frau.

Robby und Jenny wollen mich aufheitern. Sie balancieren eine selbst gebackene Geburtstagstorte mit vierzig brennenden Kerzen und singen: »Happy Birthday, liebe Mamski«.

Ich bin so richtig in Heullaune.

Die Hälfte meines Lebens ist definitiv vorbei! Und ich bin nicht etwa auf dem Höhepunkt, ich bin auf dem Tiefpunkt!!

Dieter hat heute nicht angerufen. Großvater auch nicht. Noch nicht mal Jürgen, geschweige denn Hanne-Marie. Niemand.

Das Handy ist so was von still!

Na egal, reiße ich mich am Riemen. Ich bin jetzt ein Familienmensch.

Nachher werde ich die Torte mit zu Großvater ins Altersheim nehmen, und dann machen wir alle so richtig einen drauf. Ich habe nämlich sehr *wohl* noch Freunde.

Simone, Katharina, Großvater und ... alle.

Großvater zückt bestimmt seine Brieftasche und überreicht mir ...

Ach Quatsch. Das passt ja gar nicht zu ihm.

Jenny macht Robby hinter meinem Rücken wilde Zeichen. Robby versucht daraufhin, irgendetwas unauffällig vom Tisch zu schubsen.

Je unauffälliger er das macht, desto neugieriger werde ich.

Ich höre auf zu heulen und fasse hinter seinen Rücken.

Die *Sophienhöher Nachrichten*. Von heute. »Herzlichen Glückwunsch, neue Carmen«, so lautet die fette Titelzeile. Sollte da ein Artikel anlässlich meines Geburtstages ... oder meiner Haare ...

Mein Blick fällt auf das raumfüllende Titelfoto. Eine Sängerin ... auf einer Bühne. Ein Orchester, applaudierende Menschen. Genau das Bild, das Jenny abgemalt hat. Aber ... Moment mal, das bin doch nicht ...

Das ist doch ...

Ich reiße ihm die Zeitung aus der Hand.

»Die Krasnenko für die nächsten Sophienhöher Festspiele verpflichtet! Eröffnung mit *Carmen* in neuer Inszenierung!«

»Mamski, wir wollten dir das heute nicht zeigen.« Jenny versucht, die Zeitung wieder an sich zu reißen. »Aber du erfährst es ja doch irgendwann.«

»Ähm ... klar«, sage ich. »Kopf in den Sand stecken nützt ja nichts.«

»Meine ganze Klasse spricht von der. Die haben alle ihr Poster an der Wand hängen.«

»Robby!«, zischt Jenny.

»Mamski, mal ehrlich. Singt die besser als du?«

»Robby!!«, zischt Jenny.

»Ähm ... ich denke, das ist Geschmackssache«, würge ich heiser hervor.

»Ein steiler Zahn jedenfalls«, sagt Robby mit Kennerblick.

»Mann, du Idiot!!«, zischt Jenny lauter.

»Entschuldigung, dass ich als normaler Junge noch für andere Frauen schwärme als für meine Mutter!«

»Robby! Das ist nicht witzig!«

Jenny ist ganz rot geworden und wirft mir entschuldigende Blicke zu.

»Ja, sie sieht ziemlich gut aus«, ächze ich, mühsam Haltung bewahrend.

»Und ich gönne ihr den Erfolg von ganzem ... ähm ... Herrgott noch mal, das Wachs tropft auf den Teppich!«

Robby reagiert geistesgegenwärtig. Er knallt die Geburtstagstorte mitten auf die Krasnenko. Wachs und Krümel verunzieren ihr Gesicht.

Zum ersten Mal fühle ich mich gut.

»So, Mamski, Kerzen ausblasen!«

Ich puste, als ginge es um mein Leben. Dreimal muss ich neu Luft holen, bis alle Kerzen ausgeblasen sind. Das ganze rote Wachs spritzt auf das makellose Antlitz von Olga.

Und Spucke und Tränen.

»Und, Großvater, hat die Geburtstagstorte geschmeckt?«

Wir hocken alle in seinem kleinen Zimmerchen, Simone, die nette Pflegerin, Katharina, wie immer im feinsten Kostüm mit Pumps und Strümpfen, Xaver, übellaunig vor sich hin mümmelnd, die Kinder und ich. Der Novemberregen prasselt unaufhörlich auf sein schräges Dachfenster, das den Blick auf vorüberziehende Wolkenmassen freigibt.

Es ist November, und die Leute ziehen in schwarzen Regenmänteln scharenweise zum Friedhof, um dort zum Volkstrauertag Kerzen auf die Gräber zu stellen. Ja, das ist schon symbolisch.

Großvater schweigt, kaut aber noch auf einem Krümel.

Immerhin hat er ein riesiges Stück Schokoladenkuchen vertilgt.

Gesprächig hat ihn das nicht gemacht. Das mit dem Gratulieren und Trösten hat er sich wohl für später aufgespart. Das kommt bestimmt noch.

Ich selbst halte mich an einer Flasche Champagner fest, die ich mir statt des Kuchens gegönnt habe.

Mein Gott, vierzig.

Vierzig!

Und nächstes Jahr bin ich nicht im Boot. Ich bin ... überhaupt nicht mehr im Boot! Ein jähes Schwindelgefühl erfasst mich. Vor meinen Augen tanzen schwarze Flecken. Meine Knie sind weich wie Pudding, und mein Gesicht kribbelt.

Es ist aus! Das war's! Es wird nie wieder so sein wie früher! Meine Karriere ist nicht unterbrochen!

Sie ist *beendet*!

Ich kann nicht mal mehr eine Nebenrolle singen. Oder gar ... im Chor. Ich habe das Gefühl, mich sofort übergeben zu müssen.

Vor meinen Augen dreht sich alles. Wie betäubt umklammere ich die Champagnerflasche. Wahrscheinlich bin ich längst Alkoholikerin. Das kommt noch erschwerend dazu. Ich bin eine gescheiterte Existenz.

Großvater starrt blass an die Wand und kaut schmallippig auf dem Krümel herum. Weiß er es? Ahnt er es? Denkt er wenigstens darüber nach?

Interessiert es ihn überhaupt?

Was für einen Preis ich bezahlt habe?

Okay. Diesen Preis hätte ich irgendwann sowieso bezahlt. Aber noch nicht *dieses* Jahr!! Noch nicht *jetzt*!

In meinem Kopf schwirrt es. Am liebsten würde ich wimmern vor Panik.

Ich verdiene kein Geld mehr! Ich bin ... am Ende! Ich bekomme keinerlei Rente oder Pension, habe nie in irgendeine Kasse eingezahlt. Jetzt doch noch nicht, habe ich immer gedacht. Ich habe doch noch mindestens zwanzig fette Jahre vor mir! Und plötzlich ist alles vorbei. Von heute auf morgen!

Jetzt muss ich Jürgen fragen, in welche Wertpapiere er damals meine ganzen Einnahmen investiert hat, und was für Fonds und so 'n Zeug er damit gekauft hat. Dabei hatte Jürgen mich extra darauf hingewiesen, dass diese Aktienpapiere mindestens zwanzig

Jahre nicht angerührt werden dürfen. Ich höre noch Dieter Fux lautstark verkünden: »Mit Ella mache ich pro Jahr zwei Millionen! Leg die Knete ruhig langfristig fest!«

O Gott, ich *will* jetzt nicht darüber nachdenken!

Außerdem hat mir Felix ja gesagt, dass ich Millionen habe. In der Schweiz. Ich straffe mich.

»Wisst ihr was, ihr Lieben?!«, durchbreche ich die bedrückende Stille, »wir brauchen mal Tapetenwechsel. Spazieren gehen können wir bei dem tristen Wetter nicht. Ich lade euch ins Kino ein.«

»Was denn für 'nen Film?«, fragt Robby gedehnt. »Muss aber schon was mit Action sein ...«

»*Der Wixxer*!«, schreit Jenny.

Großvater stopft sich die Ohropax tiefer in die Ohren.

»Da spielt einer in deinem Alter mit, Opa«, sagt Robby.

Großvater starrt auf die Wand.

Simone hat von einem ganz tollen Film gehört. *Wie im Himmel.* Er handelt von einem Kirchenchor und ist auf Schwedisch mit deutschen Untertiteln.

»'n Scheiß!« Robby spuckt einen abgekauten Fingernagel auf den Fußboden.

»Der ist für acht Oscars nominiert.«

»Na toll«, sagt Robby. »Ohne Blut und Sperma.«

»O doch, beides!«, freut sich Katharina. »Am Ende stirbt der Typ im Herrenklo!«

Großvater seufzt und schaut auf einen anderen Fleck an der Wand.

»Es geht es um einen Dirigenten, der hat einen Herzinfarkt ...« Simone unterbricht sich mit einem irritierten Seitenblick auf Xaver, der unverdrossen Schokoladenkuchen in sich hineinstopft. »Und dann kann er nicht mehr ... ähm ... dirigieren. Danach fährt er nach Schweden, kauft die alte Schule in seinem Dorf, verliebt sich in die Kassiererin vom Supermarkt, lernt Radfahren, und hinterher singen sie alle durcheinander.«

»Boahh, eh!« Robby gibt sich beeindruckt. »Da kann ich ja heute Nacht gar nicht mehr schlafen!«

»Entweder *Der Wixxer* oder ich geh nach Hause, Nintendo spielen«, stellt Jenny klar. Großvaters Mund wird zu einem schmalen Strich.

Wir gucken alle auf den Linoleumfußboden. Ich würde am liebsten den Strick nehmen und sehe mich schon draußen im Wind baumeln.

Kurz darauf sitzen wir zu dritt in meinem tollen Cayenne. Ich fahre, Katharina sitzt auf dem Beifahrersitz und zieht sich mithilfe des Spiegels in der runtergeklappten Sonnenblende die Lippen nach. Sie sieht wie immer perfekt aus.

»Wir waren schon mit dem ganzen Kirchenchor in *Wie im Himmel*, schwärmt unterdessen Simone vom Rücksitz aus.

»Ja, das liegt nahe«, sage ich und betrachte Simone durch den Rückspiegel.

Sie knabbert genießerisch an ein paar Weihnachtsplätzchen, die ihr jemand im Altersheim zugesteckt hat. Was für ein genügsamer, zufriedener Mensch. Wie kindlich sich die noch freuen kann.

»Und? Singst du gern im Kirchenchor?«, frage ich freundlich.

»Oh, das ist fantastisch. Komm doch auch mal zu einer Probe, Ella!«

Ich lache. »Nichts für ungut, aber ich bin Solistin bei den Sophienhöher Festspielen. Ähm. Gewesen.«

»Das ist ja gerade das Tolle! Wenn du bei uns mitsingen würdest, das wäre so eine Bereicherung für unser Dorf ...«

Das nenne ich freier Fall.

»Bevor *ich* mich in so eine Dorfkirche stelle und im Kirchenchor singe, muss die Donau rückwärtsfließen.« Ich straffe mich und gebe Gas. Nix für ungut, meine Lieben.

»Weißt du was, Ella?«, redet Katharina nun auch auf mich ein.

»Wenn ich den Kirchenchor nicht hätte, würde ich die ganze Katastrophe mit dem Xaver gar nicht überstehen.«

»Ja«, räume ich gönnerhaft ein, »das kann ich schon verstehen. Musik kann einem sehr viel geben ...«

»Dann komm doch auch! Sing doch mit!«, betteln die beiden. Schadensbegrenzung ist angesagt.

»Macht ihr mal euren Kirchenchor schön allein.«

Wir singen »Sei stille dem Herrn und warte auf ihn«. Jetzt trällert Simone mit Plätzchen im Mund ganz laienhaft diesen Mendelssohn vor sich hin.

»Na prima«, sage ich. »Dann wartet mal. Aber ohne mich.«

»Ich kriege vielleicht das Solo«, begeistert sich Katharina, »aber ich trete es dir selbstverständlich ab, wenn du mitmachst.«

Das ist natürlich großzügig.

Aber woher sollen die Mädels auch ahnen, dass *Welten* zwischen uns liegen. *Welten.*

»Das ist so, als wenn Xaver als ehemaliger Olympiasieger und Weltmeister plötzlich am Babylift in Thalgau fahren würde«, gebe ich von mir.

Katharina schaut mich von der Seite an: »Weißt du, was er darum geben würde, wenn er das noch könnte?«

Ich mache den Mund auf, sehe Katharinas Gesicht und mache den Mund schleunigst wieder zu.

Mit kribbelnden Fingern umklammere ich das Lenkrad, und wir sagen alle eine Weile gar nichts mehr. Man hört nur Simone auf ihren Keksen kauen. Ich habe alles zerstört. Meine Karriere, mein Leben, meine Freundschaften.

Ich möchte am liebsten gegen eine Leitplanke donnern.

Der Film läuft in »Das Kino« in Sophienhöh, einem alternativen Schuppen in der Altstadt, in einem uralten Gemäuer, das sich »Das Gewölbe« nennt.

»Ich spring nur kurz zum Bankschalter«, rufe ich, erleichtert, das Schweigen durchbrechen zu können, »damit ich euch nachher auf der Steinterrasse zum Essen einladen kann!«

Voller gedämpfter Vorfreude auf etwas, das mir diesen vierzigsten Geburtstag doch noch retten kann, krame ich die Bankomatkarte aus meiner ehemals rosa Chanel-Tasche. Wie war noch gleich die Geheimnummer?

Ach ja. Das, was ich wiege, und das, was ich gern wiegen würde.

Ich bediene die Tastatur und schiebe die Karte in den Schlitz.

Der Automat überlegt, dann spuckt er die Karte wieder aus: »Kein verfügbarer Betrag.«

Ich höre leise Alarmglocken. Aber Felix hat doch gesagt ...

»Mann, eh«, murre ich ungeduldig, »ich will schlappe hundert Euro rausholen!«

Erneut tippe ich ungeduldig meine Nummer ein und stopfe dem Bankomaten erneut die Karte in den Schlund.

Der stellt sich stur und streckt mir die Zunge raus: »Kein verfügbarer Betrag.«

Mir schießt das Blut ins Gesicht. Ich würde mich am liebsten auf die Knie werfen und den Automaten um Gnade anflehen, so wie der Don José sich vor der Carmen auf die Knie wirft, damit sie ihn ein bisschen liebt. Tut sie aber nicht. Hochmütig weist sie ihn ab. Genau wie der Bankomat mich.

»Ich hätte nur gern bescheidene hundert Euro!«, schreie ich den Bankomaten an, »ich will nur ins *Kino* gehen und nachher die Mädels auf eine Knackwurst einladen! Ist das denn zu viel verlangt!«

Der Bankomat guckt mich genauso desinteressiert an wie vorher.

»Okay«, sage ich versöhnlich, »letzte Chance. Ich hab heute *Geburtstag*. Jetzt gib mir einfach die Knete, und ich lass dich in Ruhe.«

Zum dritten Mal stopfe ich die Karte in den Schlitz und tippe die Nummer ein.

Der Bankomat fackelt nicht lange, verschluckt die Karte und

macht die Augen zu. Mir ist, als hätte ich einen Magenschwinger bekommen.

Ich merke, wie mir das Blut in den Kopf schießt. Meine Kehle schnürt sich zusammen. Ich spüre, wie mir die Tränen kommen und ringe um Beherrschung.

Da draußen sitzen Simone und Katharina in meinem verdammten Porsche Cayenne, beide haben sich mühsam von ihren Pflichten losgeeist und wollen mir heute die Ehre geben, mit mir ins Kino zu gehen, und ich habe *keinen* Euro mehr in der Tasche! Mein Puls hämmert mir in den Ohren.

Zitternd hole ich die andere Karte heraus.

Deren Geheimnummer ist mir allerdings entfallen.

Ich war ja auch noch nie in der Verlegenheit, mir Geld aus dem Automaten ziehen zu müssen. Normalerweise habe ich einfach welches. In der Handtasche.

Und wenn ich keines habe, gehe ich zu Felix, und der gibt mir welches.

Aber Felix ist in Australien.

Und da ist es jetzt vier Uhr nachts.

Egal. Ich reiße mein Nokia aus der Tasche und wähle seine Handynummer.

Er meldet sich überraschend schnell. Im Hintergrund ist lautes Stimmengewirr zu hören. Sicher steht er am Flughafen in der First-Class-Line und versucht, auf die nächste Maschine zu kommen.

»Prinzessin!«, brüllt er begeistert. »Happy Birthday! Ich wollte dich sowieso gerade anrufen! Hatte hier nur noch was ... Dringendes zu erledigen! Tut mir so leid, dass ich an deinem runden Geburtstag nicht ...«

»Wie lautet die Geheimzahl meiner Bankomatkarte?«, komme ich gleich zur Sache.

»Äh ... ich bin gerade in einem superwichtigen Meeting. Welche denn?«

»Na die von der Sophienhöher Dorfsparkasse!«

Mann, was ist da für ein Lärm im Hintergrund!

»Ich hab kurzfristig Geld gebraucht«, ruft Felix immer noch bestens gelaunt. »Musste hier in was Todsicheres investieren!«

»Du musstest was von *meinem* Girokonto investieren?!«

»Du kriegst es ja wieder! Zehnfach! Hundertfach!!«

»Ich möchte mit zwei Freundinnen ins Kino gehen!«, brülle ich gegen den Krach in dem Handy an.

»Prima! Gute Idee!« Rauschen. Dann, aus weiter Ferne: »Haut mal richtig auf den Putz, ihr feschen Weiberleut!«

»Ja, aber ich habe kein *Geld*!« Jetzt heule ich fast.

Katharina kommt in den Schalterraum. Sie macht mir ein Zeichen, dass sie sehr wohl Geld habe, und ich mich nicht künstlich aufregen soll.

Simone steht draußen am Auto und tippt auf ihre Armbanduhr.

»Diese Trottel von der Sophienhöher Dorfsparkasse!«, höre ich Felix aus weiter Ferne rufen. »Die sollten doch einen Reservegroschen drauflassen.«

»Ich höre immer Reservegroschen«, keuche ich in den Hörer. »Da waren doch Hunderttausende von Euro drauf!«

»Wir haben sie nur umgeschichtet«, ruft Felix, »Prinzessin! Mach dir keine Sorgen! Das Geld ist in Sicherheit! Das habe ich dir doch erklärt!«

»Aber wovor sollten wir es denn in Sicherheit bringen? Wir müssen doch so oder so Steuern zahlen!«

»Das erkläre ich dir, wenn ich wieder da bin!« Das Stimmengewirr bricht ab, Beifall rauscht auf. »Ich muss jetzt Schluss machen, bin hier bei einer ...«

Ein ohrenbetäubender Begeisterungsschrei verhindert jede weitere Kommunikation. »Wir machen hier gerade einen sensationellen Deal ...«

Er steht also doch nicht am Flughafen in der Warteschlange.

»Komm schon, Ella!« Katharina hält mir die Tür auf. »Ist alles in Ordnung?«

»Ja. Klar. Natürlich. Ich müsste dich bloß bitten, mir das Geld für das Kino ...«

Mann, ist das peinlich.

»Habt ihr das Geld?«, fragt Simone, die fröstelnd am Auto steht.

»Nein«, sage ich.

»Ja«, sagt Katharina. Ich merke, wie mein ganzes Gesicht zu prickeln beginnt.

»Ein kleiner Irrtum der Bank«, murmle ich, als ich mich wieder hinters Steuer setze. »Tut mir leid, dass ich euch aufgehalten habe.« Dabei fällt mein Blick auf die Benzinanzeige. Mir bricht der Schweiß aus.

Das heißt, dass wir noch tanken müssen, bevor wir heute Nacht ...

Das kann nicht sein, denke ich, dass ich jetzt den ganzen Abend dieses panische Ziehen am Hinterkopf haben werde, und diese weichen Knie, weil ich nicht mehr weiß, wie ich nach Hause kommen soll.

»Ich fahre auf Reserve«, murmle ich vor mich hin und schmecke salzigen Angstschweiß auf meiner Oberlippe. Dabei fällt mir auf, wie symbolisch das ist, was ich da gerade gesagt habe.

»Ah geh«, sagt Katharina. »Dann tank mer eben auf dem Rückweg!«

Ich starre auf die graue, regennasse Straße. Der Scheibenwischer verschmiert Schlieren auf meiner Windschutzscheibe. Ein kurzer Druck auf den Hebel am Lenker zeigt mir, dass das Scheibenwischwasser alle ist.

»Du müsstest mir für das Tanken dann noch mal Geld leihen«, krächze ich heiser.

»Ich geb dir einfach mal zweihundert.« Katharina kramt in ihrer Handtasche und stopft mir den Schein in die Jackentasche. Ich hole tief Luft, um zu protestieren, und klappe den Mund schnell wieder zu. Es spielt keine Rolle. Das ist nur ein ... vorübergehender Engpass. Eine dumme Lappalie.

Ich sehe sie kurz von der Seite an: »Kriegst du sofort morgen wieder.«

»Mach dir keinen Kopf«, sagt Katharina. »Du hast heute Geburtstag!«

»Ich wollte euch doch zum Essen einladen ...«

»Dann-laden-wir-dich-eben-zum-Essen-ein-Oooo-keeee?!«

Sie sagt das so langsam und deutlich, als spräche sie mit einer debilen Dreijährigen.

Ich fasse es nicht. Okay, dass ich keine Riesenparty hatte.

Okay, dass ich kein Konzert gegeben habe.

Okay, dass mein Großvater mir heute kein liebes Wort gesagt hat.

Okay, dass mein Mann heute in Australien ist und nicht bei mir.

Okay, dass die Kinder lieber mit dem Computer spielen, als mir Gesellschaft zu leisten.

Mit allem kann ich leben.

Aber dass ich mir Geld fürs Kino leihen muss: So habe ich mir meinen Vierzigsten wirklich nicht vorgestellt.

10 Felix kann mir alles erklären. Er hatte einige wichtige, kurzfristige Investitionen zu tätigen. Und musste noch einmal auf mein Konto bei der Sophienhöher Dorfsparkasse zurückgreifen. Die Investitionen waren aber absolut erfolgreich – es war ein *Megadeal*, und das Geld ist schon längst wieder an Ort und Stelle. Jetzt kann ich ins Kino gehen und meine Freundinnen einladen, bis wir viereckige Augen haben. Ich kann das Kino auch kaufen, wenn ich will.

Dass Felix auch gleich wieder so übertreiben muss!

Ein bisschen ärgerlich bin ich schon.

Obwohl ich mit der Sache noch nicht fertig bin, kann ich nicht fassen, was er da als Geburtstagsgeschenk aus dem Ärmel zieht:

eine wunderschöne Damenuhr mit goldenem Armband, ganz schlicht und edel, mit schwarzem Zifferblatt und goldenen Ziffern, und jede einzelne davon ist ein kleiner verschnörkelter Violinschlüssel! Die Zeiger sind Noten; der Stundenzeiger ist eine Viertelnote, der Minutenzeiger eine Achtelnote, und der Sekundenzeiger ein Sechzehntel! Ist das nicht süß? Und die Schließe am Handgelenk hat die Form einer Stimmgabel!

Wie kann ich da noch weitermaulen?

Mit wie viel Liebe und Sorgfalt er diese Uhr ausgesucht haben muss!

»Wo hast du denn *die* gefunden?«, entfährt es mir.

»Die habe ich für meine geliebte Frau und beste Sängerin der Welt anfertigen lassen. Von einem Goldschmied in Sydney.«

Ich schlage mir die Hand vor den Mund. »Die muss ein Vermögen gekostet haben!«

»Das war nur ein winziger Prozentsatz von dem, was ich dort verdient habe«, beruhigt mich Felix. »Geh Weiberl, nun freu dich doch! Sei nicht so spießig! Mach dir keine Sorgen! Ich habe alles im Griff!«

Wie er da vor mir steht, mein Felix. Groß, breitschultrig, tief gebräunt. Das gewellte schwarze Haar fällt ihm glänzend über den schneeweißen Hemdkragen. Dass ich ihn mit solchen eheweiblichen Meckereien belästigt habe, während er mit Liebe und Sorgfalt so ein Geschenk für mich ausgesucht hat, trotz seines ganzen Stresses mit dem Mega-Deal!

Nur um sicherzugehen, dass ich auch alles richtig verstanden habe, frage ich:

»Das Geld liegt also wieder auf den beiden Girokonten?«

»Ja. Nein. Ja.«

Ich erstarre. »Ja was jetzt?!« Normalerweise bin ich kein Korinthenkacker, aber das hier verstehe ich nicht.

»Es liegt wieder auf deinen Girokonten, und du kannst jederzeit ran.«

»Aber ...?« Irgendwie höre ich doch an seiner Stimme, dass ...

»Kein Aber. Alles ist in bester Ordnung. Du kannst jederzeit was abheben. Es kostet mich nur einen kleinen Anruf.«

»Wieso Anruf? Ich meine, liegt das Geld nun auf den Konten oder nicht?« Meine Güte, meine Stimme soll nun wirklich nicht hysterisch klingen.

»Es liegt drauf. Selbstverständlich.«

»Wie viel?«

»So viel du willst.«

Was ist denn nur in seinem Blick? Angst schnürt mir die Kehle zu.

Er *verheimlicht* mir doch nichts?

Ich meine, wir sind seit fünf Jahren glücklich verheiratet, Vertrauen ist die absolute Basis einer guten Ehe, und wir haben von Anfang an gemeinsame Konten gehabt. Eine nie gekannte Furcht steigt in mir hoch. Eine kindische, albtraumhafte Furcht. Jürgen hat doch mit seinen Unkenrufen nicht etwa ... *recht?*

Meine Gedanken flattern wie eine Schar Schmetterlinge. Was soll ich bloß sagen, ohne Felix zu verletzen?

»Ich musste mir nämlich von Katharina zweihundert Euro leihen, damit ich sie ins Kino einladen konnte, und tanken musste ich auch noch.«

Felix zieht sofort ein Bündel Scheine aus der Hosentasche und steckt sie mir zu. »Geh her! Das darf einer Ella Herbst natürlich nicht passieren!«

Ich schaue auf die Geldscheine in meiner Hand. Es sind mindestens fünftausend Euro. Erleichterung macht sich breit. Gott sei Dank.

Jürgen hat den Teufel an die Wand gemalt. Natürlich haben wir Geld. Immer und jederzeit. Wir sind halt keine kleingeistigen Spießer mit programmierten Rollläden und einer tröpfelnden Delfinschnauze. Wir leben voll das Risiko.

Ich breche in hilfloses Gelächter aus. »Wo hast du das jetzt her?«

»Verdient«, sagt Felix stolz. »Mit einem einzigen ... gelungenen Deal. Wie gut, dass die Fluglotsen gestreikt haben.«

»Was war das denn für ein Deal?«

Felix stutzt. »Meine Frau interessiert sich für meine Geschäfte?«

»Ähm, klar«, sage ich. »Tut mir leid, dass ich das früher nicht in der Form gemacht habe. Aber ich war ja dauernd unter Termindruck und fast nie zu Hause!«

»Dieter Fux hat übrigens angerufen«, wechselt Felix abrupt das Thema.

»Er hat wieder ein paar ganz tolle Auftritte für dich. *Fernseh*auftritte, wohlgemerkt. Und zwar nicht in irgendeinem popeligen Regionalsender.«

»Wirklich?« Ich seufze erleichtert auf. »Endlich! Und das sagst du erst jetzt?«

»Na, bis jetzt hast du ja nur auf mir rumgehackt.«

»Ich habe doch nicht auf dir rumgehackt! Ich habe dich lediglich gefragt, was mit meinem Bankkonto los ist ...«

Wie beziehungsfeindlich das Thema Bankkonten ist, habe ich ja nun erlebt. Fast hätte ich sein wunderschönes Geschenk nicht zu würdigen gewusst. Und ich bin doch nicht blöd und vermiese mir dadurch meine zweite, diesmal wirklich harmonische, kurzweilige und spannende Ehe. Durch so abtörnende Fragen wie: »Und was ist auf dem Konto drauf?« oder »Sind da die Steuern schon von runter?«, »Hast du dir die Zinsen schon gutschreiben lassen?«, »Hast du die Kontoauszüge schon ausgedruckt und dem Steuerberater geschickt?«

Das *hatte* ich doch jahrelang. Jürgen hat mit hassenswerter Penetranz in *jedem* Supermarkt der Welt einen Kugelschreiber oder eine Zeitung extra verrechnen lassen, weil ich das als Sängerin von der Steuer absetzen kann. Die genervten Gesichter der Kassiererinnen, die dann für so einen Pfennigbetrag eine Quittung schreiben mussten, habe ich noch heute vor Augen.

»Du sollst Dieter Fux dringend zurückrufen.« Felix reicht mir sein Ferrari-Handy, Dieters Nummer ist schon gewählt. Offensichtlich ist auch er erleichtert, dass wir mit dem beziehungsfeindlichen Geldthema durch sind.

Ich mag das rote Ding nicht so besonders, weil es ... Die Geräusche von quietschenden Reifen als Klingelton ... also, nicht dass ich das nicht lustig fände, und ich bin auch voll der Schumi-Fan, und Felix hat es ja auch von Ralph persönlich geschenkt bekommen, oder war es der Ältere, der mit dem Kinn? Und »Angeberhandy« habe ich nie gesagt.

Ist ja auch egal. Jedenfalls geht meine Karriere jetzt weiter, und Felix ist wieder da. Alles ist gut.

Dieter hat eigentlich gar keinen tollen Auftritt für mich.

Also jedenfalls nicht das, was ich hoffte.

»Dein Felix nervt mich dauernd, dass ich was für dich tun soll«, mault er ziemlich übellaunig in den Hörer.

»*Mein* Felix ruft *dich* an?«, stoße ich wie betäubt hervor. »Das wusste ich nicht! Das ist ...«

»Mein Gott, ich kann mir die Engagements doch auch nicht aus den Fingern saugen!«, unterbricht mich Dieter Fux genervt.

»Aber früher konnten wir uns vor Angeboten doch gar nicht retten ...«

Er atmet hörbar aus. »Früher, ja!! Ich kann mich auch immer noch vor Angeboten nicht retten«, jetzt lacht Dieter sein lautes Proletenlachen, »aber die gelten leider nicht dir!«

Mir stellen sich alle Nackenhaare auf. »Sondern ...?«

Oh, bitte, bete ich. Lieber Gott, lass es ihn nicht sagen! Mach, dass sein Sohn noch nicht blind ist!

»Na der Krasnenko, natürlich! Das dürfte sich ja wohl bis in den letzten Winkel der Welt rumgesprochen haben, dass ich jetzt ihr Manager bin!«

Ich schlucke. Also doch.

»Das Mädchen hatte doch von Tuten und Blasen keine Ahnung!«, dröhnt Dieter selbstgefällig in mein Trommelfell. Wobei er bei »Blasen« ganz besonders unangenehm lacht. »Die war *Putzfrau* in Nowosibirsk!«

»Ja, das ist ... hinlänglich bekannt.« Mein Herz klopft so laut, als ginge eine Lawine zu Tal. Die Lawine, die meine letzten Hoffnungen auf eine Fortsetzung meiner Karriere mit in die Tiefe reißt.

»Die wollte für *fünfhundert* Euro auftreten«, brüllt Dieter meine Gehörgänge an, »das muss man sich mal reinziehen! Die fand das schon vermessen, überhaupt einen Tausender für eine Arie zu fordern!«

Er lacht so laut, dass sein blinder Sohn augenblicklich auch noch taub wird.

»Die hätte ja total die Preise versaut!«

»So ein Dummerchen«, werfe ich schnell ein. »Gut, dass du sie unter deine Fittiche genommen hast.«

»*Fittiche*?«, brüllt Dieter und will sich kugeln vor Lachen. »Ich hab die noch unter was ganz anderes genommen! Unter *Vertrag* nämlich! – Ella! Du kannst mir gratulieren! Ich hab die Krasnenko unter Exklusivvertrag! Die kann ja kaum Deutsch lesen und schreiben, aber ich hab ihr gesagt, sie soll da unterschreiben, wo das Kreuzchen ist!«

Das kenne ich von irgendwoher, aber ich verdränge es tapfer.

»Toll«, säusle ich, und es klingt wie ein Wimmern. »Gratuliere.«

»Gratuliere?! Das war ein *Sechser im Lotto*!«

Felix reißt mir das Handy aus der Hand und schreit: »Dieter! Alter Schwede! Du Sauhund du!«

Und es klingt absolut nicht vorwurfsvoll.

Eher ... bewundernd. Anerkennend.

Unter Männern ist das wohl so üblich.

»Aber du hast für die Ella doch auch was ganz Sensationelles«, moderiert Felix das Gespräch wieder in interessantere Bahnen. »Da war doch was mit RTL!«

Ich zucke zusammen.

»Ella, du weißt, wie ich für dich kämpfe«, sagt Dieter nun wieder in gemäßigtem Tonfall. »Ich reiß mir den Arsch auf für dich.«

»Aber doch nicht bei RTL«, werfe ich schüchtern ein. »Das ist doch so gar nicht mein Zielpublikum.«

»Ich verhandle gerade für dich«, geht Dieter gar nicht auf meinen Einwand ein. »Es geht um eine sechsstellige Gage.«

»Okay«, räume ich versöhnlich ein. »Das hört sich ja endlich mal wieder vernünftig an.«

»Diese Wahnsinnsnummer findet in Australien statt.«

Nanu? Da kommt Felix doch gerade her?

Ich werde jäh von wilder Hoffnung gepackt. »An der Sydney Opera Hall ...? Mann, das ist ein ganz alter Traum von mir! Welches Stück?«

»Die *Dschungelshow*.«

»Gibt es die jetzt als Musical?« Ich bemühe mich um einen möglichst ruhigen Ton, kann aber das Zittern in meiner Stimme nicht verbergen. Wenn er meint, was ich meine, dann ... Meine Stimme quiekt förmlich. »Was für eine Rolle hab ich da drin?«

»Na eine von zehn Hauptrollen! Wenn du Glück hast, bist du sofort draußen und kannst die Knete trotzdem mitnehmen.«

Wie, sofort draußen?

»Moderne Musik also.«

»Modern ja, Musik nein. Aber du kannst da bestimmt singen, dann fliegst du noch schneller raus.« Jetzt lacht er wieder sein Proletenlachen.

»Mo... Moment mal, ja?« Ich kratze mich am Kopf. »Du meinst doch nicht ... Du meinst doch nicht im Ernst ...« Mir wird ganz schwindelig. Mein Schädel dröhnt. Ich brauche jetzt unbedingt einen Schluck Champagner. Im Grunde war klar, dass das alles naive Hirngespinste waren. Dieter hat *keine* Oper für mich. Er will mich in die *Dschungelshow* schicken. Wo die abgehalfterten, gescheiterten Existenzen Würmer fressen, um noch eine Sau auf sich aufmerksam zu machen. Meine Karriere als seriöse Opernsängerin ist aus und vorbei. Ich sinke in mich zusammen und versuche die hämmernden Kopfschmerzen zu ignorieren, die sich wie ein Schraubstock in meine Schläfen bohren.

»Also machst du's oder machst du's nicht? Für hundertzwanzigtausend Mäuse?«

»Ich kann das nicht ...«

»Du kannst dich da ganz großartig rehabilitieren! Mutig, stark, unerschrocken, eine moderne Heldin der heutigen Zeit!«

Ich heule fast.

Felix reißt mir das Handy aus der Hand: »Ist doch *super*! Wann geht's los?!«

»Spinnst du?!«, herrsche ich ihn an. »Ich mach das nie und nimmer!«

»Ich verhandle noch«, sagt Dieter, und plötzlich hat er es eilig, das Telefonat zu beenden. »Ich melde mich, wenn aus der Sache was wird.«

»Das .... das meint ihr jetzt nicht ernst«, keuche ich und fühle, dass mein Gesicht von weißen Flecken übersät ist. Wieder legt sich diese Panikkralle um meinen ganzen Kopf wie ein Schraubstock.

»Prinzessin, du willst doch wieder auf die Showbühne! Und nachdem du jetzt hier seit Monaten deinen alten Großvater im Rollstuhl durch die Gegend schiebst und schon ganz depressiv wirst, hab ich dem Dieter mal ein bisschen Feuer unter dem Hintern gemacht. Er ist schließlich dein Manager und muss für dich arbeiten.«

»Aber ich will doch keine *Würmer* essen!«

»Aber geh! Für hundertzwanzigtausend Euro kann dir doch ganz egal sein, was du isst! Augen zu und durch!«

Ich starre meinen Felix an.

Kann es sein, dass hier irgendwas ganz fürchterlich aus dem Ruder läuft?

11 »Er hat es doch nur gut gemeint«, lacht Katharina, der ich am nächsten Tag davon erzähle. Wir hocken wie so oft in unserem gemeinsamen kleinen Altersheimbadezimmer, sie auf dem Badewannenrand und ich auf dem Klodeckel. Da das Wetter inzwischen miserabel ist, haben wir uns auf diese kleine Insel zurückgezogen. Mein Puls hat sich inzwischen beruhigt, aber ich habe immer noch diese höllischen Kopfschmerzen, die mir bisher fremd waren. Auf dem Weg zum Altersheim bin ich an der Sophienhöher Dorfsparkasse vorbeigefahren, wobei ich meine größte Sonnenbrille aufgesetzt und eine von Robbys Schlägermützen tief in die Stirn gezogen habe. Mit rasendem Herzklopfen und zitternden Fingern habe ich die Bankomatkarte, die mir die Bank eiligst zurückgegeben hatte, in den Schlund des Bankomaten geschoben, und er hat – zu meiner grenzenlosen Erleichterung – sofort dienstfertig darüber Auskunft gegeben, dass beide Konten prima gefüllt sind. Er bot mir auch an, sofort bis zu zweitausend Euro in bar auszuspucken, aber ich habe ja noch das dicke Geldbündel von Felix, das ich sicherheitshalber in verschiedenen Notenbänden von Puccini bis Verdi versteckt habe.

Jedenfalls bin ich jetzt hier bei Katharina und habe ihr als Erstes das Geld fürs Kino und Tanken wiedergegeben.

Unsere beiden Pfleglinge hocken in ihren Zimmern und starren vor sich hin.

Was für ein trostloses Dasein! Es ist ein ... Warten! Aber nicht auf einen Erfolg! Ein Warten auf den Tod!

Ich möchte ... Nein, heulen kommt gar nicht infrage. Katharina heult ja auch nicht.

»Sei froh, dass du so einen tollen Mann hast«, flüstert Katharina mit einem Seitenblick in das angrenzende Zimmer. Der vom Kortison aufgedunsene, rotfleckige Xaver hockt übellaunig in seinem Rollstuhl und starrt mürrisch auf den Fußboden.

»Na, was ist denn hier für eine Krisensitzung?« Simone kommt fröhlich mit einem Stapel frischer Handtücher herein, wirft ihren Zopf nach hinten und macht sich daran, sie im Badezimmerschrank unter dem Waschbecken zu verstauen. Wie immer ist sie bestens gelaunt, und wie immer riecht sie nach einer soeben heimlich gerauchten Zigarette. Sie sieht mich über die Schulter hinweg forschend an: »Ella! Alles in Ordnung?«

»Nein«, knurre ich und bin den Tränen nahe.

»Ella soll in einer RTL-Show Würmer essen«, berichtet Katharina brühwarm, während sie mit blutrot lackierten Fingernägeln die Lätzchen ihres Mannes faltet. »Für hundertzwanzigtausend Euro.«

Simone stößt sich den Kopf am Waschbecken, als sie versucht, abrupt aufzustehen: »*Hundert*zwanzigtausend Euro!? Und da überlegst du noch?!«

»Ich überlege nicht, ich lehne entrüstet ab«, sage ich und drücke zur Untermauerung meiner Entscheidung einmal auf die Klospülung.

»Ich bin eine Opernsängerin und keine ...«

»Also für hundertzwanzigtausend Euro würde ich die Scheiße meiner sämtlichen Pfleglinge essen«, konstatiert Simone todernst. »Und zwar mit Messer und Gabel.«

Ich starre sie an.

»Da würde ich mir vorher noch die Leinenserviette zum Schwan falten.«

Katharina wirft den Kopf in den Nacken und lacht. »Und dazu machst du dir einen Champagner auf. Den feinsten Roederer Cristal.«

»Ich würde aber auch Pipi trinken für den Preis«, räumt Simone ein.

»Ihr seid bescheuert«, jaule ich beleidigt. »Ihr habt ja keine Ahnung, was ich durchmache.«

Jetzt fängt auch Simone an zu gackern.

»Weißt du, was ich hier verdiene?«, gluckst sie.

»Nein«, murre ich sauer. Ehrlich gesagt, will ich es auch gar nicht wissen.

»Sieben Euro die Stunde. Und davon ernähre ich vier Kinder und zahle Steuern!«

»Tut mir leid«, murmle ich verlegen. »Aber ich kann das trotzdem nicht machen.«

»Ja, aber *warum* denn nicht!?«

»Das hat was mit Image zu tun«, murmle ich, während ich das Klopapier sinnlos ab- und wieder aufrolle. »Ihr wisst nicht, wie heikel das Thema ist. Ich war ... ganz oben, versteht ihr. Beim letzten Classic Award habe ich mit Placido Domingo im Duett gesungen!«

»Na und?«, sagt Simone und stemmt die rot gescheuerten Hände in die Hüften. »Ich putze Ärsche und Gebisse. Mir überreicht keiner einen Preis. Aber ich bin glücklich.«

Ich starre sie wortlos an.

»Dabei hast du jetzt so eine wichtige Aufgabe.« Simone schüttelt tadelnd den Kopf.

»Würmer essen, ja?«

»Deinen Großvater auf seinem letzten Weg begleiten.« Simone schaut mir ganz ernsthaft ins Gesicht. »Begreife die Krise als Chance!«

Katharina legt mir die Hand auf die Schulter: »Simone hat recht. Scheiß doch endlich mal auf deinen Karriereknick und fang an zu *leben*! Dein Großvater braucht dich!«

»Alles im Leben hat einen Sinn«, fügt Simone weise hinzu.

»Und alles hat seine Zeit.«

Ich schäme mich.

Auf einmal wird mir klar, dass ich zwei wunderbare Freundinnen habe.

Nur eine Wunde hört nicht auf zu brennen. Warum hat Felix Dieter angerufen? Doch nicht etwa, weil wir dringend Geld brauchen? Was hat er genau in Australien gemacht?

Ich reibe mir die Schläfen.

Nein, Blödsinn. Felix wollte, dass ich wieder unter Leute komme, dass ich hier nicht in Herbstdepressionen im Altersheim versauere. Er hat geglaubt, so eine Dschungelshow mit ein paar gut aufgelegten verrückten Typen, die Gitarre spielen und sich für keinen Scherz zu schade sind, seien genau das Richtige, um mich aufzuheitern. Er hat es gut gemeint, sonst nichts.

Aber das ist nicht mein Niveau. Eher gehe ich putzen, als mich der Häme eines Millionenpublikums preiszugeben.

Mit plötzlicher Entschlossenheit greife ich zum Handy und sage Dieter Fux die Dschungelshow ab.

Es ist inzwischen kurz vor Weihnachten, und diese dunkle, trübe Jahreszeit schlägt mir besonders aufs Gemüt. Großvater sagt gar nichts mehr. Ich verbringe täglich ein paar Stunden bei ihm in seiner Dachkammer und höre die Wanduhr ticken.

Meine Gedanken kreisen in dumpfer Regelmäßigkeit immer um das Gleiche: Haben wir Geldprobleme? Was macht Felix eigentlich wirklich? Warum weiht er mich nicht ein?

Aber *will* ich die Wahrheit eigentlich wissen? Bin ich nicht viel zu feige dazu, ihm die Pistole auf die Brust zu setzen und ihn zu fragen, was eigentlich Sache ist?

Ich *habe* ihn ja oft genug gefragt, geht es mir durch den Kopf.

Dann war er nie um eine Antwort verlegen. Wenn es eine Unklarheit gibt, sind es immer »die Trottel« vom Amt, von der Bank, vom Finanzamt, die etwas noch nicht erledigt oder gar völlig falsch verstanden haben. Und kurz darauf ist alles immer in bester Ordnung!

Die Konten sind gefüllt, Bargeld ist vorhanden, und mein Felix singt und pfeift, während er die köstlichsten Gerichte kocht oder gerade wieder irgendeine fantastische Anschaffung ins Haus schleppt.

Nein, ich soll mir *keine* Sorgen machen, sagt er immer wieder, und dann strahlt er mich an: »Prinzessin! Du wirst ja langsam spießig! Vermisst du deinen Jürgen schon sehr?«

Und das bringt mich dann so zum Lachen, dass ich mir wirklich blöd vorkomme. Mit Felix ist alles so anders, so unbeschwert und spontan!

Wie er gestern die riesige Fichte in unserem Garten mit Tausenden von kleinen Lichtern geschmückt und den gesamten Dachfirst mit einer Lichterkette überzogen hat, das zeugt von so viel Wärme, Liebe und Fürsorge! Und dann diese handgeschnitzte Krippe! Jede Figur hat Felix in den Wintergarten getragen und damit eine wunderbare Krippenlandschaft dekoriert mitsamt den Heiligen Drei Königen und Ochs und Esel, während es nach selbst gebackenen Keksen und Glühwein duftet. Felix ist immer gut gelaunt, hört sich alle meine Probleme an und macht mir sofort einen Termin im Fingernagelstudio, wenn nur der kleine Nagel eingerissen ist. Auch für die Kinder ist er immer da: Morgens um sechs brät er ihnen schon Rühreier mit Speck, schaufelt dann das Auto in der Einfahrt frei und fährt sie in ihre verschiedenen Schulen, damit ich ein bisschen ausschlafen kann. Und wenn er wiederkommt, hat er knusprige Semmeln dabei, die er mir dann mit frisch gepresstem Orangensaft ans Bett bringt.

Katharina hat mich beschämt, als sie sagte, sie würde mich um meinen Mann beneiden. Ich beneide mich ja selbst um ihn.

Zwischen Xaver und Katharina hat sich etwas Grundlegendes verändert.

Sie streiten nicht mehr.

Das ist fast schon unheimlich.

Irgendwie fehlt mir das ständige Gekeife aus dem Nebenzimmer, das meistens damit endete, dass Katharina aufgebracht in unser gemeinsames Badezimmer kam. Dann hockten wir auf dem Badewannenrand und haben geplaudert.

Meist habe ich uns einen Champagner organisiert, den wir aus Zahnputzbechern getrunken haben, bis es uns besser ging.

Jetzt bleibt Katharina in ihrer Hälfte.

Es läuft leise Weihnachtsmusik im Radio.

Sonst ist es ganz still.

Als wenn sie auf etwas warten würden, denke ich, und ich bekomme Gänsehaut.

Draußen wird es schon früh dunkel. Wenn Großvater mit seinem Mittagsschläfchen fertig ist, lohnt es sich fast gar nicht mehr, rauszugehen.

Es war auch wirklich mühsam in letzter Zeit, ihn für einen Winterspaziergang fertig zu machen. Über eine halbe Stunde war ich damit beschäftigt, ihn mit langen Unterhosen, Oberhemd, Anzug, Krawatte (ja, mein Großvater legt nach wie vor Wert auf Etikette!), Mantel, Hut, Handschuhen, Schal und Winterschuhen anzukleiden und ihn schließlich in den Rollstuhl zu setzen. Am Ende war ich schweißgebadet.

Wenn wir dann endlich im Fahrstuhl waren, fiel ihm oft noch etwas ein, weshalb er mich zurückschicken konnte: »Die Wattebäuschchen!«

Dann rannte ich zurück und kramte nach der Watte, die er sich gegen den kalten Wind in die Ohren stopfte.

»Hast du das Zimmer abgeschlossen?!«

»Aber nein, Großvater, hier wird doch nichts geklaut!«

»Ich habe Kleingeld im Nachttisch.«

»Das rührt keiner an, du wirst schon sehen!«

»Geh zurück und schließ das Zimmer ab.«

Kaum waren wir auf der Straße, fiel ihm wieder was ein. »Hast du die Nachttischschublade auch abgeschlossen?«

»Aber nein, es reicht doch wenn ich das Zim...«

»Schließ die Nachttischschublade ab.«

»Aber wer sollte denn ins Zimmer kommen und in deinem Nachttisch ...«

»Tu, was ich gesagt habe.«

Als ich wieder unten war und ihm die beiden Schlüssel überreichte, sagte er, statt sich zu bedanken:

»Die Wärmflasche!«

Und wenn wir dann zwanzig Minuten später endlich unterwegs waren, verlangte er nach seinem Sitzkissen, den Lutschpastillen oder einem bestimmten Halstuch. Die Strickhandschuhe waren ihm nicht warm genug, die Lederhandschuhe drückten, und die Winterschuhe unter der Wolldecke waren ungeputzt.

Ich hatte alle Hände voll zu tun.

Aber immerhin ist Großvater wieder aus seiner Lethargie erwacht.

Er hat wieder die Kraft, mich zu schikanieren, und das macht mich trotz allem froh.

Nun aber sitzen wir im Dunkeln in seinem Kämmerlein. Es ist gerade mal vier, und ich finde es mies, jetzt schon zu gehen.

»Möchtest du Musik hören?«

»Nein.«

»Möchtest du fernsehen?«

Schweigen.

Ich sehe mich suchend im Zimmer um. »Soll ich dir was vorlesen?«

Hoffentlich nicht.

»Nein.«

»Was kann ich dann für dich tun?«

»Du kannst mir Geld von der Bank holen.«

Oh. Das ist ja mal ganz was Neues.

»Wieso brauchst du Geld von der Bank?«

»Ich will Simone was geben.«

Das finde ich gut. Das finde ich sogar sehr gut. Wenn man bedenkt, wie nötig Simone die verdammte Knete hat. Und schließlich ist bald Weihnachten.

»Okay. Wie viel soll ich denn abheben?«

Seufzen. Schweigen. Dann: »Zwanzig Euro.«

»Hm«, mache ich und werfe mich schon mal in Mantel und Schal. »Das ist großzügig von dir.«

»In Fünfern.«

»Aha. Ja, ähm, okay.« Erleichtert haue ich ab. Wenigstens kann ich mal kurz an die frische Luft. Sofort wird meine Laune besser. Ich tänzle fast.

Auf dem Weg zur Sophienhöher Dorfsparkasse schlägt mir eiskalter Wind entgegen. Schneeregen peitscht über den verlassenen Kirchplatz. Zur Vorweihnachtszeit war früher immer Hochsaison für mich. Ein Konzert nach dem anderen in hell erleuchteten Kirchen und festlich geschmückten Konzertsälen. Blumen, Kerzen, Adventskränze, frische Tannenzweige, dunkelrote Weihnachtssterne, Weihrauch, festliche Stimmung ... herrliche Arien und Chöre. Bach, Weihnachtsoratorium. Jauchzet, frohlocket. Aufpreiset die Tage. Stimmet voll Jauchzen und Fröhlichkeit an. Trompeten, Pauken, helle Lichter, schöne Kleider. Applaudierendes Publikum. Und ich mittendrin.

Und im Anschluss gab es die Knete. Gebündelte, schöne, glatte, neue Scheine. In gefütterten Umschlägen. Die ich dann strahlend meinem Felix überreichte, damit er unser schönes Leben noch viel schöner macht.

Und jetzt schleppe ich mich für zwanzig Euro zur Bank. In Fünfern.

Großvater hat mir mit Verschwörerblick seine Bankomatkarte gegeben und mir flüsternd die Geheimnummer anvertraut, so als sei das ganze Altersheim voller Verbrecher, die ihn um sein Geld bringen wollen. Ich bete die Nummer wie eine mathematische Formel vor mich hin.

Zwanzig lächerliche Euro.

Na gut.

Wo ich schon mal hier bin, kann ich ja auch gleich was von

meinem Konto abheben. Es ist ja wieder gedeckt. Jenny braucht dringend Material für ihre Weihnachtsbastelei in der Schule.

Meine Finger zittern, als ich meine Karte hineinschiebe.

Lächerlich. Als wenn wir keine dreißig Euro für Bastelpapier und Strohsterne hätten.

Ich tippe meine Nummer ein, das, was ich wiege, und das, was ich gern wiegen würde ... und schicke ein Stoßgebet zum Himmel.

Wie viel wollen wir denn diesmal wiegen ... äh ... abheben?

Nicht viel, beschließe ich und tippe »50 Euro« ein. So. Diese bescheidene Bitte *kann* der Bankomat mir nicht abschlagen.

Denkste. »Kein verfügbarer Betrag.«

Er streckt mir die Zunge raus ... äh, die Karte, die ich zögerlich an mich nehme.

Ich ringe nach Luft.

Das darf doch nicht ...

Das *kann* nicht ...

Okay, denke ich. Keine Panik. *Keine Panik.*

Besonders in der Vorweihnachtszeit sind diese Bankcomputer bestimmt total überlastet und nicht auf dem neuesten Stand.

Aber ich muss für Jenny ... die Weihnachtsbastelsachen. Für die Schule.

Sie hat mich schon zweimal drum gebeten.

Der Bastelladen ist gleich um die Ecke. Ich sollte das jetzt erledigen.

Da ist es bestimmt moralisch vertretbar, wenn ich ... Die Bankomatkarte von Großvater in meiner Manteltasche fühlt sich gut an.

Natürlich nur leihweise ... Das Geld werde ich ihm selbstverständlich ganz unauffällig zurücküberweisen. Davon kriegt er gar nichts mit.

Ich schiebe Großvaters Karte in den Schlitz. »Raiffeisenkasse Oer-Erkenschwick« steht darauf.

Der Bankomat fragt mich ungerührt, wie viel ich abzuheben gedenke.

Nur einen Fuffi.

Okay, gut, sagt der Bankomat, spuckt den Fuffi aus und schließt die Augen.

So einfach ist das.

Was für ein ... Gefühl!

Jemand betritt die Schalterhalle, es ist ein finster aussehender Mann mit Lodenmantel und Hut. Er wirft mir einen ... herablassenden, verächtlichen Seitenblick zu.

Oder bilde ich mir das nur ein?

»Grüß Gott«, sage ich besonders freundlich und kann mich gerade noch beherrschen, nicht zu knicksen.

Der Finstere murmelt »Griaß Eana, Frau Herbst«, was bedeutet, dass er mich erkennt. Früher hätte ich mich über so was gefreut.

Wie ein Dieb raffe ich den Fünfziger und die Karte an mich und renne in den Schreibwarenladen schräg gegenüber.

Die Bastelsachen für Jenny kosten siebenundzwanzig Euro. Ich bestehe darauf, dass man mir vier Fünfer rausgibt, und eine Quittung brauche ich auch.

Fast habe ich das Gefühl, der finstere Kerl im Lodenmantel steht hinter mir und beobachtet mich ... Vielleicht ruft er ja bereits die Polizei und lässt mich wegen Diebstahls und Betrugs verhaften. »Ella Herbst bestiehlt ihren Großvater ...«

Auf einmal fühle ich mich schrecklich unwohl.

Ich renne wie ein Schulkind durch die dunklen Straßen ins Altersheim zurück, wobei ich über frisches Glatteis schlittere.

»Na endlich«, murrt Großvater, der in seinem Rollstuhl sitzt und mir den Rücken zukehrt. »Ich dachte schon, du bist mit meiner Knete durchgebrannt.«

War das ein Scherz?!

Großvater hat einen ganzen Satz gesagt! Er hat das unglaublich progressive Wort »Knete« benutzt! Ich beuge mich zu ihm, damit ich in sein sonst so abweisendes Gesicht schauen kann. Und tatsächlich! Es ist so etwas wie ein Lächeln darauf zu erkennen.

12

Ich habe wieder kein Geld, und zu allem Überfluss ist Felix diesmal telefonisch nicht zu erreichen. Da ruft Dieter wieder an.

Ich begrüße ihn schon etwas weniger kühl.

»Ella, ich hab eine lukrative Sache für dich«, sagt er mit nervöser Fröhlichkeit.

»Ich esse keine Würmer, und ich fahre *nicht* in den Dschungel.«

»Nein, das musst du auch nicht.«

Ich lächle erleichtert. »Sondern?«

»Pass auf, das ist ein ganz seriöses Sendekonzept«, versucht Dieter, mich milde zu stimmen. »Ein Promi besucht eine ganz normale Familie. Dort muss er etwas machen, das jemand in dieser Familie besonders gut kann, der Promi aber nicht. Das muss er dann lernen und führt es nach einer Woche in einer Liveshow vor.«

»Ich bin Sängerin«, protestiere ich mit hochrotem Kopf. »Hast du keine seriösen Engagements für mich?«

»Jetzt geh mir nicht auf die Nerven!«, blökt Dieter mich an. »Immerhin verdienst du damit richtig Kohle!«

»Und was kann die normale Familie, was ich nicht kann?«

Da ich nur singen kann und sonst gar nichts, dürfte es nicht schwer sein, so eine Familie zu finden.

»Das weiß man vorher nicht. Das ist ja der Reiz an der Sache.« Dieters Stimme klingt deutlich genervt.

Warum zum Teufel bin ich überhaupt auf sein hohles Geschwätz eingegangen? Ich weiß doch, dass ich die Brosamen aufklauben darf, die mir die Krasnenko übrig lässt.

»Also, machst du's oder machst du's nicht?«
Ich trinke einen Schluck Champagner und hole tief Luft.
»Sag mal, und sonst hast du nichts für mich? Du hattest mir doch das Neujahrskonzert in Wien versprochen!« Dabei *fühle* ich, dass die Krasnenko es singen wird.
»Ella, das kannst du für dieses Jahr vergessen!« Dieter wird jetzt laut. »Das Geld liegt auf der Straße! Nimmst du es oder nicht?«
Zögernd willige ich ein. »Okay, ich mach's ja«, höre ich mich kleinlaut sagen. Ich versuche, das rechte Maß an Dankbarkeit in meine Stimme zu legen. »Vielen Dank, Dieter.«
»Dann fliegst du morgen Nachmittag nach Hamburg, mein Sekretariat ruft dich an«, sagt Dieter und legt auf.

Hamburg hat sicher nette Fleckchen. Alles rund um die Oper zum Beispiel, diese herrliche Fußgängerzone mit den tollen Geschäften, die Alster mit den feinen Restaurants, das Vier Jahreszeiten, in dem ich immer logiere, oder das neue Dorint, in dem ich allerdings die Lichtschalter nicht finde, weil sie im Inneren der Nachttischschubladen versteckt sind – na ja. Alles Schnee von gestern.
Dieser gottverlassene kalte Acker direkt an einer Autobahnauffahrt in Wulmstorf hat nichts mit vergangenem Luxus zu tun. Ein verlassenes, dunkles Gehöft steht einsam auf einem Feld, aus dem die Nebelschwaden hochsteigen. Ein paar alte Lastwagen und ein verlassener Bagger zeichnen sich gespenstisch vor der Kulisse des Grauens ab. Mir ist kalt. Ich will nach Hause.
Ein aufgeregt wirkendes Fernsehteam hat mich im VW-Bus hierher gebracht, zu meiner Gastgeberfamilie, die schon ganz gespannt auf den Promi wartet.
Verraten wollten sie mir nichts.
Die Familie weiß auch nicht, was beziehungsweise wer auf sie zukommt.
Ich weiß nicht, wem mehr Mitleid gebührt.

Wir laufen über den gefrorenen Morast auf das abweisend wirkende Haus zu.

»Und: Kamera läuft!«

Plötzlich fühle ich mich in grelles Scheinwerferlicht getaucht, während jemand für mich an der Tür klingelt. Ich erstarre.

Okay. Wir sind jetzt samstagsabends zur besten Sendezeit in fünf Millionen Wohnzimmern, und ich, Ella Herbst, bin voll der Profi. Ich habe hier fröhlich geklingelt, weil es mir Spaß macht, fremde Familien mit meinem Besuch zu überraschen und etwas zu lernen, was die können und ich nicht.

Du wirst schon sehen, Dieter, dass du mit mir noch ein paar Kröten verdienen kannst. Ich muss, trotz allem, unwillkürlich lächeln.

Ich höre eifrige Kinderschritte, dann wird die Tür aufgerissen, und eine dralle Rothaarige in einem etwas gewöhnungsbedürftigen Morgenmantel blinzelt hinter einer erwartungsvollen, ebenfalls rothaarigen Kinderschar ins Scheinwerferlicht. Ihre Haare sind starr vor Haarspray. Sie ist stark geschminkt, an ihren Ohren baumeln dicke, billige Ohrringe. In der einen Hand hält sie eine Zigarette, in der anderen eine Dose Bier.

»Hallo«, rufe ich so aufgeräumt wie möglich. »Ich bin die Überraschung!«

»Ähm ...«, sagt die Frau. Verlegen wischt sie sich die Hände an ihrem Morgenmantel ab, wofür sie kurzzeitig Zigarette und Bierdose irgendwo abstellt. »Und Sie sind jetzt ... ich meine, sind wir schon auf Sendung?«

»Mami, wer ist die?«

»Ich weiß nicht, Schatzilein, vielleicht ist sie die Frau von der Redaktion und will uns noch was Wichtiges sagen ...«

»Ich bin Ella Herbst, die Opernsängerin!«, flöte ich tapfer. »Ihr geht wahrscheinlich nicht so oft in die Oper ...!«

Statt einer Antwort rennt der Kleine auf seinen Pantoffeln wieder weg.

»Irgend so 'ne alte Opernsängerin«, blökt er enttäuscht ins Wohnzimmer.

Dafür taucht der Familienvater, ein Lastwagenfahrer, auf. Er hat einen Bierbauch, über dem sich ein zu enges T-Shirt spannt, auf dem steht: »Ich bin vierzig, na und?« – was mir kurzzeitig Trost verleiht –, eine Tätowierung am Oberarm und einen Ring im Ohr.

Super.

Hier bin ich genau richtig.

Danke, Dieter.

Nachdem sich die Enttäuschung auf beiden Seiten gelegt hat, werde ich immerhin ins Wohnzimmer gebeten. Gelsenkirchener Barock schreit mich an. Dunkelbraunes Holz, wohin das Auge blickt. Auf dem zerkratzten, massigen Wohnzimmerschrank steht ein Hochzeitsfoto vom Tätowierten und der Rothaarigen. Auf der Fensterbank mit Blick auf die Autobahnauffahrt stauben Kakteen, Gummibäume und andere scheußliche Topfpflanzen ein.

Der Kameramann hechelt sensationslüstern hinter uns her. Ich könnte mich entleiben.

Der Kleine heult, die beiden anderen Jungen starren mich enttäuscht an.

»Wir wussten, es kommt eine berühmte Sängerin.« Der Lastwagenfahrer, dem vorn ein Zahn fehlt, schaut mich fragend an: »Wie war noch mal der Name?« Er betrachtet mich ohne großes Interesse.

»Ella Herbst«, erkläre ich.

Die rothaarige Hausfrau saugt an ihrer Zigarette, während sie mich ausdruckslos anstarrt.

Das Telefon klingelt, und sie schreit hinein: »Ihr könnt alle zu Hause bleiben. Nein, nicht Nena!«

Und zu mir gewandt, fügt sie hinzu: »Da wär die ganze Mischpoke für ein Autogramm gekommen.«

Mit starrem Blick aufs Honorar spiele ich weiter die Begeisterte.

Besondere Umstände verlangen eben eine besondere … ähm … Toleranz.

Ich denke daran, dass Felix ganz allein für unser Familienauskommen schuftet, und dass ich mich gefälligst auch mal wieder bemühen sollte. Felix beklagt sich nie über seine viele Arbeit. Auch er ist sicher nicht immer mit Menschen zusammen, die ihm behagen, und muss in Sachen Komfort Abstriche machen, wenn er irgendwo im Ausland Entwicklungshilfe leistet.

»Was muss ich denn jetzt tun?«, frage ich so aufgeräumt, als wäre ich auf einem Kindergeburtstag.

Bestimmt hat es was mit den Lastern da draußen zu tun, schießt es mir durch den Kopf. Rückwärts die Auffahrt rauffahren oder versuchen, nicht von der Ladefläche zu fallen, während der Tätowierte sie grausam lachend immer höher fahren lässt. Ich schließe die Augen und ringe um Fassung.

Die Fernsehtussi schaltet einen Laptop ein, den sie auf dem Fernfahrerwohnzimmertisch aufgebaut hat, und plötzlich spricht Jörg Pilawa zu mir. Er sitzt fein gekleidet in einem Fernsehstudio und wirkt so hanseatisch kühl wie ein steif gefrorenes Bettlaken.

»Hallo liebe Ella«, sagt er strahlend. »Wir alle kennen dich als fantastische Opernsängerin. Aber kannst du auch Bagger fahren?«

»Nein«, sage ich schnell. »Das habe ich auch nie behauptet.«

Die Kinder lachen.

»Genau das wirst du nämlich bei Familie Nordhorn lernen!«, meint Jörg grinsend. »Du hast genau eine Woche Zeit, um folgenden Parcours zu schaffen und der Familie Nordhorn einen Herzenswunsch zu erfüllen!«

Ich mache den Mund auf, um etwas zu sagen, aber dann bleibe ich einfach nur stumm. Man sieht einen Bagger vor riesigen Eisenstäben, die einen tückischen Slalomparcours bilden, den ein Normalsterblicher nicht mal mit einem Bleistift in der Hand nachfahren könnte.

»Wenn man anstößt«, meldet sich Jörg Pilawa wieder zu Wort, »ertönt dieses scheußliche Geräusch!«

»Quäääääk!«

»Und jetzt, liebe Ella, wünsche ich dir viel Spaß beim Üben«, verabschiedet sich Jörg Pilawa vom Bildschirm, »ich sehe dich dann in meiner Sendung *Promis unter Druck*!«

»Wie heißt die Sendung?« Ich fahre zu dem Fernsehteam herum.

»*Promis unter Druck*! Ja wussten Sie das denn nicht?«

Ich stehe einen Moment verdattert da und starre auf den Bildschirm, auf dem der Bagger mit dem Eisenstabparcours zu sehen ist.

Dann lasse ich die Schultern fallen und entspanne mich: »Wisst ihr was, ich glaube, ich werde es gar nicht erst probieren.«

Die Familie starrt mich an.

»Tja«, ich reibe mir die kalt gefrorenen Hände, »dann soll es wohl nicht sein. War nett, euch kennengelernt zu haben.« Ich wende mich zur Haustür.

»Aber wir können was *gewinnen*!«, schreit der Kleine, als ich schon die Klinke in der Hand habe.

Ich friere vor Einsamkeit.

»Wir können alle was gewinnen«, sagt jetzt der Vater mit dem Bierbauch.

»Wenn Sie das schaffen mit dem Bagger, kriegen wir jeder einen Herzenswunsch erfüllt«, bekräftigt ihn die Mutter.

Die Kinder beäugen mich so aufmerksam, als glaubten sie, ich könnte jeden Moment Blüten austreiben oder so.

Ich richte mich wieder auf.

»Was denn für 'n Herzenswunsch …? Ich meine, wenn er nicht allzu teuer ist, kann ich euch den vielleicht …«

»Einen neuen Laster«, sagt der Mann und zieht die Nase hoch. »Mit der modernsten Hydraulik, Megaladefläche, Auf- und Abladeautomatik, Navigationssystem, Fußbodenheizung, Stereoanlage, Plasmafernseher, DVD-Player, Schlafkabine für zwei mit integrierter Küche und Bad.«

»Oh«, sage ich. »Das ... übersteigt ... meine momentane ...«

»Und ich kriege einen eigenen Friseursalon«, stellt die dralle Rothaarige klar. »Das ist *mein* Lebenstraum.« Noch nie war ich so verunsichert.

»Das ist ein sehr schöner ... Lebenstraum.« Ich kratze mich am Kopf: »Und ihr?«, wende ich mich den drei Jungs zu.

»Ich fliege nach Brasilien und trainiere mit Ronaldinho ...«, sagt der Mittlere cool.

Der Große strahlt mich an: »Ich kriege ein eigenes Zuchtpferd mit Pferdekoppel, Stall und Anhänger. Dazu eine Mitgliedschaft in Hamburgs begehrtestem Reitklub.«

»Tja«, fügt die Mutter stolz hinzu. »Das wäre unter normalen Umständen undenkbar. Wir haben es nicht so ... dicke.« Sie schaut mich vorwurfsvoll an, als wollte sie hinzufügen: »Wie Sie.«

»Donnerwetter«, entfährt es mir. »Und du, Kleiner?«

»Ich werde das Maskottchen beim Hamburger SV«, piepst der Kleine strahlend. »Ich darf bei jedem Training dabei sein, zu jedem Auswärtsspiel fahren und bringe der Mannschaft Glück!«

Ich bin wie gelähmt vor Entsetzen. Was für eine ungeheure Bürde laden diese Fernsehleute auf meine Schultern! Unsicher schaue ich von einem zum anderen. »Ich meine, ich bin selbst Mutter von einem Jungen, der solche Träume hat wie ihr ...«

»Sie macht es, sie macht es, sie macht es«, hüpft der Kleine mit leuchtenden Augen auf und ab.

»Nein, nein ... das ... ist für mich völlig unmöglich ...«, stammle ich mit belegter Stimme. »Wirklich, ich würde euch gern helfen, aber ich *kann* nicht Bagger fahren. Und schon gar nicht durch so ein verzwicktes Labyrinth.«

»Fünf Lebensträume«, sagt die Redakteurin. »Fünf Millionen Zuschauer.«

Das ist ja Erpressung!

»Und das alles platzt, wenn ich die Nummer mit dem Bagger nicht mache?«

»Hm, hm!«, sagen die Kinder nickend und schauen mich flehentlich an.

»Ja also ich ... könnte es ja wenigstens versuchen«, höre ich mich sagen.

»Versuchen ist zu wenig«, sagt der Tätowierte. »Du musst die fünfzehn Meter in vier Minuten schaffen, ohne ein einziges Mal anzustoßen! Sonst können wir unsere Träume begraben.«

Ich schüttle bedauernd den Kopf. »Ausgeschlossen«, sage ich. »Völlig ausgeschlossen.«

Katharina hat die ganze Lagerhalle ausräumen lassen. Überall liegen Holzbretter herum, ich sehe Schleifmaschinen, Hebebühnen, Lacke und Kunststoffe in riesigen Behältern. Es riecht streng. Ich habe zur Bedingung gemacht, dass ich zu Hause üben kann und nicht bei der Lastwagenfahrerfamilie wohnen muss. Nach langem Hin und Her hat man zögerlich eingewilligt.

Der Lastwagenfahrer aus Wulmstorf hat das fünfzehn Meter lange und sieben Meter hohe Eisengestell samt Bagger angekarrt und mithilfe einiger Monteure vom Fernsehen in der Halle aufgebaut. Sie haben gehämmert und geschraubt, gebohrt und geschweißt. Jetzt steht das komplizierte Ungetüm dort, wo früher Xavers Skier entstanden, und sieht einfach nur furchterregend aus.

Ich sitze bei minus fünfzehn Grad und Schneegestöber in dem Bagger und frage mich, ob das nicht alles ein entsetzlicher Albtraum ist. Ich trage Xavers alten Skianzug, eine grobe Arbeitsweste, Fellstiefel mit drei Paar dicken Socken, Lederhandschuhe, eine Skibrille gegen das Schneegestöber und habe eine Bommelmütze auf dem Kopf. Auf den Knien liegt meine alte Stola, die von besseren Zeiten träumt.

Wenn man diese wahnsinnige Frau so anschaut, die da in einer leeren Lagerhalle täglich vierzehn Stunden Bagger fährt, kann man schon Mitleid mit ihr kriegen.

Zumal schon zwei Champagnerflaschen in der Kälte zerborsten sind.

Mit starrem Blick aufs Honorar übe ich das millimetergenaue Vorwärts- und Rückwärtsfahren, das präzise Drehen des Führerhäuschens, Seitwärtsknirschen auf den Ketten, das Heben und Senken der drei verschiedenen Baggerarmgelenke, wobei die eine Hand immer genau das Gegenteil von der anderen tun muss, damit nicht der Greifarm nach oben schnellt und womöglich das Lagerhallendach abdeckt.

Alles in allem ein Ding der Unmöglichkeit.

Nach unzähligen Versuchen schaffe ich am vierten Tag immerhin den ersten Meter.

Einen einzigen Meter.

»Quäääääk!«

Aber ich bin doch gar nicht ... o doch. Das ganze Eisengerüst wackelt.

Also zurück.

Baggerarm voooorrrsichtig millimeterweise wieder aus dem Spalt ziehen ...

»Quääääääk!«

»Ja, Mann! Ich *versuch's* doch!«

»Quäääääääk!«

»Scheiße, verdammte! Ich fahre doch nur zum Anfang zurück!«

Mir läuft die Nase. Die Scheibe ist beschlagen.

Mir knurrt der Magen, und meine Finger sind blau gefroren.

Okay. Tief durchatmen. Noch einmal. Das schaffe ich. Wenn ich eine neue Opernpartie einstudieren wollte, habe ich auch erst mal den Wald vor Bäumen nicht gesehen. Wie oft wollte ich wütend aufgeben und habe doch am Schluss jedes einzelne Sechzehntel perfekt beherrscht.

Reiß dich zusammen, Ella. Disziplin. Das ist deine Stärke.

Bagger zurückfahren, Führerhäuschen eindrehen, in Startposition.

Wieder schiebe ich mich mitsamt dem Bagger millimeterweise vorwärts.

Ich halte die Luft an, ich schaffe die erste Hürde, ich komme um die Ecke! Jetzt *millllllimmmeeeeterweise* den ganzen Bagger nach rechts fahren und dabei drauf achten, dass der Greifarm nicht wackelt, auch nicht vom Wind ...

»*Quäääääääk!*«

»Verdammte Scheiße! Verdammte, verdammte Scheiße!!!!«

Ich haue wutentbrannt auf den Schalthebel, den ich seit Stunden wie eine Bekloppte umklammere, und da schnellt der Greifarm mit voller Wucht nach oben und reißt das riesige Eisengestell aus der Verankerung.

Es scheppert und klirrt, als sich mehrere Eisenstäbe verbiegen und zwei Deckenlampen zerbersten. Es blitzt, dann peitscht ein Knall durch die Halle, und schließlich ist es stockdunkel.

Ich bin wie gelähmt vor Schreck.

Okay. Ein Kurzer. Cool bleiben. Das kann ja mal passieren. Mit zitternden Knien schlängle ich mich im Finsteren aus dem Führerhäuschen und taste mich zentimeterweise in der Lagerhalle vorwärts.

Kraftlos taste ich mich bis zur nackten kalten Wand. Ich vergrabe das Gesicht in meinen schmuddeligen Handschuhen und werde von Schluchzern geschüttelt.

Wohin bin ich nur geraten? Wie tief muss ich denn noch sinken? Eine klamme Kälte kriecht mir das Rückgrat hinauf, als sich die Lagerhallentür knarrend öffnet.

»Na Süße, wie geht's voran?«

Ich hätte am liebsten gelacht, bloß, dass da so ein Stechen in meinem Herzen ist und ich nicht sicher bin, ob ich jemals wieder aufstehen kann.

Katharina steht da, bewaffnet mit einer Taschenlampe und einem Topf heißer Suppe. Das gibt mir neue Kraft. Ich rapple mich auf.

»Ach, es ist beschissen!« Wütend trete ich gegen die Kettenräder.

»Der Monteur kann dir das reparieren«, tröstet mich Katharina. »Morgen früh um sieben hast du wieder Licht.«

»Und der bescheuerte Parcours?«, heule ich. »Dieses riesige Eisengestell? Es hätte mich erschlagen können! Und das wäre auch besser gewesen!«

»Ach, den biegen wir dir schon wieder hin. Wir halten hier alle zu dir, Ella. Das ganze Dorf ist auf deiner Seite!«

Sie zieht mich auf einen mit Raureif überzogenen Stapel Bretter und drückt mir einen Löffel in die Hand, während sie das Tablett auf meine Knie stellt.

Als ich mit steif gefrorenen Fingern die Suppe löffle, fallen mir ein paar salzige Tränen hinein.

»Nicht heulen, Süße! Du schaffst das!« Katharina legt lachend den Arm um meine Schultern und drückt mich ganz fest. »Das ist doch nur ein Spiel!«

»Ja, aber es geht um diese ... Leute!«, heule ich. »Ich bin jetzt zuständig für ihren Lebenstraum! Du hättest die Augen von diesem Jungen sehen sollen! Ich *kann* sie nicht enttäuschen!«

»Das wirst du auch nicht! Du hast noch drei ganze Tage Zeit!«

»Drei *Tage*?! Das schaffen ja nicht mal diplomierte hauptberufliche Baggerführer mit langjähriger Erfahrung.«

Katharina lacht. »Ich würde gern mit dir tauschen! Mit meinem Xaver geht's zu Ende, und du heulst, weil du Bagger fahren musst!«

Ich ziehe die Nase hoch und wische mir mit dem Lederhandschuh die blöden Tränen ab. »Echt? Wie ... woher ... ich meine ...«

»Er hat sich verändert«, sagt Katharina, und ihr Blick wird ganz weich. »Er sagt, dass er mir dankbar ist und mich liebt.«

»Aber das ist doch wunderschön.«

»Ja, das ist es. Aber wie lange noch?« Katharina blickt sich im Schein der Taschenlampe in der kalten, leeren Halle um.

»Das hier war *unser* Lebenstraum. Wir wollten noch so viel erreichen ...«

Ich schweige, wage noch nicht mal, meine Suppe weiterzulöffeln.

Sie blickt mich plötzlich entschlossen an: »Du hast ein Ziel vor Augen, Ella. Du kannst noch arbeiten. Das können Xaver und ich nicht mehr.«

Ich stelle meinen Suppenteller auf den Lagerhallenboden und nehme Katharina ganz fest in den Arm.

Wir heulen beide, und ich klopfe ihr mit meinen schmuddeligen Arbeiterhandschuhen auf dem Rücken herum.

Mein dreckiger Schal hängt in die Suppe, und das Wasser aus meiner Nase tropft Katharina auf die Schulter.

Wir sind ein Bild des Jammers, Katharina, der Bagger, das kaputte Eisengestell und ich. Aber zum Glück ist es ja stockdunkel in der Halle.

Das ganze Altersheim klatscht Beifall, als ich einen Tag vor Heiligabend strahlend von meiner Siegestour zurückkomme. Ich habe es geschafft!

Ich habe es tatsächlich geschafft! In drei Minuten und sechsundfünfzig Sekunden bin ich durch den ganzen Parcours gekommen! Ohne ein einziges Mal anzustoßen! Vor laufender Kamera! In einer Livesendung! Vor tausend Mann im Publikum! Die haben alle den Atem angehalten, und nachher getrampelt vor Begeisterung!

Und alle alten Leutchen haben es im Fernsehen gesehen! Meine Wangen glühen. Ich war seit Monaten, nein, was sage ich, seit *Jahren* nicht mehr so stolz! Hurra, schaut mal alle her! Ich bin mit dem Bagger durch den Parcours gekommen! Und die Wulmstorfer Familie kann sich ihre Herzenswünsche erfüllen! Mein Leben hat wieder einen Sinn!!

Ein gigantischer Kloß sitzt auf einmal in meinem Hals.

Nicht nur Felix hat sich rührend um mich gekümmert, indem er mir ständig was zu essen brachte, eine Stereoanlage in der Halle installierte, damit ich beim Baggern meine eigenen Arien hören konnte, die Kinder hütete und mir um Mitternacht das heiße Badewasser einlaufen ließ, nein, auch das ganze Dorf hat mitgefiebert. Sie haben mich angefeuert, nicht aufzugeben, und mir grüppchenweise Gesellschaft geleistet. Sie haben mir geholfen und mit dem Zentimetermaß dabeigestanden, mit der Stoppuhr und mit guten Ratschlägen. Es ist so ein schönes Gefühl, angenommen zu werden, Freunde zu haben, die zu einem halten.

Vielleicht, denke ich versonnen, musste das alles so sein.

Damit ich die wirklichen Werte kennenlerne.

Simone lässt schon den Champagnerkorken knallen, als sie mich strahlend durch den gebohnerten Flur kommen sieht. Wir fallen uns in der kleinen Teeküche um den Hals. Sie riecht wie immer nach Sagrotan und heimlich gerauchten Zigaretten.

»Unser Fernsehstar ist wieder da! Hurra Hurra Hurra!«, dichtet Simone etwas schlicht und tanzt mit mir heiser lachend in der Teeküche herum.

»Mann, ich kann es selbst gar nicht fassen«, seufze ich glücklich. Dieses ›Quäääk!‹, das hat mich schon im Traum verfolgt!« Erleichterung und Freude durchfluten mich. Ich streiche mir eine künstliche Haarsträhne aus dem Gesicht und atme tief durch.

»Ich dachte, das schaffe ich nie!«

»Aber es sah spielend leicht aus«, sagt Simone perplex. »So, als hättest du in deinem Leben nie was anderes getan!«

»Na ja, ähm, also früher habe ich Opern gesungen ...«

»Diese Familie wird dir das nie vergessen«, sagt Simone neidlos. »Da muss ich jetzt erst mal eine drauf rauchen.« Sie öffnet das Teeküchenfenster und lehnt sich hinaus in die Winterluft.

»Und wie waren deine letzten Tage vor Weihnachten?«, frage ich entspannt.

»Meine dreizehnjährige Tochter hat nachts mit ein paar Typen sämtliche Autos in der Nachbarschaft zerkratzt«, stößt sie zwischen zwei Rauchschwaden hervor. »Aus Protest, weil ich über die Feiertage Doppelschichten angenommen habe. Dabei wollte ich ihnen nur allen was schenken können.«

»Was?«

»Tja!« Simone dreht sich zu mir um und versucht ein tapferes Lachen. »Jetzt habe ich auch noch die Polizei am Hals.« Sie wendet sich wieder dem offenen Fenster zu, wahrscheinlich um ihre aufsteigenden Tränen zu verbergen, und bläst den Rauch in die Dunkelheit. »Die Lackierkosten für die Autos kann ich jetzt über Jahre hinweg abstottern, und Geschenke gibt's auch nicht.«

»Das ist doch ... das ist ... also ich meine ...«

Meine Hand gleitet in das Innenfach meiner Handtasche. Dort zieht sie den Reißverschluss auf und macht sich an meiner Brieftasche zu schaffen.

Einer plötzlichen Eingebung folgend, nehme ich die fünftausend Euro für den Baggerauftritt, die ich mir vorsichtshalber in bar habe auszahlen lassen, und stecke sie wortlos in Simones Kitteltasche.

»Hat mein Großvater ... ich meine ...« Ich verstumme und beiße mir auf die Lippen.

»Der Großvater hat nicht ferngeschaut«, sagt Simone über die Schulter hinweg. »Sein Zimmer war immer dunkel.« Na ja. Ich hatte mir irgendwie die abwegige Hoffnung gemacht, dass mein Großvater vielleicht mal eine Ausnahme gemacht und sich meinen großen Auftritt angeschaut hätte.

Wir schweigen.

Ich versinke in meinem Champagnerglas. »Na, das ... macht nichts«, versuche ich meine Enttäuschung zu überspielen, »mein Großvater hat noch nie Wert darauf gelegt, mich im Fernsehen zu sehen.«

»Er hat dich schon sehr vermisst«, meint Simone, während sie einen Rauchschwall über die Schulter ins Kalte bläst. »Er hat jetzt eine ganze Woche keinen Ton gesagt.«

Die Notfallglocke geht, und Simone eilt, die Zigarette hastig unter dem Wasserhahn löschend, mit wehendem Kittel davon. Das mit dem Geld in ihrer Kitteltasche hat sie noch nicht einmal gemerkt.

13

»Aber hallo!«, begrüßt mich Großvater, der im Stockdunkeln sitzt.

Wow, denke ich. Was für ein Temperamentsausbruch!

Er freut sich wirklich, dass ich wieder da bin!

»Hallo Großvater«, begrüße ich ihn und drehe ihn mit dem Rollstuhl zu mir um.

Wie immer hat er an die Wand gestarrt. »Wie geht's?!«

Keine Antwort.

»Ich kann jetzt Bagger fahren«, platzt es aus mir heraus. »Stell dir vor, ich habe gewonnen! Und eine Wulmstorfer Familie kann sich jetzt ihre Träume erfüllen! Vom eigenen Pferd bis zur Einbauküche!«

»Ja.«

»Ist das nicht der Hammer?!«

Schweigen.

»Tut mir leid, dass ich mich so lange nicht um dich gekümmert habe.«

»Schon gut. Ich freu mich, dass du wieder da bist.«

Ich starre ihn mit offenem Mund an. Er hat einen ganzen Satz gesagt! Er hat eine ... Gefühlsregung gezeigt! Er! Hat! Freude! geäußert!

Das ist ja ... Er hat sozusagen ausgedrückt, dass er auf meine Anwesenheit Wert legt! Ja, mehr sogar, dass sie ihn ... freut!

»Ich hab dich vermisst«, purzelt es aus meinem Mund, und ich beuge mich zu ihm hinunter und umarme ihn. Seine spärlichen weißen Haare kitzeln mich an der Nase.

»Ich dich auch«, kommt es erstickt aus meiner Umarmung.

Ich kann es nicht fassen. Er sagt so liebe Dinge!

Das muss ich erst mal verdauen. In einer Art Übersprungshandlung fange ich an, sein Zimmer aufzuräumen.

Während ich mich eifrig daranmache, seine frische Wäsche in den Schrank zu sortieren, ihm sein Abendessen nett herzurichten, wie sein Äpfelchen mundgerecht zu schälen, sein gekochtes Ei perfekt abzuschrecken und sein Gebiss zu reinigen, plaudere ich zutraulich wie ein Kind über meine Erlebnisse mit dem Bagger. Ich schildere ihm mit Händen und Füßen, was für Schwierigkeiten ich mit dem störrischen Ding hatte, benutze seine Zahnbürste, um ihm den Eisenstab zu demonstrieren, und mache unentwegt mit verdrehten Augen »Quääääk«.

War das ein Lächeln? Also er hat die Mundwinkel hochgezogen, das habe ich genau gesehen.

»Und dann ... *krach!* Reißt das ganze Gestell aus der Wand und ... *klirr* ... gehen die Lampen zu Bruch und ... *knall* ... ist ein Kurzschluss in der Halle. *Päng!*«

Großvater stopft sich Ohropax in die Ohren.

Okay. Das war jetzt nicht so ...

Bescheiden.

Ich lasse mich auf den wackeligen Stuhl sinken und massiere meinem Großvater die Füße.

»Da auf dem Nachttisch liegt ein Brief«, gibt er schließlich müde von sich.

»Soll ich ihn dir vorlesen?«

»Ja.«

Eifrig springe ich auf und greife diensteifrig nach dem Schrieb. »Wer weiß, von wem der ist? Vielleicht ist das ein Weihnachtsgruß ... oder schon Geburtstagspost ...?«

»Mit achtundachtzig Jahren, da fängt das Leben an«, krächzt mein Großvater heiser.

Mein Gott, er *singt! Er scherzt!* Er ist gut drauf!

Leider nicht mehr lange.

»Sparkasse Oer-Erkenschwick« steht auf dem Umschlag.

Augenblicklich krallt sich die kalte Hand der Panik um mein Herz. Ich mache die Augen zu, atme tief durch, versuche mich zu beruhigen.

»Och, das ist nur so ein belangloser Kontoauszug«, versuche ich den Ball flachzuhalten. »Irgendwas Blödes, was uns jetzt die Stimmung verdirbt ...«

»Mach ihn mal auf.«

»Möchtest du nicht doch zuerst dein leckeres Abendessen ...«

»Nein.«

Mit zitternden Fingern reiße ich den verdammten grauen Umschlag auf.

Ich starre im Schein der Nachttischlampe auf den Schrieb.

Scheiße. Da steht's.

Fünfzig Euro. Abgehoben am 13. Dezember um 17 Uhr 53 an der Sophienhöher Dorfsparkasse. Vom Automaten.

Also gut. Schauen wir uns die Sache noch mal an. Das sieht doch gar nicht schlimm aus. Fünfzig Euro abgehoben. Na was. Das macht doch jeder.

Das ist doch völlig normal. Eine Lappalie, eine ... Routinesache. Großvater wird sich gar nicht mehr daran erinnern.

Einer plötzlichen Eingebung folgend, blicke ich plötzlich auf die Uhr.

»Äh, Großvater, es tut mir leid, aber ich muss jetzt leider ... zur Chorprobe. Simone und Katharina haben mir den Kirchenchor so schmackhaft gemacht, dass ich ...«

»Reich mir mal die Brille.«

»Ich kann es dir auch schnell vorlesen ...«, sage ich, schon in der Tür. »Es ist wirklich nichts, was nicht bis morgen warten könnte!«

»Die Brille.«

Zitternd schleiche ich zurück zum Tisch, packe ihm die Brille aus, poliere sie ziemlich lange und umständlich mit dem Brillenputztuch und helfe ihm dann, sie aufzusetzen. Okay. So. Keine Panik. Es ist nur ein Kontoauszug.

Er studiert den Kontoauszug wie früher meine Lateinklassenarbeit.

»Zwanzig Euro hatte ich gesagt! Wieso steht hier fünfzig?!« Er blickt forschend in mein Gesicht, so als suche er dort irgendwelche Hinweise.

Schweigen. Das war mein Stichwort. Jetzt muss ich ihm die Wahrheit sagen.

»Steht da fünfzig? Zeig her.« Er streckt die magere, von Altersflecken übersäte Hand aus. Sein weißer Hemdsärmel umschließt nicht annähernd sein dürres Handgelenk.

Verdammt. *Verdammt.* Wie komme ich nur aus der Nummer wieder raus? Ich werfe abermals einen Blick auf meine Uhr und merke, wie sich mir vor Nervosität die Kehle zuschnürt.

»Ähm ... ich habe ...« Ich räuspere mich, und das Herz schlägt mir bis zum Hals. »Ich brauchte damals dringend für Jenny ...«

Ach, was rege ich mich denn auf. Er ist Jennys Urgroßvater. Er wird doch mal für dreißig Euro Bastelzeug spendieren können!

Ich meine, ich war ja auch nicht unspendabel.

»Du hast mich bestohlen?!« Großvaters Gesicht ist undurchdringlich.

»Aber nein ... ich hatte ... meine Bankomatkarte war gerade nicht verfügbar. Ich meine geladen.«

Noch nie habe ich etwas so vermurkst wie dieses Geständnis. Ich stammle, stottere, wiederhole mich und drehe mich im Kreis.

»Du hast deinen eigenen Großvater bestohlen?!« Großvaters Augen haben sich zu Schlitzen verengt. Er sieht mich an wie etwas Ekliges, das der Hund ins Haus geschleift hat. Ich muss ruhig bleiben, selbstbewusst und entschlossen. Ich bin eine erwachsene Frau, und er kann froh sein, dass er mich hat. Wenn er nicht wäre, sänge ich heute noch die Carmen. Und hätte keine Finanzprobleme. Und die Krasnenko würde noch die Kantine putzen.

»Großvater, ich hab mir was geliehen, ich gebe es dir wieder ...« Mit zitternden Fingern krame ich in meiner Handtasche herum, warum *habe* ich nur die *ganze Knete* von der Baggershow Simone in die Kitteltasche gesteckt, bin ich eigentlich bescheuert?!

»Ich war knapp bei Kasse, und Jenny brauchte Bastelsachen ...«, sage ich tonlos.

»Du hast dich an *meinem* Geld bereichert?!«

»Was heißt denn hier bereichert, ich hatte einen Engpass ... und es war doch für das Kind ...«

»*Hinter* meinem Rücken?!«

»Wenn ich dich gefragt hätte, hättest du Nein gesagt!« Jetzt wird meine Stimme verdammt brüchig. Ich werde doch nicht in Tränen ausbrechen? Ich halte verzweifelt den Atem an. Warum legt er nicht seine Hand auf meinen Arm, nickt versöhnlich und sagt: »Schon gut. Wir sind doch eine Familie«?

»Und *dir* habe ich meine Geheimnummer anvertraut?! Und du hast jederzeit *Zugang* zu *meiner* Bankomatkarte?!«, krächzt er aufgebracht. »Ich bin hier also nicht mehr sicher!«

O Gott, so viel hat er in den ganzen sechs Monaten noch nicht gesagt.

»Nein, so ist das nicht, ich habe nur vergessen, es dir zu sagen ...«, gestehe ich schließlich mit brennenden Wangen. Mir ist ganz schwindelig. Ich reiße ein paar kleine Scheine aus meinem Portemonnaie und ziehe die Nachttischschublade auf.

»Hier. Ich lege dir die dreißig Euro in die Schublade. Neben deine Kreditkarte.«

Mit schweißnassen Fingern blättere ich drei Zehner in die Schublade und zeige ihm die Bankomatkarte, damit er weiß, wo das Geld liegt.

»*Fass* meine Bankomatkarte nicht an!« Er deutet mit seiner knorrigen Hand auf mich und durchbohrt mich mit stechendem Blick. Sein Kinn zittert vor Empörung. Was droht mir jetzt? Die Todesstrafe?

»*Nimm* deine Hand aus meiner Schublade!« Großvaters Gesicht ist völlig versteinert. In seine Augen tritt eine Härte, die ich so noch nie an ihm erlebt habe. Ich starre zurück wie hypnotisiert. Mir wird fast übel.

Im Zeitlupentempo ziehe ich die Hand heraus. Ich fürchte mich nicht vor seinem Zorn wie früher, als ich noch ein kleines Mädchen war. Ich fühle mich nur gedemütigt.

»Von jetzt an wird jemand anders die Schublade abschließen«, sagt Großvater matt. »Ich werde Simone den Schlüssel anvertrauen.« Damit ist das Gespräch für ihn beendet. Er dreht mir den Rücken zu und starrt an die Wand.

Mein Herz rast, wie es noch auf keiner Bühne dieser Welt gerast hat.

»Ich wünsche dir einen schönen Geburtstag«, höre ich mich fauchen. »Und frohe Weihnachten, das Fest der Nächstenliebe!«

Dann reiße ich meinen Mantel vom Haken und knalle die Tür hinter mir zu, so laut ich nur kann.

14

»Und das hast du alles selbst gebacken?«

Staunend und voller ehrlicher Bewunderung drehe und wende ich ein paar Kekse, die bei Jürgen und Hanne-Marie auf dem Tisch stehen, und rieche interessiert daran.

Es ist Heiligabend, und wie immer haben wir tapfer beschlossen, ihn mit der gesamten Patchworkfamilie zu verbringen. Und zwar im Steuerberaterbungalow in Bad Reichenhall.

Erstens, weil ich nicht kochen kann.

Zweitens, weil Hanne-Marie kochen kann.

Und drittens, weil sich Hanne-Marie weigert, zu uns zu kommen. Sie will den Heimvorteil.

»Ja, und Hanne-Marie hat über zwei Stunden lang Butter schaumig geschlagen«, sagt Jürgen, der Hanne-Marie wie eine Trophäe von hinten umfasst. »Sie ist die beste Köchin der Welt!«

»Kekse backt man, die kocht man nicht«, winkt Hanne-Marie bescheiden ab.

Während ich an den Keksen herumrieche, betrachte ich Hanne-Maries selbst gestricktes Outfit. Über ihren Busen watscheln im Gänsemarsch ein paar frisch geschlüpfte Entenkinder. Immer, wenn Hanne-Marie sich bewegt, drohen die beiden mittleren zwischen ihren Brüsten zu versinken.

»Mamski«, zischt Jenny. »Wenn du die Kekse nicht essen willst, darfst du sie auch nicht anfassen!«

»Oh, Entschuldigung.« Ich lege die Krümelmonster vorsichtig wieder in die Silberschale. »Nachher probiere ich ganz bestimmt von den köstlichen Keksen. Aber im Moment bin ich total satt.«

»Die Mama ist magersüchtig«, erklärt Jenny ihrem Vater und verdreht dabei die Augen. »Seit sie mit ihrem Opa Krach hat, isst sie überhaupt nichts mehr.«
»Wieso hast du denn mit deinem Großvater Krach?«
»Ich möchte nicht darüber reden.«
»Okay, ja dann ...« Hanne-Marie befreit sich aus Jürgens Umklammerung. »Was möchtet ihr trinken?! Kaffee? Tee? Saft?« Sie sieht mit einem bemühten Lächeln in die Runde.
Mann.
Es dürfte sich doch inzwischen rumgesprochen haben, dass ich mit solch überflüssigen Fragen nicht belästigt werden will. In Krisensituationen brauche ich Champagner. Wie oft soll ich das noch sagen.
Und das hier *ist* eine Krisensituation!
Jürgen schenkt mir sein allernettestes Lächeln. »Ella! Was darf es für dich sein? Wir haben auch Fanta, Cola und Sprite.«
»Nichts im Moment, vielen Dank.«
Arsch.
Wir haben uns in Schale geschmissen. Felix sieht fantastisch aus in seinem perfekt sitzenden Anzug mit der goldenen Weihnachtskrawatte, ich habe das kleine Schwarze an, das Felix mir unlängst aus Buenos Aires mitbrachte. Darin friere ich zwar jämmerlich, aber es macht einfach eine gute Figur. Auch Jürgen und Hanne-Marie stecken in weihnachtlicher Kluft; Jürgen im von Hanne-Marie selbst gestrickten dunkelblauen Pullover, auf dem ein riesiger Elch prangt. Also stricken kann sie, die Hanne-Marie.
Ich würde gern ins Wohnzimmer gehen und mich dort entspannt aufs Sofa werfen, zumal Hanne-Maries wirklich nette Mutter da drinnen ist, aber Hanne-Marie zieht mich zurück, wobei sie die Lippen spitzt und »pscht!« macht.
»Wie, pscht? Schläft deine Mutter?«
»Nein! Aber drinnen ist das Christkind!«
»Nee, echt jetzt?«

»Ja, Hanne-Maries Eltern schmücken den Baum und ...« Jürgen hält inne und wirft einen bedeutungsvollen Seitenblick auf Jenny, die in ihren Nintendo vertieft ist.

»Jenny ist fast zwölf«, lache ich. »Die glaubt doch nicht mehr an das Christkind!«

Hanne-Marie geht abrupt in die Küche. Betreten schaue ich Jürgen an, der leider wieder diese Seitenscheitelfrisur hat, was ich persönlich schade finde.

»Bin ich ihr jetzt zu nahe getreten oder so?«

»Nein, natürlich nicht, aber es ist so, dass ihre Eltern ... also die freuen sich ja so, dass Jenny noch ans Christkind glaubt ...«

»Sag mal, hörst du schlecht? Sie *glaubt* nicht mehr ans Christkind! Sie schwänzt den Religionsunterricht und hängt mit ihren Freundinnen auf dem Schulhof ab, ich kann schon froh sein, wenn sie dabei nicht raucht!«

»Aber sie haben sich solche *Mühe* gegeben mit dem Christbaum und den Geschenken ...«

»Okay«, lenke ich ein. »Wenn es ihnen solche Freude macht ...«

Alle hier bemühen sich um Festtagsstimmung und Weihnachtsstimmung und überhaupt ...

Nur so komme ich leider nicht in Stimmung. Obwohl ich mit allen Mitteln versuchen will, Hanne-Maries Freundin zu werden.

Na gut, vielleicht nicht ihre beste.

Man wird ja bescheiden. Unsere Weihnachtsbegegnung hatte ich mir auch anders vorgestellt: Wir fallen uns freudig um den Hals, weil ja unsere erste Begegnung nur noch zu steigern ist. Sie vertraut mir kichernd an, wie sie sich kennengelernt haben, ich lege lachend den Arm um sie und versichere ihr, dass wir uns genauso kennengelernt haben, nämlich in seinem Steuerberaterbüro über irgendwelchen langweiligen Akten. Dass ich mich aber wahnsinnig für Jürgen und sie freue, und dass sie ganz toll zusammenpassen, genau wie Felix und ich, und dann geht sie mit mir in die Küche und fragt mich, ob sie mir das Kochen und

Backen beibringen soll, und ich antworte lachend, aber nur, wenn ich ihr Gesangsstunden geben darf. Und dann rühre ich zwei Stunden lang die Butter schaumig, und wir singen dabei zweistimmig Moritaten und haben einen Riesenspaß, weil der Champagner in Strömen fließt ...!

»Erde an Mamski? Hallo?« Robby wedelt vor meinen Augen herum.

»Süßer, gibt's hier irgendwo Alkohol?«, flüstere ich, wobei ich erröte.

»Papa und Hanne-Marie trinken nur Malzbier. Aber guck mal aus dem Fenster.« Robby weist grinsend mit dem Daumen nach hinten.

Tatsächlich. Mein Felix hat sich bereits am Kofferraum unseres Porsche Cayenne zu schaffen gemacht und schleppt gerade eine Kiste eisgekühlten Roederer Cristal in den Bungalow.

Halleluja Amen.

Ich reiße eine Flasche aus der Schachtel und gehe frohen Mutes damit in die Küche, wo Hanne-Marie in gebückter Haltung am Herd steht und eine mit Rotkohl oder Blaukraut ausgestopfte Ente mit flüssigem Fett übergießt oder auf andere Weise zu Tode foltert. Zu Enten scheint sie ein besonders inniges Verhältnis zu haben.

»Hm, das riecht ja lecker«, rufe ich munter aus, während sich mir der Magen umdreht. Ich steh nämlich nicht so auf Fleisch und Fett und mächtige Saucen, die sich noch tagelang im Magen breitmachen. »Was du alles kannst! Hast du mal 'nen Geburtshelfer?!«

Damit halte ich ihr triumphierend den Schampus unter die Nase.

Also bei Simone und Katharina, meinen zwei Freundinnen aus dem Altersheim, da muss man nicht lange rumbetteln. Die haben das Ding schon in der Hand, wenn sie mich unten auf dem Behindertenparkplatz rückwärts einparken sehen.

Nicht so Hanne-Marie. Missbilligend blickt sie mich an: »Wir hatten dir doch einen Aperitif angeboten!«

»Ja klar«, gebe ich zu, »das ist jetzt nicht gerade die vornehme

Art, man packt ja auch nicht sein Butterbrot aus, wenn man zum Essen eingeladen ist. Oder pellt sich ein Ei ...« Also ich glaube, ich muss ihr jetzt zeigen, dass sie ganz sie selbst sein kann. In *ihrer* Küche. Sie hat meine Nachfolge angetreten! Sie übernimmt den Laden hier! Mit Mann und Maus!

Ich versuche ein kumpelhaftes Lachen und klopfe Hanne-Marie versöhnlich auf die Schulter. »Lass stecken, ich krieg die Pulle auch so auf ... und dann lade ich dich erst mal auf ein anständiges Willkommensschlückchen ein. Von Vorgängerin zu Nachfolgerin sozusagen ...« Ich spüre es. Heute knack ich sie.

Sie mag mich. Sie weiß es nur noch nicht.

Hanne-Marie starrt mich verständnislos an.

Ich klemme die Flasche zwischen die Knie und schraube mit klammen Fingern an dem festsitzenden Korken herum. »Moment, gleich haben wir's ...« Und während Hanne-Marie mich noch verstört anglotzt und ich mich auf den Augenblick freue, in dem sich die Küken auf ihrem Busen verdoppeln und verdreifachen werden, knallt der Korken an ihre frisch geputzten Küchenfliesen, und die Gischt ergießt sich über ihre zu Schwänen gefalteten Servietten. Teller, Unterteller, Bestecke und Gläser, die sie alle schön säuberlich auf dem Küchentisch bereitgestellt hat, verschwinden ebenfalls unter dem schäumenden Schwall.

»Mist«, murmle ich vollkommen betäubt. »Verdammt, das war jetzt aber ungeschickt ...« Warum klingt eigentlich alles, was ich zu dieser Frau sage, so bescheuert, als könnte ich nicht bis drei zählen? Um ihre säuberlich geputzte Küche mit nicht noch mehr Champagner zu übergießen, halte ich mir den schäumenden Flaschenhals direkt an den Mund.

Schluck. Ich wische mir mit dem Handrücken über die Lippen. Das war aber auch dringend nötig. Jetzt geht's mir doch gleich viel besser. Ich werde sie lieben, und sie wird mich auch lieben.

Ich nehme noch einen kräftigen Schluck und halte dann Hanne-Marie die Flasche hin.

Diese Gastrolle schlaucht mich mehr als jede Hauptrolle der Welt.

»Entschuldige, Hanne-Marie. Bitte entschuldige«, stammle ich immer wieder.

Und während ich reflexartig nach einem säuberlich gestärkten Küchenhandtuch greife, das sie allerdings zum Abdecken ihrer heimlich zubereiteten Überraschungsnachspeise auf die Vanille-Mokka-Torte gebreitet hatte, kommt Hanne-Maries Mutter herein. Sie sieht sehr nett und freundlich aus, und ich hoffe auf so etwas wie einen Waffenstillstand.

»Hi«, sage ich freundlich. »Ich bin Ella Herbst, die ... Vorgängerin.« Ich weise etwas verlegen auf Hanne-Marie, die genervt mit verschränkten Armen am Kühlschrank lehnt.

»Oh, hoppla«, ruft die Mutter, die Wangen gerötet vom heimlichen Baumschmücken. »Was ist denn hier für ein Malheur passiert?«

»Wir wollten nur gerade einen Begrüßungsschluck ...«, stammle ich, während ich der netten Mutter die Hand schüttle, was unsere Begrüßung zu einer klebrigen Angelegenheit macht. Mit der anderen Hand halte ich ihr die Flasche hin.

»Aber Hanne-Marie«, tadelt die Mutter. »Warum hast du denn Frau Herbst kein Glas gegeben, sodass die arme Frau aus der Flasche trinken muss?«

»Ich wusste nicht, dass sie so früh schon Alkohol will«, verteidigt sich Hanne-Marie.

»Och, Sekt ist doch kein Alkohol«, lacht die nette Mutter und klaubt zwei Sektgläser aus dem Küchenschrank.

Mann, ist die Mutter nett. Die ist ja so was von unkompliziert!

»Mutter, das ist kein Sekt. Das ist Roederer Cristal!«

»Ist doch völlig wurscht, womit wir uns einen antrinken«, versuche ich die Stimmung aufzulockern. So prosten wir uns zu, die nette Mutter, die ich Hilde nennen darf, und ich. »Dann müssen Sie mich aber auch Ella nennen«, lache ich, und dann umarmen wir uns, Hilde und ich. Ich rieche das Haarspray in ihrer Dauerwelle, und ich mag sie auf Anhieb, die Hilde. Das wird mir mit ihrer Tochter Hanne-Marie auch noch gelingen.

»Ich habe schon so viel von Ihnen gehört«, vertraut Hilde mir an. »Wir haben ganz viele Schallplatten von Ihnen zu Hause!«

Die Mutter wird mir immer sympathischer.

Hanne-Marie möchte aus unerklärlichen Gründen vor dem Essen noch keinen Alkohol.

Also trinke ich mit der netten Mutter, die mir offensichtlich keine böse Absicht unterstellt, dass ich die Schwäne eingeweicht habe, und die sich wirklich zu freuen scheint, dass ich jetzt zu ihrer Familie gehöre. Oder sie zu meiner. Wir lachen herzlich.

Hanne-Marie schiebt mich aus der Küche, als ich einen weiteren Versuch unternehme, mich nützlich zu machen, indem ich anbiete, die Vorspeise nett herzurichten. Offensichtlich ist sie schon nett hergerichtet gewesen, nur schwimmt sie jetzt in Champagner, und der Mokkasahnenachtisch ist zu Matsch geworden.

Okay. Schwamm drüber.

Das ist jetzt nicht ganz so gut verlaufen wie erhofft.

Aber der Abend hat ja gerade erst angefangen.

Und wir machen das alles für die Kinder.

So treibe ich mich ratlos in dem Haus herum, in dem ich früher einmal gewohnt habe, und versuche, auf keinen Fall indiskret irgendeine Schublade zu öffnen.

Draußen vor dem Gartentor stehen Jürgen, Felix, Robby und der Vater von Hanne-Marie, von dem ich weiß, dass er Helmut heißt, und betrachten unseren fetten Porsche mit dem Sophienhöher Kennzeichen »STAR 1«.

Mittlerweile denke ich, »STAR 2« hätte es auch getan.

»Hallo, schöne Frau«, begrüßt mich Helmut, der nette Vater, und ich reiche ihm gleich mein Glas. Am liebsten würde ich ihn mit Küsschen begrüßen, und er mich auch, das spüre ich genau. Aber nachher fühlt sich Hanne-Marie wieder auf den Schlips getreten. Es reicht schon, dass ich mit ihrer Mutter auf »Hilde« und »Sie« getrunken habe.

»Wir betrachten gerade euer ... Schlachtschiff«, sagt Jürgen gedehnt.

»Wieso Schlachtschiff? Ich dachte, das sei ein Auto?«

»Na ja, die Stoßstange ist schon voll die Provokation«, grinst Robby.

»Ich dachte, die gehört da hin?«

»Ja, aber doch nicht so 'ne Riesen-Angeber-Stoßstange!«

»Ich wusste gar nicht, dass man mit einer Stoßstange angeben kann«, sage ich ehrlich erstaunt.

»Doch«, erwidert Jürgen mit diesem kleinen zynischen Lächeln. »Kann man.«

»Ja, wenn einer 'ne größere Stoßstange hat als der andere ...«, sagt Felix und lacht entwaffnend.

Hallo? Sind da irgendwo störende ... Schwingungen?

Heute ist Weihnachten, das Fest der Nächstenliebe und Harmonie!

»Das artet ja in Penisneid aus«, versuche ich die Situation aufzulockern.

Helmut blickt mich erschrocken durch seine Brillengläser an.

Jürgen atmet so tief ein, dass der Elch auf seinem Pullover anschwillt.

»Okay, das war jetzt nicht so ... dann will ich mal die Männergespräche nicht mehr stören.« Könnte sein, dass das schon wieder eines meiner Fettnäpfchen war. Dabei wollte ich nur die Spannungen glätten!

Felix' Mundwinkel zucken verdächtig. Ich trolle mich.

Die Frauen in der Küche wollen mich nicht, die Männer draußen am Auto wollen mich nicht. Ich spähe auf die Armbanduhr. Erst halb sechs. Lieber Gott, bete ich inbrünstig, Herrscher des Himmels, erhöre das Lallen und lass diesen Elch an mir vorübergehen.

Die Sache ist die: Ich fühle mich in meiner eigenen Familie, in meinem eigenen früheren Haus, total fehl am Platz. Obwohl doch alle so nett zu mir sind! Trotzdem. Ich bin zu einem ... Zaungast geworden.

Wo bin ich eigentlich überhaupt noch zu was nütze?

Jetzt verstehe ich die Frauen meines Alters, die in abgedunkelten Schlafzimmern ihrer Migräne frönen und keinen Spaß mehr am Leben haben. Aber ich, Ella Herbst, ich *will* Spaß am Leben haben!

Das hier muss doch in den Griff zu kriegen sein!

Mit plötzlicher Entschlossenheit geselle ich mich zu meiner Tochter Jenny.

Die hockt mit angezogenen Beinen auf ihrem Sessel und bearbeitet das kleine rosa Nintendo-Ding.

»Hallo, mein Schatz«, sage ich freundlich. »Freust du dich schon auf das Christkind?« Ich streiche ihr eine hennarot gefärbte Haarsträhne aus der Stirn, aber sie wischt meine Hand weg und schüttelt die Strähne wieder genau dorthin, wo sie war, nämlich vor ihren Augen.

»Eh Mama, geh mir nicht auf den Geist«, sagt sie und hackt auf das Nintendo-Ding ein. »Ich krieg sowieso *SIMS 2* und 'nen iPod.«

»Wusst' ich's doch, dass du nicht mehr wirklich an das Christkind glaubst!«

»'n Scheiß«, sagt Jenny. »Von Papa krieg ich den iPod mit tausend Songs drauf, von Hilde krieg ich 'ne lebensgroße Modepuppe, von Helmut 'n Kaninchen, von Hanne-Marie 'nen selbst gestrickten Poncho und von dir die Rollerblades. Weil du unbedingt willst, dass ich mich bewege.« Sie macht eine Grimasse, die besagt, dass sie keine Lust darauf hat, sich zu bewegen.

»Aber du solltest den anderen nicht sagen, dass du nicht mehr ans Christkind glaubst«, schlage ich vor, während ich mich erhebe und nach rückwärts zur Türklinke greife. »Du tust gleich so, als ob das alles 'ne Wahnsinnsüberraschung ist, okay?«

»Mama, wir sind hier nicht in der Oper.« Jenny schaut noch nicht mal auf.

»Doch, du spielst kindliche Freude und Überraschung! Komm, dann freuen sich die reizenden Herrschaften! – Ich mache dir das mal vor!« Bühnenreif baue ich mich vor ihr auf, rolle staunend mit den Augen und rufe mit theatralischen Gesten:

»Das *Christ*kind war da! Schaut mal, Papa und Hanne-Marie, was es mir *gebracht* hat!«

»Mamaaaaa!« Ich verstumme schlagartig, als mir bewusst wird, was Jenny versucht, mir zu sagen. Sie gestikuliert nun so übertrieben, dass ich mich erstaunt umdrehe.

Scheiße.

In der offenen Tür stehen Hanne-Marie und Hilde.

»Hallo, ihr Lieben«, flöte ich, während ich spüre, dass mir die Schamesröte über das ganze Gesicht kriecht. »Wie weit sind wir denn mit dem ... ähm ...Christkind?«

»Es ist fertig.« Hanne-Marie sieht mich über ihrem Bimmelglöckchen ganz merkwürdig an.

»Kann ich mich irgendwie nützlich ...?«

»*Nein.*«

Na, macht nichts. Das ist jetzt Hanne-Maries Ressort. Da werde ich mich hübsch bescheiden den häuslichen Gegebenheiten anpassen.

Während wir alle feierlich ins Wohnzimmer strömen, stimmt Jürgen mit kläglicher Fistelstimme »Ihr Kinderlein kommet« an.

Robby und Jenny verdrehen genervt die Augen, aber die Eltern von Hanne-Marie stimmen sofort selig ein. Na, wenn das nicht mein Stichwort ist! Endlich kann ich mich nützlich machen!

Ich eile zum Klavier, stelle mein Champagnerglas darauf ab, wische mit dem Ellbogen den ganzen Krimskrams vom geschlossenen Deckel, klappe ihn auf und dresche enthusiastisch in die Tasten. *Mann*, endlich kann ich auch mal was zum gelungenen Weihnachtsfest beitragen! Volle Pulle G-Dur!

Mein Champagnerglas wackelt auf dem Klavier, so inbrünstig bearbeite ich die alte Mähre. »Ihr *Kinderlein kommet!*«, intoniere ich, von plötzlichen Gefühlswallungen überwältigt, so laut ich kann, und im Spiegel über dem Klavier sehe ich die Gesichter von Hanne-Maries Eltern, die total gerührt sind und sich die Augenwinkel wischen. Ich muss eigentlich auch sofort weinen, schließlich habe ich in diesem Steuerberaterbungalow vierzehn Jahre lang Weihnachten gefeiert! Und tue es *noch*!

Eine Träne tropft auf die Tasten, und meine Stimme gerät arg ins Wanken.

Aber egal. Schon okay. Weihnachten bin ich immer nah am Wasser gebaut.

»Hoch oooben schwebt *juuuubelnd* ...«

Ich gehe gleich in die improvisierte Oberstimme, dass die Scheiben wackeln.

Nanu? Warum singt denn keiner mehr mit?

Ach so, ja klar, weil sie meiner professionellen Stimme bewundernd lauschen.

Im Spiegel sehe ich Jennys Gesicht. Ihre Augen sind mit großer Sorge auf mich gerichtet.

Erschrocken drehe ich mich auf meinem Klavierhocker zu den anderen herum.

»Warum singt ihr denn nicht mit?«

»Mama, es ist gut. Okay?« Robby drückt mir mein Champagnerglas in die Hand. »Bitte. Wenn du trinkst, kannst du nicht singen.«

»Ja, aber ... Weihnachten ohne Gesang, das ist wie ...«, mir fällt erst nichts Passendes ein ... aber dann, »... Kekse ohne schaumige Butter!«

Fragend schaue ich in die Runde. Könnte es sein, dass mich selbst meine eigene Familie nicht mehr singen hören möchte?

»Ich kann euch auch gern eine Arie aus dem Weihnachtsoratorium ...«

»Nein danke«, sagt Hanne-Marie. »Kommt doch mit zum Tannenbaum!«

Okay. Das hier ist ihr Hoheitsgebiet. Jürgen bedenkt mich mit einem feinen, kleinen Lächeln, das ich nicht zu deuten weiß.

Ich kämpfe mit den Tränen. Da spüre ich Felix' Hand um meiner Hüfte, und seine Lippen formen die Worte: »Wir schaffen das!« Ich ringe mir ein Lächeln ab und geselle mich zu den anderen unter den Weihnachtsbaum. Die Geschenkübergabe ist bereits in vollem Gang.

Hanne-Marie und ihre Mutter haben wirklich alles sehr nett hergerichtet, mit Weihnachtssternen, Kekstellern, riesigen Geschenkbergen und einem prächtig geschmückten Weihnachtsbaum.

Es ist meinen Kindern wirklich zu gönnen, dass sich jemand so viel Mühe für sie gibt.

Eigentlich ist sie eine ganz Liebe, schießt es mir durch den Kopf, während ich Hanne-Marie dabei beobachte, wie sie jedes einzelne Geschenk anmoderiert.

Wahrscheinlich beäugt sie mich genauso wie ich sie, wird es mir plötzlich bewusst. Ich lächle sie leicht verlegen an. »Das hier ist wirklich ein superschönes Weihnachtsfest! Danke, Hanne-Marie. Es bedeutet mir sehr viel.«

Hanne-Marie bedenkt mich mit einem knappen Blick und schweigt. Ihre Mutter gibt ihr einen Stups, der so viel besagt wie: »Jetzt komm schon, sie meint es ehrlich!« Und das tue ich auch! Hanne-Marie kämpft mit sich, wechselt einen Blick mit Jürgen, der sie genauso süßlich anlächelt wie mich immer.

Schließlich zieht sie ein Päckchen aus dem Geschenkeberg und überreicht es mir. »Frohe Weihnachten, Ella.«

Ich stehe auf und umarme sie stürmisch.

»Danke, Hanne-Marie, das wäre doch nicht nötig gewesen ...«
»Nein«, sagt Hanne-Marie. »Da hast du recht.«

Was soll denn das nun wieder. Ich komme mir total bescheuert vor.

Das Päckchen ist quadratisch und leicht. Ich schüttle es und mache einen auf geheimnisvoll: »Was mag da wohl drin sein!«

Jenny verdreht in Erinnerung an meine schauspielerische Einlage genervt die Augen: »Nun mach schon auf, Mamski!«

Ich reiße das Papier auf und halte zu meiner Überraschung eine leere blassrosa Plastikdose in der Hand.

»Oh«, versuche ich mich begeistert zu zeigen. »Ähm! *Wow*, ich meine ... cool!«

»Sie weiß nicht, was das ist«, sagt Jürgen mit einem »Ich hab's dir ja gesagt«-Gesicht.

»D... doch, natürlich! Das ist ähm ... eine ... Plastikdose. Superchic! Echt!«

Ich drücke die Plastikdose an mich, als ob sie eine bisher unveröffentlichte CD-Sammlung von der Callas wäre.

»Und was tut man da rein?«, fragt Robby streng.

»Sachen, die man nicht sehen will?«, rate ich aufs Geratewohl. »Ja, das kann ich supergut gebrauchen! Für Großvaters Gebiss!« Ich strahle in die Runde.

Hanne-Marie zuckt zusammen, als hätte ich sie in den Bauch geboxt.

Zum Glück fängt ihr Vater Helmut glucksend an zu lachen, und auch Hilde verzieht das Gesicht zu einem amüsierten Grinsen.

»Das ist eine Tupper-Dose«, erklärt sie mir geduldig. »Darin kann man Essensreste aufbewahren!«

»Ja«, beharre ich trotzig. »Sag ich ja. Großvaters Gebiss!«

Jetzt lacht keiner mehr.

Aber hallo, wie sind *die* denn drauf! Warum zum Teufel soll ich *Essensreste* aufbewahren!? Bin ich eine spießige Hausfrau oder was?

Als Dreingabe schenkt mir Hanne-Marie noch einen großen schwarzen selbst gestrickten Poncho und ein paar gelbe Filzpantoffel mit Entenschnäbeln. Auf dem rechten Puschen steht in selbst gestickten Buchstaben »Ella« und auf dem linken »Herbst«. Ich bin gerührt. Gerührt und geschüttelt. Was hat sich diese Frau wegen mir für *Arbeit* gemacht! Irgendwie mag sie mich doch.

Und ich sie auch. Wir sind halt nur sehr ... verschieden.

Und den Poncho, den werde ich ... ähm ... bei meiner nächsten Trauerfeier tragen. Oder, was noch viel besser ist: bei meinem nächsten Liveauftritt.

Was wahrscheinlich aufs Gleiche rauskommt.

15 Was aber das Tollste an Weihnachten war: Felix hat mir eine Silvesterreise nach New York geschenkt! Ist das nicht der Hammer?

Schon am Tag vor Silvester saßen wir im Flieger in der Businessclass, und bevor wir überhaupt in der Luft waren, servierte man uns schon Champagner. Ich fühlte mich leicht und unbeschwert und jung. Obwohl ich jetzt vierzig bin. Meine paar kleinen Sorgen wollte ich einfach zu Hause lassen, das hatte ich mir und Felix ganz fest versprochen. Felix sah wie immer wunderbar aus, sein markantes Gesicht war auch um diese Jahreszeit braun gebrannt, und zur Feier des Jahreswechsels trug er einen sehr männlichen Dreitagebart.

Wohlig lehnte ich mich an seine breite Schulter, während wir in Richtung New York schwebten, und jetzt sind wir hier!

Felix ist noch unterwegs, um Karten für den Silvesterball in unserem Hotel zu ergattern, und ich stehe am Fenster und schaue auf die kahlen Äste des Central Parks. Unten am Straßenrand stehen ein paar Pferdekutschen und warten auf Touristen, die bei dieser klirrenden Kälte tatsächlich eine Stadtrundfahrt machen wollen.

Was für ein merkwürdiges Jahr, denke ich, während ich mir ein Glas Champagner gönne. Mit meiner Karriere ist es zwar steil bergab gegangen, aber Felix' Geschäfte laufen wieder super. Alle Konten sind ausgeglichen, und wir können den Jahresabschluss entspannt und sorglos genießen.

Natürlich war es nicht leicht für mich, meinen Platz an der Spitze der Opernwelt Olga Krasnenko zu überlassen. Aber jeder

Mensch muss irgendwann lernen, seinen Platz für jemand anderen frei zu machen. Und mein Platz ist jetzt bei Großvater und den Kindern. Und bei Felix natürlich. Ich stehe jetzt nicht mehr in der ersten Reihe. Felix hat mir so viele Jahre den Rücken freigehalten, damit ich sorglos meine Opern singen konnte. Er hat sich um das Haus gekümmert, die Kinder, die Buchhaltung, den Alltagskram. Jetzt ist er dran, denke ich entschlossen. Jetzt werde ich für ihn da sein. Und ihm den Rücken freihalten. Er wirkt in letzter Zeit oft so ... gehetzt.

Bei ihm scheinen sich die Dinge zu überschlagen, während sich bei mir schlichtweg gar nichts mehr tut.

Gerade höre ich seine liebe Stimme auf dem Hotelflur – er redet ziemlich aufgeregt ... und drehe mich in freudiger Erwartung zur Zimmertür um.

Ich zaubere ein liebevolles Lächeln auf mein Gesicht, als Felix mit dem Ferrari-Handy am Ohr hereinkommt.

»Natürlich weiß ich, was das für mich bedeutet, verdammt noch mal! Hopp oder topp! Bin ich ein Idiot oder was? Ja, ich *weiß*, dass das kein Kinderspiel mehr ist! Ja, ich bringe sie mit. Natürlich in bar. Nein, die singt sowieso nicht mehr.« Er verstummt, als er bemerkt, dass ich das Telefonat mitbekomme. »Alles in Ordnung«, sagt er mit seiner tiefen Stimme und wirft mir lächelnd eine Kusshand zu. »Wir haben natürlich die besten Plätze auf dem Ball.« Und dann, mit einem liebevoll besorgten Blick auf mich: »Ja, meine Frau braucht einen Friseurtermin.«

Er schaltet das Handy ab, wirft es aufs Bett und kommt auf mich zu.

»Prinzessin«, strahlt er. »Du wirst heute Abend die Schönste sein!«

»Aber ich weiß überhaupt nicht, was ich anziehen soll ...« Tatsächlich bin in letzter Zeit ziemlich dünn geworden, und die Abendkleider, die ich im Gepäck habe, schlackern mir um die Hüften.

Erst jetzt sehe ich, dass Felix eine große, edel aussehende Tüte dabei hat.

»Saks Fifth Avenue« steht darauf. »Probier das mal!«

Er schüttelt einen Traum von schwarzer Seide mit goldener Spitzenborte aufs Bett. »Das dürfte dir passen.« Das Kleid hat eine strassbesetzte, tief ausgeschnittene Korsage und fällt dann in mehreren Lagen Seide duftig bis auf den Boden. Es raschelt und knistert, und die vielen tausend kleinen schwarzen Perlen funkeln im Licht.

Ich schlage mir die Hand vor den Mund. »Felix! Das ist doch viel zu teuer!«

»Zieh's an!«

»Eigentlich wollte ich den Poncho von Hanne-Marie anziehen«, witzle ich.

Ich schlüpfe hinein, er hilft mir mit dem Reißverschluss und hakt das Kleid unter meinen Schulterblättern zu. Ich halte die Luft an, als ich mich im Spiegel sehe. Das ist ... Ich bin wieder ... wenn ich jetzt noch die Haare hochstecken lasse ...

»Ella Herbst«, nickt Felix zufrieden. »So muss meine Frau aussehen.«

O Gott, ich will gar nicht daran denken, wie viel dieses Kleid gekostet haben muss.

»Können wir uns das denn leisten?«, entfährt es mir, und ich ärgere mich, dass ich schon genauso spießig bin wie Jürgen und Hanne-Marie.

»Meine liebste Prinzessin!« Felix schenkt zwei frische Gläser Champagner ein und reicht mir eines, das so kalt ist, dass es sofort beschlägt. »Das war kein leichtes Jahr für dich. Du musstest Federn lassen, und statt dich über deinen Karriereknick hinwegzutrösten, habe ich dir auch noch Kummer bereitet. Du warst so tapfer und hast mir nie eine Szene gemacht.«

Er sieht mich mit seinen dunkelbraunen Augen an, und mein Herz zieht sich voller Liebe zusammen.

»Mit diesem Kleid will ich dir beweisen, dass bei mir alles wieder in Ordnung ist und dass ich dich liebe und vergöttere, ob du nun eine berühmte Opernsängerin bist oder mit Gummistiefeln einen Rollstuhl durch den Morast schiebst. Du bist und bleibst meine wundervolle Frau, die ein Herz aus Gold hat.« Dabei küsst er mich sanft, wobei sein Dreitagebart sanft meine Wange kratzt.

Mir schießen die Tränen in die Augen, als mir sein vertrauter Duft in die Nase steigt. Ja, ich liebe ihn, wie ich ihn vom ersten Moment an geliebt habe, und es tut mir leid, dass ich je an ihm gezweifelt habe.

Ich nehme ihm das Glas aus der Hand und streiche ihm sanft über die Locken im Nacken. Erst jetzt fällt mir auf, wie gestresst er aussieht. Er ist unter seiner Bräune blass und angespannt, und er hat Ringe unter den Augen. Müde reibt er sich das Gesicht.

»Felix! Was ist los mit dir?«

Er geht zum Fenster und richtet den Blick starr auf die erleuchtete Skyline von Manhattan. Ich beiße mir nervös auf die Unterlippe.

»Ich wollte es dir schon längst sagen, Prinzessin, dass unser Trip nach New York nicht rein privater Natur ist.«

Erstaunt lehne ich mich an den Brokatvorhang.

»Sondern?«

Er strafft sich und trinkt einen Schluck von seinem Champagner. »Es geht um einen ziemlich großen Deal, der hier in New York stattfinden wird.«

Überrascht sehe ich ihn an. Ich dachte, wir wollten hier Silvester feiern.

»Es ist eine todsichere Angelegenheit«, beeilt Felix sich zu sagen. »Wirklich. Ich habe einen Wahnsinnstipp bekommen, wie ich morgen ... um eine Million reicher sein kann. Also *wir*. Oder sagen wir um eine halbe. Es geht jedenfalls um richtig viel Kohle. Es kommt nur auf meine Taktik an. Und ich bin Profi. Vertrau mir.«

»Und warum machst du dir dann Sorgen?«, frage ich vorsichtig, während ich nicht umhinkann, mein Kleid und mich erschrocken im Spiegel zu betrachten. Ich bin wirklich dünn geworden. Fast zu dünn.

»Prinzessin! So ist es richtig! Genieße deinen Anblick und überlass das Geschäftliche mir!« Felix zieht mich zu sich heran und streicht mir übers Haar.

»Du hast dein Leben lang gearbeitet wie ein Tier. Jetzt bin ich dran. Ich werde uns ein genauso schönes Leben bereiten, wie du es getan hast.«

Er küsst mich, und wir wiegen uns eine Zeit lang halb tanzend, halb schmusend im dämmrigen Zimmer hin und her. »An dir ist ja gar nichts mehr dran«, murmelt er.

»Könntest du nicht ... jemand anderen zu diesem Deal schicken?«, frage ich nach einiger Zeit, als ich merke, dass er sich nicht richtig entspannt. »Einen deiner Geschäftspartner! Könnte dich nicht jemand ... entlasten?«

Ich mache mir langsam ernsthaft Sorgen um ihn. Wir brauchen wohl beide mal eine Auszeit.

»In diesem Stadium kann ich unmöglich jemand anderen ins Spiel bringen. Ich habe es bis jetzt allein geschafft und werde auch das allein durchziehen. Ich habe nur nicht damit gerechnet, dass die so verdammt sauer werden!«

Verwirrt halte ich Felix auf Armeslänge von mir. »*Wer* ist sauer?«

Er verstummt, wendet sich von mir ab und trinkt sein Glas aus.

»Bedroht dich die Mafia?«, versuche ich zu scherzen.

Er atmet scharf aus. Seine Stimme bebt ein wenig, als er antwortet: »Ich muss sie bloß beruhigen. Die haben sich da in was verbissen. Ich werde ihnen die Kohle schon wieder ... ich meine, ich werde sie in die richtigen ... ähm ... Aktien investieren.«

Seine Hand umklammert das Glas so heftig, dass ich fürchte, es könnte zerspringen. So unter Strom habe ich Felix noch nie erlebt.

Normalerweise ist er immer völlig cool und hat alles im Griff.
»So, Prinzessin, jetzt haben wir lange genug gehadert und gezweifelt. Das passt doch gar nicht zu uns!« Er gibt mir einen freundschaftlichen Klaps auf den Po.

»Lass dir vom Friseur die *geilste* Hochsteckfrisur machen, gönn dir eine Maniküre und eine Pediküre, und um acht Uhr hole ich dich zum Silvesterball ab!«

Ich meine, wenn man schon mal mit seinem geliebten Ehemann in New York ist, muss man das doch auch genießen, oder? Besonders nachdem wir dieses äußerst gemischte Jahr hinter uns gebracht haben. Aber heute ist Silvester, und wir schließen damit ab! Ab morgen werden die Karten neu gemischt! Morgen wird Felix seinen Deal einstielen, wie er immer sagt, auf die richtigen Aktien setzen, und dann wird bei uns zu Hause wieder getanzt, gekocht, gegessen und gelacht.

Und so sitzen wir am letzten Abend dieses abwechslungsreichen Jahres im Ballsaal des Waldorf-Astoria an einem großen runden Tisch, der bombastisch geschmückt ist, trinken Champagner und plaudern mit festlich gekleideten, durch die Bank gelifteten Amerikanern, die offensichtlich alle in Geld schwimmen. Von allen Seiten werden wir höflich und zuvorkommend bedient. Felix sucht einen wundervollen Wein aus, der Baron de L. heißt und mich nur kurzzeitig an Hanne-Maries adeligen Kater erinnert. Ein livrierter Kellner legt Kaviar in silbernen Kelchen vor mit genau der richtigen Portion gehacktem Eiweiß, gehacktem Eigelb, gehackten Zwiebeln und Sourcream. Hm. Das kann ich mir jetzt gönnen.

Ich ernte Komplimente für mein Kleid und strahle glücklich nach rechts und links. Ja, das hat mein *husband* mir heute noch geschenkt!

»*You are such a gorgeous good looking couple*«, höre ich von allen Seiten und möchte vor Glück und Seligkeit zerspringen. Wir legen die Hände ineinander, und ich betrachte unsere goldenen Eheringe, die im Schein der Lichter aufblitzen.

Eine stark geliftete Dame um die sechzig, die gerade ihren Kaviar vom Perlmuttlöffel auf einen Cracker schiebt, seufzt ergeben, dass sie sich auch so einen *husband* wünsche und ob es solche Exemplare nur in Europa gebe!?

Wir lachen und prosten uns zu, dann tanzt Felix mit mir Walzer, dass die vielen Dutzend Kronleuchter im Saal zu verschwimmen beginnen.

»Du wirst deinen Deal morgen perfekt meistern«, strahle ich Felix glücklich an.

»Hier in New York ist es doppelt schwierig«, teilt Felix mir vertrauensselig mit.

»Diese Stadt ist so gnadenlos. Kein noch so kleiner Fehler darf einem da unterlaufen. Das ist wie an einem steilen Abhang entlang Ski zu fahren.«

»Aber du bist doch so ein perfekter Skifahrer!«, sage ich verwundert.

»Ein falscher Schritt, ein Millimeter in die verkehrte Richtung, und du liegst auf der Schnauze.«

»Aber Felix! Du bist doch noch nie auf die Schnauze gefallen.«

»Nein. Wenn ich keinen Fehler mache, werde ich morgen gewinnen.«

»Du *wirst* gewinnen, Felix! Sag mir nur, wovon es abhängt!«

»Glaubst du an mich, Prinzessin?« Felix drückt mich plötzlich so fest an sich, dass mir fast die Rippen brechen.

»Du wirst wahnsinnigen Erfolg haben!« Ich muss nach Luft schnappen, weil wir so heftig tanzen. »Ich glaube ganz fest an dich!«

»Sag mir, dass du mir hundertprozentig vertraust!«, fordert Felix, und seine Lippen sind plötzlich ganz fest auf meinen.

»Ich vertraue dir«, quieke ich, als er wieder von mir ablässt, und in dieser Sekunde schwenkt Felix mich so heftig im Kreis herum, dass ich mich an seinem Smokingärmel festkrallen muss, um nicht die Balance zu verlieren.

Und dann tanzen, schweben, nein, fliegen wir im Dreivierteltakt ins neue Jahr hinein.

16

Als Jürgen die Kinder nach den Weihnachtsferien wiederbringt, sieht er nicht ganz so lässig aus wie sonst. Er sieht sogar richtig mitgenommen aus. Mit ungewaschenen zerzausten Haaren, so als hätte er im Auto noch schnell versucht, seinen Seitenscheitel zu zerwuseln. Unter seinen Augen liegen tiefe Ringe, so als hätte er in letzter Zeit nicht besonders gut geschlafen.

Na gut, er hat diesmal keine braunen Socken in Sandalen an und kein grasgrünes Frosch-Ensemble, aber er trägt auch nicht die Sachen, die ich ihm gegeben habe. Wahrscheinlich hat Hanne-Marie sie ihm verboten. Er trägt eine uralte, taillenkurze Kamelhaarjacke mit Gummizug, die er schon besaß, bevor ich ihn kennenlernte.

»Hast du Zeit?«, fragt Jürgen, während er sich suchend in der Halle umsieht.

»Für dich immer«, antworte ich jovial und nehme ihm die scheußliche Jacke ab.

Drunter trägt er ein kurzärmliges rot-weiß kariertes Hemd. Das nackte Grauen.

»Bist du ... allein?«

»Ja. Felix ist in Dubai.«

Sein letzter Deal in New York war wie erwartet ein Megaerfolg, und er ist mit dem verdienten Geld sofort in den Nahen Osten geflogen, um das Eisen zu schmieden, solange es noch heiß ist, wie er mir erklärte, und weil nur noch dort Investoren dieses Kalibers zu finden sind. Ölscheichs, vermutlich.

»So.« Jürgen kratzt sich am Ellbogen, eine Geste der Nervosität, die ich gut an ihm kenne. »Und was macht er da?«

»Mein Gott, Jürgen. Das geht dich doch überhaupt nichts an!«

»Ich mache mir nur Sorgen um die Mutter meiner Kinder.«

Okay. Jetzt will ich ihm wirklich eine reinhauen.

»Nicht doch«, entfährt es mir eine Spur zu spöttisch. Wahrscheinlich hat er zu Hause Stress mit Hanne-Marie, und jetzt überträgt er das Ganze auf mich.

Ich nötige ihn in die Küche, wo ich gerade versuche, Kartoffeln zu schälen.

Ja, ich habe gewissermaßen Spaß daran, für die Kinder zu kochen.

Jetzt, wo ich endlich Zeit dafür habe. Na gut. Zugegeben. Eine so perfekte Hausfrau wie Hanne-Marie bin ich natürlich nicht. Aber was zählt, ist der gute Wille.

Ein bräunlicher Haufen dicker Schalen türmt sich auf Zeitungspapier, und ich erwähne hier nur ungern, dass es mal *wieder* die Krasnenko ist, die das Titelblatt ziert. Deshalb bin ich auch auf die Idee mit dem Kartoffelschälen gekommen. »Oh«, sagt Jürgen. »Was soll das werden?!« Ist da wieder dieses allwissende ... »Schachmatt«-Lächeln?

Nein, sage ich mir. Er freut sich nur, dass ich auf meine alten Tage noch Kochen lerne.

»Das werden ... Kartoffeln. Einfach Kartoffeln.« Trotzig werfe ich den Kopf in den Nacken und wische mir die nassen Finger am Hosenbein ab.

»Ich komme gerade von deinem Großvater.« Jürgen prüft die Dicke der Kartoffelschalen, und ich muss heimlich zugeben, dass sie im reziproken Verhältnis zu Hanne-Maries Kartoffelschalendicke stehen. Bei mir sind die Schalen dicker als die Kartoffeln, bei ihr ist es umgekehrt.

Macht ja nichts. Dafür ergänzen uns Hanne-Marie und ich in unseren Begabungen.

Dass Jürgen schon wieder hinter meinem Rücken Großvater besucht hat, wurmt mich natürlich.

Ich habe den hässlichen Verdacht, dass er das tut, um mir ein schlechtes Gewissen zu machen. Er weiß nämlich genau, was vorgefallen ist.

»Wie geht es Großvater?«, frage ich so teilnahmslos wie möglich. Immerhin hat er Weihnachten und seinen achtundachtzigsten Geburtstag ohne mich verbracht.

Das finde ich entsetzlich, und in Wirklichkeit leide ich wie ein Hund und komme mir wahnsinnig schäbig vor. Leider stehe ich kein bisschen über den Dingen. Aber ich kann ihm einfach nicht verzeihen, dass er mich wie eine profane Diebin behandelt hat. Nicht nach allem, was ich für ihn getan habe.

Trotzig hole ich die in grauer Brühe schwimmenden Kartoffeln aus dem Spülbecken.

»Es geht ihm fürchterlich. Ella. Streck doch die Hand zum Frieden aus.«

Ich bin hin- und hergerissen. Am liebsten würde ich Jürgen heulend um den Hals fallen und ihm gestehen, wie verletzt ich bin. Aber mein Stolz verbietet es mir.

»Jürgen«, rege ich mich künstlich auf. »Ich möchte *nicht* darüber reden, warum zwischen mir und meinem Großvater ... Funkstille herrscht. Das ist eine Angelegenheit zwischen ihm und mir.«

»Typisch«, sagt Jürgen, während er das Ellbogenkratzen wieder aufnimmt.

»*Was?*«, herrsche ich ihn an, während ich eine weitere Kartoffel erdolche.

»Dass du verbrannte Erde hinterlässt.«

»Wieso hinterlasse *ich* verbrannte Erde?« Ich stemme die Fäuste in die Hüften und halte vorsichtshalber das Küchenmesser von mir weg.

»Schau«, sage ich milder gestimmt. »Bei *dir* hab ich doch auch keine verbrannte Erde hinterlassen.«

»Na ja«, sagt Jürgen.

»Wie, na ja? Was soll das denn heißen?«

»Das, was du Heiligabend Hanne-Marie angetan hast ...«

»Ach, jetzt fang doch nicht *damit* an! Meinst du, ich hätte den Champagner *mit Absicht* über ihre ... Dings geschüttet?«

»Nein, ich kenne dich ja. Du machst so was nicht mit Absicht.«

Ist das wieder dieses »Schachmatt«-Lächeln ...?

»Ich bin eben einfach nur ungeschickt!«, beharre ich.

»Ja, das bist du.«

Hä? Was soll das werden? Hat mein Ex hier überhaupt noch was zu melden? Will er Streit? Gern. Bitte. Kann er haben.

»Ich *bin* halt nicht so eine perfekte Hausfrau wie Hanne-Marie!«, schreie ich wutentbrannt. »Du weißt, dass ich mein ganzes Leben mit der Stimmgabel verbracht habe und nicht mit dem ... ähm ... Nudelholz! Und davon haben wir beide übrigens sehr gut gelebt! Millionen habe ich damit verdient! Schon vergessen?!«

»Genau darüber wollte ich auch mit dir reden«, seufzt Jürgen. »Aber nicht nur.« Wieder wird der Ellbogen attackiert.

»Okay. Wenn mein Großvater sich entschuldigt, gehe ich wieder hin.«

Jürgen lächelt gequält. »Dein Großvater hat sich noch nie im Leben bei dir entschuldigt.«

»Dann wird es Zeit, dass er damit anfängt. Meine Nummer hat er ja.«

»Die Dickköpfigkeit liegt wohl bei euch in der Familie ... Aber es geht auch nicht um deinen Großvater.« Jürgen taxiert mich über seine Brille hinweg wie ein gefährliches Tier.

»Nein? – Also *doch* um Hanne-Marie!«

»Ich möchte mit dir über deine Finanzen reden«, unterbricht mich Jürgen mit plötzlicher Entschlossenheit.

»Oh!« Ich suche am amerikanischen Kühlschrank Halt, in dem ich eine Flasche Champagner wähne. »Jetzt möchte der Herr Steuerberater aber lästig werden.«

Ich konnte es schon früher nicht ertragen, wenn er dieses strenge Gesicht aufsetzt und mir endlose Predigten über Büroparks in Dessau im Besonderen und über Steuervorteile und Geldanlagen im Allgemeinen hält. Das war wie Strafarbeit und In-der-Ecke-Stehen. Ich habe immer jeden Wisch unterschrieben, den er mir wortreich unter die Nase hielt, damit er endlich damit aufhörte.

»Also, mach hinne.« Ich stemme die Arme in die Hüften und ziehe die Nase hoch. »Ich muss kochen.«

»Du hast damals den größten Teil in Bonuszertifikate investiert, dazu in Wertpapierfonds und Delta-Aktien.«

Ich zucke mit den Schultern. »Kann schon sein. Soweit ich mich erinnere, hast du mir ein paar Formulare hingeschoben, und da, wo das Kreuzchen war, musste ich unterschreiben.«

Jürgens Augen werden zu Schlitzen.

»Das ganze Konzept hätte nur funktioniert, wenn die Investitionen langfristig bedient worden wären.« Und dann sagt er etwas, in dem so schöne Worte wie Fremdfinanzierung, Zinsen, Tilgungen und die Frankfurter Fürsorgliche vorkommen.

Ich verstehe genauso viel, als würde er rückwärtssprechen.

Etwas beunruhigt nehme ich zur Kenntnis, dass er dauernd den Konjunktiv benutzt! Hätte, könnte, wäre! Ist sein glorreicher Plan etwa nicht aufgegangen?

»Ich gebe dir jetzt diesen ganzen Stapel Papiere wieder.« Er wuchtet seine riesige Aktentasche auf meine Küchenanrichte, entnimmt ihr mehrere Packen eng beschriebenes Papier und klatscht sie mir neben die Kartoffelschalen.

»Ich habe dich nur nach bestem Wissen und Gewissen beraten! Entscheiden musstest du selbst.«

»Ist ja gut, so reg dich doch nicht künstlich auf!«, versuche ich die Wogen zu glätten. »Ich mache dir doch gar keinen Vorwurf!« Mit spitzen Fingern nehme ich den ganzen Papierkram und werfe ihn achtlos auf die Küchenbank.

»Das wäre auch völlig unangebracht«, schnaubt Jürgen. »Immerhin habe ich dir für meine Beratung nie ein Honorar in Rechnung gestellt.«

»Das war echt großzügig von dir.«

Ich verschränke die Arme vor der Brust und atme hörbar aus.

Wie kleinkariert ist *das* denn!

»Und warum kannst du das Papierzeugs nicht behalten? Du weißt, dass ich damit nichts anfangen kann!«

»Wir renovieren gerade und misten aus.«

Ich wische mir mit dem Handrücken über die Wange, die vor Aufregung ganz rot und fleckig geworden ist. Hier tut sich irgendwas nicht ganz Unbedeutendes, aber ich weiß nicht, was!

»Hanne-Marie meint, wir müssen das jetzt trennen.«

»Ach, Hanne-Marie ... daher weht der Wind. Das ist also ihre Rache für die eingeweichten Schwäne?«

»Deine Bemerkung über die Entenfilzpantoffeln war auch nicht gerade nett.«

»Ich habe es *wirklich* ehrlich gemeint, als ich sagte, das sei ein originelles Geschenk!« Ich lasse die Arme sinken.

»Was soll ich denn *noch* tun, damit sie mich endlich mag?«

»Sie so nehmen, wie sie ist!«

»Das *tu* ich doch! – Aber mich hier abstrafen und mir blöde langweilige Papiere bringen, von denen ich nichts verstehe, das ist nicht fair!«

»Dein Verhalten ist auch alles andere als fair.«

So. Sein scheinheiliges Getue geht mir, ehrlich gesagt, ganz schön auf den Zeiger. Wenn er sich um meine finanziellen Dinge nicht mehr kümmern will, bitte schön. Ich kann mir auch einen neuen Steuerberater suchen. Ich bemühe mich um einen freundschaftlichen Ton und berühre ihn am Arm: »Komm, lass uns jetzt nicht auch noch wegen irgendwelcher ... alter, vergilbter Papiere streiten. Natürlich nehme ich das Zeug, wenn es bei euch im Weg rumliegt. Es ist ja auch nicht mehr von Bedeutung.«

Jürgen knibbelt an seinem Ellbogen, als wolle er ihn ausradieren. »Dass sich die Situation so negativ entwickeln würde, konnte ich nicht vorhersehen.«

»Aber Jürgen«, sage ich sanft. »So gib uns doch Zeit!«

»Du hast aber auch gar nichts mehr verdient, und so sind die Kredite der Fremdfinanzierungen nicht mehr bedient worden, was natürlich einen Rattenschwanz von Problemen nach sich zieht. Ganz zu schweigen von den steuerlichen Verbindlichkeiten ...«

O Gott, dieses langweilige Gerede! Sofort stellen sich meine Gehirnzellen tot. Das ist ja wie früher! Mit weiblicher List lenke ich ein.

»Ich finde es toll, dass ihr renoviert. Das war, ehrlich gesagt, sogar *meine* Idee.«

Stolz lächle ich ihn an.

»Es geht nicht ums Renovieren, es geht um deine Angelegenheiten hier, und dass die wohl zurzeit etwas problematisch sind ... und in unserem Haus auch nichts mehr verloren haben.«

Er deutet auf den Aktenberg, der schon gefährlich ins Wanken geraten ist.

»Das ist doch logisch, dass Hanne-Marie mein Zeug nicht mehr horten will«, sage ich friedfertig. »Wie blöd war ich denn, zu glauben, sie würde auf meinen Akten Staub wischen? In zwischenmenschlichen Bereichen bin ich halt manchmal etwas ... ungeschickt. Sagst du ja selbst. Ich bringe das wieder in Ordnung.«

»Nicht dass du nachher sagst, ich hätte dich ins offene Messer laufen lassen!«

»Also wirklich, Jürgen. Für wen hältst du mich denn eigentlich? Ich wollte mit Hanne-Marie Freundschaft schließen, und wenn wir beide nicht immer den gleichen Geschmack haben, ist das doch völlig okay! Gib mir einfach noch ein bisschen Zeit, ich werde mich schon auf sie einstellen.« Ich drücke ihm versöhnlich den Arm. »Schau, in Bezug auf dich haben wir ja irgendwie doch den gleichen Geschmack! Wir ... mögen dich beide. Sehr«, füge ich dann noch hinzu. »Also hab Geduld mit uns. Es ist in deinem Sinne.«

»Das steht jetzt hier nicht zur Debatte ...«

»Alles immer im Sinne der Kinder«, erinnere ich ihn. »So haben wir es uns damals versprochen. Wenn Hanne-Marie die Frau deines Herzens ist, dann werde ich alles tun, damit wir Freundinnen werden. Eines Tages wird sie mich auch mögen!«

»Ich bin mir nicht sicher, ob du mich richtig verstanden hast«, sagt Jürgen, indem er sich aus meiner Umklammerung befreit. »Es geht da um viel mehr, als du denkst ... Diesen ›Papierkram‹, wie du ihn nennst, solltest du dir mal zu Gemüte führen.«

O Gott, nur das nicht. Papierkram ist das *Letzte*, was ich mir in diesem Leben noch zu Gemüte führen werde. Außer es stünden Noten darin für eine neue Opernpartie.

Hastig öffne ich den Kühlschrank und angle nach der Flasche Champagner. Irgendwie ist die Luft zum Schneiden.

»Oh!« Ich springe auf. »Das Kartoffelwasser kocht!«

Ich tue so, als sei mein Werk das Wichtigste seit dem Bau der Chinesischen Mauer, und balanciere die mühsam entkleideten Kartöffelchen in das kochende Wasser, wobei ich bei jedem einzelnen einen Meter zurückspringe.

Es dampft ganz fürchterlich, und ich schaufle eine großzügige Portion Salz dazu. Zeit, mich zu sammeln.

Ich bin eine Hausfrau. Und mein Ex nervt hier. Wer kennt das nicht.

»Du solltest die Sache ernst nehmen und retten, was noch zu retten ist ...« Jürgen greift nach einer kühlenden Kartoffelschale, die er auf seinen Ellbogen presst. »Frag doch mal einen Fachmann. Es gibt Leute, die sind auf diese Themen spezialisiert. Da bin ich wirklich überfordert. Das ist nicht mein Fachgebiet. Ich bin Steuerberater, und die Anlageberatung überlasse ich geschulten Kollegen, die auf dem Laufenden sind. Die Regierung hat gewechselt, und es gelten andere Spielregeln ...«

»Ja ja, ich weiß«, lache ich. Hanne-Marie hat wirklich frappierende Ähnlichkeit mit der Merkel ... also rein vom ... ähm ... Stylingfaktor her ... Irgendwie süß das Wortspiel: »Die Regierung hat gewechselt ...« Der Jürgen wird ja noch richtig cool auf seine alten Tage ... Ich mag ihn. Echt.

»Nicht, dass ich da mit reingezogen werde. Ich habe nach bestem Wissen und Gewissen gehandelt.« Er wäscht seine Hände in Unschuld, und ich reiche ihm ein Küchenhandtuch. »Ist ja gut jetzt!«

Was *will* er denn? Soll ich wegen Hanne-Marie zu einem Psychiater gehen oder was? Womöglich noch eine Familienaufstellung machen?! Ja, sie ist politisch korrekt. Nein, ich bin politisch nicht korrekt. Mehr als nach ihrer Pfeife tanzen kann ich doch nun wirklich nicht!

»Was willst du eigentlich?«, brause ich auf.

»Ich will nur, dass du dein Leben in Ordnung bringst«, sagt Jürgen, während er sich umständlich die Hände abtrocknet.

»Mein Leben *ist* in Ordnung«, werde ich laut. »Damit musst du langsam mal fertig werden!«

Robby stürmt in die Küche. »Was ist denn jetzt los? Mamski kocht?!«

»Ich bemühe mich«, sage ich hoheitsvoll. »Und dein Vater möchte jetzt gehen.«

»Ja, Papa, das solltest du.« Mit einem besorgten Blick auf meine aufgewühlte Hausfraulichkeit nimmt Robby Jürgen das Handtuch ab. »Ich hab schon die Skisachen und das Gepäck aus dem Kofferraum ausgeladen. Steht alles hinter dem Auto. Vielleicht können wir das gerade gemeinsam ins Haus tragen.«

»Ich halte mich da in Zukunft komplett raus! Das bringt sowieso nichts, wenn ich in deinem jetzigen Zustand noch meine Nase in deine Angelegenheiten stecke.« Jürgen hebt die Hände, als würde ich ihn mit der Pistole bedrohen. Na endlich hat er's geschnallt. Weder in die Sache mit Großvater noch in die Sache mit Hanne-Marie soll er seine Nase stecken.

»Ganz meine Meinung«, setze ich nach. »Entspann dich! Alles unter Kontrolle!«

»*Pappi! Willst du schon gehen?*« Jenny stürmt die Treppe hinunter und wirft sich in Jürgens Arme. »Bitte nicht! Du wirst mir so fehlen!«, heult sie theatralisch in sein rot-weiß kariertes Hemd. Mann, das Talent für bühnenreife Auftritte hat sie von mir.

»Ja, leider«, schüttle ich bedauernd den Kopf. »Euer Vater ist ein so viel beschäftigter Mann, dass er mir schon meine alten Papiere wiederbringt, weil er sie nicht mehr unter seinem Dach haben will … Aber in unserem Altpapiercontainer ist noch Platz!« Ich kichere hilflos, und Jürgen schüttelt unwillig den Kopf.

»Nimm das bitte ernst! Beschäftige dich damit!«

»Alles zu seiner Zeit«, wiegle ich ab.

Wir begleiten Jürgen ans Gartentor.

Draußen steht sein Auto.

»Du solltest einmal über das Thema Schadensbegrenzung nachdenken«, mahnt Jürgen, bevor er inbrünstig die Kinder küsst.

»Jetzt *isses* aber gut! Ich gebe mir tierisch Mühe, und das weißt du auch!«

»Allein kommst du aus dem Schlamassel aber nicht heraus.«

»So schlimm ist es ja nun auch wieder nicht«, wiegle ich ab. »Außerdem: Ich bin schließlich nicht allein daran schuld!«

»Jetzt machst du mir also doch Vorwürfe!«

»Mach ich *nicht*! Aber mach du mir auch keine!«

»Mamaa! Papaaa! Ihr habt versprochen, euch nie zu streiten!«

»Tun wir ja auch nicht! Wir machen nur Spaß!«, rufe ich fröhlich.

Jürgen wirft sich aufgebracht in sein Auto und rammt den Schlüssel in den Anlasser.

Der Motor heult auf, und Jürgen lässt das Seitenfenster noch einmal runterfahren.

»Such dir jemanden vom Fach!«, schreit Jürgen, während er die Scheibe wieder hochfahren lässt.

Ich denke ja gar nicht daran! Wenn wir schon bei unserer Trennung keinen Mediator gebraucht haben, werde ich jetzt wegen

Hanne-Marie erst recht nicht mit diesem Psychogefasel anfangen. Ich schaffe das allein. Auch mit Großvater. Und den richtigen Zeitpunkt für eine Versöhnung werde ich schon finnnnnnnnn...

Es knackt und knirscht, als Jürgen im Rückwärtsgang aus unserer Einfahrt brettert. Holz splittert, ich höre Schleifgeräusche ... irgendwas geht da eindeutig zu Bruch.

Das erinnert mich irgendwie an den Bagger: Quäääääk!

Jürgen legt den ersten Gang ein, fährt wieder vorwärts, lässt die Scheibe runterfahren und brüllt: »Und halt deinen Felix da raus! Der versteht nichts davon!« Bevor ich noch antworten kann, dass ich Felix *natürlich* da raushalte, weil der *echt Wichtigeres* zu tun hat, als sich meinen Beziehungsquatsch reinzuziehen, schaut sich Jürgen ruckartig um, haut den Rückwärtsgang rein und knirscht ein zweites Mal über ...

»Unser Gepäck!«, schreit Robby verzweifelt. »*Halt!* Unser Gepäck!«

Er wedelt mit den Armen, sodass sein Vater endlich von seinem sinnlosen Ausparkversuch ablässt.

»Oh, Scheiße!« Jürgen springt aus dem Auto, wobei er sich wie immer die Birne anstößt. Mann, ist der aufgeregt. Warum eigentlich? So schlimm ist das Ganze doch auch wieder nicht. Hanne-Marie wird sich schon wieder einkriegen.

»Das waren unsere Skier«, seufzt Robby. Wir eilen alle an den Auspuff, und da liegt zersplittertes Gepäck. Skier, Koffer, Skischuhe, ja sogar die verbogene Zahnspange, die in Jennys Rucksack ganz obenauf lag.

»Die ist hin«, stelle ich fest. »Aber wir sind ja zum Glück privat versichert, mitsamt Zusatzversicherung für Zahnersatz, und da macht dir der liebe Zahnarzt sicher gern eine neue.«

Jenny heult. »Mein Kuscheltier!«

Oh ... na ja. Das *war* mal ein Kuscheltier. Die Reste eines dampfenden, durchlöcherten Pelzknäuels hängen am Auspuff und gucken uns ratlos aus einem einsamen Glasauge an.

Ich betrachte interessiert die zersplitterten Skier, und bin beeindruckt, wie weit ein Paar Skischuhe ins Gebüsch fliegen kann.

Die Koffer sind zerbeult und aufgesprungen, und die von Hanne-Marie so perfekt gebügelten und gefalteten Klamotten liegen zerfetzt im Matsch.

»Die habe ich gar nicht gesehen«, erklärt Jürgen seine Tölpelei. »Für mich waren die Sachen im toten Winkel.«

»Robby hat uns vorhin erklärt, dass er das Gepäck bereits ausgeladen hat«, stelle ich klar. »Wir waren nur so in unser Gespräch vertieft, dass wir das vergessen haben.«

Jenny heult so sehr, dass Jürgen erst mal wieder mit ins Haus kommen muss, um sie zu trösten.

Robby und ich sammeln währenddessen die kaputten Sachen ein und stopfen sie in die Mülltonne. Dabei schnappe ich mir entschlossen den vergilbten Aktenberg auf der Küchenbank und werfe ihn hinterher. So. Weg damit. Interessiert mich sowieso nicht, das Altpapier.

»Der Papa ist so ein Trottel«, lacht Robby, und ich lasse diese Bemerkung unkommentiert im Vorgarten stehen.

Toter Winkel, das muss ich mir merken. Ich meine, in meinem Gehirn sind so viele tote Winkel, dass meine grauen Zellen dort dauernd Verstecken spielen.

17

Als ich die Rechnung für die neue Zahnspange bei meiner Versicherung einreiche, kommt ein bedauerndes Schreiben zurück. Ich sei ja leider nicht mehr privat versichert, die Versicherung für mich und die Kinder sei storniert worden. Diese Zahnspange müsse bitte von mir privat bezahlt werden.

Ich starre auf das Schreiben. Die Panik legt sofort wieder ihre kalte Hand von hinten auf meinen Kopf. Immerhin handelt es sich um über dreitausend Euro.

Und ich habe die vermutlich zurzeit nicht wirklich ... ähm ... griffbereit.

Mein Herz rast.

»Das kann nicht sein«, murmle ich. »Das kann überhaupt nicht sein. Ich war mein ganzes Leben lang privat versichert, und die Kinder waren es auch.«

Ich bin so was von versichert!

Sieben Lebensversicherungen habe ich allein bei der Fürsorglichen Vorsorge abgeschlossen und dazu alle Kranken-, Unfall-, Arbeitsunfähigkeits- und so weiter Versicherungen, die man überhaupt abschließen kann.

Um Rechnungen und automatische Abbuchungen hat sich in den letzten Jahren immer Felix gekümmert. Er weiß, wie sehr ich Aktenkram und Büroarbeit hasse und wie wenig ich damit anfangen kann.

Felix. Der weiß immer Rat. Der hat für alles eine Erklärung.

Jedes Problem löst sich bei Felix in null Komma nix in Wohlgefallen auf.

Zum Glück ist er seit einigen Tagen aus Dubai zurück.

Er war diesmal nicht ganz so erfolgreich wie sonst, aber das tut seiner guten Laune keinen Abbruch. Er schaufelt pfeifend in der Einfahrt Schnee.

»Prinzessin!«, freut er sich und breitet die Arme aus. »Die Sonne geht auf!«

Ist er nicht süß? Es gibt wirklich keinen Moment, wo wir uns nicht freuen, uns zu sehen. Dann müssen wir uns sofort umarmen.

Felix streicht mir eine Haarsträhne aus dem Gesicht und lächelt mich an: »Du siehst wunderschön aus!«

Ich halte ihm ganz unromantisch den Wisch von der Versicherung unter die Nase.

Felix wirft einen Blick darauf und ruft entschieden aus: »So ein Quatsch. Da rufe ich sofort an. Diese Trottel haben da wohl was verwechselt.«

Augenblicklich lässt er die Schneeschaufel fallen und umarmt mich noch fester als vorhin.

»Prinzessin! Jetzt hast du dir unnötig Sorgen gemacht! Du sollst doch keine Post aufmachen, das mache ich! Kümmere dich nur um deinen Gesang, deine Kinder und deinen Großvater. Den Rest erledige ich.«

Er küsst mich und stapft entschlossen ins Haus. »Denen mache ich aber Feuer unter dem Arsch!«

So. Erledigt.

Ich atme erleichtert auf. Sofort fällt der schwere Stein, den ich gerade noch im Magen hatte, von mir ab, und ich fühle mich wieder leicht und sorglos. Mein Felix. Der Fels in der Brandung. Er hat alles im Griff.

Wusste ich es doch.

Mann, das war ein mulmiges Gefühl jetzt eben.

Auf den Schreck brauche ich erst mal ein Glas Champagner.

Meine Erleichterung geht mit tiefer Dankbarkeit einher. Mensch, was geht es mir doch gut. So ein toller, fürsorglicher und zuverlässiger Mann, zwei wundervolle Kinder, ein so herrliches Haus, in dem pure Lebenslust herrscht ... Felix zaubert schon wieder pfeifend in der Küche irgendwelche duftenden Köstlichkeiten, nachdem er mir versichert hat, dass mit der Versicherung alles seine Ordnung habe und dass es sich nur um ein Versehen gehandelt habe. Diese dummen Trottel, wie er sich lachend ausdrückt, haben einfach nicht zur Kenntnis genommen, dass die letzten Beiträge von dem Schweizer Konto eingegangen sind statt wie bisher von dem Sophienhöher Konto. Mensch! Dass diese Bürohengste aber auch so wenig mitdenken!

Es ist alles in Ordnung, versichere ich mir selbst. Die Sache ist erledigt.

Alles paletti. Wir sind natürlich hochgradig versichert. Wie eh und je.

Der Champagner stimmt mich milde, und auf einmal macht sich ein ganz warmes Gefühl in mir breit: Ich bekomme so viel vom Leben! Ich habe so wunderbare Menschen um mich herum! Von dieser Liebe und Fürsorge kann ich doch wirklich etwas abgeben. Warum also gehe ich jetzt nicht zu meinem Großvater und begrabe das Kriegsbeil? Meine innere Stimme spricht milde mahnend:

»Denk dran, Ella, du bist jung, sorglos und gesund, und er ist ein armer alter verbitterter Mann. Nun reich ihm schon die Hand und mach den ersten Schritt.«

»Mensch, Hochwürden Nächstenlieb, danke, dass Sie mich darauf bringen«, sage ich, stelle das Glas ab, küsse meinen Felix zum Abschied und springe in unseren Porsche Cayenne. Der ist vollgetankt und frisch geputzt, und die ganze Welt ist in Ordnung. Der Himmel ist blau, und die Tannen in unserem Garten sind schneebeladen. Wie wunderschön wir es hier in Sophienhöh doch haben!

Felix in seiner coolen Küchenschürze über dem blütenweißen Hemd rennt mir noch nach und reicht mir eine dampfende Portion Gulasch mit Knödeln für Großvater im Henkelmann, dazu eine Flasche Rotwein und ein Stück Kuchen.

»Sag deinem alten Herrn einen schönen Gruß, und wenn er will, holen wir ihn jederzeit in unsere Villa, damit er sieht, wie schön wir es haben.«

»Das villa nich«, scherze ich locker flockig und fahre gut gelaunt zum Altersheim.

Jetzt freue ich mich schon richtig auf ihn, auf Simone und natürlich auf Katharina und Xaver. Mensch, die habe ich alle seit Wochen nicht gesehen!

Nachher werden wir alle wieder gemütlich vereint auf dem Badewannenrand sitzen, plaudern und Champagner trinken!

Ich komme mir vor wie Rotkäppchen, als ich mit meinem duftenden Tablett, dem Rotwein und dem Kuchen über den Flur laufe und ... na gut, ein bisschen Herzklopfen habe ich schon, als ich mit dem Ellbogen an Großvaters Tür poche.

»Herein.«

Er sitzt wie immer mit dem Gesicht zur Wand.

»Großvater«, sage ich und setze zitternd das Tablett ab. »Ich bin wieder da!«

Ein unmerklicher Ruck geht durch ihn, er versucht sogar, den Kopf zu drehen.

»Ella«, kommt es heiser, und dann knie ich vor ihm und drehe den Rollstuhl ganz vorsichtig zu mir um.

Sein Gesicht ist bleich, er wirkt eingefallener denn je.

Jetzt wird mir erst bewusst, wie schäbig es von mir war, ihn so lange in seinem eigenen Saft schmoren zu lassen. Ich schlucke. Mehrfach.

»Es tut mir leid, Großvater«, murmle ich zerknirscht und lasse meinen Kopf an seine Brust sinken.

Ganz sacht nähert sich seine zitternde Hand und tätschelt mir unsicher den Kopf.

Da muss ich auch schon weinen.

Ich nehme die Hand, sie ist so mager und kalt, dass mir ganz anders wird.

Man stelle sich vor, er wäre inzwischen ...
Mir wird abwechselnd heiß und kalt.
Ich streiche ihm vorsichtig über die unrasierte Wange, und er schließt die Augen. Er hat seine Zähne nicht drin, wahrscheinlich hatte Simone keine Zeit, sie zu putzen, oder er hatte einfach keine Lust mehr, etwas zu essen.
Ich komme mir unsäglich mies vor.
Wir sagen lange nichts, während das Essen, das ich auf seinem Bett abgestellt habe, verführerisch duftet.
»Was hast du mir denn da Gutes mitgebracht?«, nuschelt er schließlich.
»Ein Versöhnungsessen?« Ich stehe auf, mein Bein ist eingeschlafen und kribbelt genauso wie die Tränen in meinen Augen. Das Wasser läuft mir aus der Nase, und ich stammle: »Ich gehe erst mal schnell ins Bad.«
Dort versuche ich hastig, meine verquollenen Augen zu kühlen, schnäuze mich in Klopapier, wasche mir die Hände und nehme dann so routiniert wie immer das Gebiss aus dem Kukident-Becher. Der steht heute nicht da, wo er sonst immer steht, und ich denke, dass es wirklich Zeit wird, dass ich hier wieder Ordnung schaffe.
»So, Großvater, bevor das Essen ganz kalt wird ...«
Er öffnet gehorsam den Mund, und ich friemle ihm die Zähne hinein, wobei meine Finger immer noch zittern.
Das Gebiss will diesmal gar nicht halten, die Zähne fallen ihm immer wieder raus.
»Na«, sage ich. »Entschuldige. Ich bin so ungeschickt.«
Er schließt die Augen: »Ja.« Dann öffnet er gehorsam wieder den Mund.
Okay. Zweiter Anlauf.
Das Gulasch wird kalt.
Mensch, verdammt! Ella! Jetzt mach mal hinne! Noch ist er gütig gestimmt!

Ich friemle, fummle und drücke, aber die Zähne wollen nicht halten.

Plötzlich fällt mir siedend heiß ein, dass mein Großvater in den letzten drei Wochen so viel schmaler geworden ist. Vielleicht ist ihm der Kiefer geschrumpft?

Ich bin eine Rabenenkeltochter.

Ich habe ihn bei lebendigem Leibe verhungern lassen.

Was bin ich für ein schlechter Mensch! Ich hasse mich selbst.

Es klopft. Oh, Simone. Endlich. Du bist meine Rettung.

Ich schaue hoch, wobei ich immer noch neben Großvater knie, das Gebiss in der Hand.

Vor mir steht ein riesiger Finsterling, den ich nicht kenne.

Er ist groß, hat buschige schwarze Augenbrauen und irgendwas mit Loden an. Er blickt böse auf mich herab:

»Was machen Sie denn da?«

Er hat einen irre tiefen Bass. Früher hätte ich vergnügt angemerkt: »Sie sollten mal für den Sarrastro vorsingen.« Aber heute habe ich für solcherlei Geplänkel keinen Sinn.

»Ich setze meinem Großvater die Zähne ein. Darf ich fragen, was Sie hier wollen?«

Zu meiner grenzenlosen Überraschung streckt er die Hand aus: »Die Zähne.«

Mein Herz rast fürchterlich und ich bekomme kaum noch Luft. Das hier läuft gar nicht nach Plan, nicht im Entferntesten.

So rabenschwarz kann nur der Tod aussehen. Und sprechen.

Großvater dreht angestrengt den Kopf, um zu sehen, wer da so rüde in unsere Versöhnungsidylle dringt. Das Gulasch kühlt auf dem Bett aus.

»Wie, die Zähne? Was soll denn das?«

»Die gehören meiner Mutter.« Sein Blick ist mit dem Ausdruck absoluten Missfallens auf meine zusammengesunkene Wenigkeit gerichtet.

Ich erhebe mich, um nicht weiter aus der Froschperspektive zu diesem Riesenkerl in Loden hochschauen zu müssen.

»Sie müssen schon entschuldigen«, sage ich, während mir klar wird, was ich für ein jämmerliches Bild abgebe mit meinem verheulten Gesicht, zumal mir schon wieder das Bein eingeschlafen ist. Und schwindelig ist mir vom schnellen Aufstehen auch.

Ich lehne mich an die Wand und versuche ruhig zu werden. Der Mann verströmt eine Furcht einflößende Kälte, die nichts mit der bisherigen Gemütlichkeit des Altersheims gemein hat.

»Das ist unser Zimmer, und das sind unsere Zähne. Und jetzt machen Sie, dass Sie hier rauskommen.« Ich versuche eine entschlossene Miene zu machen, doch es ist eher die nackte Angst, die mir im Gesicht steht.

»Aber nur mit den Zähnen.« Der Mann macht mich immer nervöser. Ohne den Anflug eines Lächelns streckt der Hüne die Hand aus, und ich kämpfe gegen den Reflex an, ihm die Zähne ins Gesicht zu werfen.

Böse starre ich ihn an.

Er starrt genauso böse zurück, nur dass sein Schnurrbart dabei zittert. Seine buschigen Augenbrauen ziehen sich zusammen wie schwarze Wolken vor einem Gewitter.

»Ich rufe die Polizei«, zische ich und presse mich mitsamt dem Gebiss an die Wand. »Hauen Sie ab, Mann!«

Da ertönt eine zittrige Altweiberstimme aus dem Bad: »Matthias?«

»Wer ... wer war das?«

»Meine Mutter«, dröhnt der Buschige.

»Junge, hast du die Zähne oder nicht?«, fragt das zittrige Stimmchen.

»Da schind neue Leude eingeschogen«, nuschelt mein Großvater genervt.

»Wie? Was heißt das, neue Leute ... wieso ...«

Die Panik drückt noch fester zu. Das würde ja bedeuten ... *Xaver!!*

»Doktor Zauner«, sagt der Riesige mit der tiefen Stimme. »Matthias Zauner. Wir kennen uns, Frau Herbst.«

»Das glaube ich kaum ...«

»Wir sind uns neulich in der Schalterhalle der Sparkasse begegnet.«

Ach, du Scheiße. *Der!* Der beobachtet hat, dass kein Geld rauskam, und ich dann mit Großvaters Karte ...

Mir schießt das Blut in den Kopf, vor lauter Peinlichkeit möchte ich im Boden versinken. Eine zentnerschwere Last liegt auf meiner Brust. Ich kann nichts antworten.

Ich starre zwischen Großvater und diesem Zauner hin und her.

»Matthias! Ich hab Hunger!«, schreit das alte Weiberl von nebenan ungeduldig.

Plötzlich wird mir siedend heiß und dann eiskalt.

»Das heißt jetzt aber nicht, dass der Xaver ...«

Mein Großvater senkt den Kopf und starrt auf seinen Schoß: »Der Xaver ischt geschdorm.«

Die Lagerhalle ist verwaist, als ich zu meinem Kondolenzbesuch komme.

Katharina sitzt mit Simone am Küchentisch ihres Gutshauses und beschriftet Briefumschläge mit schwarzem Rand. Beide haben rot verweinte Augen.

»Katharina!« Ich sinke heute schon zum zweiten Mal an jemandes Brust und heule sofort los. »Herzliches Beileid!«

Wie so eine Floskel plötzlich an Bedeutung gewinnt. Ich leide wirklich mit ihr.

»Warum hast du mich denn nicht angerufen? Ich hätte dir doch beigestanden!«

»Du warst ja wochenlang weg.«

O Gott, ich bin so ein egozentrischer, unsozialer Mensch!

»Er wollte zu Hause sterben.« Simone beobachtet mich besorgt. »Da haben wir ihn hergebracht.«

»Er ist in meinen Armen gestorben«, sagt Katharina, und ihr Gesicht hat ein inneres Leuchten, wie ich es noch nie an ihr gesehen habe. »Das war das Einzige, was für uns beide noch wichtig war.«

Ich schaue sie schweigend an.

Katharina erhebt sich. Sie macht einen gefassten Eindruck, was mich erleichtert aufseufzen lässt. Sie geht zum Herd und kommt mit einer Teekanne zurück.

Das ist leider der falsche Zeitpunkt, um meine Trinkgewohnheiten zu ändern.

Bevor ich dankend verneinen kann, öffnet Katharina den Kühlschrank und holt eine Flasche Champagner heraus: »Die steht hier noch, seit du mit dem Bagger in der Halle trainiert hast.«

»Ist es nicht pietätlos, wenn ich ...«

»Ach, halt die Klappe.« Sie lächelt schwach.

Die beiden trinken Tee und ich Champagner.

»Am Ende hat er noch gelächelt, und ich habe gesagt, gell, Xaver, jetzt wird's wieder, und da ist er in meinen Armen eingeschlafen.« Katharina weint jetzt doch, und ich muss gleich mitweinen.

Da sitzen wir im Schein der Küchenlampe und heulen uns die Augen aus dem Kopf.

»Ja, er war nicht immer einfach, der Xaver«, seufzt Simone und zündet sich erst mal eine Zigarette an. »Wir haben ja viele schwierige Leutchen, aber von jedem kann ich was lernen ...«

Sie wirft mir einen weiteren Blick zu und lächelt.

»Besonders von meinem Großvater«, murmle ich. »Großzügigkeit zum Beispiel.«

»Ja!«, strahlt Simone. »Stell dir vor, er hat mir fünftausend Euro in die Kitteltasche gesteckt. *Fünftausend* Euro!«

»Ach wirklich?«

»Und als ich mich bei ihm bedanken wollte, hat er so getan, als wüsste er von nichts. Er ist ein altes Schlitzohr.« Simone lacht glücklich. »Jedenfalls konnte ich jetzt die Autos bezahlen, die meine Tochter zerkratzt hat!«

Ich weiß nicht, ob ich lachen oder weinen soll.

Simone lächelt mich an: »Hauptsache, ihr habt euch wieder vertragen.«

Ich schlucke mehrmals heftig.

Wozu so ein Champagner doch gut ist. Okay. Themawechsel.

»Was sind denn das für Neue nebenan?«

»Das ist die Zauner Theresia, die Mutter vom Bezirksrichter.«

»Aha. Und wer ist der übellaunige Finsterling mit der tiefen Stimme, der sich immer in Loden kleidet?«

»Der Bezirksrichter. Doktor Zauner. Der singt auch bei uns im Kirchenchor.« Simone zündet sich eine Zigarette an.

»Na toll.« Ich genehmige mir schnell noch einen Schluck Champagner.

»Unser Kirchenchor gestaltet Xavers Trauerfeier.« Simone gibt erst Katharina, dann sich selbst Feuer.

»Ja«, sage ich einsilbig wie Großvater, während ich den Rauch wegwedle.

»Wir hatten gehofft, du würdest ...«

Beide schauen mich flehend an. Ich komme mir mies vor, als ich ihnen ins Wort falle:

»Nee. Nee, ihr Lieben, wirklich nicht. Ich ... nichts für ungut, aber ich kann nicht.«

»Es wäre für den Xaver eine letzte Ehre ...«

Ich presse die Lippen aufeinander und schüttle stumm den Kopf.

»Auch nicht für mich?«, fragt Katharina traurig.

»Tut mir leid ... Gib mir mal einen Packen Umschläge. Wo ist die Adressenliste? Mann, ist die lang. Wollt ihr wirklich fünfhundert Leute einladen?«

Ich singe nicht in einem Kirchenchor. Nur über meine Leiche.

18

Am nächsten Morgen erwache ich von einem ungewohnten Geräusch.

Normalerweise bellt um sieben der Nachbarhund, ein riesiger Bernhardiner, der auf den Namen Gottfried hört. Gottfried setzt immer um Punkt sieben Uhr seinen Riesenhaufen an unser Gartentor, und wenn er fertig ist, bellt er. Dafür hasse ich Gottfried aus tiefster Seele, und unseren Nachbarn auch.

Felix ist auf Geschäftsreise, und die Kinder haben schulfrei, wegen Heilige Drei Könige oder Mariä Unbefleckter Empfängnis oder so. Na egal. Ich habe moniert, dass die ja gar nicht neun Monate vor Weihnachten gefeiert wird, und Großvater hat mir erklärt, dass es nicht um die Empfängnis Jesu, sondern um die von Maria geht. Und wegen so was haben in Österreich die Schulen geschlossen!

Ich könnte also an diesem kalten grauen trüben Januarmorgen *wirklich* noch ein bisschen schlafen. Ich hätte es bitter nötig.

Aber dieses Mal ist es nicht Gottfried, der Einlass begehrt.

Es klingt nach einem ... Müllwagen oder Laster, der irgendwas verlädt. Dazu ertönen kurze Befehle aus ordinären Männerkehlen, wie: »Höher! Rechts! *Stopp!* Und wieder runter, noch weiter!«

Und das in unserer friedlichen Parkallee in Sophienhöh.

Vielleicht verladen sie Gottfried, denke ich hoffnungsfroh.

Es quietscht, die Befehle gellen lauter, und irgendwie habe ich unter meinen schlafwarmen Decken das Gefühl, als stünde eine Menge Gaffender in unserer Einfahrt. Ich erhebe mich leise fluchend und trete verschlafen auf unseren Balkon.

Ich reibe mir die Augen.

Die hieven unseren Porsche Cayenne auf einen Abschleppwagen!

»Hee!«, schreie ich und vergesse ganz, dass ich im Pyjama auf dem Balkon stehe und dass meine Haarverlängerungen auch nicht mehr wirklich kleidsam sind. »Was soll das werden?!«

Die Männer lassen sich kein bisschen beeindrucken. Quietschend und knirschend wird unser riesiges Schlachtschiff auf den Abschleppwagen verladen.

Mo-ment. Das kriege ich schon hin.

Ich parke meine Füße vorwärts in die gelben Filzpantoffeln mit Schnabel und watschle mit ihnen etwas unbeholfen die Treppe hinunter.

Mein Mund schmeckt nach dem gestrigen Champagnergelage, als wenn ein Biber darin überwintert hätte.

Na egal. Bevor dieser Irrtum weiter seinen Lauf nimmt ... Zum Zähneputzen bleibt keine Zeit.

Ich reiße die Haustür auf und tapere über den frisch gefallenen Neuschnee die Stufen hinunter zum Einfahrtstor.

Der Cayenne ragt schon mit der Schnauze in den Himmel.

»Was soll das werden?«, frage ich den erstbesten Kerl, der da steht.

»Zwangsversteigerung«, sagt der Typ und tritt seine Zigarette im Neuschnee aus.

Ich hole mein ganzes Bühnentalent aus der Reserve: »Wissen Sie, was ich jetzt verstanden habe? Zwangsversteigerung!« Ich versuche ein glockenhelles Lachen. Meine Haare stehen genauso ab wie früher, nur dass sie jetzt doppelt so lang sind. Ich sehe aus wie ein Strohstern, der von einem Dreijährigen gebastelt wurde.

»Frogens den Herrn Omdsrichda.«

»Bitte wen?«

»Den Zaunermodias.«

»Wer steht am Zaun?«, äffe ich den Blödmann nach, als ich der großen Gestalt im Lodenmantel gewahr werde, die sich verlegen in der Einfahrt herumdrückt.

Scheiße. Wie sehe ich denn aus! Den Kopf eingezogen wie eine Schildkröte, watschle ich auf meinen Entenfilzpantoffeln an der gaffenden Menge vorbei. Ich kann gar nicht richtig gehen. Meine Beine fühlen sich an wie zwei Holzstöcke. Ich fühle das Blut in meinen Ohren rauschen und bereue es fürchterlich, mir nicht doch noch die Zähne geputzt oder die Haare unter eine Mütze gestopft zu haben. Ich wage es nicht, aufzublicken, als ich zu dem Buschigen, der mich kein bisschen nett begrüßen will, heiser sage:

»Der Porsche gehört nicht auch noch Ihrer Mutter?!«

Leider will der Finsterling gar nicht lachen um diese frühe Morgenstunde.

»Richterlicher Beschluss«, stößt er stattdessen mit tiefem Bass zwischen den Zähnen hervor und reicht mir einen Schrieb. Der ist grau und mit einigen Unheil verkündenden Stempeln versehen. Ich erstarre vor Schreck.

»Ja meine Güte, Sie können mir doch nicht aus lauter Rache mein Auto wegnehmen, nur weil ich das Gebiss verwechselt habe und Sie Richter sind!« Meine Stimme zittert, und ich fürchte, sie schlägt gleich ins Hysterische um. »Ich meine, die Sache mit dem Gebiss hat sich ja dann aufgeklärt«, würge ich hervor. »Was sind das denn für raue Sitten hier in Österreich!« Sauer setze ich noch einen drauf: »Aber Mariä Beflecknis feiern. Das ist doch scheinheilig ist das!«

»Dös hat mitm Gebiss und mit Österreich goa nix zum tun«, murmelt der Buschige böse. »Dös Fahrzeug is net bezoilt und deswegn holn mers ob.«

Fassungslos starre ich dem Buschigen auf den Mund. Nein. Das kann nicht sein.

»Wieso ist das Fahrzeug nicht bezahlt? Es gehört mir doch seit Jahren! Ich weiß genau, dass wir es von meiner Gage für die Norma bezahlt haben.« Erleichterung durchflutet mich. Ein Irrtum.

Wie so viele Irrtümer von den ganzen Volltrotteln hier auf dem Dorf, wie Felix immer sagt.

Irgendwie schaffe ich es, meine steif gefrorenen Lippen zu einem Lächeln zu verziehen.

»Es wurde verkauft an eine Leasingfirma«, der Amtsrichter spricht wieder einmal lupenreines Hochdeutsch, »und da wurden die Raten seit sechs Monaten nicht mehr bezahlt, und aus is.«

Der Cayenne rollt huckepack auf dem Abschleppwagen, der mit einer orangefarbenen Blinklampe auch noch unnötig Aufmerksamkeit erregt, aus unserer Einfahrt. Ich muss sogar die Schnäbel meiner gelben Entenfilzpantoffeln einziehen, damit der Abschleppwagen nicht drüberrollt.

»Das begreife ich nicht ...«, stammele ich und schaue Freund Loden ratlos an.

Ich reibe mir die Augen, an denen noch die Wimperntusche von gestern klebt, und blättere hektisch in den Papieren, ob sich nicht doch irgendwo ein Schlupfloch, ein Ausweg finden lässt. Irgendetwas, wonach ich erleichtert ausrufen kann: »Ach so, natürlich! Ein Irrtum euerseits! Ihr Trottel!« Aber nichts dergleichen. Wie betäubt halte ich den amtlichen Brief in Händen.

»Wie konnte das nur passieren? Und wieso habe ich nichts davon bemerkt?«

»Den Jeep hammer ja genauso deportiert«, sagt der Grimmige. »Des derft Eana ja net entgangen sein.«

Doch. Ist es mir. Komplett. Ich gehöre zu den Menschen, die Autos einfach nicht vermissen, wenn sie nicht mehr da stehen, wo sie sonst immer stehen.

»Mein Mann hat gesagt, der sei zur Reparatur!« Ich versuche ein panisches Lächeln.

Der Lodenmantel schaut mich undurchdringlich an. »Dös Fahrzeug ist seit vier Wochen eliminiert.«

Ratlos kratze ich mich am Kopf, und peinlicherweise fällt deshalb eine künstliche Haarsträhne in den Schnee.

Der Lodenmantel will sich danach bücken, aber ich sage schnell: »Lassen Sie mal.«

»Ja, dann ...« Freund Loden möchte nun auch nicht mehr länger stören.

»Und wie kriege ich das Auto jetzt wieder?«, schreie ich ratlos hinter ihm her, als er zu seinem Wagen schliddert. Vielleicht gibt es irgendwo eine Fernbedienung, mit der ich alles auf Rücklauf stellen kann?

Aber das ist offensichtlich nicht sein Problem.

Mir ist totschlecht, als ich die Sophienhöher Dorfsparkasse betrete. Ich fühle mich wie ganz früher, bei meinem allererster Vorsingen, als ich noch in kleinen Stadttheatern Klinkenputzen ging. Unzulänglich, mickrig, schlecht bei Stimme – unwürdig. Dieses Gefühl hatte ich schon seit Jahren nicht mehr – und jetzt überfällt es mich mit einer Heftigkeit, dass es mir die Luft zum Atmen nimmt.

Felix ist seit Tagen nicht zu erreichen, das Ferrari-Handy mit dem Rennwagen-Sound funktioniert in Amerika nicht. Soviel ich weiß, hat er in Miami zu tun. Mir hat er lachend erzählt, dass er amerikanische Reedereien mit ägyptischer Bettwäsche für die Luxusschiffe beliefert. Das sei der Deal seines Lebens, nachdem er mit dem Scheich in Dubai diesmal nicht so ganz einig werden konnte. Aber der Sultan von Brunei, mit dem er den ganzen Abend in dessen Harem bei Wein, Weib und Gesang gegessen und getrunken hat, der hat ihm ein Wahnsinnsangebot gemacht. Wenn alles gut geht, wird Felix spätestens Mitte nächster Woche um eine Million reicher sein ... und dann, Prinzessin, wird dein vierzigster Geburtstag nachgefeiert. Anschließend machen wir selbst eine Kreuzfahrt auf einem Luxusschiff, so O-Ton Felix letzten Mittwoch, kurz vor seiner Abreise am Flughafen.

Irgendwo, ganz hinten in meinem Hinterkopf, schreit die kleine dünne Stimme der Vernunft: »Warum glaubst du ihm immer noch, Ella? Was ist mit dir los? Warum vertraust du ihm noch? Warum *handelst* du nicht?«

Ich handle ja. Ich schleppe mich wie ein angeschossenes Tier in diese Bankfiliale und schäme mich dabei zu Tode. Jeder Schritt in diese Schalterhalle kostet mich so viel Energie, als würde ich einen Achttausender besteigen.

Es *ist* etwas im Argen. Ja. Ich habe es sträflicherweise verdrängt. Ich wollte, dass meine Welt in Ordnung ist.

Ich bin *selbst schuld*. Diese Erkenntnis überwältigt mich so, dass ich stehen bleiben und mich an die Tür lehnen muss.

Der Sparkassendirektor, dem damals meine Haarverlängerungen gar nicht auffallen wollten, gibt mir verlegen die Hand.

Inzwischen sind die Haarverlängerungen peinlich dünn und hängen an mir herunter wie an einem kränkelnden Pfau die Federn.

Ich würde sie mir gern entfernen lassen, aber auch das kostet Geld, und ich traue mich Guido nicht mehr unter die Augen. Ich fürchte nämlich, er hat seine zweitausend Euro nie gesehen. Und gebrauchte Haarverlängerungen sind wahrscheinlich vom Umtausch ausgeschlossen.

»Wir haben unsere Frau Ausweger mit Ihrem Fall betraut«, der Direktor weist mir höflich den Weg in ein Hinterstübchen, das von außen nicht einsehbar ist, »weil wir glauben, dass manche Probleme von Frau zu Frau besser zu besprechen sind.«

»Die weiß sicher einen Ausweg«, versuche ich einen kläglichen Scherz, auf den der Direktor leider kein bisschen eingeht.

Ich komme mir vor, als ginge ich mit einem schrecklichen Krebsbefund im Unterleib zur Spezialistin.

Frau Ausweger ist jung und hübsch und sehr adrett angezogen. Ihre dunkelbraunen Haare hat sie zu einem glänzenden, gepflegten Pferdeschwanz gebunden, der mit einer bunten Spange verziert ist, die wiederum genau zu ihrer Halskette, ihrem Gürtel und ihrem Einstecktüchlein passt. Sie reicht mir mitleidig ihre schmale Hand. »Bitte setzen Sie sich. Was dürfen wir Ihnen anbieten?«

»Champagner.«

»Bitte?«

»Ach, lassen Sie mal, das war ein Scherz. Wir sollten das hier so schnell wie möglich hinter uns bringen.«

»Nun, ich denke, wir werden schon ein paar Stündchen brauchen ...«

Gott, ist mir schlecht.

Okay. Das Wichtigste ist erst mal: keine Panik. Wie damals vor dem Auftritt.

Panik lähmt. Panik macht alles nur noch schlimmer. Jetzt geht es darum, einen kühlen Kopf zu bewahren und ganz entspannt an die Sache ranzugehen.

Jemand stellt eine Tasse Kaffee vor mich hin, den ich nicht anrühre, weil mir schon vom Anblick dieser braunen Brühe übel wird. Dazu, die Bitte um Champagner ernsthaft zu wiederholen, fehlt mir der Mut.

Frau Ausweger dreht mir den Computerbildschirm hin, was in mir dieselbe Vorfreude entfacht, wie wenn der Zahnarzt die Lampe über meinem Mund zu mir hindreht, und tippt mir ihren fein manikürten Fingern auf verschiedene Listen und Spalten. Sie fängt an, mir mit gleichbleibender Freundlichkeit gewisse Abbuchungen zu erläutern, aber ihre Stimme plätschert an mir vorbei. Ich sehe nur Zahlen, fünfstellige, sechsstellige, und nach langem Hinstarren gewahre ich vor all diesen Zahlen ein Minus.

So etwas habe ich noch nie gesehen. Ich meine, ich habe mir nie großartig irgendwelche Kontostände angesehen, weil mich das immer gelangweilt hat. »Bin ich ... im Minus?«, frage ich schließlich mit belegter Stimme.

»Das sind doch die Nummern Ihrer Kreditkarten?«, erwidert sie sanft.

»Wie? Kreditkarten?« Unwillkürlich fange ich an zu keuchen,

mir wird schwindelig, ich habe das Gefühl, gleich ersticken zu müssen.

»Na, Sie haben laut meinen Unterlagen eine Visa, eine Eurocard, eine Diner's, dazu zwei Karten für den Bankomaten, da brauchen Sie überall einen vierstelligen Geheimcode ...«

»Ich kenne nur einen Einzigen«, stammle ich wie ein Schulkind, »das, was ich wiege, und das, was ich gern wiegen würde.«

Frau Ausweger schaut mich an, als sei ich ein armes, geistig behindertes Wesen aus der Hilfsaktion »Licht ins Dunkel«.

»Nun, es wurden hauptsächlich Daueraufträge eingerichtet«, nimmt sie den Faden wieder auf. »Hier werden zum Beispiel seit Jahren Festbeträge abgebucht ... für eine gewisse Frau Bernadette Kaiser in Euskirchen.«

O Gott. Mir ist so schlecht. Mir ist soooo schlecht. Mein Mund ist staubtrocken. Bin ich im falschen Film?

»Kenne ich nicht«, ringe ich mir von den ausgetrockneten Lippen.

»Dann für einen Herrn Breitscheidt, Siegfried in Augsburg.«

»Wer soll das sein?«, röchle ich.

»Das wollte ich eigentlich *Sie* fragen. An diesen Herrn haben Sie bereits ...«, sie tippt mit fliegenden Fingerchen, an denen ein Verlobungsringlein glänzt, »... sechshundertdreiundfünfzigtausend Euro überwiesen.«

»Na, das ist doch ein Irrtum der Bank!« Jetzt muss ich mal richtig auf den Tisch hauen! Schließlich sagt Felix auch immer, dass das alles hier Volltrottel sind!

»Dann wären hier Unterhaltszahlungen an zwei Kinder ... David und Laura Lambertz aus Zürich ...«

Jetzt fange ich aber an zu lachen. Erleichterung macht sich breit.

Unendliche Erleichterung!

»Frau Ausweger«, schnaufe ich, »das *kann* nur ein Irrtum sein! Das *sind* nicht meine Bankkonten! Ich meine, wieso sollte ich für wildfremde Leute, die über ganz Europa verteilt sind, Unterhaltszahlungen leisten?«

»Das ist alles Ihre Unterschrift!« Sie legt mir Kopien vor, unter denen tatsächlich meine Unterschrift steht. Ella Herbst. In meiner Handschrift.

»Jetzt bin ich aber platt.«

»Oder sind die Unterschriften gefälscht?«

»N... nein.« Ich starre auf die Fotokopien. »Nein. Das ist haargenau meine Autogramm-Unterschrift. So mit diesem Schnörkel, das E einmal um das lla, und das Herbst umkringelt von einem Herbstblatt, sehen Sie ...« Ich mache es ihr vor, gekonnt und schwungvoll, so wie ich schon tausendmal Autogramme unterschrieben habe.

»Können Sie sich vorstellen, dass jemand Missbrauch mit Ihrer Unterschrift getrieben haben könnte?«

Ich senke den Kopf und schweige. Genau wie Großvater.

Felix. Nein. Das hat er nicht ... das würde er nicht ...!

Missbrauch. Das Wort hallt unentwegt durch meinen Kopf.

Ich lasse ihn nach vorn sinken und vergrabe entsetzt das Gesicht in meinen Händen. Lange sitze ich einfach nur da und starre in die gnädige Schwärze, die meine Hände mir gewähren. Ich mache die Augen zu, atme tief durch, versuche mich zu beruhigen. Das *muss* ein Irrtum sein. Mein geliebter Felix würde mich niemals hintergehen. Er liebt mich. Ich liebe ihn. Ich vertraue ihm. Und er mir. Wir sind ein Team.

Die Sache ist die: Felix hat mich natürlich schon oft mal eben schnell um eine Unterschrift gebeten, schließlich hat er auch die Fanpost beantwortet.

Und wenn irgendwelche Rechnungen kamen – klar habe ich schnell mal einen Überweisungsauftrag unterschrieben. Oder öde Formulare, Daueraufträge, Abbuchungsanträge, irgendwas Kleingedrucktes. Oft. Sicher. In Eile, meistens. Zwischen Tür und Angel, genau wie früher bei Jürgen. Dem habe ich all die Delta-Aktien, Beteiligungen an Büroparks in Dessau, die Wertpapiere und Fonds, diesen ganzen, für mich unverständlichen Steuersparkrempel, auch mal eben unterschrieben.

Ich habe beiden hundertprozentig vertraut.

Aber ... nein. Ich meine ... das ist unmöglich. Das würde ja heißen ... Sie haben mich doch nicht wissentlich hinters Licht ...

Ich bin blöd, ja.

Aber bin ich so blöd? So blind? So unglaublich naiv? So sträflich vertrauensselig? Wem kann ich *denn* vertrauen, wenn nicht meinen Männern??

Hat mich jeder auf seine Weise in den ... Ruin ... getrieben?

Und schiebt jetzt die Schuld auf den anderen? Und wäscht seine Hände in Unschuld?

Und am Ende bin *ich* diejenige, die diese Katastrophe auslöffeln muss! *Ich* habe alles unterschrieben, es sind *meine* Konten, die allesamt im Minus sind!

Eine klamme Kälte kriecht mir das Rückgrat hinauf. Ich versuche, ruhig zu bleiben, doch Panik schnürt mir die Kehle zu.

Luft! Hilfe! Ich habe Schüttelfrost, meine Zähne schlagen plötzlich heftig aufeinander. Ich werde jeden Moment in Ohnmacht fallen, und dann bleibt nur zu hoffen, dass ich nie wieder daraus erwache. Mir ist entsetzlich schlecht, und ich konzentriere mich darauf, mich nicht hier und jetzt augenblicklich zu übergeben.

Zu meinem dumpfen Erstaunen nehme ich irgendwann wahr, dass Frau Ausweger schon eine ganze Weile auf mich einredet. Reiß dich zusammen, Ella, verdammt noch mal!

Ich erwache jäh aus meiner dumpfen Betäubung und versuche, die Umrisse ihres netten freundlichen Gesichtes wieder in meinem Blickfeld zu orten.

»Wir haben hier mal einige Vorsichtsmaßnahmen getroffen, damit Sie sich in Zukunft besser schützen können«, sagt Frau Ausweger sanft, indem sie wie zufällig meinen Arm streift. Ich spüre förmlich das Mitleid, das sie für mich empfindet. »Ist alles in Ordnung mit Ihnen?«

»Alles bestens«, sage ich tonlos. Was soll ich nur tun? Ich bin starr vor Angst, kann nicht mehr logisch denken. Ich meine, das konnte ich ja noch nie, aber jetzt taumeln selbst die Denkansätze, über die ich doch ab und zu noch verfüge, hilflos durcheinander. Wie Ameisen, die gerade mit Insektenspray besprüht wurden.

»Als Erstes rate ich Ihnen, sofort alle Daueraufträge zu stoppen. Und zweitens sollten Sie alle Kreditkarten sperren lassen.«

Ich schaue bleich von meinen Schuhspitzen hoch. Sie tut so, als wenn das Leben auf diese Weise weiterginge.

Ich zwinge mich, auf diesen Computerbildschirm zu starren, und wir gehen alle Daueraufträge nacheinander durch. Es tauchen noch weitere Namen und Adressen auf, die ich noch nie gehört habe. Dafür sind eine ganze Menge Daueraufträge, die ich selbst eingerichtet habe, inzwischen gestoppt.

Die privaten Krankenversicherungen.

Auch die für die Kinder.

Meine Lebensversicherungen. Alle sieben.

Die Daueraufträge für Fernsehen, Telefon, Strom ... es ist eine endlos lange Liste, an deren Ende tatsächlich die Leasingfirmen für die Autos stehen.

Ich schlucke und würge. Der Brechreiz sitzt schon wieder ganz oben in der Kehle.

In Panik stehe ich auf, mache ein paar taumelnde Schritte zum Waschbecken an der Wand, lasse kaltes Wasser über meine Handgelenke rinnen und starre mein Gesicht im Spiegel an. Es ist das Gesicht einer ausgemergelten, bleichen Frau, die sich in einem akuten Schockzustand befindet.

Über meine Wangen ziehen sich kalkweiße Flecken, die dann wieder von roten Striemen überzogen werden, als hätte mich jemand ins Gesicht geschlagen.

Ich sehe meine Halsschlagader pochen, und auch auf der Schläfe hämmert mir das Blut. So eine Angst hatte ich noch nie.

»Das Haus«, röchle ich, »gehört mir noch das Haus?«

Frau Ausweger sieht mich mitleidig an: »Auf das Haus wurde schon lange eine Hypothek aufgenommen. Wir haben uns auch gewundert, aber Sie sind ja nie persönlich vorbeigekommen.«

Ich starre sie im Spiegel an. Mein Mund ist so trocken, als wäre er voller Zement. Ich habe eine Hypothek auf unser Haus unterschrieben? Wahrscheinlich beim Üben oder beim Telefonieren!

Fassungslos taumle ich zurück an den Schreibtisch und starre auf den Monitor.

Nein.

Das kann nicht sein.

Ich bin stolze Besitzerin einer Villa in Sophienhöh, mit Garten, Sauna, Pool, einem imposanten Einfahrtstor, das sich per Fernbedienung öffnen und schließen lässt, mit Wintergarten, drei Kaminen und zwei dicken Autos, die in der Einfahrt ... nun ja, zumindest einmal standen.

»Sie zahlen für den Kredit im Moment etwa siebentausend Euro monatlich. Aber auch hier sind Sie schon mit ... fünfunddreißigtausend Euro im Rückstand. Sie sollten aufpassen, dass das Haus nicht zwangsversteigert wird. Ich rate Ihnen, es rechtzeitig einem guten Makler anzubieten. Wenn Sie möchten, regeln wir die Sache für Sie ganz diskret.«

Tausend kleine Nadeln stechen in meine Schläfen.

»Möchten Sie nicht doch etwas trinken?« Frau Ausweger blickt mich so nett und liebevoll an, dass ich mich in ihre Arme werfen möchte. »Einen Beruhigungstee vielleicht?«

»Cham...pa...?!« Ich muss stoßweise nach Luft schnappen, und das Herz schlägt mir bis zum Hals. Ich kralle mich an den Henkeln meiner Handtasche fest wie ein altes Weib in der Straßenbahn, um nicht in Ohnmacht zu fallen. Der Stuhl, auf dem ich sitze, schwankt wie ein Schiff auf hoher See, und die Lampe über dem Schreibtisch kreist in großen Schwüngen über meinem Kopf.

Frau Ausweger greift zum Hörer und spricht hinein: »Kann mal jemand an den Kühlschrank in der Betriebsküche gehen, bitte? Da ist von meiner letzten Beförderung noch Champagner drin.«

19

Wie in Trance schiebe ich meinen Großvater durch die graue Winterlandschaft. Die Häuser ducken sich unter ihren Schneelasten, und kein Mensch ist auf der Straße. So als wollte niemand mehr etwas mit mir zu tun haben. Alle Fenster wirken abweisend.

Es wundert mich, dass ich einfach weiterfunktioniere. Dass meine Beine mich noch tragen. Und meine Arme diesen Rollstuhl noch schaffen.

Wenn es bergauf geht, kann ich mich wenigstens ein bisschen abreagieren.

Sonst schleiche ich genauso eintönig dahin wie diese Wintertage.

Großvater ist schweigsam wie immer. Diesmal ist die Schweigsamkeit noch eisiger und trostloser als je zuvor. Ob er etwas ahnt?

Wir reden beide nicht mehr.

Es gibt nichts zu reden.

Um Hilfe bitten kann ich ihn nicht. Die Sache mit der Bankomatkarte schwärt immer noch wie eine klaffende Wunde zwischen uns. Sie ist noch nicht mal vernarbt, geschweige denn geheilt.

Ihn um Geld zu bitten, oder auch nur um Rat, wäre eine unvorstellbare Zumutung.

Zumal er nicht antworten würde. Ich weiß gar nicht, ob er das Ausmaß meiner Probleme verstehen würde. Ich begreife es ja selbst nicht.

Mein Gehirn ist ein komplett zerstörter, aus dem Rhythmus geratener Ameisenhaufen. Bei näherem Hinsehen besteht es nur aus kaputten, maroden Kleinstmodulen, die alle nicht mehr zusammenpassen.

Der nackte pure Überlebenswille, wie ihn vermutlich die Trümmerfrauen nach dem Krieg aus irgendwelchen verborgenen Reserven geholt haben, nimmt von mir Besitz.

Ich lebe für die Kinder weiter. Und für Großvater.

Sie sind jetzt meine Aufgabe.

An Felix wage ich nicht zu denken. Er ist spurlos verschwunden, seit über zehn Tagen schon. Sein Handy ist aus. Ich habe keine Ahnung, wie es ihm geht.

Ich ahne nur, dass er begriffen hat, dass ich nun alles weiß.

Wobei ich gar nichts weiß. Nur, dass Felix mich betrogen hat. Belogen, getäuscht, hintergangen. Dass er mir und allen anderen etwas vorgespielt hat.

Dass ich mich in meinem Mann komplett getäuscht habe.

Genau, wie ich mich in Jürgen getäuscht habe. Beide haben mich immer glauben lassen, sie hätten alles im Griff, ich müsse mich um nichts kümmern, nichts hinterfragen.

Der eine legt mir eines Tages feige den ganzen Aktenkram auf den Küchentisch und will nichts mehr damit zu tun haben.

Und der andere verschwindet einfach.

Diese Erkenntnis gibt mir einen Stich, sodass ich vor Schmerz nicht in der Lage bin, weiterzudenken.

Ich werde mich scheiden lassen müssen. Und das kostet wieder Geld. Ich werde den Anwalt nicht bezahlen können! Und er seinen auch nicht! Wir haben gar nichts mehr und können nicht mal bei null anfangen, wir sind irgendwo bei minus x Millionen!

Das ist so grauenvoll, so unvorstellbar schrecklich!

Felix aus meinem Leben zu stoßen, ihn auszuradieren, ihn in die Wüste zu jagen! Meinen heiteren, warmherzigen, liebevollen, fürsorglichen, zupackenden und lebensfrohen Felix!

Bilder tauchen vor meinem inneren Auge auf, Bilder, wie er mit ausgebreiteten Armen in der Einfahrt steht, wenn ich nach Hause komme: »Prinzessin! Die Sonne geht auf!«

Wie er mir und den Kindern ein köstliches Essen vorsetzt, an einem festlich gedeckten Tisch, mit Kerzenschein und Musik. In einem Haus, das uns schon gar nicht mehr gehört hat!

Wie wir spielen, lachen, tanzen und herumalbern.

Wie wir Kissenschlachten machen, in einem Haus, das ...

Wie wir aneinandergekuschelt am Kamin sitzen, ein Glas Wein in der Hand.

Wie er Probleme zur Seite schiebt: »Prinzessin! Mach dir keine Sorgen! Ich habe alles im Griff!«

Wie er mir fürsorglich warme Sachen um die Schultern legt, wenn ich friere, und wie er mir die Füße massiert nach einem langen Tag.

Wie er am Computer sitzt und sagt: »Alles unter Kontrolle!«

Wie er am Künstlerausgang des Opernhauses steht, mit roten Rosen bewaffnet, und mich ins Hotel bringt, wo der Champagner schon kalt steht.

Wie wir uns zusammenkugeln vor Lachen, wenn er wieder mal die Spießer aus unserem Umfeld nachmacht, wie wir zwei in New York getanzt haben, wie wir uns geliebt haben ... und danach Champagner getrunken ...

An dieser Stelle muss ich aufhören, an ihn zu denken, weil ich sonst wahnsinnig werde. Ihn mir aus dem Herzen zu reißen ist genauso grausam, als müsste ich mir selbst ein Bein amputieren.

Ich werde ohne Felix nie wieder dieselbe sein.

Und den Kindern muss ich die zweite Trennung, die zweite zerstörte Familie zumuten.

Nein. Ich kann nicht.

Das haben die Kinder nicht verdient. Sie lieben und vertrauen Felix.

Unsere Ehe muss zu retten sein!! Man darf doch nicht gleich die Flinte ins Korn werfen! Man muss doch kämpfen! Ich muss ihm doch eine Chance geben!

Vielleicht klärt sich alles auf, und ich war zu blind, um die Lösung zu sehen!

Es muss eine Erklärung geben! Es *muss*!

Niemandem kann ich von diesen Gedanken erzählen. Jeder würde mich fragen, worauf ich eigentlich noch warte. Niemand kann das verstehen. Niemand.

Ich bin der einsamste Mensch auf der ganzen Welt.

»Du siehst ziemlich ... mitgenommen aus«, sagt Jürgen, der die Kinder über die Karnevalsferien zu sich nach Bad Reichenhall holt. Diesmal ist auch nicht der Anflug eines spöttischen oder wissenden Lächelns zu erkennen.

»Ja, mir geht's auch beschissen.« Ich versuche ein gequältes Lachen, das eher wie ein hilfloses Quieken klingt.

»Du bist ja nur noch ein Strich in der Landschaft ... Was ist passiert?«

»Es ist nichts weiter«, krächze ich heiser, »nur das Gefühl, dass meine Welt gerade untergeht ... Komm rein.«

Die Kinder begrüßen Jürgen stürmisch wie immer und rennen nach draußen. Wenigstens die Kinder haben noch nichts von meinem Elend mitbekommen. Wie ich das geschafft habe, ist mir schleierhaft.

Doch es ist mir gelungen.

Offensichtlich können Mütter so etwas.

»Steht gar kein Wagen in eurer Einfahrt«, konstatiert Jürgen.

»Nein«, sage ich knapp.

Jürgen hat diesmal einen über seinem Bauch spannenden lilafarbenen Seidenblouson an, wie er zu Zeiten von *Dallas* und *Denver Clan* angesagt war. Dazu beige Cordhosen mit Hochwasser und graue Halbschuhe, aus denen weinrote Socken im Norwegermuster herausschauen. Außerdem hat er wieder die Haare von einem tief liegenden Seitenscheitel quer über den Schädel gekämmt. Ich gebe auf. Es ist auch nicht mehr wichtig.

»Ist Felix auf Geschäftsreise?« Falls diese Frage zynisch gemeint ist, habe ich nicht die Kraft, mich darüber zu ärgern.

Ich zucke die Achseln. »Im Moment bin ich über seinen Verbleib nicht im Bild. Ich stecke allerdings in großen finanziellen Schwierigkeiten und habe bis jetzt nicht begriffen, wie es dazu kommen konnte.«

Jürgen schluckt diese Bemerkung und hebt unschuldig die Arme: »Ich habe dir gesagt, dass du dich um deine Angelegenheiten selbst kümmern musst. Ich habe dir all deine Unterlagen gewissenhaft zurückgegeben.«

Ist er nur feige oder doch durchtrieben und hinterhältig?

»Du musst jetzt versuchen, dich und die Kinder wieder zu versichern«, holt Jürgens belehrende Stimme mich wieder in die grausame Wirklichkeit zurück. »Das meint auch dein Großvater.«

Na super, Jürgen. Danke, dass du ihn in die Sache eingeweiht hast. Während ich mir seit Wochen auf die Lippen beiße, um den alten Mann zu verschonen.

»Das wird nicht einfach sein, denn du hast den Bonus eines langjährig Versicherten verloren.«

»Ja.«

»Da wirst du wieder ganz unten eingestuft und musst viel höhere Beiträge zahlen.«

»Ja.«

»Als Nächstes solltest du dir und den Kindern eine Monatsfahrkarte für den Bus kaufen, damit sparst du Geld.«

»Ja.«

»Du solltest lernen, bei eBay Dinge zu ersteigern. Und auch zu verkaufen. Hier steht ja noch eine ganze Menge rum.«

»Mit diesen technischen Dingen kenne ich mich nicht so aus.«

»Hanne-Marie ist gern bereit, dir das zu erklären.«

»Ja.«

»Außerdem kannst du Hanne-Marie jederzeit anrufen, wenn du Informationen über Felix brauchst.«

Ich fahre herum. »Was soll das denn heißen?!« Diese neunmalkluge Hanne-Marie geht mir langsam tierisch auf den Geist!

Jürgen traktiert seinen Ellbogen, dass ich gar nicht hinschauen mag.

»Nun, Hanne-Marie ist nicht nur Hausfrau, wie du immer angenommen hast ...«

»Sondern?« Ich wische mir mit einer fahrigen Geste über die Stirn.

»Ehrlich gesagt, kenne ich sie schon ziemlich lange, nämlich seit damals, als du Felix zum ersten Mal getroffen hast.«

»Oh«, sage ich naiv. »Was für ein netter Zufall!«

»Na ja ... es ist nicht wirklich ein Zufall ...« Jürgen windet sich wie ein Aal.

»Nein? Sondern ...?«, frage ich verwirrt.

»Um der Wahrheit Genüge zu tun ... ich hatte sie ... engagiert.«

»Engagiert? Jetzt sag nicht, sie ist *auch* Sängerin!« Wenn das der Fall ist, hat sie sich aber gut verstellt!

»Sie ist eine Spitzen... Detektivin«, lässt Jürgen die Bombe platzen. »Sie ist so unauffällig, dass sie kein Mensch bemerkt.« Er lächelt stolz.

Ich mache den Mund auf, um etwas zu sagen – und schließe ihn unverrichteter Dinge wieder.

»Sie macht ihre Arbeit ausgezeichnet. Ich wusste schon eher als du, dass Felix es auf dich abgesehen hat, damals in Sankt Moritz. Und mir war auch klar, dass er nur dein Geld wollte.«

»Du hast sie auf mich angesetzt?« Ich begreife nicht, was er da sagt.

»Ja. Natürlich. Ich wusste auch, dass Felix damals einen großen Gewinn gemacht hatte. Von dem er dir eine Skiausrüstung gekauft hat. Und dich zum Skifahren eingeladen hat. Felix war nur ein Skilehrer, bevor er dich traf.«

Ich atme tief durch und bemühe mich sehr, beherrscht zu bleiben. Das kann doch nicht wahr sein. Wie viele meiner Welten brechen denn noch zusammen? Bleich und geschockt starre ich Jürgen an.

»Ella«, er versucht meine Hand zu nehmen, doch ich wehre ihn angewidert ab.

»Bei Unklarheiten gibt es Mittel und Wege, sich Klarheit zu verschaffen. Nur so kann man wieder einen klaren Gedanken fassen und weiterleben!«

Er klingt so überzeugt und sicher, dass ich plötzlich einen dicken Kloß im Hals spüre. Felix war nichts als ein Skilehrer? Aber er hat mir erzählt, wo er überall studiert hat! Architektur und Kommunikationswissenschaften und Wirtschaft und so!

Von Innsbruck bis Cornell!

»Ich weiß nicht ...« Ich verstumme und reibe mir die Nase. Jetzt, wo Jürgen das so deutlich gesagt hat, fange ich natürlich an, mir Gedanken zu machen. Soll ich die Dienste von Hanne-Marie in Anspruch nehmen? Und mich auf das gleiche Niveau begeben wie Jürgen damals ...? *Bin* ich das? *Passt* das zu mir?

Ist das *meine* Art, Probleme zu lösen? Schnüffeln? Ausspionieren? Heimlich? Jemandem sein Selbstbild zerstören, den ich als den geliebt habe, der er vorgab zu sein?

Muss ich mir selbst noch mehr kaputt machen, als ohnehin schon kaputt ist?

»Bis jetzt habe ich immer alles durch Verdrängen hingekriegt«, jammere ich ängstlich.

Jürgens Gesichtsausdruck wird friedfertig. Er steht auf und legt seine Hand auf meinen Arm. »Du bist damals Hals über Kopf in etwas reingestolpert«, seufzt er. »Dein Großvater und ich, wir haben es gleich gewusst, dass du dich in dein Verderben stürzt ..., aber wir konnten dich nicht vor dir selbst schützen ...«

Jürgens Blick spiegelt Schmerz wider, und auf einmal wirkt er wie ein Pfarrer im Beichtstuhl. Ich könnte heulen. Aber die Genugtuung gönne ich ihm nicht. Bei ihm ist alles so schön solide. Ich bin die Unstete, Lebensdurstige, die einfach ausgebrochen ist, und jetzt sitze ich dafür verdientermaßen in der Scheiße.

»Hanne-Marie will dir nur helfen, Ella. Wie wir alle.«

»Ja. Das weiß ich echt zu schätzen. Aber ...« Ich zwinge mich, Jürgen fest in die Augen zu sehen, »... nimm es bitte nicht persönlich. Selbst wenn er wirklich nur Skilehrer sein sollte, ich liebe ihn trotzdem. Und es ist nun mal nicht meine Art, hinter einem geliebten Menschen herzuschnüffeln.«

»Du vertraust ihm immer noch?«, kommt es ungläubig aus seinem Mund. »Nach all den Lügen, die er dir aufgetischt hat?«

Ich halte seinem Blick stand: »Vertrauen ist das Letzte, das ich mir nehmen lasse.« Woher ich die Kraft habe, das zu sagen, weiß ich nicht. Was meint er mit Lügen? Hört er mein Telefon ab? Läuft irgendwo ein Tonband mit? Hat er eine Wanze installiert oder eine Kamera eingebaut?

Ich gehe einen Schritt auf ihn zu, aber er zieht sich jäh zurück.

»Wie du es schaffst, dein ganzes Dilemma vor den Kindern zu verbergen, ist mir ein Rätsel«, bricht es aus Jürgen heraus. »Aber sie wirken so unbelastet und fröhlich wie immer.«

Er weiß etwas. Er weiß *viel*. Vielleicht weiß er mehr als ich.

»Mütter schaffen so was«, versetze ich ihm einen Seitenhieb. »Wie ich sehe, nimmst du Psychopharmaka?« Jürgen lächelt süffisant und öffnet gezielt eine Schublade.

Hat er also wieder geschnüffelt.

»Ich nehme in letzter Zeit Schlaftabletten.«

»Dass die abhängig machen können, ist dir bewusst?!«

»Quatsch. Die kann ich jederzeit wieder absetzen.«

»Du musst wach und fit sein für die Kinder. Sonst nimmt sie gern eine Zeit lang Hanne-Marie.«

Mir wird schlecht. Ich versuche, ganz ruhig ein- und auszuatmen. Die Panik hat schon wieder ihre eiskalten Hände um meinen Hals gelegt. Dies ist der Moment, in dem ich ernsthaft darüber nachdenke, was schneller geht: mich vor einen Zug werfen oder aus dem vierten Stock springen.

Aber der Gedanke, dass die allzeit hilfsbereite Hanne-Marie dann gern bereit ist, die Kinder zu nehmen, hält mich davon ab.

Wie hypnotisiert starre ich Jürgen an. Das ist doch alles nur ein entsetzlicher Albtraum? Vor meinen Augen dreht sich alles. Wie betäubt umklammere ich die Stuhllehne.

Er redet weiter, doch ich höre ihn nicht mehr. Vor meinen Augen tanzen grüne Punkte. In meinem Kopf schwirrt es. Am liebsten würde ich wimmern vor Angst. Am liebsten würde ich mich Jürgen an die Brust werfen und schluchzen: Es tut mir leid, dass ich das Spiel gegen dich gewagt habe! Du hast gewonnen!

Aber ganz tief in meinem Inneren flackert ein letztes Fünkchen Stolz.

Die Sache ist: Ich liebe Jürgen nicht. Ich liebe Felix. Trotz alledem.

»Hanne-Marie sagt, du darfst sie jederzeit anrufen. Sie hat Erfahrung mit Panikattacken.«

»Danke. Ich weiß ihre Fürsorge wirklich zu schätzen.«

Klar, will ich am liebsten sagen. Jetzt sitze ich ja auch definitiv am kürzeren Hebel.

»Dann kann ich dich jetzt allein lassen?«

Ich atme tief durch. »Ja. Ich bitte sogar darum.«

Mühsam schleppe ich mich hinter Jürgen her in die Einfahrt, wo Robby und Jenny schon erwartungsvoll im Auto sitzen und streiten, wer wann wie lange vorn sitzen darf.

Diesmal stehen keine Klamotten hinter dem Kofferraum.

Und Jürgen sitzt auch nicht im toten Winkel, als er rückwärts aus der Einfahrt fährt.

Im toten Winkel, da bin nur ich.

Die nächste Panikattacke überkommt mich, da ist Jürgens Wagen noch nicht aus der Parkallee verschwunden. In meinen Ohren dröhnt es, als wäre ich hundert Meter unter Wasser. Meine Lungen stechen, mein Herz hämmert, mein Mund schmeckt nach Schwefel, meine Beine sind schwer wie Blei.

Ich *bin* unter Wasser! Land unter! Hilfe! Hört mich denn keiner?!

Hilfe!

Er hat uns beobachtet. Seit damals. Er weiß alles. Hanne-Marie weiß alles. Sie ist gar keine Hausfrau. Sie ist Detektivin! Und Felix ist »nur ein Skilehrer«! Großvater weiß auch Bescheid.

Ich muss würgen, obwohl ich nichts im Magen habe.

Ich bin schachmatt.

Wie eine Ertrinkende schnappe ich nach Luft und versuche, mich an das eiskalte Treppengeländer zu krallen.

Tief einatmen, beschwöre ich mich selbst. Es gibt Menschen, die mich brauchen. Ich darf jetzt nicht abkacken.

Die Kinder.

Großvater.

Lieber Gott, verlass mich nicht, bete ich. Okay, gib mir einen Denkzettel, aber lass mich nicht untergehen.

Ich muss jetzt nur noch diese Treppenstufen hinaufkommen, und schon bin ich in meinem Haus. Dann mache ich die Tür hinter mir zu und ...

Es *ist* nicht mehr mein Haus. Es bietet mir keinen Schutz mehr. Der Hammerschlag trifft mich irgendwo zwischen Brust und Magen, und mir sacken die Knie weg.

Und der Mann, der vielleicht irgendwann wiederkommt, ist auch nicht der, für den ich ihn gehalten habe.

Das bringt mich fast zu Fall.

Ich habe ihn geliebt wie keinen Menschen zuvor; ich habe ihm vertraut und mich an ihn geklammert und ihm alles überlassen, was mein Leben ausgemacht hat.

Und jetzt soll ich ihn bespitzeln lassen. Von Hanne-Marie.

Damit ich Klarheit habe. Klarheit über mein vollends ruiniertes Leben.

Ich taumle, stoße mir den Fuß.

Reflexartig greife ich nach dem Treppengeländer und ziehe mich auf allen vieren hinauf zur Tür.

Atmen. Ruhig. Weiter. Nur noch vier Meter bis zum Telefon.

Nur noch drei.

Wen anrufen ...?

Ich sterbe. Ich sterbe! Jetzt, hier! Dass Lungen so schmerzen können!

Noch zwei Meter. Noch einer. Wen anrufen?!

Notarzt? Polizei? Plötzlich höre ich meine eigene Stimme, wie aus weiter Ferne.

Welche Notfallnummern hängen denn an deinem Schwarzen Brett, Großvater?

Deine.

20

»Aber hallo«, meldet sich Großvater aufgeräumt. So als hätte er nur darauf gewartet, dass ich ihn anrufe.

»Großvater!« Wie erleichtert ich bin, seine Stimme zu hören! Es gibt ihn noch, er ist noch da! Sofort normalisiert sich mein Atem, das Hämmern in den Schläfen lässt nach, die Panik zieht sich zwei Meter von meinem Hinterkopf zurück. Sie ist noch da, schnürt mir aber nicht mehr die Kehle zu. Ich habe noch eine Aufgabe. Es gibt mich noch.

»Großvater, wie wäre es mit einem Spaziergang?« Ich weiß nicht, was mir die Kraft gibt, das zu sagen. Aber es geht mir augenblicklich besser. Meine Lungen lassen wieder Luft herein. Es gibt noch einen Menschen, der mich braucht.

»Aber immer.«

Er ist gut drauf. Er wird mir von seiner Restenergie noch einen Rest geben. Sein Reservetank ist noch nicht so leer wie meiner.

Dankbar ziehe ich mich warm an, plündere mit zitternden Fingern den Kühlschrank und packe meinen üblichen Rotkäppchenkorb mit Dingen, die er mag und die man seinem Gebiss noch zumuten kann: Vanillequark, Schokoladenkuchen, Weichkäse, Milchreis, Bananenjoghurt.

Erleichtert, irgendeinen sinnvollen Handgriff tun zu können, packe ich noch zwei Flaschen von seinem geliebten Johannisbeersaft in den Korb und ziehe gerade die Haustür hinter mir zu, als ich einen Wagen in der Einfahrt höre.

Typisch. Jürgen hat mal wieder was vergessen. Mich wundert nur, dass sein Kopf noch nicht auf dem Küchentisch liegen geblieben ist.

Oder ist es Felix?! Vielleicht kommt er zurück und ... alles löst sich in Wohlgefallen auf?! Diese Trottel von der Bank haben nur was verwechselt ... und natürlich habe ich während des Studiums als Skilehrer gejobbt, aber ich bin Unternehmensberater mit abgeschlossenem Diplom. Prinzessin, ich zeige es dir, wenn du mir nicht glaubst!

Seltsam aufgeräumt gehe ich zum grünen Einfahrtstor und drücke auf den Knopf in der Garage, damit es sich öffnen möge.

Es ist nicht Jürgen. Es ist leider auch nicht Felix.

Es ist ein mir fremder schwarzer Wagen, aus dem umständlich ein Mann im dunkelblauen Parka mit schwarzer Aktentasche steigt.

Das ist einer von der Sorte, die den Strom ablesen oder den Wasserstand messen oder sich sonst wie wichtig machen. Manchmal entpuppen sie sich auch als Schornsteinfeger. Vielleicht bringt dieser hier mir sogar Glück.

Ich stelle meinen Rotkäppchenkorb abwartend auf die Treppe und lächle den Fremden tapfer an. Woher dieser letzte Adrenalinstoß kommt, weiß ich nicht. Vielleicht produziert der Körper noch irgendwelche Notfallhormone, bevor er stirbt, die einen Dinge sagen lassen wie:

»Kommen Sie rein, ich habe auch noch Kaffee in der Kanne.«

Vertraulich wende ich mich dem Fremden zu: »Mein Ex war nämlich gerade da!« Mit der Kraft der Verzweiflung ringe ich mir sogar ein einladendes Lächeln ab.

Der Mann im dunkelblauen Parka will mich genauso wenig nett und freundlich begrüßen wie letztens Freund Loden; er hat so ziemlich die gleiche amtliche, undurchdringliche Miene aufgesetzt.

»Grüß Gott«, knickse ich reflexartig. Dabei bete ich, dass er lächeln möge.

Tut er aber nicht.

»Griaß Eana«, sagt er bärbeißig.

Okay. Ich wappne mich. Er will *nicht* den Strom ablesen.
Er will ihn ab*stellen.*
Jetzt hilft nur noch das hilflose Weibchen.
»Okay, ich weiß schon, dass der Strom nicht bezahlt worden ist, aber ich habe erst vor Kurzem davon erfahren ...«, sage ich und ziehe ansatzweise die Schultern hoch.
Der Mann ignoriert mein Geschwätz. Er kommt mit schweren Schritten ins Haus, wobei er wie alle Österreicher artig seine Schuhe auszieht und auf Socken weitergeht.
Das ist ja schon wieder irgendwie rührend.
Der Mann tut ja auch nur seine Pflicht.
Er setzt sich an den großen Esszimmertisch, entnimmt seiner schwarzen Tasche schweigend ziemlich viele Akten und knallt sie auf den Tisch.
Ich sehe ihm staunend dabei zu. »Darf ich fragen, was Sie herführt ...?«
»Finanzamt«, sagt der Mann. »Da gibt es massive Ausstände ...«
»Also ...« Ich hole tief Luft. Komm schon. Das ist wie Pflasterabziehen. Je schneller man es macht, desto schneller ist es überstanden.
»Davon habe ich gerade erst erfahren«, sage ich, während ich dem Mann den nicht angerührten Kaffee von Jürgen im feinen grün-weiß gemusterten Gmundner Porzellan serviere. So. Das dürfte ihn schon mal milde stimmen. »Aber wenn es Sie beruhigt: Ich werde ab jetzt die Post vom Finanzamt immer selbst öffnen. Und dann können wir uns gern mal in Ruhe zusammensetzen.«
Der blaue Parka legt mir eine Karte hin, auf der unter vielen schrecklich klingenden Titeln wie »Vollzug« und »Eintreibung« auch sein Name steht: Haipl, Daniel.
Daniel ist so ein lieber Name! So langsam entspanne ich mich. Der Mann könnte mein Sohn sein! Na ja, nicht ganz. Trotzdem. Er ist ein netter junger Mann aus Fleisch und Blut. Ella, rufe ich mich zur Vernunft, du musst doch vor dem Kerl keine Angst haben! Nur

weil er ein Amtsschimmel ist! Ich stelle ihn mir in Badehosen vor, mit Federballschläger auf einer Waldwiese, ja sogar mit einer Bierflasche in einem Pub.

Sofort wirkt er weniger unheimlich.

»Ist das nicht ein Zufall?«, zirpe ich, während ich ihm Zucker und Milch in die Tasse schütte, »dass ich erst vor wenigen Tagen bei meiner Bank war?« Ich räuspere mich, weil der Mann mich anblickt, als hätte ich das Alphabet rückwärts aufgesagt. »Da sind mir tatsächlich einige Ungereimtheiten wie merkwürdige Daueraufträge aufgefallen. Ich habe der Sache einen Riegel vorgeschoben, weil ich erst mal einen Überblick über meine Gesamtsituation ... und damit ja auch meine steuerliche Situation ... Aber ich kriege die Sache schon in den Griff, geben Sie mir nur etwas Zeit ... Hallo? Daniel? Ich meine, Herr Haipl? Hören Sie mir überhaupt zu?«

Der nette Daniel hat sein Handy aus der Parkatasche gezogen und eine Kurzwahl gedrückt.

»I bin's. Wie du's gsagt hast. Sie hat keine Ahnung.«

»Nein. Habe ich auch nicht.«

»Sie glaubt, es geht um eine normale Zahlungsverzögerung.«

»Ja. Etwa nicht? – *Hallo?!?*«

Diesmal zögert die nackte Panik nicht, mir die kalte Eisenstange gnadenlos an die Gurgel zu drücken.

Der nicht wirklich nette Daniel hört eine Weile zu, dann sagt er: »Kommst selber vorbei. Weißt eh, wo's is.«

So. Jetzt kommt also noch jemand. Er fordert Verstärkung an.

Das wird eng. Vielleicht bringt der Zweite Suchhunde mit?!

Die Panik drischt mir zusätzlich einen Pflasterstein auf den Hinterkopf und presst mir ihre eiskalten Hände gnadenlos an die Schläfen. Sie werden jeden Moment zerspringen.

»Frau Herbst«, sagt der nette Daniel, den ich jetzt einfach aus purem Überlebenswillen so nenne. »Ich bin staatlich beeideter Gerichtsvollzieher und in dieser Funktion vom Finanzamt Sophienhöh beauftragt, eine gerichtlich angeordnete Zwangsexekution in Ihrem Haus zu vollziehen.«

So oder so ähnlich leiert er seinen Amtsspruch herunter.

»Aber hören Sie, ich ...«

»Sie sind beim zuständigen Finanzamt inzwischen seit vier Jahren nicht mehr vorstellig geworden ...«

»Ich war noch nie im Leben bei einem Finanzamt vorstellig. Das macht alles mein ... Also früher hat das mein erster ... ähm ... Steuerberater gemacht, und jetzt macht es mein ... ähm ... Mann. Der ist allerdings zurzeit geschäftlich ... Wollen Sie noch Kaffee?«

Der gar nicht nette Daniel erhebt sich und blickt sich suchend um. »Welche Wertgegenstände befinden sich in diesem Haus?«

»Ich ... also, wie meinen Sie das?«

»Wir haben einen Vollstreckungsbescheid über hundertfünfzigtausend Euro. Es geht da ... offensichtlich um ...« Er blättert lustlos in seinen Akten herum, »um Delta-Aktien und Wertpapierfonds mit dem Namen ›Schöner Leben‹, die Sie vor über zehn Jahren käuflich erworben haben, um Steuern für Vermietung und Verpachtung von irgendwelchen Büroparks in ... Dessau. – Wo immer das liegt.«

»Oh.« Plötzlich fällt es mir siedend heiß ein.

Das waren die Papiere, die Jürgen mir vor einiger Zeit neben die Kartoffelschalen geknallt hat! *Das* hat er gemeint, als er von »fachlicher Hilfe« sprach! Er hat gewusst, dass die Kacke am Dampfen ist. Und ich dachte, er redet von Hanne-Marie! Die Papiere hielt ich für reine Schikane! Ich habe die verstaubten Akten *weggeworfen*!!! Und er hat mir dabei zugesehen!

»Nicht dass du nachher sagst, ich hätte dich ins offene Messer rennen lassen ...«

Lange stehe ich nur da und starre den Mann an, bis er vor meinen Augen verschwimmt.

»Vollstreckung.« Das Wort hallt unentwegt durch meinen Kopf.

»Zwangsvollstreckung«. Das hat was mit Kriminalität zu tun. Ich stehe am Rand eines Abgrunds. Wenn ich nicht zahlen kann, wird er dann Handschellen zücken?

Ich habe keine Ahnung von diesen Wertpapieren und Fonds und Aktien. Auch nicht von Steuern für Vermietungen und Verpachtungen von irgendwelchen Dessau-Immobilien. Ich habe überhaupt keine Ahnung, wie viele von diesen Büroparks ich ... also besitzen ist ja das falsche Wort. An der Backe habe.

Ich zwinge mich, nicht in die Knie zu gehen.

Irgendeine kleine Stimme, zart wie ein Vogel beim allerersten Sonnenstrahl im Vorfrühling, meldet sich und zwitschert kaum hörbar: Großvater wartet auf dich. Vielleicht lebt er nicht mehr lange. Es könnte sein letzter Frühling sein! Carpe also diem!

Es ist sowieso nicht zu begreifen, was hier geschieht. Ich erwache aus meiner dumpfen Betäubung und trete einen Schritt zurück. Dieser Typ wird mich nicht weinen sehen. Nicht schwanken und nicht taumeln. Ich habe mich wieder im Griff.

»Ich wollte eigentlich gerade mit meinem Großvater spazieren gehen«, beginne ich die Verhandlungen, »wenn Sie also bitte schnell zur Amtshandlung schreiten wollen ... Also, wir haben einen Konzertflügel ...« Ich öffne einladend die Wohnzimmertür. Herr Haipl – ich weigere mich ab sofort, ihn weiter unter »netter Daniel« laufen zu lassen – sieht sich interessiert im ganzen Raum um. »Sind die Bilder echt?«

»Ja! Die hat alle meine Tochter Jenny gemalt, die ist auf dem Musischen Gymnasium in der Hochbegabtenklasse, das sieht man, oder?«

»Was sind die wert?«

»Na ja ... ich meine ... sie ist elf ...«

Herr Haipl lässt augenblicklich von den Bildern ab.

Auf einmal wird mir klar, dass er versucht, Dinge im Wert von hundertfünfzigtausend Euro aus unserem Haus zu ... beschlagnahmen. Das kann doch nicht ... Ich meine, wir *wohnen* hier ... noch ...

Herr Haipl macht sich fachmännisch am Breitbildfernseher zu schaffen, der in die holzvertäfelte Wand eingelassen ist. »Den hier schätze ich auf fünfzehntausend ...«

»Mag sein«, stammle ich. »Ich sehe nie fern ...«

»Das Klavier. Haben Sie davon eine Rechnung?«

»Nein! Das ist ein Flügel! Den habe ich von meiner Mutter geerbt, vor etwa zwanzig Jahren ... Keine Ahnung, was der wert ist ... Außerdem steht der hier nicht zum Spaß rum, ich brauche ihn, ich bin Sängerin, das ist mein tägliches Arbeitsgerät ...« Na ja, das kann man jetzt großzügig auslegen.

»Haben Sie kostbare Weine?«

Na, der hat Ideen! Wenn der mir jetzt noch meinen Champagner wegnimmt ... Mein Herz hämmert. Das ist hier kein Kafka und kein Sartre, das ist echtes, grauenvolles Realitätstheater! Ich führe den Mann in den Weinkeller. Wenn ich ganz ehrlich bin – Hand aufs Herz –, fühle ich mich wie jemand, der gerade einen ziemlich bescheuerten Traum hat und hofft, möglichst bald daraus zu erwachen. Oder der einen völlig abstrusen Film sieht und ihn wegzappen will, aber die Fernbedienung nicht findet.

Der kein bisschen nette Daniel macht sich an einzelnen Flaschen zu schaffen und schnüffelt an den angestaubten Etiketten herum.

»Keine Ahnung, ob die wertvoll sind«, sage ich. »Ich trinke nie Wein.«

Der Rest geht den Mann nichts an.

»Die Skier«, biete ich freundlich an. »Die sind neu. Mein Exmann hat nämlich die alten ...«, ich kichere verschwörerisch, »... beim Rückwärtsfahren plattgemacht!«

Daniel Haipl mustert mich schweigend.

»Und die Fahrräder! Zwei Erste-Sahne-Leichtmetall-Fahrräder aus Bad Reichenhall! Die hat mein Ex den Kindern zu Weihnachten ...! Auch unsere Fitnessgeräte! Sämtliche Computer und Computerspiele! Die ganzen Küchengeräte, mit denen ich sowieso

nicht umgehen kann! Das alte Silber, das mein Mann einmal von einem gelungenen ... Geschäftsessen mitgebracht hat! Wir kriegen da schon ein anständiges Sümmchen zusammen!«
»Haben Sie Pelze?«
»Nein.«
»Schmuck?«
»Nein.«
»Die Autos?«
»Sind schon weg ...« Ich hebe die Arme mit bühnenreifer Geste.
»Ich werde nicht eher gehen, bis ich von Ihnen höre, dass das Finanzamt bis Ende der Woche hundertfünfzigtausend Euro hat!«, poltert Daniel los.
Ja, er kann auch richtig böse werden. Über seine Brillenränder hinweg taxiert er mich: »Von wem können Sie kurzfristig Geld leihen? Wer hilft Ihnen da aus?«
Mann. Ist es wirklich so schlimm um mich bestellt?
Großvater, möchte ich sagen. Der leiht Ihnen sicher gern zwanzig Euro.
In Fünfern.
Ich habe doch Freunde, oder?
Geschäftspartner, zumindest. Leute, die mit mir mal richtig Kohle ...
Dieter Fux, fällt es mir in letzter Not siedend heiß ein. Ja, ich spüre, wie sich mein Überlebenswille vom Sterbelager erhebt und Witterung aufnimmt. Wie er die Ärmel hochkrempelt und in die Hände spuckt. Dieter hat sich eine goldene Nase an mir verdient. Allein mit meiner Carmen, die ich weltweit gesungen habe, ein Einfamilienhaus. Das hat er selbst gesagt. Während ich noch über seine Worte nachdenke, merke ich, dass ich wieder nach den losen Fäden greife, die ich doch schon losgelassen hatte. Ich muss noch nicht aufgeben. Ich muss nur die richtige Person anrufen. Wenn er mir hilft und mir schnell das nötige Geld überweist, kann ich fürs Erste weiterleben. Früher habe ich solche Summen in

einer einzigen Woche verdient! Natürlich! Erleichterung macht sich breit.

Dieter wird mir helfen!

Das hätte ich für ihn auch getan, und das weiß er. Beim Augenlicht seines Sohnes.

Zitternd wähle ich seine Kurzwahl, während Haipl Daniel im kalten Kaffee rührt, der jetzt wirklich nach Exmann schmeckt. Ich trommle nervös mit den Fingernägeln auf den Tisch. Dabei versuche ich, eine erneute Panikattacke zu unterdrücken. Wenn ich mich jetzt so benehme, als wäre das eine völlig alltägliche Situation, wird es vielleicht zu einer.

Endlich geht er dran. Im Hintergrund höre ich die Krasnenko singen.

»Dieter«, schreie ich ohne Umschweife in das Handy, »ich bin in Not und brauche deine Hilfe!«

»Jederzeit, Ella. Du weißt, ich bin immer für dich da. Aber mach schnell, ich muss wieder ins Studio. Wir nehmen gerade eine CD auf ...«

»Dieter, es müssen doch noch Gagen von mir offen sein! Was ist mit den Hunderttausend für die Lulu in New York?«

»Da müsste ich in der Agentur anrufen und die Buchhaltung fragen. Solche Dinge habe ich nicht im Kopf ...«

»Nein, dazu ist keine Zeit. Hör zu, Dieter! Hier steht so ein finsterer Typ, der will ... also er ist Gerichtsvollzieher. Ich bin beim Finanzamt mit hundertfünfzigtausend Euro in der Kreide.« Irgendwo, ganz hinten in meinem Hinterkopf, schreit eine kleine Stimme: Was machst du, Ella? Was um Himmels willen machst du denn? Du weißt, dass er nicht diskret ist! Nicht Dieter!

»Ella?«, kommt es dumpf aus dem Hörer. »Was redest du da ...?«

»Dieter du *musst* mir das Geld vorstrecken! Ich hol sie ja wieder rein durch deine Vermittlung. Ich kann noch singen, Dieter! Und ich *will* wieder singen – Dieter?! Hallo? Bist du noch dran?«

»Ella, ich verstehe dich *ganz schlecht*«, höre ich Dieter deutlich rufen.

»Dieter, du hast mir mal angeboten, dass du mir hilfst, wenn es mir schlecht geht, und jetzt *geht* es mir schlecht!«

»Hallo? Ella?! Hier im Studio darf man überhaupt nicht telefonieren, ich ruf dich zurück!«

Dieter hat aufgelegt. Ich kann mich nicht rühren. Ich bin wie gelähmt vor Angst.

Wie betäubt umklammere ich den Hörer. Dieter. Jederzeit. Immer für dich da, schwirrt es durch meinen Kopf.

In dem Moment poltert es an der Tür, und jemand betritt das Vorhaus.

Felix?! *Felix!* Mach dir keine Sorgen, Prinzessin!

Ich habe alles im Griff! Diese Trottel vom Finanzamt haben den Daniel zur falschen Adresse geschickt!

Die Zwischentür geht auf. Raumfüllend steht er da und verbreitet diese unheimliche Aura.

Der Finsterling aus dem Altersheim. Der mit dem Gebiss.

Herr, gib mir Kraft.

»Das ist unser Bezirksrichter, Herr Doktor Zauner«, sagt Daniel Haipl.

»Grüß Gott«, brummt der Eindringling in tiefstem Bass. Und dann, zu Daniel gewandt: »Oh, hast eh die Schuhe ausgezogen.«

Augenblicklich bückt er sich und entledigt sich seiner Trachtenschuhe. Er watet auf Socken ins Vorhaus und stellt die troddeligen Dinger neben die Halbschuhe von Daniel.

Was für ein albernes Getue. Ich meine, wo mir das Haus doch sowieso nicht mehr gehört und er gekommen ist, um mir den letzten Stuhl unter dem Hintern wegzupfänden. Da kann er es auch ruhig verdrecken.

»Sie will mit ihrem Großvater spazieren gehen«, sagt Daniel zu seinem Vorgesetzten.

»Na ja, wenn es Ihnen nichts ausmacht«, füge ich schnell hinzu.

Der Bezirksrichter zieht seine buschigen Augenbrauen hoch und schaut mich mit einer Mischung aus Fassungslosigkeit und Bewunderung an.

»Hier is nix zum Holen«, fährt Daniel mit seinem Bericht fort. »Das Klavier braucht sie zum Üben, und die Bilder haben die Kinder gemalt.«

»Was ist der Hund wert?«, fragt der Bezirksrichter humorlos. »Den schätze ich nämlich auf zwei- bis dreitausend Euro!«

»Welcher Hund?«

»Na der Bernhardiner, der da vorn in der Einfahrt gerade sein Geschäft macht.«

Kacke.

»Das ist Gottfried, der gehört unseren Nachbarn. Den können Sie gern mitnehmen.« Der Scherz misslingt, meine Stimme kippt.

Dieser widerliche, kalte, unmenschliche ...

Mein Gesicht glüht. Meine Augen brennen. Er würde den Hund beschlagnahmen, wenn es unserer wäre. Ohne Rücksicht auf die Kinder.

Er würde ... noch die Kinder selbst mitnehmen. Mein bisschen Restverstand setzt aus. Ich fürchte mich, zittere am ganzen Leib.

Mein Herz fängt wieder an zu rasen. Diesmal kriege ich es nicht in den Griff.

Zwei von dieser Sorte schaffe ich nicht.

Eine riesige Woge grenzenloser Verzweiflung rollt auf mich zu.

Sie reißt mich um, drückt mich mit dem Gesicht zu Boden.

Ich habe niemanden mehr. Niemanden und nichts.

Es *ist* Krieg. Der Feind steht in meinem Haus.

Diesmal packe ich es nicht. Die Demütigung ist zu groß. Mein mühsam aufrechterhaltener Stolz, mein Überlebenswille, meine Selbstüberlistungstaktik, meine Vogel-Strauß-Politik, mein bisschen Resthumor, meine letzten Reserven ... all das hält der Wirklichkeit nicht mehr stand.

Sie haben mich kleingekriegt.

Ich sehe Sterne, fühle, wie meine Beine einknicken.

Als Letztes höre ich einen dumpfen Schlag. Es ist mein Kopf, der gegen den Kaminsims knallt.

21

Es ist schön, so zu erwachen.

Alles war nur ein Traum.

Ich liege in einem weichen, weißen Bett, mir geht es gut, ich habe lange und tief geschlafen. Mindestens drei Tage. Mildes Licht umgibt mich, es duftet nach Frühling, die Vögel singen, und rosa Wolken stehen am Firmament. Wenn ich könnte, würde ich jetzt aufspringen und singen, aber ... ich fühle mich wie in Watte gepackt. Das liegt daran, dass ich schwebe. Mensch ist das schön, sich in einer sauberen, warmen, weichen Umgebung zu befinden und sich keine Sorgen mehr machen zu müssen. Irgendjemand fragt in weiter Ferne, ob ich aufwache oder so. Ich kriege alles nur wie durch dichten Nebel mit.

Es ist ... alles so schön ... so fremd ...

Wo bin ich?

Etwas verschwommen erkenne ich nach mühsamem Blinzeln einen Schlauch, der aus meinem Handgelenk kommt. Ich versuche ihn abzuschütteln, aber er bewegt sich wie in Zeitlupe mit.

Aha.

Macht nichts.

Dann schlafe ich eben noch ein bisschen.

So ein herrlicher, tiefer Schlaf, der alles vergessen macht.

Den werde ich doch nicht vorzeitig unterbrechen.

»Sie wacht auf.« Plötzlich tut mein Kopf weh. Autsch. Und in meinen Schläfen pocht es.

Nein, tue ich nicht.

»Hallo?! Guten Morgen!« Jemand klopft freundlich, aber bestimmt auf meiner Wange herum.

»Nein«, sage ich. In einem Akt unendlicher Anstrengung gelingt es mir, die Augen zu öffnen. Mir ist, als müsste ich mich jeden Moment übergeben. Und außerdem drückt mich irgendwas Spitzes am Hinterkopf ...

»Frau Herbst? Können Sie mich hören?«

»Nein.« Mein Mund ist so ausgetrocknet, als steckten Socken darin. Ich schließe die Augen wieder, und sehe Socken vor mir – schwarze. Vier Socken. Vier Männerfüße. Die in meinem Haus herumgehen und suchen, was zu beschlagnahmen ist. Genau diese Socken habe ich seltsamerweise im Mund. Alle vier.

Deshalb ist mir so schlecht.

»Frau Herbst! Hallo!«

»Nein!«, höre ich mich wie aus weiter Ferne lallen. »Ich will nicht aufwachen!«

»Sie müssen aber jetzt aufwachen!«

Das energische Klopfen auf meiner Wange wird heftiger. »Sie haben jetzt über zwei Tage geschlafen! Sie müssen etwas trinken!«

»Nein«, stammle ich nur hilflos vor mich hin.

»Öffnen Sie die Augen! Können Sie mich sehen?« Jemand setzt mir eine Schnabeltasse an die Lippen, und ich sauge sie gierig aus. Endlich sind die Socken weg.

Eine blonde Krankenschwester macht sich über meinem Handgelenk am Tropf zu schaffen, und ich sehe irgendeine Flüssigkeit in meinen Arm sickern.

Ich hänge am Tropf.

Folglich bin ich im Krankenhaus.

Hatte ich einen Unfall?

Die Kinder! Was ist mit den Kindern?!

Großvater!

Wir wollten doch ...

Ich versuche mich aufzusetzen, was die Schwester erfreut zur Kenntnis nimmt.

»Hallo!«, ruft sie fröhlich aus. »Da sind Sie wieder!«

»Großvater ...«

»Ihr Großvater besucht Sie bestimmt ganz bald«, sagt die ahnungslose Schwester. »Bis jetzt haben wir nicht gewusst, wen wir informieren sollen.«

Ich reibe mir die Augen, wobei der Schlauch mitschaukelt. Ich fühle mich noch immer wie berauscht. Was kann das Leben schön sein!

»Sie hatten einen Nervenzusammenbruch«, lächelt die Schwester, die so wunderschön ist, dass ich mich augenblicklich in sie verliebe.

In dem Moment betritt ein männlicher Weißkittel den Raum. Er ist noch viel schöner als die Schwester, und er nimmt meinen Arm mit unbeschreiblicher Zärtlichkeit und fühlt meinen Puls. Dann spreizt er meine Lider und leuchtet mir mit einer Taschenlampe in die Pupillen. Völlig geblendet lächle ich ihn an. Den heirate ich.

Ach so. Ich glaube, ich bin schon verheiratet. Mit wem noch mal ...

»Wie viel ist da drin?«, fragt er die Schwester, indem er auf den Tropf zeigt.

Die Schwester antwortet irgendwas, und ihre Stimme hat einen schuldbewussten Klang. »Die war ja akut suizidgefährdet ...«, höre ich undeutlich aus ihrem Schwall von Erklärungen heraus. »War ja völlig instabil ... Psychotische Zustände ... Weinkrämpfe, Verfolgungswahn ...«

Über wen reden die bloß?

»Dosis deutlich runtersetzen«, höre ich den Doktor sagen.

Ja, mein geliebter Ritter und Retter. Dornröschen ist wach geküsst. Nimm mich mit auf dein Pferd und reite mit wehendem Kittel über die rosa Wolken, auf denen ich immer noch schwebe. Da ist bestimmt Champagner drin, mit dem ihr mich intravenös besoffen macht.

Der Arzt rauscht wieder hinaus.

»Wie heißt der mit Vornamen?«, frage ich die Schwester.

»Gerhard«, sagt sie verlegen. »Tut mir leid, wir hatten Ihnen wirklich eine sehr hohe Dosis verabreicht. Sie waren aber auch so verzweifelt ...«

»*Ich* war verzweifelt? Aber warum denn?«

»Sie hatten einen Weinkrampf, Sie konnten gar nicht wieder aufhören zu weinen, und der Mann, der Sie brachte, wollte uns auch keine Auskunft geben ...«

»Welcher Mann ...?«

»Er hat mir seine Karte dagelassen«, sagt die Schwester und wühlt in ihrer Kitteltasche. »Ja, wo habe ich sie denn ...« Sie befestigt den Tropf wieder an einem Haken, der über meinem Kopf schwebt, und wühlt nun in der anderen Kitteltasche. »Moment. Brille aufsetzen. Hier.« So schön ist die Schwester gar nicht.

Offen gestanden ist sie kein bisschen schön. Mann, bin ich etwa wieder nüchtern? Lässt die Wirkung dieser Droge nach? Bitte nicht!

»Zauner heißt der Mann. Doktor Matthias Zauner. Bezirksrichter. Kennen Sie den?«

»Nein.« Ich beiße mir verlegen auf die Unterlippe. Dann sinke ich in die Kissen zurück und starre an die Decke. Man hört mir die Lüge ganz deutlich an, aber ich versuche das zu überhören.

»Nie gesehen, den Mann. Wer soll das überhaupt sein?«

Fünf Tage lang liege ich in dieser Klinik herum, und die Ärzte und Schwestern mühen sich mit mir ab. Sie versuchen, genau die richtige Dosis dieser Gemütsdroge für mich zu finden, denn entweder bin ich im Glücksrausch und will alle heiraten, oder ich hänge total durch und heule mir die Augen aus. Zweimal schon habe ich auf der Fensterbank gehockt, um rauszuspringen, aber mein Zimmer liegt im Erdgeschoss, und vor dem Fenster steht ein gelb blühender Busch.

Endlich haben sie mich so weit stabilisiert, dass ich mich einigermaßen gefasst habe.

Sie erlauben mir, Besuch zu empfangen, und ich rufe sofort Katharina an.

»Ja sag mal, was machst du denn für Sachen?«, fragt sie munter, als sie mit einer Flasche Champagner und einem entzückenden Blumenstrauß in mein Zimmer weht. Wie immer sieht sie umwerfend aus. Bestimmt verliebt sich Gerhard augenblicklich in sie.

Ich möchte mich in meinem Kliniknachthemd nicht sehen.

»Geh sag amal! Was haben die denn mit deinen Haaren gemacht?! Sie in flüssiges Fett getaucht und anschließend an deine Kopfhaut geklebt oder was?«

»Katharina! Ich freue mich so, dass du da bist ...«

»Wart, ich hol geschwind eine Vase ...« Katharina ist schon wieder durch die Tür geschlüpft. Ich betrachte derweil versonnen ihre wunderschöne Handtasche, die auf meinem Nachttisch steht. Die ist ja so was von angesagt! Hellbraunes weiches Leder, das gut riecht, die metallene Schließe in Form eines Hufeisens ist offen. Oben auf der Handtasche liegt eine zusammengerollte Zeitung, und ich erkenne das Foto einer ganz gut aussehenden Frau im roten Spaghettiträgerkleid. Komisch, denke ich, genau so eines hatte ich auch mal, Felix hatte es mir mitgebracht, aus Bangkok, das war reine Seide und hatte auf der Brust eine grüne Schlange. Ich schaue genauer hin: Das *ist* mein Kleid ... Meine Hand zerrt zitternd an der Zeitung, ... das *bin ich*!!! Mein Herz droht auszusetzen. Kalter Schweiß steht mir auf der Stirn.

Wieso stehe ich in der heutigen Ausgabe der Boulevardzeitung?!

Sofort wird mir schlecht. Das kann doch nur ... das wird doch nicht ... Dieter?!

Auf dem Titelblatt. Unter dicken Schlagzeilen. Das bin *ich*.

Lange Zeit sitze ich einfach nur so da, barfuß auf meinem Bett, und starre verständnislos darauf, bis die riesigen roten Zeichen vor meinen Augen verschwimmen.

»Schuldendrama! Ella Herbst pleite!«, schreien mich fette Buchstaben an, als ihr Sinn endlich bis zu meinem Gehirn durchdringt.

Darunter sehe ich mein Bild. Ich, wie ich mich im tief dekolletierten Abendkleid nach vorn beuge, offenbar um die Riemchensandalette zu richten, und wie mir dabei fast der Busen aus dem Kleid fällt. Ich sehe aus wie eine professionelle ...

Ich versuche, das Bild nicht mit den Augen meiner Tochter Jenny zu sehen. Und nicht mit den Augen meines Großvaters. Ich befürchte, dass ich dann erneut in Tränen ausbrechen und nie wieder mit dem Weinen aufhören werde. Ruhig durchatmen, befehle ich mir. Nur atmen. Sonst nichts. Komm, Ella. Weiterleben. Keinen Rückfall kriegen jetzt. Reiß dich zusammen, Ella. Trotzdem. Es klappt nicht. Mir bleibt das Herz stehen. Diesmal sterbe ich. Und das ist praktisch. Ich bin hier ja in der Nervenheilanstalt.

Atmen, Ella!! Ich kann nicht. Ich fange an zu röcheln. Mein Gesicht prickelt vor Scham, es wird abwechselnd rot und dann wieder schneeweiß. Meine Kehle schnürt sich immer mehr zusammen. In dem Moment gleitet die Tür auf, und Katharina kommt, die Blumen nett in einer Vase drapiert, wie in Zeitlupe auf mich zu.

Ich starre Katharina tonlos an, wie ein Kaninchen im Scheinwerferlicht eines herannahenden Autos. Mir ist, als hätte mir jemand ätzende Säure ins Gesicht geschüttet.

»Oh, das hättest du nicht sehen sollen ...« Katharina reißt das Drecksblatt an sich und stopft es wieder in die Handtasche.

Ich sinke kraftlos auf das Bett und lausche dem donnernden Getöse meines Herzens. Ich sterbe.

Ist auch gar nicht so schlimm. Besser ein Ende mit Schrecken als ein Schrecken ohne Ende.

Jürgen und Hanne-Marie werden die Kinder nehmen. Das ist auch sicherlich besser so. Großvater wird sterben, und ich auch ... Warte, Großvater. Ich bin schon unterwegs. Wir treffen uns oben.

Katharina drückt panisch auf den Notschalter, und sofort stürmt die Schwester herein.

»Sie kollabiert oder so was!«

In Windeseile werde ich wieder an den Tropf gehängt.

»Wir hatten sie doch schon stabilisiert!«

Katharina ist fassungslos. »Das habe ich nicht gewollt, wirklich nicht! Da unten am Kiosk hing diese Zeitung, und da habe ich sie abgerissen, damit Ella sie nicht sieht!«

Ich liege einfach nur da und warte, dass die Droge wirkt.

Das Hämmern beruhigt sich, die Panikattacke ist vorbei.

Ich kriege wieder Luft.

Die Watte schützt mich wieder.

Die Welt ist wieder schön.

Wie konnte ich eben noch so verzweifelt sein? Das Leben ist doch herrlich!

»Schön ruhig liegen bleiben und nicht aufregen«, sagt die Schwester und tätschelt mir den Arm.

Ich strecke die Hand nach der Zeitung aus, sobald sie die Tür hinter sich zugemacht hat.

»Nein«, sagt Katharina. »Du darfst dich nicht aufregen.«

»Ich rege mich nicht auf«, lächle ich verklärt. »Ich will nur noch mal das rattenscharfe Bild sehen. Findest du nicht, dass ich super aussehe?« Jetzt muss ich kichern, und Katharina kichert erleichtert mit. Wir betrachten das Bild, und ich finde mich ganz schön sexy. Das bestätigt mir auch Katharina.

»Pass mal auf, was du für Fanpost kriegen wirst.«

Das glaube ich ihr gern.

Gemeinsam studieren wir nun den Artikel.

»Gerichtsvollzieher bei Ella Herbst! Die einst so erfolgreiche Sängerin hörte wohl den Kuckuck rufen, als das Finanzamt von ihr hundertfünfzigtausend Euro forderte. Bis spätestens Ende der Woche muss der Betrag eingezahlt sein, sonst droht der früheren Operndiva, die ihren Thron für Olga Krasnenko räumen musste, die Zwangsversteigerung ihres Hauses. Wie aus vertrauten Kreisen der früheren ›Carmen‹ (fünfzigtausend Euro Gage pro Auftritt) bekannt wurde, soll ihr Steuerberater in die falschen Aktien investiert und ihr Ehemann den Rest ihres beachtlichen Vermögens verschleudert haben. Ihr früherer Manager Dieter Fux bedauert das alles sehr: ›Das hat Ella wirklich nicht verdient. Sie ist so ein vertrauensseliger Mensch. Und sie war mal eine hervorragende Sängerin.‹ Das nennt man Künstlerpech«, endet der Artikel. »Der Versuch, Ella Herbst zu einer persönlichen Stellungnahme zu bewegen, scheiterte: Am Handy meldete sich leider nur der Anrufbeantworter; und zwar mit der Arie der ›Carmen!‹ Die wird sie wohl nie wieder singen. Muss Ella Herbst nun putzen gehen?«

Plötzlich erfasst mich ein unbändiger Kampfgeist.

Okay. Sie haben mich kleingekriegt. Sehr klein.

Aber nicht so klein.

Ab jetzt spiele ich wieder mit.

Das hier war mein absoluter Tiefpunkt.

Tiefer werden sie mich nie mehr bekommen. Das schwöre ich.

Meine Gedanken flattern wie eine Schar bekiffter Schmetterlinge in meinem Kopf umher.

Die Firma Ego-und-Co-GmbH hätte fast dichtgemacht.

Aber nur fast.

Meine Kinder werden das hier nicht zu lesen bekommen.

Beim Augenlicht meines Sohnes.

Ich ziehe mir mit einem energischen Ruck die Kanüle aus dem Handgelenk.

22

»Da bist du ja wieder«, sagt Großvater müde, als ich möglichst diskret sein düsteres Dachkämmerlein betrete.

»Tut mir leid, das mit unserem geplatzten Spaziergang ... Ich war beruflich kurzfristig ... ähm.« Die verdammte Badezimmertür steht offen, und drinnen ist das Licht an.

Der Letzte, dem ich jetzt oder jemals wieder begegnen will, ist dieser lodenbemantelte Bezirksrichter von nebenan. Ich schließe geräuschlos die Tür.

»War's schön?«, fragt Großvater seufzend.

Das ist das erste Mal, dass er sich dafür interessiert, was ich gemacht habe.

»Doch, es war sehr ... aufschlussreich.« Hoffentlich ist niemand, *niemand* in diesem Altersheim auf die Idee gekommen, meinem Großvater die Boulevardzeitung zuzustecken! Nein. Offensichtlich nicht. Er liest auch nicht mehr. Er starrt nur noch an die Wand. Das ist meine Chance. Themawechsel. Schnell.

»Wie war's bei dir?«, frage ich so beiläufig wie möglich, während ich abgestandenes Essen beiseiteräume und seine Wolldecke ausschüttle.

Großvater seufzt. Er senkt den Kopf und starrt auf seinen Schoß.

Ich ziehe mir einen Stuhl heran und nehme seine magere Hand, die gichtverkrümmt auf seinem Schoß liegt. Unbeholfen streichle ich sie. Mir schießen die Tränen in die Augen, aber entschlossen blinzle ich sie weg.

Er hebt den Blick, schaut mich schweigend an.

Es ist das erste Mal seit langer Zeit, dass wir uns gegenseitig so lange in die Augen sehen.

Mein harmloses Geplauder und Geplänkel, das ich früher immer zu pausenfüllendem Smalltalk abrufen konnte wie ein Computerprogramm, ist verstummt.
»Du warst einsam, nicht?«
»Ja.«
»Hat sich Simone nicht um dich gekümmert?«
»Doch.«
»Aber du warst nicht draußen?«
»Nein.«
Schweigen. Pause.
Plötzlich höre ich mich sagen:
»Du vermisst Frau Bär schon sehr, nicht wahr?«
Das war gewagt. Das war sehr gewagt.
Großvater hebt erneut den Kopf und schaut mich schweigend an.
Was passiert jetzt?
Bin ich ihm zu nahe getreten?
Wird er mir wieder die Tür weisen?
Ich zwinge mich, seinem Blick standzuhalten.
»Ich habe sie geliebt«, sagt er plötzlich.
»Oh«, entfährt es mir.
Jetzt nur kein falsches Wort sagen wie sonst immer.
Ruhig sitzen. Abwarten. Vielleicht kommt noch was. Ich greife nach einem Glas, gieße mir kalten Tee aus seiner Kanne ein, nehme einen tiefen Schluck und wische mir mit dem Handrücken über den Mund. Das ist wirklich das größte Zugeständnis, das ich gemacht habe. Tee. Kalter. Abgestandener.
Aber das war's. Over.
Wir schweigen beide.

Es wird bereits dunkel in der Dachkammer, und wieder ist ein Tag vorbei.
Ein Tag, an dem wir beide sprechen und einiges klären könnten.
Ich würde ihm so gern sagen, was mich bedrückt. Ich sehne

mich so sehr nach Trost, Verständnis, Güte, nach dem Rat und Zuspruch eines weisen alten Mannes.

Ich würde mich so gern einmal richtig ausweinen, meinen Kopf auf seinen Schoß legen und wieder Kind sein dürfen.

Die drückende Stille und die Dunkelheit sind nicht zu ertragen. Ich ziehe die kleine Tischlampe heran und knipse sie an.

»Wir sollten deine Fingernägel mal wieder schneiden.«

»Ja.«

Sofort springe ich auf, froh, wieder irgendwas Nützliches tun zu können, erleichtert darüber, dass ich dieser aufkeimenden Depression entrinnen kann. Nie wieder darf ich mich so tief fallen lassen, das habe ich mir geschworen.

Nie wieder lasse ich mich gehen und fortschwemmen vom Strom der Traurigkeit wie ein Stück Treibholz auf einem grauen Fluss. Nie wieder verliere ich die Kontrolle über mich. *Nie wieder.* Das Leben geht weiter, und ich schaffe das.

Entschlossen krame ich auf dem Badezimmerhöckerchen im Necessaire meines Großvaters herum, finde Nagelschere und Feile und richte mich mit Schwung wieder auf.

»So, Großvater, jetzt kommt die Manikü... Ups!«

Um ein Haar pralle ich gegen eine raumfüllende Gestalt, der ich vor Schreck fast die Nagelschere in die Brust ramme. Erschrocken sinke ich auf das Hockerchen zurück.

Der musste mir ja wieder über den Weg laufen.

Der undurchdringliche Finsterling hat das Gebiss seiner Mutter in der Hand, das er offensichtlich gerade in Kukident baden wollte. Er starrt mich mit einer Mischung aus Verlegenheit und Übellaunigkeit an. Ich starre das Gebiss angeekelt an, um ihn nicht selbst anstarren zu müssen.

Die darauf folgende Stille dehnt sich ins Unermessliche.

Ich versuche, mich aufs Atmen zu konzentrieren, zu mehr bin ich im Moment nicht imstande.

Eine immense Furcht steigt in mir hoch. Eine kindische, albtraumhafte Furcht. Alles in mir sträubt sich dagegen, mit diesem Mann einen Blick, geschweige denn ein Wort zu wechseln.

Gern würde ich mich an ihm vorbeischlängeln, zur Tür hinaus, in meine Hälfte der Altersheimtristesse. Aber ich bin vor Angst wie gelähmt. Meine Kehle ist wie zugeschnürt.

Kein Wort erscheint mir angemessen.

Von wegen: »Danke, dass Sie mich ins Krankenhaus gebracht haben, nachdem ich ohnmächtig zusammengebrochen bin, als Sie mich pfänden wollten.«

»Grüß Gott«, brummt Dr. Zauner schließlich, weil er offensichtlich als Erster die Fassung wiedergewonnen hat. Seine Stimme klingt distanziert, formell.

Ich umklammere immer noch die Nagelschere, die auf seine Brust gerichtet ist.

Irgendwann wird mir bewusst, dass sich der Mann am Zahnputzbecher zu schaffen macht und so tut, als sei ich nicht vorhanden. Vielen Dank auch. Wie taktvoll. Mühsam rapple ich mich auf und schlängle mich an seinem Hinterteil vorbei, das in graugrünen Cordhosen steckt. Mein Gesicht, das ich im Vorbeihuschen im Badezimmerspiegel sehe, sieht genauso graugrün aus, meine Augen sind riesige schwarze Löcher.

Von außen donnere ich die Badezimmertür schließlich mit dem Ellbogen zu.

»Muss-das-sein!«, tadelt mein Großvater. Er hasst Lärm und Geräusche jeder Art.

»'tschuldigung«, sage ich. »Ich hatte gerade die Hände voll.«

»Dann legt man die Gegenstände beiseite und macht die Tür *leise* zu.«

»Ja«, sage ich folgsam wie ein Schulkind. Solange er mich noch belehren kann wie früher, denke ich, geht das Leben weiter.

Dann setze ich mich zu meinem Großvater und versuche ihm die Fingernägel zu schneiden.

Es gelingt mir nicht, weil meine Hände zu sehr zittern.

»Du siehst beschissen aus«, sagt Katharina, die abends mit einer Flasche Champagner vorbeikommt.

»Du leider nicht«, entgegne ich. Katharina wird mit jedem Tag noch hübscher.

Ihr seidiges, langes blondes Haar umrahmt ihr gebräuntes Gesicht, ihre blauen Augen leuchten, und ihre perfekt proportionierte Figur betont sie heute mit einem türkisfarbenen Kaschmirpulli mit V-Ausschnitt, in dem eine blaue Lapislazulikette prangt.

Es ist unglaublich, wie diese Frau aufblüht.

»Warum gehst du nicht endlich zum Guido und lässt dir diese zotteligen Dinger entfernen?«

»Weil ich ... dem Guido, glaube ich, noch Geld schulde und mich ihm nicht mehr unter die Augen traue.«

»Hast du die Kohle denn immer noch nicht überwiesen?«

»Felix hat mir versprochen, es zu tun ...«, druckse ich herum.

»Ja und? Hat er oder hat er nicht?«

»Er sagt immer, Prinzessin, mach dir keine Sorgen, ich habe alles im Griff. Und wenn dann doch etwas nicht stimmt, sagt er, die Trottel von der Bank seien schuld.«

»Und warum rufst du den Guido nicht einfach an und fragst, ob die Rechnung beglichen ist?« Katharina stemmt die Hände in die Hüften. Für sie ist das alles so einfach.

»Weil ich mich schäme«, flüstere ich und schaue zu Boden.

Katharina sieht mich mit wachsender Besorgnis an.

»Okay. Komm her.« Katharina holt sich eine große Schere, legt mir ein Handtuch über die Schultern und schnippelt mir die jämmerlichen Überreste der einstigen Pracht ab. »So. Und jetzt machen wir eine Farbspülung, und dann kümmern wir uns überhaupt mal um dein Aussehen. Du siehst aus wie ein Gespenst. Kein Wunder, dass dich dieser Bezirksrichter nicht mal mehr mit dem Hintern anguckt.«

Natürlich hat Katharina längst von Simone erfahren, in welch brisantem Nachbarschaftsverhältnis ich mich im Altersheim befinde.

»Und wo ist eigentlich dein Göttergatte?«, fragt Katharina, nachdem wir die Haare ausgespült haben und ich wieder aus dem Handtuch hervorschaue. »Wieso lässt er dich im Krankenhaus am Tropf hängen? Liest der keine Boulevardzeitungen?« Katharina runzelt die Stirn.

»Er ist in Neuseeland unterwegs. Geschäftlich.«

»Also für jemanden mit immerhin einem Funken Intelligenz bist du ganz schön naiv.« Katharina nippt an ihrem Champagner.

»Was treibt er denn da so?«

»Er macht große Deals«, murmle ich kleinlaut.

»Meist hat er auch Erfolg damit, aber dann klappt es mal wieder eine Zeit lang nicht. Er sagt, ich muss ihm vertrauen.«

»Vertrauen ist gut, Kontrolle ist besser«, erwidert Katharina mit entschlossenem Gesichtsausdruck.

Okay. Katharina hat recht. Ich muss endlich den Kopf aus dem Sand nehmen. Im Vogel-Strauß-Spielen bin ich ganz vorn mit dabei. »Ich habe Angst«, gestehe ich ihr. O Gott. Indem ich es ausspreche, wird das Dilemma nur noch schlimmer. Jetzt habe ich es laut gesagt, dass ich eine Meisterin im Verdrängen bin: Ich *will* es gar nicht wissen, wenn Felix irgendwelche krummen Dinger macht.

»Bist du sicher, dass er keine andere hat?«

Ich senke den Kopf, schaue schweigend auf meinen Schoß. Wie Großvater. Ich seufze. Genau wie er.

»Vielleicht führt er ein Doppelleben«, mutmaßt Katharina. »Vielleicht hat er in Australien oder Neuseeland noch eine andere Frau, und Kinder und Hund und Katze und Eigenheim!«

Verzweiflung packt mich.

Das glaube ich nicht.

Das kann nicht sein.

So liebevoll und fürsorglich, so wunderbar zärtlich und witzig ...

so ... Felix-mäßig ... *kann* er gar nicht mit einer anderen Frau sein. Und mit anderen Kindern.

Ausgeschlossen. Schon wieder werde ich von einer Welle der Demütigung überrollt.

»Er könnte aber auch ein ganz gewöhnlicher Hochstapler sein«, spinnt Katharina den Faden weiter. Offensichtlich ist sie ganz begeistert von ihrer eigenen Theorie. »Immerhin kauft er ohne Ende Luxusgüter ein, überhäuft dich mit Geschenken, trägt immer die angesagtesten Klamotten – und sieht außerdem fantastisch aus, da habe ich einen Blick dafür!«

»Aber woher hat er dann das viele Geld?«, unterbreche ich sie schwer atmend.

»Geklaut?«, kommt es wie aus der Pistole geschossen. »Geraubt, gestohlen oder reichen Witwen in heiratsschwindlerischer Absicht abgeluchst?« Täusche ich mich, oder zuckt es um ihre Mundwinkel? Hat Katharina etwa *Spaß* an diesem Gespräch?

»So ein Schwachsinn«, krächze ich heiser, so als hätte man mich gerade erst geweckt. Mir läuft ein Schauder den Rücken hinunter, als ich mir vorstelle, dass er gerade mit einer steinreichen, gelifteten Amerikanerin eine Luxuskreuzfahrt macht oder so. Skilehrer. Ein ganz einfacher Skilehrer ...

Ich atme tief durch, um mich zu beruhigen. Doch es gelingt mir nicht.

»Alles in Ordnung?«

Als ich zu Katharina aufsehe, hält sie mir ein Papiertaschentuch entgegen. »Das geht einem ganz schön an die Nieren, was?«, bemerkt sie mitfühlend, und auf einmal sehe ich, dass sie auch feuchte Augen hat.

»Den eigenen Ehemann langsam, aber sicher zu verlieren ..., den Mann, den man einmal geliebt hat und der sich unmerklich verändert, ein anderer wird, bis er ganz verschwindet ...« Sie zieht die Nase hoch und wendet sich ab.

O Gott, ist unsere Situation etwa ... ver*gleich*bar?

Entsetzt sehe ich sie an. Sie ist plötzlich ganz blass geworden, ihre Augen sind gerötet und geschwollen, sie leidet immer noch schrecklich, auch wenn sie sich das nicht anmerken lässt.

Jedes Mal, wenn ich daran denke, dass sie recht haben könnte, krampft sich mein Magen ganz furchtbar zusammen. Ich glaube, nein, ich bin mir *sicher*, dass ich noch nie einen Menschen so geliebt habe wie Felix. Und ich werde es auch nie wieder tun.

Ent*gleitet* er mir? Hat er zwei Gesichter? Ist er ein ... Heiratsschwindler? Hat er sich von mir abgewendet, jetzt, wo offensichtlich nichts mehr zu holen ist?

Ich betrachte mich im Spiegel, sehe die feuchten Zotteln vor meinem verwirrten Gesicht. Katharina begegnet im Spiegel meinem Blick, und auf einmal kann ich ihre grenzenlose Trauer verstehen.

»Du weißt ja, wie sehr wir uns gestritten haben, wie zuwider er mir manchmal war, aber ...«, sie unterbricht sich, weil ein Schluchzer sich ihrer Stimme bemächtigt ..., »ich habe anfangs gar nicht kapiert, dass er nie mehr zurückkommt.«

Sie starrt ins Leere. »Er kommt *nie mehr* zurück. Das muss ich begreifen lernen.«

Nein, denke ich. Mein Mann *kommt* zurück. Wir müssen nur kämpfen. Wir dürfen nicht aufgeben. Wir müssen zusammenhalten.

Felix hat einen guten Charakter. *Er* ist nicht hinterhältig und falsch. Ich spüre das.

Wir können es schaffen.

»Katharina«, sage ich nach längerem Schweigen, »für dich fängt ein neues Kapitel an. Du bist frei, und du wirst dein Leben wieder genießen. Bei deinem Aussehen!«, füge ich noch hinzu.

Wie um das Thema abzuschließen, versuche ich ihr meine passive Haltung zu erklären: »Meine Karriere ist zerstört, meine Finanzen sind am Boden, ich habe Existenzängste und Panikattacken. Ich *kann* jetzt nicht auch noch meine Ehe den Bach runtergehen lassen! Das *schaff* ich nicht. Dazu fehlt mir die Kraft. Ich laufe schon lange auf Reserve, und bald bin ich leer ...« Ich weine doch nicht schon wieder?

Sie streichelt beruhigend meinen Hinterkopf: »Nein«, sagt Katharina mit plötzlicher Einsicht. »Kämpf weiter. Glaube an ihn. Vielleicht gibt es eine Erklärung oder irgendwann sogar eine Lösung, mit der ihr beide leben könnt ... Gib ihn nicht auf. Ihr passt zueinander, und ihr liebt euch, das kann jeder sehen.« Dann fügt sie leise hinzu: »Die Hoffnung stirbt zuletzt.«

Katharina nimmt sich den ganzen Abend Zeit für mich. »Du darfst dich äußerlich nie gehen lassen«, sagt sie. »Das ist ganz wichtig. Als es dem Xaver so schlecht ging und ich eigentlich nur noch seine Scheiße und Kotze weggemacht habe und er mich nur angeschrien und beschimpft hat, habe ich mich trotzdem sorgfältig geschminkt, mir die Haare gemacht und mich schön angezogen. Sonst hätte ich jede Selbstachtung verloren.«

»Du hast recht«, gebe ich zerknirscht zu. »Ich war schon so weit.«

»Nix da!« Katharina zupft mir die Augenbrauen, als wolle sie mir die negative Energie ausreißen. »Wenn dein Ex am Sonntagabend die Kinder zurückbringt, dann strahlst du ihn an und siehst umwerfend aus. Wenn dein Felix auf der Matte steht, spielst du nicht das verlassene Mägdelein. Das gilt auch für den Fall, dass dieser Richter noch mal auftaucht.«

Ich bin so froh, dass mich endlich mal jemand an die Hand nimmt! Dieser kleine Tritt in den Hintern ist genau der Schubs, den ein Duracell-Hase braucht, wenn seine Batterie schon lange leer ist. Er wackelt wieder ein paar Zentimeter weiter.

»Und wieso hängst du bei diesem herrlichen Winterwetter eigentlich zu Hause rum? Guck mal, wie blass du bist!«

»Weil ich ... Katharina, ich habe Existenzsorgen! Ich überlebe durch pures Verdrängen! Ich weigere mich, an morgen zu denken!«

»Ich aber nicht. Morgen wird strahlendes Wetter sein, und morgen gehen wir Skifahren.«

Der Blick über die verschneiten Berge ist umwerfend. Ich hocke angespannt in der Gondel, klammere mich an meine Skistöcke und habe Herzklopfen. Dunkelgrüne Fichten und schneebeladene Tannen ziehen unter unseren Füßen vorbei. Das felszerklüftete Tal liegt noch im Schatten, aber oben angekommen, erschlägt mich fast das Farbenspiel.

Der Himmel ist so tiefblau, wie ich ihn noch nie gesehen habe.

Die Morgensonne taucht das beeindruckende Gebirgsmassiv in rotgoldenes Licht.

Mehrere gut gelaunte, dick vermummte Gestalten steigen mit uns aus der Gondel, es wird gelacht und gescherzt, als die Herrschaften ihre Skischuhe schließen und in ihre Handschuhe und Stockschlaufen schlüpfen. Wenn sie lachen, sieht man weiße Atemwölkchen. Ich lache nicht. Angestrengt versuche ich, das Zittern in meinen Knien zu ignorieren.

Felix!! Das erste und letzte Mal, als ich Ski gefahren bin, war *er* es, der mit Wucht in mein Leben trat! Wo ist er? *Wo??* Und warum tut er so, als sei ich nicht existent? *Was* habe ich ihm getan?

Wie schön es wäre, wenn er jetzt hier wäre!

Prinzessin! Mach dir keine Sorgen! Fahr immer in meiner Spur, halt dich an mir fest, ich fang dich auf, das Leben ist ein *Spaß*!! Aber tief in meinem Inneren ist mir die Verlogenheit dieser Worte doch quälend bewusst.

Der unerträgliche Gedanke, er könnte genau das zu einer anderen *Prinzessin* sagen, schießt mir durch den Kopf. Schwer atmend starre ich auf den Schnee zu meinen Füßen und lasse meine Gedanken die Schlacht austragen. Verzweifelt suche ich nach einer Lösung, nach einem Schlupfloch. Meine Gedanken drehen sich im Kreis. Der Schnee vor meinen Augen flirrt so, dass ich sie schließen muss.

»Ella? Alles in Ordnung?«

Katharina flirtet bereits heftig. Sie sieht aber auch fantastisch aus in ihrem hellblauen, figurbetonten Skioverall, der farblich ganz genau zu ihren Augen passt.

»O ja, natürlich, klar«, sage ich eine Spur zu fröhlich.

Ich selbst habe mich in den ausrangierten Skianzug von Xaver geschmissen, den ich beim Baggerfahren in der Halle anhatte. Natürlich sehe ich kein bisschen elegant aus. Meine Haare sind inzwischen möhrenfarben und kurz; neben Katharina bin ich eine graue Maus.

Das Schicksal hat mir eine Lektion erteilt. Ich sehe Hanne-Marie ähnlicher, als mir lieb ist.

Ja, spinne ich jetzt eigentlich total? Beneide ich Hanne-Marie etwa ... um Jürgen? Weil er ihr Sicherheit bietet und ein geordnetes Leben zwischen automatisch runtergehenden Rollläden? Ist es jetzt so weit ...?

Ich fasse mir ungläubig an den Kopf.

Wie hoch war der Preis für meine Freiheit?!

Was wird aus den Kindern und mir?

Was, wenn das Haus wirklich zwangsversteigert wird?

Werden die Kinder nicht viel lieber bei Jürgen und Hanne-Marie wohnen wollen? Ich kann ihnen den Luxus nicht mehr bieten, den sie gewöhnt sind.

Ich habe keinen Job mehr, ich habe keinen Manager mehr. Ich habe keinen Mann mehr und bald kein Haus mehr.

Ich habe kein Geld mehr.

Was ich noch habe, ist mein Überlebenswille. Und meine Stimme. Aber keiner will mich mehr singen hören.

Was soll ich tun? Mich arbeitslos melden?

Bei dem Gedanken muss ich unwillkürlich schnauben. Ich kann förmlich sehen, wie ich mit irgendwelchen Kerlen in der Schlange vor dem Schalter des Arbeitsamtes stehe und ...

»So, der Nächste bitte! Was können Sie?«

»Ähm, ich?«

»Ja, Sie. Die Frau mit den möhrenfarbenen kurzen Haaren in den gebrauchten Skihosen.«

»Nun ja, ich kann singen.«

»So was brauchen wir hier nicht.«

»Für den Notgebrauch kann ich auch etwas Klavier spielen.«

»Wir melden uns, wenn an einer Musikschule auf dem Land irgendwo eine Stelle als Klavierlehrerin frei wird. So, der Nächste bitte ...«

Ich werde putzen gehen! Oder wie Simone für sieben Euro die Stunde Ärsche und Gebisse putzen, bei herrlichem Sonnenschein fremde alte Menschen im Rollstuhl durch den Park schieben und ihnen dabei aus meinem bewegten Leben erzählen. Die fünfunddreißig Euro, die mir nach Steuern bleiben, werde ich zu Hofer an die Restwarentheke tragen und noch einen Liter Milch und ein Brot von gestern ergattern ...

»Nicht grübeln«, knufft Katharina mich freundschaftlich in die Seite. »Wir haben uns gestern beide versprochen, dass wir uns nicht hängen lassen. Also! Pack mas!«

Ich fürchte, sie will, dass ich losfahre.

Zu meinem Entsetzen stelle ich fest, dass mir Tränen in den Augen stehen. Keine Ahnung, wo die so plötzlich herkommen.

Nichts kann ich.

Nichts.

Schon gar nicht Skifahren.

»Hallo! Nicht durchhängen!« Katharina stupst mir ihren Skistock in den Allerwertesten. »Jetzt fährst du ganz langsam hinter mir her. Mach genau, was ich mache! Konzentrier dich auf das Skifahren und den Augenblick und auf sonst gar nichts! Klar?!«

Sie geht in die Knie, streckt den Hintern raus und fährt im Schneckentempo einen weiten weichen Bogen vor mir her.

Ich straffe mich, ahme ihre Haltung nach und rutsche vorsichtig hinterdrein. Nach zweihundert Metern bleibe ich auf einem sanften Hügel stehen, wo Katharina schon lachend auf mich wartet.

»Geht doch!«

Den ganzen Tag üben wir. Ich übe Stemmbögen, und Katharina übt sich in Geduld. Mir zuliebe verzichtet sie darauf, mit wehender Mähne wie ein Blitz zu Tal zu schießen, um bewundernde Männerblicke auf sich zu ziehen, und ich weiß, wie sehr sie das nach so langer Zeit nötig hätte.

Mittags rutschen wir mit geröteten Wangen zur Zistelalm, wo Katharina trotz ihrer klobigen Skischuhe sehr anmutig etwas zu essen holt, während ich mich kaum noch rühren kann.

Ich darf im Liegestuhl in der Sonne sitzen. Unfassbar, dass man hier oben in über zweitausend Meter Höhe die Jacke ausziehen kann.

Die Luft ist klar, und am strahlend blauen Himmel zeichnen sich bizarre Bergketten ab. Jede Minute zieht dort oben ein Flugzeug seine Bahn, und sorglose Menschen fliegen ihrem Urlaubsziel entgegen ...

Das Leben könnte so herrlich sein, wenn ...

Wenn nicht ...

Die Keule der Lebensangst schlägt schon wieder auf mich ein.

Ist es wirklich so, dass ich früher nie darüber nachgedacht habe, dass sich andere Menschen von Sorgen gebückt durchs Leben schleppen, während ich immer nur schwebte und lachte und sang und mit dem Leben flirtete?

Mit welchem Recht fand ich das eigentlich selbstverständlich?

Ich komme mir klein und schäbig vor, als Katharina zwei dampfende Nudelsuppen, zwei Bier und zwei Schnapserl vor mir abstellt.

»Damit traust du dich gleich auf die erste rote Piste«, lacht sie. »He! Nicht grübeln! Nicht hängen lassen!«

»Nein. 'tschuldigung. Danke.«

Um uns herum buntes Menschengewimmel. Braun gebrannte, sorglose Gesichter. Menschen, die alle ein Zuhause haben, ein gefülltes Bankkonto, eine Lebensversicherung, eine Krankenversicherung, einen Menschen, der auf sie wartet, eine Aufgabe, einen Beruf ... und ich habe das alles *nicht*.

Ich komme mir so armselig vor, dass ich mich schäme, überhaupt hier zu sitzen. Das *darf* ich doch gar nicht. *Ich* doch nicht.

Ja, ich werde putzen wie Simone. Für sieben Euro die Stunde alte Leute waschen, Essen austragen, Windeln wechseln. Zwischendurch am Fenster heimlich eine rauchen. Damit ich das Leben ertrage.

Simone macht das schon ihr ganzes Leben lang.

Und sie ist fröhlich dabei. Sie findet das Leben schön.

Ich schaue Katharina von der Seite an, wie sie schon wieder flirtet und jemandem in einem rot-weißen Skianzug zuprostet.

Wie ich damals. In Sankt Moritz. Gelacht, geprostet, gescherzt, gefallen ...

Gefallen.

»Würde es dir was ausmachen, wenn ich jetzt für zwei, drei Abfahrten auf die schwarze Piste abhaue?« Katharina hat sich offensichtlich mit dem rot-weißen Skianzug per Augenflirt verabredet. Der erhebt sich und schaut betont unauffällig herüber. Sie hebt andeutungsweise die Schultern, so als wollte sie sagen: »Ich hab hier noch diesen Trauerkloß an der Backe ...«

»Geh nur«, lächle ich, aber innerlich heule ich laut auf: »Lass mich jetzt nicht in meinem Elend allein! Nicht hier! Das ist nicht meine Bühne, nicht meine Welt! Ich habe Angst! Ich kann mich nicht bewegen! Ich fürchte mich vor einer neuen Panikattacke!«

Katharina zieht sich die Lippen nach und stapft unternehmungslustig davon.

Sie wirft mir noch einen triumphierenden Blick zu: Den hab ich an der Angel!

Ich gönne es ihr. Wirklich. Jeden Flirt und jeden Spaß. Sie hat es verdient.

Jetzt bin ich allein. Allein zwischen vielen fröhlichen Menschen. Bitte jetzt nicht in Ohnmacht fallen, nicht ausgerechnet hier!

O Gott. Ich vergrabe mein Gesicht in den Händen. Dann zwinge ich mich wieder, es in die Sonne zu strecken wie alle hier. Verdammt! Sie scheint doch noch! Sie scheint! Der Himmel ist *blau*!

Nach dem Bier und dem Schnaps sehe ich gar nicht ein, wieso ich hier bedrückt im Liegestuhl herumsitzen soll. Schließlich habe ich eine bezahlte Tageskarte für den Lift! Ich zwinge mich, mich zusammenzureißen. Nicht hängen lassen. Das hat Katharina auch nicht gemacht. Also ziehe ich tapfer allein los, stapfe zurück zur blauen Piste, auf der ich heute schon so gute Fortschritte gemacht habe. Ich schaffe es sogar, mir allein die Skischuhe zuzumachen und in die Skibindung zu schlüpfen.

Na bitte!!! Hoffentlich guckt keiner.

Den Stemmbogen kann ich schon ganz prima, und so arbeite ich mich mit zusammengebissenen Zähnen in den Spuren der Kleinkinder bis zur Liftstation hinunter. Klasse. Nicht ein Mal hingefallen. Mit laufender Nase ziehe ich meine Liftkarte durch den Schlitz und reihe mich zu den Wartenden in die Schlange ein. Es geht schneller als gedacht. Schon bin ich an der Reihe.

Jetzt heißt es nur noch, im richtigen Moment den Anker zu greifen.

Hallo? Hilft einem hier niemand?

Nein. Der Liftbügel kommt um die Kurve gesaust, und ich kann gerade noch den Kopf einziehen.

Leider beginnen meine Knie zu zittern. Keine gute Voraussetzung, um allein mit diesem Lift zu fahren. Natürlich bin ich heute Morgen mit Katharina schon zehn Mal hier raufgefahren. Ich war ganz stolz, dass es so einfach war. Aber jetzt ... Da kommt schon der nächste Liftbügel auf mich zu. Er erwischt mich am Hinterkopf. *Peng!* Ein dumpfer Schlag betäubt mich fast. Genau an der Stelle war ich doch gerade erst verletzt! Der Schmerz schießt mir in jeden Nerv meines Körpers.

Scheiße! Hilft einem hier niemand? Benommen und mit höllischen Kopfschmerzen versuche ich aus der Liftspur zu treten, weiche dem dritten und vierten Liftbügel aus.

Ich glaube, ich könnte hier Wurzeln schlagen oder mit Zwillingen niederkommen, ohne dass sich einer bemüßig fühlt, mir zu helfen.

Hinter mir in der Schlange wird inzwischen ungeduldig gemurrt.

»Geht da nix weida herst?!«

Mit Tränen der Wut und Hilflosigkeit brülle ich nach hinten:

»Verdammt! Kann mir denn eine Sau mal den Liftbügel unter den Arsch schieben?!«

Mir läuft die Nase, und ich finde auf die Schnelle kein Taschentuch. Mein Handschuh fällt in den Schnee, als der nächste Liftbügel auf mich zukommt.

Wieder springe ich zur Seite, um einer dieser Mordwaffen auszuweichen.

Endlich rutscht ein übellaunig vor sich hin brummelnder Vermummter mit Schal vor dem Gesicht und tief gezogener Mütze neben mich, hebt den Handschuh auf, greift mit der anderen Hand beherzt den nächsten Liftbügel und schleift mich mit. Ich zittere so sehr, dass der Mann sich befleißigt fühlt, seinen Arm um meine Hüfte zu legen und mich ganz fest an sich zu drücken. Es fühlt sich gar nicht so schlecht an. Jemand hält mich. Wie schön.

Immerhin. Wir fahren. Ich bin ... in Bewegung. Irgendwie. Es geht ... aufwärts.

Der Vermummte drückt mich sogar sehr fest, und ich finde, das muss nun wirklich nicht sein. Während ich den Handschuh krampfhaft umklammere, weil ich mich nicht traue, den Bügel loszulassen, um ihn anzuziehen, schneidet mir der eiskalte Fahrtwind in die Haut. In meiner Not fauche ich den Kerl wutentbrannt an: »Wollen Sie mir alle Rippen brechen oder was?!«

Der Vermummte raunzt mit grabestiefer Stimme zurück:

»Gib a Rua, du narrisches Weibsbild!«

Der Griff verstärkt sich noch.

Ich erstarre, während wir wie durch ein Wunder weitergleiten.

O nein. Als sich meine Augen an das gleißende Licht gewöhnt haben und ich endlich scharf sehe, packt mich das blanke Entsetzen.

Nicht der schon wieder. Er sieht mich an und scheint mich erst jetzt zu erkennen.

Grabesstille. Nur der Schnee knirscht unter unseren Skiern.

Ich bringe es nicht fertig, noch mal zu ihm zu schauen.

Spüre nur, dass er wie elektrisiert den Arm von meiner Hüfte nimmt.

Mein Gesicht kribbelt, meine Nase läuft.

Ich weiß nur, ich sehe grauenvoll aus in dem alten Skianzug von Xaver, mit den möhrenfarbenen kurzen Haaren, die nach der unsachgemäßen Benutzung eines Ohrenbandes wie Mauseschwänze nach allen Seiten abstehen. Ich weiß, dass ich nicht Ski fahren kann und auch noch wie eine alte Keife auf ihn eingeschimpft habe.

Leider kann ich während der Fahrt nicht aussteigen.

Im Gegenteil. Mir graust es schon vor dem Aussteigen da oben, wo sich bis jetzt immer Katharina um mich gekümmert hat!

Ich muss den Typen dazu bringen, dass er mir nachher den Bügel vom Hintern weghält. Damit ich nicht strauchle und auf die Schnauze falle. Der würde mich glatt in so einer Schneewehe liegen lassen.

Irgendwas muss ich mit dem ungehobelten Kerl jetzt reden.

Ein bisschen Smalltalk wäre schon angemessen.

»Ähm, wie geht es Ihrer Mutter?«, frage ich, während ich mir ein unverbindliches Lächeln abringe. Dabei starre ich wie gebannt auf die Spur, in der meine Skier dahingleiten.

»Ganz locker in den Knien«, sagt Dr. Zauner mit seiner Grabesstimme. »Net so verkrampft!«

Er macht einige Kniebeugen, wahrscheinlich um mich zu belehren, wie man locker in den Knien zu sein hat, wenn man Schlepplift fährt, aber seine Bewegungen reißen mich mit, ich gerate ins Straucheln und kralle mich reflexartig an ihm fest.

»Lassen Sie das!«, quietsche ich in Panik. »Sie bringen mich aus dem Gleichgewicht!«

»Dass Frauen wie Sie von Gleichgewicht reden«, brummt Zauner, »das wundert mich.«

Frauen wie ich? Was ... Was erlaubt der sich?

Und mit dem hänge ich hier Arsch an Arsch in einem vor sich hin zuckelnden Eisenanker?

Das kann auch nur mir passieren.

Wir sagen nichts mehr.

Kein Wort. Ich kralle mich mit meinen schmutzigen Handschuhen an den Schleppbügel, und Dr. Zauner holt sich eine Zigarette raus und pafft.

Rücksichtsloser Arsch. Ich drehe den Kopf weg und betrachte die Landschaft. Es wird mucksmäuschenstill im Schlepplift.

Rechts und links von uns sausen fröhliche Menschen zu Tal, lachende Kinder, Eltern, die ihren Nachwuchs zwischen den Beinen vor sich herschieben.

Wir sind fast oben. Das Holzhäuschen, in dem ein desinteressierter Knecht hockt, der wahrscheinlich schon so viel Schnaps intus hat, dass er nicht mehr auf hilflose Mitreisende achtet, nähert sich unaufhörlich.

Mein Herz hämmert. Meine Knie sind weich wie Pudding.

Ich versuche mich nicht zu verkrampfen, ich werde jetzt ganz lässig aus diesem Lift aussteigen, ich ... kralle mich schon wieder an diesem Bezirksrichter fest!

Verdammt! Was haben meine Skihandschuhe an der Brust des Bezirksrichters verloren?

»Geht's?« Seine dunklen Augen ruhen besorgt auf meiner vermummten Wenigkeit. Der Boden unter meinen Füßen fängt an zu schwanken.

»Natürlich.« Ich beiße mir fast die Zunge ab, aber ich werde mich nicht dazu herablassen, ihn um Hilfe zu bitten. Meine Beine schlottern so sehr, dass der ganze Schlepplift zittert. Der Richter wirft mir einen kurzen Blick zu und steckt die Kippe zwischen die Lippen, um beide Hände frei zu haben.

Dann greift er beherzt an meinen Hintern und schubst mich wie ein dummes Kleinkind aus dem Lift. Ich gerate ins Taumeln, strauchle und sitze auch schon auf dem Po. Tränen der Wut und der Scham schießen mir ins Gesicht, und vor lauter Zorn fällt mir nichts anderes ein, als ihm mit meinem schmutzigen Handschuh den Stinkefinger zu zeigen.

Er schüttelt fassungslos den Kopf, macht einen letzten Zug und wirft die Kippe in den Schnee.

Mit dieser vernichtenden Geste saust er in die Tiefe.

Mögen ihn die Felsenklüfte des Höllengebirges verschlingen.

23

Nein, mir geht es nicht gut. Draußen wälzt sich grau und stürmisch ein später Märztag vorbei. Ich war schon bei Großvater, und wir haben uns angeschwiegen wie immer, ich habe mit Argusaugen die Badezimmertür angestarrt, während mein Herz abwechselnd zu hämmern begann oder mir so schwer wie ein Mühlstein im Magen lag.

Als aus dem Bad ein Geräusch kam, bin ich unter einem Vorwand gegangen und habe Großvater allein gelassen.

Mir geht es gar nicht gut.

Aber ich mache mit Jenny Hausaufgaben, gemischte Brüche, und erkläre ihr die Sache mit dem gemeinsamen Nenner. Ich überlege, wie viel Mut es mich kosten würde, von der Autobahnbrücke zu springen.

Sie faucht mich unter Tränen an, dass sie das alles schon längst könne, löst aber keine einzige Aufgabe fehlerfrei. Ich zwinge mich zu Geduld, Freundlichkeit und Gelassenheit. Das Leben geht weiter, und jeder Bruch ist lösbar. Am Ende kommt eine glatte Zahl raus. Jedenfalls bei Elfjährigen.

Ja, meine Situation ist aussichtslos.

Aber Brüche sind auch wichtig.

»Telefon«, zischt mich Jenny genervt an. Sie hört besser als ich. Meine Ohren stellen sich in letzter Zeit oft taub. Ich quäle mich nach nebenan.

Wahrscheinlich wieder der Gerichtsvollzieher oder das Finanzamt.

Vielleicht die Polizei, die mich auffordert, unverzüglich ein persönliches Einschreiben abzuholen, eine Vorladung, irgendwas.

Die Schlinge zieht sich enger um meinen Hals. Ich bin eine Meisterin im Verdrängen. Aus nacktem Überlebenswillen.

»Frau Herbst? Sind Sie das?«, kommt es förmlich durch das Handy.

Mein Herz klopft schon wieder laut. Das hört sich nicht erfreulich an. Eine ziemlich verzerrte, fremde Stimme. Von sehr weit weg.

Sicher eine Amtsperson, die nichts Gutes im Schilde führt.

»Ist die berühmte Kammersängerin selbst am Apparat?!«

Felix! Das ist seine Stimme!

Jetzt wird alles gut, denke ich für den Bruchteil einer Sekunde. Aber er sagt nicht »Prinzessin«.

Er scherzt nicht wie sonst. Er klingt ... zynisch. Böse. Verletzt.

»Felix?! Wo bist du! Wo um Himmels willen ... *Felix!!*«

Es rauscht und knackt. Diesmal ist er wirklich sehr weit weg.

»Ich bin im Gefängnis!«

Mir bleibt das Herz stehen.

Gott, es ist alles so grauenvoll.

Wann darf ich endlich aus diesem Albtraum erwachen?

Wann ist dieses grauenhafte Drama endlich vorbei und der Vorhang geht zu?

»Wieso bist du im Ge...« Ich beiße mir auf die Lippen. Jenny hört mit.

»Weil die gnädige Frau alle Kreditkarten gesperrt hat. Ich wurde wegen Kreditkartenbetrugs verhaftet und sitze seit drei Wochen in Miami im Knast. Endlich hat mir der amerikanische Staat einen Anwalt zur Verfügung gestellt, und ich darf telefonieren. Vor mir steht ein fetter Aufseher mit Schlagstock und beobachtet mich.«

Die nun folgende Stille dehnt sich ins Unerträgliche. Ich habe den Handballen gegen die Stirn gepresst. Ich versuche mich aufs Atmen zu konzentrieren, zu mehr bin ich im Moment nicht fähig. Ein und aus. Ein und aus.

»Nein«, flüstere ich schließlich. Mein Herz hämmert so laut, dass ich mein eigenes Wort nicht verstehe.

»O doch«, ätzt es aus dem Hörer. »Vielen Dank für dein Vertrauen!«

Felix erzählt, wie es dazu kam, dass sie ihn eingebuchtet haben. Er ist in der Hotelhalle von zwei Sheriffs überwältigt und abgeführt worden, nachdem er versucht hatte, mit der Kreditkarte zu zahlen, die ich hatte sperren lassen.

Ich höre gar nicht mehr richtig hin. Alles dreht sich. Die Küche verschwimmt vor meinen Augen, ich kriege kaum noch Luft.

Jenny schaut mich fragend an und wedelt mit ihrem Heft vor meinen Augen herum. »Mamski? Was ist jetzt mit Mathe?«

Felix redet stockend und sarkastisch, aber der Sinn seiner Worte erreicht mich nicht. Ich mache ein Gesicht wie eine überzüchtete Dogge, während ich versuche, seinen Worten zu folgen.

Und auf einmal erinnere ich mich an unser letztes Zusammensein. Daran, wie begeistert und euphorisch er von einem »todsicheren Deal« gesprochen hat. Die ägyptische Bettwäsche für die Luxusschiffe. Der Scheich von Dubai. Und dass er dafür nur etwas Startkapital brauche, das er mir aber zigfach zurückzahlen werde. Und dass ich ja gar keine Ahnung hätte, in welcher Größenordnung sich seine Geschäfte abspielten.

»Vielen Dank für dein Vertrauen!«

Ich höre das Blut in meinen Ohren rauschen. O nein. Bitte nicht. Halt. Bitte.

Nein. Das darf nicht wahr sein. Aber es ist zu spät.

Er sitzt im Gefängnis, und *ich* bin *schuld.*

Ich rapple mich mühsam auf und taumle zum Kühlschrank. Mein Gesicht, das sich in der Chromfläche spiegelt, sieht graugrün aus, die Augen wie riesige schwarze Löcher. Ich bin nur noch ein Skelett.

Automatisch greife ich nach dem Champagner, vergesse aber, was ich damit vorhatte. Hilflos gestikuliere ich mit der Flasche:

»Felix! Ich *musste* das tun! Es gibt so viele Ungereimtheiten bei meinen Konten, so viele Daueraufträge ... ich bin völlig verzweifelt, Felix!«

»Ich hätte dir alles erklären können!«

»Dann erklär es mir jetzt!«, schreie ich verzweifelt ins Telefon. »Wer sind diese Kinder, für die ich Unterhalt bezahle, und wer ist Bernadette Kaiser? Wer ist Siegfried Breitscheidt!? Und für wen hast du sonst noch Daueraufträge eingerichtet? Warum sind die Krankenversicherungen für mich und die Kinder storniert? Und warum kommt der Gerichtsvollzieher und will den Hund mitnehmen?«

O Gott. Bitte lass mich jetzt nicht hysterisch werden. Gottfried tut jetzt hier nichts zur Sache. Zumal Jenny dasitzt und an ihrem Bleistift kaut.

Es knackt und rauscht, die Verbindung ist wirklich beschissen.

»Das wollte ich dir alles erklären! Ich könnte seit drei Wochen zu Hause sein und dir beistehen!« Wieder sind Nebengeräusche in der Leitung, es hört sich an, als ... *weint* er etwa?!

O Gott, ich habe ihm Unrecht getan. Ich habe ihm den Geldhahn zugedreht.

Ohne Vorwarnung. Einfach so. Während er in den Staaten war.

»Gefängnis«. Das Wort hallt unentwegt durch meinen Kopf. *Gefängnis.*

Durch meine Schuld.

Ich hätte ihm wenigstens Bescheid sagen müssen. Ich hätte ihn fairerweise warnen müssen. Ich habe mich ja benommen wie eine rachsüchtige Ehefrau in Scheidung. Dabei ... wir sind doch noch ... Ich habe ihn ins offene Messer laufen lassen.

Und jetzt ist ihm ein riesengroßes, todsicheres Geschäft geplatzt!

Durch meine Schuld? Durch meine grenzenlose Dummheit?

Durch meine völlig unangebrachte Panik?

Andererseits ... ich bin völlig pleite, ja sogar hoch verschuldet, und alle naselang kriege ich Post vom Gericht, weil irgendwelche Gläubiger von mir was wollen! Von *mir* wohlgemerkt! Weil *ich* letztlich alles unterschrieben habe!

»Was willst du mir erklären?«, brülle ich ins Handy. Verschwommen nehme ich wahr, dass Jenny mit ihrem Matheheft in der Hand im Türrahmen steht.

»Dass du mich um mein ganzes Geld betrogen hast?« Ich kann nicht fassen, wie dumm ich mich verhalten habe. Wie blöd ich gewesen bin. Wobei ich nicht weiß, ob ich vorher blöd war oder es jetzt bin.

Offensichtlich ist es mein Schicksal, immer blöd zu sein.

Sträflich blöd.

»Ich bin im Gefängnis«, sagt Felix wieder. »Seit drei Wochen. Weißt du, was das heißt?« Er schluchzt. Es ist eindeutig ein Schluchzen. »Sie rasieren einem die Haare ab.«

Mein Herz wird von Messerstichen attackiert. Mein starker, strahlender, cooler, ewig gut gelaunter Felix mit der schwarzen Lockenmähne! Nein, das kann nicht sein. Es ist ein Albtraum. Ich habe ihn noch nie schluchzen hören.

Die Hölle tut sich auf.

»Ich habe nichts mehr, sie haben mir sogar die Klamotten genommen, die ich am Leibe trug.« Wie bitter er klingt, wie unsagbar verletzt.

»Sie haben mir sogar die Uhr abgenommen, alles, was ich bei mir hatte. Auch die Kreditkarten. Aber die hast du ja alle sperren lassen.«

»Das tut mir leid, Felix. Aber ich kann dir nicht helfen. Ich habe selbst nichts mehr. Der Gerichtsvollzieher war hier. Ich war bei der Bank und habe mir die Konten angesehen. Die Autos sind weg. Der Bezirksrichter hat das Haus zur Zwangsversteigerung ausgeschrieben. Es stand in der Boulevardzeitung! Dieter Fux, den bat ich um Hilfe, hat mich verraten! Ich war in der Nervenklinik, Felix! Ich wollte mir das Leben nehmen.« Die Worte sprudeln wie von selbst aus mir heraus. Aber jetzt, wo es ausgesprochen ist, geht es mir ... besser.

Es ist still in der Leitung. Mein Herz hämmert so laut, dass ich es anbrüllen möchte, leiser zu klopfen. Sonst kann ich Felix doch nicht verstehen.

Auf einmal höre ich ihn wieder. Er klingt wieder furchtbar sarkastisch.

»Frau Herbst, ich muss Sie um Ihre Hilfe bitten. Das werde ich nur ein einziges Mal tun, und dann nie wieder.«

»Hör mit der Scheiß-Siezerei auf!«, brülle ich ins Handy. »Du hast mich fast zugrunde gerichtet, und jetzt spielst du den Beleidigten!«

Jenny lehnt im Türrahmen, ihr Matheheft in der Hand. Schwarze Tinte fließt über ihr Handgelenk, weil sie den Füller so fest auf das Heft drückt. Sie ist leichenblass.

O Gott. *O Gott!* Was mache ich!

Das Kind! Bin ich wahnsinnig?!

Ich gehe zu ihr und lege den Arm um sie. Tränen kullern ihr über die runden Wangen und tropfen auf ihr Heft.

Ihre mühsam ausgerechneten Brüche verschwimmen wie mein mühsam eingerichtetes Leben. Es verliert die Konturen, die Bedeutung, den Sinn und den Wert.

»Jenny«, flüstere ich tonlos. »Jenny! Das ist alles nur ein dummer Streich!«

»Du musst für mich bürgen«, krächzt es schließlich aus dem Hörer. »Sonst komme ich hier nicht raus.«

Mein Herz rast, dass es fast zerspringt. Ich presse Jenny an mich, in der Hoffnung, sie könnte mich stützen und mir beistehen. Jenny ist elf. Sie ist ein unschuldiges, sorgloses Mädchen. Es ist unmöglich von mir, in ihrer Anwesenheit so ein Telefonat zu führen.

Unmöglich. Sträflich. Unverantwortlich. Nie wiedergutzumachen. Ich muss mich jetzt sofort dem Kind widmen. Ihm alles erklären. Nur das ist jetzt wichtig.

Und doch. Wenn ich jetzt auflege, zerreißt das Band zu Felix. Für immer.
Wir waren ein Traumpaar. Eine Traumfamilie. Unverwundbar. Wie Achilles.
Und genau die Ferse ist jetzt von Pfeilen durchbohrt.
Ich knete mir die Stirn, versuche Klarheit in meine Gedanken und Gefühle zu bringen.
Ich kann Felix jetzt nicht seinem Schicksal überlassen.
Er ist mein Mann.
In guten wie in schlechten Zeiten. Schließlich gelingt es mir, heiser in den Hörer zu krächzen:
»Sag mir, was ich tun muss!«
Und dann gleitet mir der Hörer fast aus der Hand: In der Tür zum Vorhaus steht Hanne-Marie.

Jenny springt weinend auf und schmeißt sich in ihre Arme.
Das kann ich ihr nicht verübeln. Ich versuche, mich auf Felix' Anweisungen zu konzentrieren, und kritzle mit zitternden Fingern ein paar Telefonnummern und Kontaktadressen auf ihr Matheheft. Ich soll seinen Anwalt kontaktieren und seinen Freund Ingo informieren.
»Du kannst dich auf mich verlassen«, würge ich hervor.
Dann lege ich auf.
Hanne-Marie und ich starren uns lange an. Ich bin weiß wie die Wand. Meine Lippen sind blutleer, und ich kann nichts sagen.
Hanne-Marie streichelt meiner Jenny mechanisch über den Kopf. Dieser Anblick schneidet mir wie ein Messer ins Herz. Ich habe so viel falsch gemacht in meinem Leben, dass sich mein Kind von meiner Nachfolgerin trösten lässt. Und ich muss ihr auch noch dankbar dafür sein.
Mein Herz hört nicht auf, sich qualvoll zusammenzuziehen. Das wäre der geeignete Moment, einfach tot umzufallen.
Jenny wäre in guten Händen.

Aber leider: Ich falle nicht tot um. Ich stehe da, und meine Knie zittern. Meine Hand umklammert die Champagnerflasche, weil es sonst nichts gibt, woran ich mich schutzsuchend festhalten kann. Die unerträgliche Stille wird nur von Jennys unterdrücktem Schluchzen unterbrochen.

Hanne-Marie räuspert sich. »So!«, sagt sie. »Ihr macht also gerade Mathe!« Sie beäugt das Heft, das inzwischen tränenverschmiert ist.

»Das könnt ihr aber noch kürzen!« Hanne-Marie beugt sich ein klein wenig vor und tippt mit ihren unmanikürten Fingern auf einen Bruch.

»Wir waren gerade dabei«, sage ich spitz.

Jenny hört immerhin auf zu weinen und schaut flehentlich zu Hanne-Marie auf: »Hilfst du mir?«

»Wenn deine Mutti nichts dagegen hat ...?« Hanne-Marie sieht mich fragend an. Mutti! Ich bin empört.

»Natürlich nicht«, stoße ich unfroh aus. »Hanne-Marie kann bestimmt viel besser rechnen als ich.«

»Allerdings«, murmelt Jenny patzig und zieht die Nase hoch.

»Aber ich hab noch eine viel bessere Idee«, sagt Hanne-Marie freundlich. »Ich möchte was mit deiner Mutti besprechen. Draußen vor der Einfahrt sitzt dein Papa im Auto und telefoniert. Lässt du uns ein bisschen allein?«

Ein Leuchten geht über Jennys verweintes Gesicht. Sie reißt Hanne-Marie das Heft aus der Hand und rennt mit wilden Sprüngen nach draußen.

Na toll. Ich bin der einsamste und erbärmlichste Loser auf der ganzen Welt.

Was wollen die hier? Mir die Kinder wegnehmen?

Die letzte Panikwelle ist nicht abgeklungen, da bricht schon die nächste über mir zusammen!

Hanne-Marie lehnt etwas unentschlossen an der Tür.

»Ich will mich ja nicht aufdrängen ...«

Ich versuche etwas zu erwidern, bringe aber nur einen trockenen Huster heraus.

Dann tu es auch nicht, denke ich. Geh einfach wieder. Aber lass mir mein Kind. Und sag nie wieder Mutti zu mir.

»Aber ich denke, du solltest einige Informationen haben, die dir weiterhelfen.«

Sie öffnet ihre braune Handtasche und zieht einige eng beschriebene Seiten Papier hervor. »Es ist mir wirklich sehr unangenehm, aber Jürgen hat mich darum gebeten.« Mit spitzen Fingern legt sie die Blätter auf den Tisch.

Sprachlos starre ich sie an. »Was ...« Ich muss mich räuspern, um meine Stimme wenigstens etwas von Schmerz und Verzweiflung zu befreien. »Was ... ist das?«

»Das ist mein Protokoll, das ich über deinen Mann gemacht habe.« Sie sieht mir mit festem Blick ins Gesicht. »Es hat keinen Zweck mehr, dir das vorzuenthalten.«

Mir wird so schlecht!

»Ich will das nicht hören«, würge ich mit belegter Stimme hervor.

Sie hat meinen Felix beschattet, vom ersten Moment an, im Auftrag von Jürgen, und jetzt soll ich das widerliche Zeug auch noch lesen! Mich mit ihnen verbünden! Gegen den Mann, den ich liebe!

Ich kann das nicht.

Mit einer verächtlichen Geste fege ich die Papiere vom Tisch. Es hämmert wie verrückt in meinem Kopf. Ich will nicht eine einzige ... beschissene Zeile ...

Hanne-Marie bückt sich seelenruhig danach und hebt sie auf. »Es hat keinen Zweck mehr, den Kopf in den Sand zu stecken.«

»Lass mich bitte in Ruhe.«

»Ella?« Hanne-Maries Stimme dringt durch die dicke Schicht aus Watte, mit der ich versuche, mich zu schützen.

»Dein Mann ist ein notorischer Spieler. Er hat all dein Geld verspielt, er steckt bis zum Hals in Schulden, er hat dich und die Kinder da voll mit reingerissen. Jürgen besteht darauf, dass du dir das hier ansiehst! Wenn du zu feige dazu bist, lese ich es dir vor.« Das haut mich dermaßen um, dass ich unvermittelt zu taumeln beginne. Ich muss mich an der Tischkante festkrallen, um nicht zusammenzusacken.

»Dein Leben ist schon längst keine Oper mehr«, höre ich Hanne-Marie sagen. »Komm endlich von deiner Bühne herunter und stell dich der Realität. Und benimm dich nicht länger wie eine oberflächliche Gans.«

Mein Gesicht fühlt sich an, als hätte sie mich geohrfeigt.

Hanne-Marie schiebt mir einen Stuhl hin, und ich sinke kraftlos darauf. Mit fliegenden Fingern taste ich nach meiner Lesebrille und setze sie auf.

Was ich nun statt Jennys Matheheft in den Händen halte, ist eine Auflistung von Spielkasinos in aller Welt. Über jedem Namen und Land steht ein Datum mit Uhrzeit, und darunter eine fünf- oder sechsstellige Summe. Vor einigen steht ein Plus, vor den meisten aber ein Minus.

Ich starre auf das Papier, das in meinen eiskalten schweißnassen Händen zittert, und vor meinen Augen verschwimmen die Zahlen und Buchstaben. Tränen verschleiern mir die Sicht, als ich Seite für Seite umblättere und Namen von Spielkasinos lese, erst in Europa, dann immer weiter weg.

Es scheint, als wäre eine Granate in der Küche explodiert. Nichts steht mehr an seinem Platz. Hanne-Maries Gesicht schräg über mir sieht aus wie ein geplatzter Luftballon. Ich kann ihren Gesichtsausdruck nicht erkennen. Ist das ein Lächeln, oder steht sie kurz davor, in Tränen auszubrechen?

»Es tut mir leid ...«, sagt sie mit brüchiger Stimme, »... dass ich dir deine Traumwelt kaputt machen muss. Aber einer muss es ja tun. Und auf Jürgen hörst du ja nicht.«

»Felix ... Felix ist dauernd in Kasinos unterwegs? *Das* sind seine

todsicheren Deals, für die er immer wieder kurzfristig Geld braucht?«
Ich schlucke. Wieder und wieder. Ich versuche, mich zu beherrschen. Aber die Tränen laufen mir bereits herunter und tropfen auf die Papiere.

Dass ausgerechnet Hanne-Marie mir die Augen öffnen muss! *Ausgerechnet* sie! Der ich mich immer haushoch überlegen fühlte!

»Ich will dich ganz bestimmt nicht verletzen«, erklärt sie, während sie mir geistesgegenwärtig ein Tempotaschentuch unter die Nase hält. »Aber du musst endlich aufwachen und handeln.«

Die Blätter in meinen Händen zittern so heftig, dass man damit Strom erzeugen könnte.

»Ich weiß nicht, was ich tun soll«, wimmere ich.

Hanne-Marie schaut mich besorgt an.

»Ehrlich gesagt, habe ich dich immer für eine oberflächliche Tussi gehalten«, sagt sie, während sie ein weiteres Tempotaschentuch hervorkramt, »aber in Wirklichkeit bist du nur wahnsinnig gutmütig, blauäugig und naiv. Entschuldige, das hat Jürgen über dich gesagt, aber damit hat er ausnahmsweise recht.«

Ich vergrabe das Gesicht zwischen den Händen und schluchze.

Plötzlich legt Hanne-Marie ihre warme Hand auf meine eiskalte. Erschrocken sehe ich zwischen den Fingern hindurch auf ihr Gesicht. Sie nickt mir aufmunternd zu, und es ist nichts Schadenfrohes in ihrem Blick, nichts Ablehnendes, nichts Reserviertes, als sie sich zu mir setzt und einfach nur den Arm um mich legt.

»Es ist eine Krankheit«, sagt sie leise. »Eine Sucht. Er kann nicht mehr aufhören. Er braucht professionelle Hilfe. Und die kannst du ihm nicht geben. Im Gegenteil. Durch dein Schweigen und Kopf-in-den-Sand-Stecken machst du dich zur Mitabhängigen. Ihr kommt aus dem Teufelskreis allein nicht mehr raus!«

»Ich kann ihn doch nicht aus meinem Leben reißen«, wimmere ich hilflos. »Aber ich bin ja so erleichtert, dass er keine andere hat!« Wie unter Schock muss ich kichern.

»Du liebst ihn wirklich«, murmelt Hanne-Marie. »Ich würde ihn in Millionen Einzelteile zerreißen!«

Sie hat ja ungeahntes Temperament!

»Es tut mir leid, dass ich dir gegenüber immer so abweisend war«, gesteht sie in einem Anflug von Wärme, der nun über ihr Gesicht gleitet. »Ich habe die ganze Zeit einen auf spießige Hausfrau gemacht, damit du endlich den verrückten Gedanken aufgibst, dich mit mir anzufreunden.«

»Das verstehe ich nicht ...«

»Menschenskind, ich habe deinen Felix überwacht ... und du, in deiner grenzenlosen Vertrauensseligkeit, wolltest dich unbedingt mit mir anfreunden! Ich wusste viel mehr über deinen Mann und dein Leben als du selbst! Ich hätte dir ja nicht in die Augen schauen können! Ich *konnte* nicht deine Freundin sein!«

Überrascht stelle ich fest, dass ich eigentlich noch nie einen Gedanken daran verschwendet habe, was eigentlich Hanne-Marie fühlen muss, wenn ich sie dauernd als meine Nachfolgerin bezeichne. Ich habe nur immer wieder gedacht, was für eine blöde Kuh sie ist.

Dabei ist sie mir an Klugheit und Fairness weit überlegen.

Ich lehne meinen Kopf an ihre Schulter und versuche mich zu fassen.

Zu meinem großen Erstaunen fühle ich so etwas wie Erleichterung. Sie will mir nichts Böses. Sie will mir helfen. Sie ist auf meiner Seite.

24

Der Brief, den ich am nächsten Morgen aus dem Briefkasten fische, unterscheidet sich nur deshalb von den vielen anderen Zusendungen, weil er von Hand beschriftet ist. Die grüne schnörkelige Schrift sieht nicht böse aus. Er hat den roten Luftpostaufkleber und kommt aus Texas.

Ich weiß nicht, warum ich den Mut habe, ihn zu öffnen. Vielleicht ist es Eingebung.

Vielleicht habe ich auch nur beschlossen, die Dinge endlich selbst in die Hand zu nehmen.

Sehr geehrte Frau Herbst,

lese ich mühsam, wobei ich meine Brille aufsetzen muss,

Sicher bekommen Sie viele Briefe dieser Art, und ich habe wirklich nicht vor, Sie zu belästigen oder zu langweilen. Aber Freunde aus Deutschland haben mir die Boulevardzeitung geschickt, die ein sehr sympathisches Foto von Ihnen zeigt.

Meine inzwischen verstorbene Frau und ich haben Sie jeden Sommer während der Sophienhöher Festspiele u. a. als ›Carmen‹ bewundert und sind wirkliche Fans von Ihnen. Wir sind ausgewanderte Deutsche und leben seit vierzig Jahren in Houston/Texas, wo wir mit einer gut gehenden Chipsproduktion ›unser Glück‹ gemacht haben. Doch es zieht uns – beziehungsweise nur noch mich – immer wieder zurück ins schöne Salzkammergut.

Sollten Sie tatsächlich erwägen, Ihre Villa zu veräußern? Wahrscheinlich sind das alles nur dumme Gerüchte, aber ich

möchte nichts unversucht lassen und Ihnen mitteilen, dass ich Ihnen gern aus einer momentanen Verlegenheit helfen würde. Ich bitte Sie um Mitteilung, ob und wann Ihre Villa eventuell zu besichtigen ist. Geld würde in dem Fall keine Rolle spielen.
In der Hoffnung, Sie bald persönlich kennenzulernen, verbleibe ich mit hochachtungsvollen musikalischen Grüßen
Horst R. Pringles
Pringles Chips
Houston Texas

Horst Pringles mit dem grünen Füller hat mir seine Handynummer dazugeschrieben.

Jetzt komm schon. Mach schon. Trau dich. Ich ignoriere das flaue Gefühl im Magen, nehme den Telefonhörer ab und wähle beherzt die lange fremde Nummer, die mit 001 beginnt.

Ein Räuspern und Husten knarrt mir entgegen, dann ziemlich nah an meinem Ohr: »*Achim*! Pringles? *Horst*!«

»Mister Pringles, Ella Herbst is speaking!«

»Ah!« Er lacht jovial bis erfreut, dann räuspert er sich wieder umständlich, gefolgt von einem Husten, und sagt dann mit breitem amerikanischen Akzent: »*Well*, wir können auch deutsch reden.«

»Na prima.« Das ist mir auch lieber so. Eine Immobilie zu veräußern, ist für mich ohnehin schon etwas, das meine Gehirnzellen, die früher ganze Opernpartien in drei Wochen auswendig lernten, völlig überfordert. Aber bitte nicht auch noch auf Englisch.

Mister Pringles und ich parlieren eine ganze Weile, wobei mir auffällt, dass er öfter *Achim* und *Horst* ruft, was nach längerem Hinhören Ausrufe des Räusperns zu sein scheinen. Aber was ich in meiner Verzweiflung heraushöre, ist, dass er es ernst meint.

Er hat mit seiner Frau dreißig Jahre lang die Sophienhöher Festspiele besucht. Darunter alle meine Opern, in denen ich die Hauptpartie gesungen habe.

Die *Carmen* hat ihnen ganz besonders gut gefallen. Vor sieben Jahren starb Misses Pringles, und Mister Pringles kam fortan allein nach Sophienhöh. Er hat ein Premierenabonnement und sitzt immer in der ersten Reihe.

Auch an jenem besagten Tag, an dem Frau Bär tot auf dem Sofa saß und mein unaufhaltsamer Abstieg seinen Anfang nahm, saß Mister Pringles in der ersten Reihe Parkett. Er hörte die Durchsage, dass ich »aus familiären Gründen« plötzlich absagen müsse, und er hörte auch die Krasnenko, die für mich einsprang. Er ist – wie der Rest der Welt – schwer beeindruckt von der Senkrechtstarterin Olga Krasnenko, schneidet sich jeden Artikel über sie aus und berichtet mir auch, von vielen *Achim*- und *Horst*-Ausrufen begleitet, von ihren Nacktaufnahmen für die *Vogue*.

Aber offensichtlich ist Mister Pringles der einzige Mensch auf der ganzen Welt, der sich über meinen Verbleib Gedanken macht.

»*Well*, ich finde das großartig, dass Sie sich in dem Moment für Ihren Großvater entschieden haben«, sagt er, von Husten und Räuspern unterbrochen.

»Sie hätten die Premiere auch singen und dann zu Ihrem Großvater fahren können. Dann wäre Miss Krasnenko vielleicht heute noch im Chor. Aber das Leben geht oft wundersame Wege, und Ihr Großvater wird es Ihnen zu danken wissen.«

»Mister Pringles«, unterbreche ich ihn, weil ich sonst weinen muss. »Wenn Sie ernsthaft an meinem Haus interessiert sind, dann sollten Sie es sich schnell anschauen, denn sonst wird es zwangsversteigert.«

»*Achim, well*«, kommt es mühsam aus dem Hörer. »Ich bin sowieso demnächst in ... *Horst*! Deutschland ... Wir haben da eine Zweigstelle in Nürnberg ... Und da nehme ich mir einen Privatjet you know, *well* ... und wenn ich dann in Sophienhöh gelandet bin, dann rufe ich Sie an.«

»Mister Pringles?! Wir haben uns noch nicht über den Preis unterhalten!«

»*Well*, das sollten wir auch nicht tun, you know!«

»Wieso nicht!?« Jetzt muss ich unbedingt voll die coole Geschäftsfrau sein.

Tief in meinem Innersten spüre ich, dass es dieser Mann ernst meint; dass mich hier niemand auf die Schippe nimmt und sich auf meine Kosten einen Scherz erlaubt.

Obwohl die Situation so aberwitzig ist! Aber offensichtlich verfüge ich über einen minimalen Rest emotionaler Intelligenz, oder sagen wir, weiblichen Instinkts, denn ich spüre, dass hier ein Mensch meine Kunst zu schätzen weiß, und ich ihm echt vertrauen kann.

»Misses Höööbst ... ich entscheide das, wenn mir das Haus gefällt, und davon gehe ich aus ... *Achim*!! Sie sagen mir, was Sie dafür haben wollen, und das gebe ich Ihnen dann. Ist das okay für Sie?!«

Ich starre den Hörer an, als ob da soeben ein Frosch herauskröche, den ich nur noch küssen muss, damit er ein Prinz wird.

Was will der Mann?

»Ja«, höre ich mich sagen. »Das ist im Prinzip ...«

Also, ist das *üblich*? Dass man erst über den Preis spricht, nachdem man das Haus bereits gekauft hat? Quatsch. Blödsinn. Ich meine, man *verhandelt* über so was wochenlang und lässt Anwälte neunmalkluge Haarspaltereien über womöglich unsichtbare Mängel aufsetzen.

»Okay, *well* ...« Mister Pringles scheint jetzt wieder Wichtigeres vorzuhaben. »Misses Höööbst, Sie hören dann von mir, wenn ich gelandet bin.«

Wen ich allerdings wenige Tage später vom Flughafen abhole, ist Felix. Sein Anwalt hat ihm wohl geholfen, und man hat ihn auf freien Fuß gesetzt. Mein Kopf ist leer. Ich frage mich, wann dieser schreckliche Film endlich zu Ende ist.

Simone hat mir ihren Kleinwagen geliehen, in dem es unangenehm nach kaltem Rauch riecht. Mir ist total schlecht, ich habe entsetzliche Angst.

Seit dem Überraschungsbesuch von Hanne-Marie sehe ich Felix' Verhalten mit völlig anderen Augen. Seine Reisen, seine sogenannten todsicheren Deals, seine manischen Luxuskäufe, dann wieder seine Angst in New York, sein plötzlicher Aufbruch nach Dubai und die anschließende Flucht nach Miami ... Jetzt hat alles eine Logik. Endlich weiß ich, woran ich bin. Er trägt mein sauer verdientes Geld in Spielkasinos. Tauscht es gegen Jetons. Und verjubelt es innerhalb von Sekunden. Seit Jahren.

Und trotzdem spüre ich, dass ich jetzt zu ihm halten muss. Wenn er mich lässt.

Ist das noch der Mann, den ich kenne und liebe, den ich gleich neben mir im Auto haben werde? Er war so kalt und zynisch am Telefon, er klang so verbittert und zerstört.

Habe ich ihn zerstört? Habe ich ihn dahin gebracht, spielsüchtig zu werden? Weil ich immer nur unterwegs war und ihn unerfüllt und ohne Erfolgserlebnisse zu Hause bei den Kindern gelassen habe? Tiefe Schuldgefühle nagen an mir.

Es ist sieben Uhr morgens, dunkle Märzwolken jagen Unheil verheißend über den noch dämmrigen Himmel. Fröstelnd erinnere ich mich an die vielen Male, an denen ich meinen Felix strahlend und voller Vorfreude abgeholt habe – wenn er wieder mal von einer erfolgreichen Geschäftsreise zurückkam und mit Geschenken beladen war. Dann sind wir uns um den Hals gefallen, haben uns geküsst und völlig ignoriert, dass wir nicht allein auf der Welt sind.

Und auch Felix hat mich Hunderte Male abgeholt. Wenn ich von Auftritten, Konzertreisen, Opernpremieren zurückkam und in unserem heiß geliebten kleinen Sophienhöher Flughafen wieder heimatlichen Boden unter den Füßen hatte.

Mein Herz klopft unrhythmisch, mein Mund ist trocken, ich friere und habe wieder mal die ganze Nacht nicht geschlafen. Meine Zähne schlagen aufeinander. Mir ist schlecht. Ich wiege bestimmt nur noch ein halbes Lot. So wollte ich ihm eigentlich nicht unter die Augen treten. Aber ...

O Gott.

Da. Da steht er. Ist er das überhaupt? Nein, das kann er doch nicht ...

Doch. Das ist Felix. Er steht an der Bushaltestelle, in einem dünnen Anorak, den ich nicht kenne. Er lehnt mit verschränkten Armen am Fahrkartenautomaten und schaut woanders hin. Er hat kein Gepäck dabei. So als erwarte er nicht, abgeholt zu werden. Er sieht aus wie ein unterernährter Arbeiter, der mit dem Bus zur Fabrik fährt.

Wo sind sein ... Burberry-Mantel, sein Louis-Vuitton-Koffer, seine kalbslederne Aktentasche? Und was hat er mit seinen ehemals vollen schwarzen Haaren gemacht?

Verwirrt halte ich an und kurble das Fenster herunter.

»Felix?!« Angespannte Stille. Ich schmecke Diesel und kalten Rauch. *Ist* er das? Warum rührt er sich nicht?

Schließlich zeigt er so etwas wie eine Reaktion, tut erstaunt. »Frau Herbst!« Er steigt zu mir ins Auto und schweigt. Kaltes Grauen erfasst mich.

Er riecht anders, sieht anders aus. Er *ist* ein anderer. Er ist fast kahl rasiert! Und er ist ausgemergelt. Wie ich ...?!

Ich würde mich gern zu ihm hinüberbeugen und ihn küssen, ihm über die erschreckend eingefallene, unrasierte Wange streichen, aber hinter mir hupt unwillig der Bus. Ich zucke zusammen, lege mit schweißnasser Hand den Gang ein, gebe unnötig viel Gas und fahre weg.

Schweigend verlasse ich das Flughafengelände. Schließlich stehen wir mitten im morgendlichen Berufsverkehr.

Vor uns dampft ein Auspuff, der Dieselgeruch löst Brechreiz in mir aus.

»Wie geht es dir?«, frage ich schließlich mit belegter Stimme.

»Nun, wie soll es mir schon gehen, nachdem mich meine Frau ins Gefängnis gebracht hat?«

»Felix«, ich räuspere mich und hoffe, dass meine Stimme nicht zu sehr zittert. »Ich habe dich nicht ins Gefängnis gebracht.«

»Du hast meine Kreditkarten sperren lassen.«

»Meine«, sage ich leise. »Aus Not. Man hat mir dazu geraten.«

»So steht es also um uns«, sagt Felix. »Das ist also der Stand unserer Ehe.«

Hinter mir hupt es, ich haue den Gang rein und fahre zwei Meter vor, um dann wieder den Auspuff meines Vordermannes zu betrachten.

»Felix«, versuche ich von Neuem. »Alle meine Bankkonten sind leer. Meine Steuern sind nicht bezahlt. Sechsstellige Steuern. Meine Versicherungen sind gekündigt, und ich hatte Daueraufträge für Menschen, deren Namen ich noch nie gehört habe. Was hätte ich deiner Meinung nach sonst tun sollen, außer die Kreditkarten zu sperren und die Daueraufträge zu stornieren?«

»Du hast mich ins Gefängnis gebracht.«

»Das ist doch Blödsinn! Du hast immer wieder gesagt, was für einen todsicheren Deal du an Land ziehen wirst mit dieser ägyptischen Bettwäsche für die amerikanischen Luxusschiffe in Miami ... Dabei hattest du nie etwas damit zu tun, stimmt's? Du hast etwas ganz anderes getan, wenn du unterwegs warst.«

Ich sehe ihn forschend an. Es ist an der Zeit, dass er mir die Wahrheit sagt.

»Weißt du eigentlich, dass sie einen da nackt ausziehen? Und in allen Körperöffnungen nach ... Beweisen suchen?«

Ich fühle den Brechreiz ganz oben sitzen. Dieser verdammte Auspuff, können wir denn nicht die ... wie heißt das ... Umluftanlage einschalten? Aber das ist Simones Auto, und das hat keine Klimaanlage.

»Felix, du hast mich die ganze Zeit über angelogen! Du hast mir über Jahre hinweg etwas vorgespielt ...«

»Alldem hat mich die berühmte Ella Herbst ausgeliefert.«
Sein Sarkasmus ist das Schlimmste. So kenne ich ihn nicht. Er ist mir fremd.

»Es ist nicht gerade angenehm, auf einer Eisenpritsche zu liegen, wenn sie das Licht die ganze Nacht nicht abdrehen, so viel kann ich Ihnen sagen, Frau Kammersängerin.«

»Hast du auch mal an uns gedacht?« Tränenblind sehe ich ihn an, diesen Mann, den ich fast nur noch an der Stimme erkenne.

Wieder hupt mein Hintermann, wieder fahre ich notgedrungen zwei Meter weiter.

Felix stützt den Kopf in die Hände, so als wolle er sich die Haare raufen. Aber da sind keine Haare mehr.

Er hat eine Sträflingsfrisur!

Mir wird so schlecht, dass ich in wilder Verzweiflung die Scheibe runterdrehe.

Sofort schlägt mir eiskalter Märzwind entgegen.

Nasse schwere Schneeflocken wirbeln zu uns herein.

»Ich nehme an, die gnädige Frau will mit einem ... Sträfling nichts mehr zu tun haben?!« Jetzt ist er nicht mehr der Strahlemann, der immer alles im Griff hat, er ist hilflos, gedemütigt, seiner Fassade beraubt. Aber das Schlimme ist, dass er felsenfest davon überzeugt ist, ich sei an seinem Elend schuld.

Und ich ertappe mich dabei, das langsam auch zu glauben.

»Du siehst fürchterlich aus ...« Ich verstumme.

»Oh, mir geht es hervorragend«, ätzt er. »Drei Wochen Erholungsurlaub im amerikanischen *Knast* ...« Er schlägt mit der Hand auf seine Plastiktüte, und seine Lippen sind blutleer.

Ich zittere vor Erschöpfung.

Ich kann die Enge des Autos, das Eingesperrtsein in diesem ... Kleinwagen kaum noch ertragen. Ich gebe ein röchelndes Geräusch von mir, das in ein ungläubiges Schluchzen mündet. Aber ich zwinge mich, tief durchzuatmen.

Ich muss jetzt die Stärkere von uns beiden sein. Das wird mir mit plötzlicher Heftigkeit klar.

»Felix!« Ich bin heiser, und mein Mund ist ausgedörrt. »Wir bringen jetzt unsere Vergangenheit in Ordnung, und dann kann nur alles besser werden.« Ich räuspere mich und fahre erneut zwei Meter vor. »Das Ganze ist ... eine Verkettung unglücklicher Umstände, und wir dürfen uns jetzt nicht aus der Bahn werfen lassen. Wenn es etwas gibt, das du mir sagen möchtest, ist jetzt der richtige Zeitpunkt. Ich halte zu dir, falls du daran zweifeln solltest.«

Sein Blick wird weich. Zögernd strecke ich meine Hand aus und berühre sanft seinen Arm.

»Ich bin deine Frau und ich stehe dir bei. Egal, was passiert ist. Du musst nur ehrlich zu mir sein. Das habe ich nämlich verdient, nach allem, was ich hinter mir habe.«

Endlich nimmt er meine Hand, *endlich*! Ich schalte mit links, um wieder einige Meter weiterzufahren. Das Gefühl, von ihm berührt zu werden, ist so kostbar, dass ich ihm die Hand nicht entziehen mag.

»Es ist nicht einfach, dir meine Situation zu schildern«, sagt er schließlich, und ich bin so dankbar, dass er sich endlich öffnet. »Aber wir haben uns versprochen, immer ehrlich miteinander zu sein, woran ich mich nicht immer gehalten habe. Eigentlich ausschließlich, um dich zu schonen, aber das war falsch. Ich möchte die Dinge so formulieren, dass du begreifst, wie sie zusammenhängen.«

Endlich. Jetzt.

»Es stimmt, nicht wahr?«, sage ich fast erleichtert. Und dann purzelt es aus mir heraus:

»Du hast ... Spielschulden. Du bist ein notorischer Spieler. Du bist süchtig.«

Eigentlich will ich es ihm leicht machen. Warum soll ich so tun, als wüsste ich von nichts? Wenn wir Klartext reden, haben wir eine Grundlage.

Nein. Falsch. Fehler.

Ruckartig entzieht er mir die Hand, reißt den Kopf herum und schaut mich aus blutunterlaufenen, übermüdeten Augen an: »Wer sagt so was?«

Sein Atem riecht nach Alkohol. Das ist nicht verwunderlich und auch nicht unüblich nach einem Langstreckenflug und der Zeitverschiebung.

»Hast du mir hinterhergeschnüffelt?«

»Ich ... ähm, also ...ich musste nicht schnüffeln, Felix, aber Hanne-Marie ist zufälligerweise Detektivin, und sie hat, ohne dass ich sie beauftragt hätte ... Nein, du bekommst ein ganz falsches Bild von ihr ... Um ehrlich zu sein, hat Jürgen sie schon vor Jahren beauftragt, *mich* zu beschatten, und so ist sie auf *deine* Spur gekommen, damals, in St. Moritz. Sie wissen alles über uns, seit wir uns zum ersten Mal gesehen haben.«

Ein entsetztes Schnaufen kommt von Felix, der fassungslos den Kopf schüttelt.

»Und so hat sie herausgefunden, dass du im Kasino Sophienhöh längst Hausverbot hast, und auch in Bad Reichenhall, in Baden bei Wien, in Wiesbaden und Luzern, und dass du in letzter Zeit häufig in Zagreb und Moskau warst, weil die dich dort noch nicht auf die rote Liste gesetzt haben wie zum Beispiel das Casino Royal in Monte Carlo. Aber in Las Vegas hattest du noch freie Bahn, jedenfalls bis zu deiner Verhaftung ...«

»Das ist zum *Kotzen*!« Felix schlägt mit der Hand auf die Plastiktüte, die er umklammert hält. »Du hast eine Schnüfflerin auf mich angesetzt!«

»Felix, so hör mir doch zu! Ich habe nicht ... Sie hat mir ihre Hilfe angeboten ... Und ehrlich gesagt, wird es höchste Zeit, dass du aufhörst, mich anzulügen und meine Konten leerzuräumen!«

»Das ist ja widerlich! Ich denke, du magst sie überhaupt nicht!«

»Das eine hat doch mit dem anderen nichts zu tun ...«

»Was habe ich nur für eine Frau geheiratet! Und dir habe ich vertraut!«

Felix ist aschfahl im Gesicht. Wütend versucht er, aus dem Wagen zu steigen, aber zum Glück ist ohne mein Zutun die Zentralverriegelung eingeschaltet, und er fummelt nur ergebnislos am Türknauf herum. Seine Finger zittern wie verrückt.

»Felix, bitte beruhige dich doch!«, stöhne ich verzweifelt.

»Meine Frau bringt mich ins Gefängnis und setzt eine Schnüfflerin auf mich an! Und die ist auch noch mit ihrem Exmann liiert. Was für ein perfider Haufen hinterhältiger ...« Seine Stimme überschlägt sich. Er ist nicht mehr bei sich.

»Nein! Das habe ich beides nicht getan! Ich will dir helfen!«

»Dann weißt du ja über mein Leben Bescheid! Prima! Such dir doch einen Millionär, der dich anhimmelt, weil du mal eine so tolle Sängerin warst!«

Ich starre Felix fassungslos an. Er ist betrunken. Er ist verzweifelt. Er ist gedemütigt und übernächtigt.

»Felix, ich weiß, dass du das alles nicht meinst, was du sagst. Besser wir sagen jetzt erst mal nichts mehr, was noch mehr kaputt machen kann ...«

Felix lehnt sich zurück. Ich sehe, wie seine Halsschlagader rast. Er sieht unendlich erschöpft aus unter seiner verblassenden Sonnenbräune.

Nun sehe ich seine andere Seite. Die Seite, die sehr gelitten hat. Die Seite, die er perfekt vor mir verborgen hat. Seine Verletzlichkeit rührt mich.

Während ich mich zu der roten Ampel vorkämpfe, die uns hier so lange aufgehalten hat, frage ich mich, ob ich ihn noch liebe.

Die Frage bleibt vorerst unbeantwortet.

Er ist nicht mehr der, den ich mal geliebt habe.

Aber hat Katharina ihren Mann im Stich gelassen, als er regelrecht zerbrach?

Ich werde meinen Mann auch nicht im Stich lassen.

25 Es ist der grauenvollste Nachmittag meines bisherigen Lebens.

Wir spielen Monopoly, die Kinder und ich. Jenny hat eine Freundin da, sie heißt Lena und ist ein sehr wohlerzogenes Mädchen aus gutem Haus.

Ich habe mich, von Schüttelfrostanfällen gepeinigt, in den von Hanne-Marie selbst gestrickten Poncho gehüllt, weil das Kaminfeuer mangels Brennholz ausgegangen ist. Robby, der süße Witzbold, hat in Erwartung meines besonderen Gastes jede Menge Pringles-Chips auf dem Tisch ausgebreitet, und die Kinder stopfen sie mit Lust in sich hinein.

Ich habe es geschafft, den Kindern eine leichte grippale Erkältung vorzutäuschen, was meine Blässe und mein Zittern erklärt. Damit hatte ich gleich eine Erklärung für Felix' sonderbare Rückkehr: Auch er hat sich einen Infekt eingefangen und hat sich ein bisschen hingelegt.

Sie ahnen nichts von den Stürmen, die sich in unserem Haus abspielen, und halten Mrister Pringles lediglich für einen treuen Fan aus Amerika, der mal bei Ella Herbst seine Aufwartung machen will.

Draußen schneit es dicke Flocken. Der Frühling will so gar nicht einziehen.

Mister Pringles hat, *well*, sein Kommen angekündigt, er ist ... *Achim*!! ... in Nürnberg losgeflogen, und Felix liegt oben im Bett und schläft seinen Rausch aus. Als wir nach Hause kamen, hat er sich ohne ein weiteres Wort mehrere Gläser Schnaps reingezogen und sich dann stumm in sein Bett verzogen.

Da liegt er nun seit heute Morgen – und Mister Pringles ist am Einschweben.

Die Kinder waren ganz normal in der Schule, ich habe mit ihnen Hausaufgaben gemacht und Robby lateinische Vokabeln abgehört, wobei ich nicht begreifen konnte, dass mir meine Ängste nicht quer in Großbuchstaben auf der Stirn geschrieben stehen.

Ich *zwinge* mich, eine normale, liebe, nette und lustige ... na ja, Monopoly ist ja nicht *lustig*!! ... gesellige und gemütliche, Chips knuspernde Mutter zu sein, die für ihre Kinder da ist und an einem trüben kalten Frühlingstag mit ihnen spielt. Ausgerechnet dieses grauenvolle, meine hoffnungslose Situation widerspiegelnde Spiel, das mich an den Rand des Galgens bringt. Das Leben kann so zynisch sein. Aber die Kinder lieben es.

»Schlossallee! Ha! Kauf ich!!«

Robby knallt mir die Kohle hin, und ich überlasse ihm widerstandslos das beste Grundstück des Spiels. »Da setz ich jetzt ...«, Robby zählt seine Kohle, »ein Hotel drauf. So, Mamski. Gnade dir Gott, wenn du deinen Arsch auf meine Straße setzt. Die Parkallee hab ich sowieso schon. Ich mach dich platt!«

Ich zwinge mich zu einem Lächeln und händige ihm die Karte und das rote Häuschen aus. Ich vergrabe mein Gesicht in den Händen und tue so, als unterdrückte ich ein Niesen.

»Mamski«, lacht mein sonniger Sohn spitzbübisch und streicht mir übermütig über die ... möhrenfarbenen Resthaare. »Das ist doch nur ein Spiel!«

»Jep«, sage ich und hole die ... für alle Fälle ... bereits kalt gestellte Flasche Champagner. Es ist die letzte, die noch in der Garage war.

Böses Omen, wenn ich jetzt, bevor ... ich meine ...

Hohorst! Ich hab Dohorst!

Wo bleibt der denn. Immer wieder schaue ich in den grauen, bereits dämmrigen Himmel.

Komm da runter jetzt, Mann!

Es wäre wirklich besser, dieser Multimillionär ... würde nicht erst erscheinen, wenn mein ... Mann volltrunken oder verkatert und wer weiß zu welchen Sprüchen aufgelegt auf der ... Treppe oder gar im Wintergarten oder schlimmer noch an der Bar mit einer Flasche Schnaps auftaucht!

»Erde an Mamski! Du bist dran!«

Ich würfle mit einer Tapferkeit und Demut, die mir früher fremd war. Ja, lieber Gott. Ich bin's. Hiob in der Asche.

Zwei Einser.

»Pasch! Ab in den Knast! Du musst so lange aussetzen, bis dich da einer rausholt!« Jenny quietscht fast vor Vergnügen. ›Gehe *nicht* über Los und ziehe *nicht* 4000 Euro ein!‹

»Nein«, flüstere ich. »Tu ich nicht.«

»Du kannst mir die Karte aber auch abkaufen, mit der du da rauskannst ...« Robby hält sie hoch und wedelt mir damit mit gespielter Grausamkeit vor dem Gesicht herum.

»Für zehntausend lächerliche Euro! Mamski! Die kannst du doch noch zusammenkratzen!« Er greift mit seinen Pubertätspranken in meine wenigen Scheine und zählt sie. »Nee. Mamski ist voll am Arsch.«

Mir geht es unsagbar schlecht.

»Ich leih sie dir«, sagt Lena, Jennys Freundin, mitleidig. »Kannst du mir bei Gelegenheit zurückzahlen.«

Durch einen Tränenschleier sehe ich dieses nette Mädchen an und ringe mir ein geflüstertes »Danke« von den ausgedörrten Lippen.

Da. Mein Handy vibriert und fängt auch bald darauf an zu singen:

»Ja, die Liebe hat bunte Flügel, und wer mich liebt, den lieb auch ich!«

Endlich! Vielleicht sollte ich mal den Klingelton ändern. Eine Totenmesse wäre nicht schlecht.

»Hallo?!«, sage ich mit einem nullprozentigen Rest Hoffnung in der belegten Stimme. Dabei zittert die Hand mit meinem Handy so, dass mein Ohrring klappert.

»Ja, Misses Höööbst, hier *Achim*! *Horst*! Pringles, Sie erinnern sich?!«

»Nein«, möchte ich sagen, »wer sind Sie noch mal?«

Stattdessen schreie ich: »Wo stecken Sie denn? Sie wollten doch mein Haus kau... ähm besich... also besuchen! Es wird ja schon dunkel!«

»Ähm, *well*, Misses Hööbst, ich ähm ... Hören Sie mich?«

»Ja, ich höre Sie!« Wahrscheinlich denkt er, ein D-Zug rattert vorbei, weil der Ohrring so scheppert.

»Mamski! Du bist dran!« Jenny hält mir die Würfel hin. »Du darfst dreimal würfeln, mit einem Pasch bist du frei!«

»Gleich, Süße«, winke ich sie aus dem Bild.

»*Well*, die Wetterverhältnisse sind so schlecht ... *Horst* ... Aber jetzt bin ich gelandet und ...!«

»Mister Pringles! Soll ich Sie irgendwo abholen?«

Das täte ich. Mit dem Schlitten zum Beispiel. Oder mit dem Bollerwagen.

»Nein, Misses Hööbst, *ähäm*!! Ich habe einen ... *Horst*! Fahrer. Der kennt sich nur nicht aus im ... *ähäm* Salzkammergut ...«

»*Mister Pringles! Ich hole Sie ab, wo immer Sie sind!!!!*«

»Nein, nein, lassen Sie mal. Sie haben ja zu tun.«

»Nein, ich habe *nichts* zu tun, was mir wichtiger wäre, als *Ihnen jetzt sofort* mein Haus zu verkaufen!«, möchte ich schreien, aber ich bewahre Haltung, denn die Kinder haben ja keine Ahnung von meinen verzweifelten Plänen. Und so sage ich würdevoll: »Das stimmt natürlich, ich bereite mich gerade auf mein morgiges Solokonzert in München vor ...«

Die Kinder schauen mich perplex an. So wie ich da in Hanne-Maries selbst gestricktem Poncho vor mich hin zittere, mache ich nicht wirklich den Eindruck, als ob ich die Wahrheit erzähle.

»Ich ... *Achim*!! melde mich, wenn wir da sind.«

Mister Pringles hat aufgelegt, und ich schaue meine Kinder und Lena mit leerem Blick an.

»Wer ist dran?«

»Du, Mamski. Lena hat dich freigekauft. Du kannst weiterziehen.«

»Können wir eine Pause machen?«, flehe ich und stehe auf.

»Mamski ist eine schlechte Verliererin«, wiehert Robby schadenfroh.

Er bückt sich blitzschnell, packt mich bei den Hüften, wirft mich über seine Schulter und schleudert mich im Kreis herum. Das macht er oft, und meistens quietsche ich dabei vor Vergnügen. Nur heute nicht. Heute möchte ich mich übergeben.

»Lass sie runter, sie ist ja schon ganz grün im Gesicht!« Jenny und Lena verziehen sich ins Wohnzimmer, und Robby, mein Riesenkalb, eilt in den Fitnesskeller und malträtiert die Kraftmaschine.

Ich bin allein.

»Wo bleibst du nur, Mister Pringles?«, flüstere ich in den leeren Raum hinein. Ich schlüpfe in meine Winterstiefel und laufe die Einfahrt hinunter bis zur Parkallee. Genau an der Stelle, wo Gottfried immer morgens sein Geschäft macht und dann unter meinem Schlafzimmerfenster bellt, bleibe ich stehen.

Es ist dunkel, schwarze Wolken jagen über einen sich zornig verhüllenden Märzhimmel, der Wind zerrt an diesem ... Poncho, und ich stehe da und fange laut an zu beten.

»Lieber Gott, bitte schicke mir einen Engel«, sage ich zu den sich im Wind biegenden Büschen und Bäumen. »Bitte lass diesen Mann echt und gut sein, bitte lass ihn mir aus meiner Not helfen.«

Ich bete laut weiter, mindestens zwanzig Minuten lang. Dabei schneit es große nasse Flocken auf mich herab.

Mehrere Autos fahren auf mich zu, ich winke theatralisch, aber alle fahren an mir vorbei.

Endlich, *endlich* naht eine mir unbekannte Limousine. Sie fährt so langsam, dass ich begreife: Der Fahrer *sucht* etwas.

Hysterisch springe ich im Scheinwerferlicht auf und ab.

Das ist er.

Das ist er!!!

Ich hüpfe, von plötzlicher Hoffnung erfüllt, durch den festgefrorenen Altschnee die Einfahrt hinauf und weise dem Herrn den Weg.

Ein älterer Mann mit Cowboyhut entsteigt – höchst umständlich, *Achim!!* – dem Wagen und weist den Fahrer an, zu warten. Ich muss so sachlich wie möglich sein, rufe ich mich zur Ordnung. Sachlich, bestimmt, aber dennoch freundlich. Ich muss cool bleiben und Dinge sagen wie: Die besondere Lage in Festspielhausnähe rechtfertigt natürlich einen anspruchsvollen Preis.

Er trägt ein blau-weiß gestreiftes Hemd unter einem dunkelblauen Blazer mit Goldknöpfen, dazu eine feine Tuchhose und Schuhe mit Troddeln. Damit schliddert er etwas hilflos über den Schnee auf mich zu.

Auch der Swimmingpool in dem gepflegten, parkähnlichen Garten, der leider zurzeit wegen der Schneemassen nicht zu sehen ist, steigert den Wert dieser Immobilie ganz erheblich, übe ich leise meinen Text ....

Unter dem Hut sehe ich ein gütiges Gesicht, das auch schon einiges erlebt hat. Sofort vergesse ich meinen Text.

Das also ist Mister Pringles!!!

Wie enttäuscht muss er über meinen Anblick sein ...

Ich bin nicht die strahlende Opernsängerin, die er mal verehrt hat. Man hört mir meine Verzweiflung ganz deutlich an, als ich ihn mit einem trockenen »Welcome home, Mister Pringles« begrüße.

Ich bin eine verzweifelte Hausfrau.

Und das kann ich zufällig sogar auf Englisch.

Wir besichtigen das Haus. Den Salon, den Wintergarten, die riesige Küche mit all ihren Gerätschaften, die ich noch nie bedienen konnte. Den Fitnesskeller, in dem sich mein fescher Robby gerade abstrampelt und charmant grüßt.

»Oh, what a nice young man!«, freut sich Mister Pringles und blickt wohlgefällig auf meinen Prachtsohn, der ihm grinsend das Peace-Zeichen zeigt.

Wir besichtigen das Wohnzimmer, in dem Jenny und Lena zusammengekuschelt vor dem Fernseher liegen und tapfer Pringles-Chips futtern.

Sie grüßen artig, als ahnten sie, was für mich auf dem Spiel steht.

»Nice children, very well educated *Achim*!!«

Schließlich haben wir alles besichtigt. Sogar die Sauna und die Garage.

Mister Pringles wirkt hocherfreut. Sogar über meine ... *Achim* ... heruntergekommene ... ponchobehangene ... *Horst* ... Wenigkeit.

Der gute alte Mann freut sich, dass ein Monopoly-Spielbrett auf dem Tisch steht, und spricht von einer anheimelnden Atmosphäre, die er seit dem Tod seiner Frau nicht mehr in dieser ... *well* ... very nice family.

Fehlt nur noch der Schlaftrakt mit *ähäm* ... meinem zurzeit nicht so gut aufgelegten ... *Horst*.

»Da wäre noch ... mein Mann, er kommt gerade von einer Geschäftsreise aus Kalifornien, hat Jetlag, und ich fürchte, er ...«

»*Well*, lassen Sie ihn schlafen! Ich habe genug gesehen. *Achim*! Was für eine nette, harmonische Familie!«

»Ja, das sind wir.« Ich atme tief ein und mache eine ausladende Bewegung: »Dieses Haus hat so viel Schönes erlebt, hier war Lachen und Musik und Geborgenheit und Leben ...«

Ich muss mich unterbrechen, weil mir sonst die Stimme bricht.

Mister Pringles nimmt den Faden auf:

»Ich spüre eine *Achim* sehr gute Energie. Und eine solche Situation, wenn sie denn wahr ist ... Ich glaube ja keiner *well* ... Boulevardzeitung ... *Achim*!!!«

Ich bringe kein Wort heraus.

Er sieht mich über den Rand seiner Brille an und spricht: »Also Miss Hööööbst. Wir regeln das jetzt so.«

Er macht eine Kunstpause und fixiert mich aus seinen gütigen Augen, als könne er das Chaos hinter meiner Stirn sehen.

Merkt er, dass mir das Wasser bis zum Hals steht? Ahnt er es? Weiß er es?

»Ich kaufe das Haus.«

»Sie ... *kaufen* ... das Haus?! Aber es ist dunkel, und Sie haben noch gar nicht alles gesehen ... das Badezimmer, die begehbare Garderobe, das Schlafzimmer mit Riesenbalkon und den Blick auf den schneebedeckten ... Der See ...«

Plötzlich wird mir bewusst, was ich hier mache. Ich verkaufe ...

Mein ...

Unser ...

Ähäm ... Zuhause. In dem mein völlig am Boden zerstörter ... Bitte, lieber Gott. Lass ihn jetzt nicht ... auf der Treppe oder so ...

»Ich nehme jetzt *Achim* diesen Scheck hier ...«

Mister Pringles schiebt das Monopoly-Spielgeld ein wenig zur Seite,

»... und unterschreibe ihn.«

Ja. Das kann ich mit eigenen Augen sehen.

Er zückt einen irre teuer aussehenden Stift oder Füller oder was und setzt seinen Namen unter einen ... *Horst*! Blankoscheck.

Mensch.

Der ist ja wie ich!

Das habe ich mein ganzes Leben lang auch getan!

Dann überreicht er ihn mir, wobei er sein fiependes Handy aus der Brusttasche angelt und ans Ohr presst: »Ja, *Achim*! Ich weiß! Das Wetter! I'm ready in a few seconds ... Sonst ... *aha. Horst.* Keine Starterlaubnis mehr ... okay! *Nein*, ich bin schon ... *Horst! Well*

Miss Hööööbst. Sie setzen den Preis ein, den Sie sich vorstellen, und dann ... Ich muss jetzt gehen, weil es schon spät ist.«

»Mister *Pringles*! Sie können mir doch nicht einfach ... ähäm ... blind vertrauen!«

»Doch«, sagt Mister Pringles schlicht. »Wem ich vertraue, das entscheide immer noch *ich*.« Er lächelt, streckt mir die Hand hin, ich nehme sie, er legt seine zweite Hand auf unsere verschlungenen Hände, und auf einmal kommt es mir vor, als würden wir uns schon viele Jahre kennen. Er kennt mich ja auch schon viele Jahre. Nur anders.

Plötzlich muss ich weinen. Ich sinke in diesem lächerlichen, nassen, sich in feuchte Fäden auflösenden Poncho an des Multimillionärs Brust.

Mister Pringles tätschelt auf dem Poncho herum und bringt zum Ausdruck, dass er sich sehr darauf freue, die nächsten Festspiele zu besuchen, und dass er hoffe, mich dann wieder auf der Bühne zu sehen, in einer *Achim* besseren Verfassung. *Horst*.

»Nein, Mister Pringles, das ist eine Vorspiegelung falscher Tatsachen, unter dieser Voraussetzung sollten Sie das Haus nicht ... Es kann sein, dass ich nie wieder ... Ich meine, die Krasnenko ist einfach viel besser als ich, und jünger und hübscher ...« Ich werde von wilden Schluchzern geschüttelt.

»*Achim!* Ich muss jetzt wirklich ... *Horst* ... mein Pilot meint, bei diesem Wetter ... *well* ... es war nett, Sie und Ihre wunderbaren Kinder ... Und grüßen Sie Ihren Mann, wenn er aufwacht ...«

Obwohl er schon an der Haustür ist, die der Chauffeur ihm nun von außen aufhält, dreht sich Mister Pringles noch einmal um.

»Eine Sache wäre da noch ... Ich werde ja nicht immer hier sein, eigentlich ... eher selten, also nur zu den Festspielen vielleicht und Weihnachten. Und da brauche ich so etwas wie eine Haushälterin.«

»Ja«, beeile ich mich zu sagen. »Klar.«

»Die soll sich hier in der Gegend auskennen, auch mit *Horst*

Gärtnern und Handwerkern und so weiter, und die soll natürlich ... *Achim* ... putzen und alles in Ordnung halten.«

»Natürlich«, stammle ich. »Ich kümmere mich darum.«

»Sie sollte am besten hier im Haus *wohnen*, damit immer alles in gutem Zustand bleibt.«

»Gleich morgen gebe ich eine Annonce auf«, verspreche ich übereifrig.

»Wissen Sie«, setzt er nach, »ich könnte natürlich in alle Hotels dieser Welt gehen. Aber ich will ein *Zuhause*. Und das muss warm und gemütlich sein und mit ... *Achim* ... Leben gefüllt, wenn ich komme.«

Ich nicke. Ja. Das kann ich verstehen. Das hat dieser Mann auch verdient. Er hat mir inzwischen erzählt, dass nicht nur seine Frau, sondern auch seine einzige Tochter gestorben ist, und dass er sich da drüben in Texas schon sehr einsam fühlt. Er möchte sich in Zukunft nur noch mit schönen Dingen umgeben, die Festspiele besuchen und es sich im Salzkammergut gut gehen lassen.

Ich umarme ihn noch einmal und schwöre ihm, dass ich eine perfekte Haushälterin für ihn finde, die dieses Haus bewohnt, belebt, mit Licht und dem Duft von selbst gebackenem Kuchen füllt.

»*Well*, okay, und Sie und Ihre *ähäm* liebe Familie sind natürlich auch immer gern in diesem Haus willkommen! Deshalb lasse ich auch das Trampolin stehen. Und in dem Swimmingpool will ich Ihre Kinder sehen!«

Ich kann es nicht fassen, was dieser Mann für ein großes Herz hat.

»Wann, meinen Sie, sollten wir spätestens ausgezogen sein ...? Also natürlich, zu den Festspielen, das ist klar ...«

»*Well* ... Lassen Sie sich ruhig Zeit. Wenn Sie eine passende Bleibe gefunden haben, dann ... Sonst ... *Achim*.«

Kann es sein, dass der Mann feuchte Augen hat? Oder bilde ich mir ... Ich meine, ich heule ja auch ...

Mister Pringles schliddert auf seinen Troddelschuhen über den festgefrorenen Altschnee zum Auto, gestützt von dem Chauffeur, und winkt mir noch einmal zu. Was für ein Mensch, denke ich. Es gibt nur wenige Engel, die zu uns auf die Erde gelangen. Doch es gibt sie, ich kenne einen.

Ich halte den Blankoscheck fassungslos in den Händen, als ich den Wagen rückwärts aus der Einfahrt rollen höre. Was für eine Summe soll ich da einsetzen? Ich habe keine Ahnung, was diese Villa wert ist. Nachdem Felix so viel Arbeit da reingesteckt und sie mit so vielen Luxusgegenständen aufgewertet hat, da könnte man ... also, wenn man etwas aufrundet ... Aber ich will das Vertrauen dieses Texaners nicht missbrauchen. Andererseits scheint es ihm auf Hunderttausend mehr oder weniger nicht anzukommen ... Trotzdem, seine Freundschaft ist mir mehr wert als alles Geld der Welt. Weil er aus meinem Holz geschnitzt zu sein scheint und noch an das Gute im Menschen glaubt.

Ich bin ganz steif, meine Gelenke knacken, so angespannt habe ich dagestanden und gewartet, bis sich diese Erscheinung wieder in Luft auflöst. Ich stolpere fast auf dem Rückweg ins Wohnzimmer, weil ich mich so beeile, den Scheck an einem sicheren Ort ...

Mein einziger Gedanke ist, dass ich den jetzt irgendwo verstecken muss.

Und während ich noch fieberhaft überlege, wo, höre ich jemanden hinter mir atmen.

Ich fahre herum und zucke zusammen.

Auf der Treppe steht Felix.

26

»Wer war denn das?« Felix sieht noch sehr mitgenommen aus und riecht nach abgestandenem Alkohol. Sein bleiches Gesicht ist unrasiert, seine Augen sind blutunterlaufen.

Er muss sich scheußlich fühlen. Wahrscheinlich hat er rasende Kopfschmerzen. Ich habe Mühe, mein Entsetzen über seinen Anblick zu verbergen.

»Das war … Du glaubst es nicht … Der ist vom Himmel gefallen, Felix, er hat mein … er hat unser Haus gekauft!« Ich bin selbst noch völlig verdattert von dem, was ich da eben erlebt habe.

»Du hast unser Haus verkauft? *Unser Zuhause?*«

»Es ist das Einzige, was ich noch tun kann«, erwidere ich um Haltung bemüht. »Nachdem du uns völlig in den Ruin getrieben hast!«

»Du hast *unser Haus* verkauft?«, wiederholt Felix unter Schock. »Dieses Paradies, für das ich Tag und Nacht geschuftet habe?« Sein Blick ist fassungslos, und auf einmal wirkt er wie ein zehnjähriger Junge, dem man seine Ritterburg weggenommen hat. Ist er denn vollkommen fern jeder Realität?

Ich möchte ihn am liebsten wachrütteln. »Felix! Du hast unser Paradies *verspielt*! So sieht es aus!«

»Für wie viel?« Felix reißt mir den Scheck aus der Hand und studiert ihn mit angestrengter Miene. »Da steht ja keine Zahl drauf!«

Seine ungehaltene Stimme fühlt sich an wie Schmirgelpapier auf meiner wunden Seele. Ich möchte ihn anschreien, ihm eine Szene machen, meinem ganzen Zorn und meiner Verzweiflung Luft machen, aber nebenan sitzen die Kinder vor dem Fernseher.

Ich beiße mir auf die Lippen. »Willst du dich nicht erst mal frisch machen?«

Felix starrt auf den Scheck und hält ihn gegen das Licht.

»Der Typ ist nicht echt! Der wollte dich austesten! Wie naiv bist du denn?«

Entschlossen reiße ich den Scheck wieder an mich. Ich habe wirklich nicht viel Menschenkenntnis und bin weiß Gott auf so manchen Betrüger reingefallen, aber an diesen Mann muss ich einfach glauben.

»Hast du gesehen, wie der aussah?«, fragt Felix. »Der hatte Brillanten in der Brille, handgefertigte Cavalli-Schuhe aus Mailand und eine Fünfzigtausend-Dollar-Uhr!«

»Nein.« Auf so was achte ich nicht. Ich habe nur in sein Gesicht gesehen. Und in seine Augen, die schon viel Trauriges gesehen haben. Das letzte Traurige, das sie gesehen haben, war ich.

Einen Moment lang herrscht Stille zwischen uns.

Felix beäugt misstrauisch den Scheck. »Was will der Kerl von dir? Du bist immer noch meine Frau.«

Ich versuche, so etwas wie Entschlossenheit zu mobilisieren. Mir geht einfach nicht aus dem Kopf, was Hanne-Marie gesagt hat: Er ist spielsüchtig. Er braucht professionelle Hilfe. Mach dich nicht länger zur Mitabhängigen.

»Hör zu.« Ich hole tief Luft. »Ich werde dir diesen Scheck nicht geben. Der Zeitpunkt ist gekommen, wo wir beide eine Entscheidung treffen müssen. Ich werde meine finanziellen Dinge von nun an selbst regeln, und du musst deine Angelegenheiten in Ordnung bringen ...«

»Der Scheck könnte uns retten«, unterbricht Felix mich. »Der Typ hat uns einen *Blanko*scheck in die Hand gedrückt! Das Haus ist mindestens eine Million wert, und dann wären wir aus der ganzen Scheiße raus!«

Ich kann mir denken, wie dringend er Geld braucht.

Aber wenn ich ihm diesen Scheck jetzt gebe, dann ...

»Felix«, bricht es aus mir heraus, »ich werde dir nie wieder Geld geben. Du hast immer noch nicht eingesehen, dass du mich und die Kinder in den Ruin getrieben hast mit deiner Spielsucht. Über Jahre hinweg habe ich dir vertraut und dir mit allen meinen Konten freie Hand gelassen.« Ich muss innehalten, weil mir die Stimme bricht: »Weil ich dich wirklich geliebt habe«, presse ich mit erstickter Stimme hinterher. Dann wende ich mich abrupt ab und beginne routiniert, das Chaos auf dem Tisch zu beseitigen.

Dabei spüre ich seinen Atem in meinem Nacken. Ich zwinge mich, mir nicht anmerken zu lassen, wie sehr ich mich davor fürchte, dass er jetzt ausflippt und die Kontrolle über sich verliert. Ich fange geschäftig damit an, dieses Monopoly-Spiel aufzuräumen. Das viele Spielgeld, das über den ganzen Tisch verstreut ist, die grünen Häuschen und die roten Hotels … die Spielfiguren und Chipskrümel, die aufgerissenen Pringles-Tüten, all das sammle ich mit zitternden Fingern ein. Dabei lasse ich unauffällig den Scheck in dem Spielgeldhaufen verschwinden. Er liegt jetzt in der Monopoly-Schachtel, die ich in der Esszimmerbank verschwinden lasse. Mit Schwung setze ich mich darauf und sehe Felix ernst in die Augen.

»Ich muss einen Schlussstrich ziehen, Felix. Sonst gehen wir alle zugrunde.«

So, nun ist es heraus. Meine Finger zittern so sehr, dass ich meine Hände verschränken muss.

»Du willst mich verlassen?« Felix sieht mich mit schreckgeweiteten Augen an. Sein Atem geht stoßweise. Sein Blick ist starr auf mich gerichtet, als könne er den Sinn meiner Worte nicht begreifen. Ich kann ihn ja selbst nicht begreifen. Unsere Blicke und unsere Gedanken zucken wild hin und her, wie der Grashalm, der sich mit letzter Kraft an den Scheibenwischer klammert, bis er vom unbarmherzigen Fahrtwind weggeweht wird. Er sieht mich eine Ewigkeit lang an, während es um seine Mundwinkel zuckt, weil er heftig mit den Tränen kämpft. Ich glaube, meine Eingeweide werden jetzt in Millionen Einzelteile zerbersten.

»Ella Herbst«, sagt er schließlich mit einem Beben in der Stimme, »du bist die großmütigste, großzügigste, liebevollste Frau, die ich je ...« Er bricht ab, kommt mit geradezu wild entschlossener Miene auf mich zu. Als er mich küsst, laufen mir seine Tränen in den Mund und vermischen sich mit meinen. Ich klammere mich an ihm fest und hoffe verzweifelt, dass er sich jetzt entschuldigt und alles einsieht. Dass er mir jetzt das Versprechen gibt, nie wieder zu spielen. Dass er mir verspricht, eine Therapie zu machen und sich zu ändern. Dann werde ich zu ihm halten. Aber nur dann. Ganz gegen mein eigentliches Bedürfnis wehre ich mich gegen weitere Zärtlichkeiten und halte ihn auf Armeslänge von mir ab:

»Felix! Hast du mir sonst nichts zu sagen?«

»Das Leben mit dir war ein Traum«, erwidert Felix mit rauer Stimme. »Bitte mach es uns nicht kaputt.«

Immerhin ist Felix nicht mehr zynisch.

Im Gegenteil. Er ist kleinlaut und ratlos. Aus kleinen, rot geränderten Augen sieht er mich flehend an. Angespannte Stille.

»Hör zu«, erkläre ich leise. »Ich habe das Haus verkauft, weil du mir keine andere Wahl gelassen hast. Ich weiß, dass du deine ganze Seele da reingesteckt hast. Aber du hast hinter meinem Rücken jahrelang Dinge getan, die mich und die Kinder ruiniert haben. Ich weiß noch nicht, wie sich das auf unsere Ehe auswirken wird ...« Ich möchte lieber nicht weitersprechen, sonst kann ich nicht mehr zurück. Ich *will* ihm ja noch eine Chance geben! Wenn er es einsieht!

»Ich habe dich in eine schreckliche Situation gebracht«, unterbricht mich Felix. »Es ist jahrelang gut gegangen, sodass ich dich auf Händen tragen konnte. Aber dann ...«, er reibt sich die Augen, »kam diese verdammte Pechsträhne.«

Ja, denke ich, das kenne ich auch. Es kann so schnell gehen. So schnell.

»Ich habe alles versucht, dich nichts merken zu lassen. Du hattest selbst eine so schwere Zeit. Ich wollte dich auffangen und dir weiterhin das Leben bieten, das du gewöhnt warst. Deshalb bin ich wie verrückt in die Spielkasinos der ganzen Welt gefahren ... Ich hatte todsichere Tipps, welche Zahl gewinnen würde ... und es hat auch verdammt lange geklappt. Ich war unbesiegbar!«

Endlich. *Endlich* ist er ehrlich mit mir.

»Felix, sag mir nur eines: Seit wann spielst du?«

»Weißt du noch, an dem Abend in Sankt Moritz, im Palace Hotel, als wir uns kennengelernt haben?!«

»Du willst mir doch nicht sagen, dass ...«

»Doch. Ich war mit Freunden unterwegs, sie hatten mir einen Gutschein für das Spielkasino geschenkt, und ich habe an diesem Abend fünfzigtausend Schweizer Franken gewonnen. Bei meinem allerersten Versuch.«

Mein Mund wird ganz trocken, und ich trinke einen abgestandenen Schluck Apfelsaft, den die Kinder haben stehen lassen.

»Deshalb saß ich an der Bar und habe gefeiert. Ich konnte mein Glück gar nicht fassen. Dann bist du aufgetreten und hast so bezaubernd gesungen ...« Er räuspert sich und wischt sich über die Stirn. »Ich hatte noch nie von dir gehört, das gebe ich ja zu ... aber du hast mir Glück gebracht ... in der Liebe und im Spiel, und ich habe mich wirklich in dich verliebt, das musst du mir glauben!« Nach einer Pause fügt er hinzu: »Und ich liebe dich immer noch.«

Er hat eine solche Wärme in der Stimme, dass mir ganz heiß wird. Ich trinke einen großen Schluck, um mich zu beruhigen. Und dann noch einen. Mein Herz rast. Was mache ich denn jetzt? Ich bemühe mich, meiner Stimme einen festen Klang zu verleihen.

»Ich habe dich auch geliebt. Du warst immer für mich da – und für die Kinder –, und du hast uns allen ein wunderschönes Leben bereitet. Aber auf welchem Fundament? Du hast doch nur auf Sand gebaut, Felix! Und jetzt ist dein Lügengebäude eingestürzt!«

»Ich wollte dir helfen! Du hattest es verdient, dass sich jemand um dich kümmert. Ich wollte dich ... beschützen!«

Er massiert sich die Stirn, so als könne er nicht fassen, was passiert ist.

»Es war so leicht! Ich hatte mehr Glück als Verstand! Mir schien das Glück einfach immer hold zu sein! Ich war schon als Felix, der Glückliche, in den Kasinos bekannt! Es war so ... berauschend ... so ... unwirklich! Ich nahm das Geld und wusste, ich kann dich damit weiter auf Händen tragen. Anschließend wollte ich nur noch zu dir. Nach Hause.«

Auf einmal sehe ich wieder, wie er strahlend nach Hause kam, mit Champagner in der Hand, und wie er gut gelaunt das herrlichste Essen zauberte. Dann blieb er wochenlang daheim, richtete das Haus noch schöner und noch edler ein, was ich kaum wahrnahm, weil ich ja selbst so viel unterwegs war, und lud Gäste ein.

Aber es kam immer der Tag, wo er ganz plötzlich wieder zu einer »Geschäftsreise« aufbrechen musste, und er sprach immer von einem »todsicheren Deal«.

»Ich konnte dir einfach nicht sagen, womit ich mein Geld verdiene, du hättest das nicht gutgeheißen! Du bist eine so ehrliche Seele, und du hast mir vertraut!«

Er macht eine ungehaltene Bewegung. »Ich will, dass du mir immer noch vertraust.«

Ich beuge mich vor und greife seine Hand. »Ja, ich habe dir vertraut, Felix.«

»Aber *jetzt* nicht mehr! Jetzt vertraust du mir nicht mehr!«

»Nein, nicht ganz.« Ich schaue ihm in die Augen. »Du hast meine gesamte Existenz verspielt. Was verlangst du von mir?!«

»Ich bin aber immer noch derselbe!«, stößt er verzweifelt hervor. »Als wir uns kennenlernten, war ich im Erfolgsrausch – und du auch! Was haben wir uns versprochen, Ella? In guten wie in schlechten Zeiten!« Er sieht mich flehentlich an, seine Stimme klingt so warm, dass mir ganz anders wird.

Ich möchte ihn am liebsten in den Arm nehmen und küssen,

aber ich reiße mich zusammen. Soll ich ihn jetzt dafür küssen, dass er mich belogen hat?

»Nach den ersten Niederlagen habe ich erst recht weitergespielt, weil ich so sicher war, ich würde wieder gewinnen! Und ich habe auch wieder gewonnen, Ella! Oft! Immer wieder! Aber von den Gewinnen musste ich Schulden bezahlen. Und irgendwann war ich vollkommen pleite.«

Felix sagt eine Weile gar nichts, starrt nur zu Boden. Ich halte den Atem an, voller verzweifelter Hoffnung – auf was eigentlich? Dass er sagt, April, April?

»Da habe ich mir von dir ... Geld geliehen. Du hast es ja gar nicht gemerkt! Du warst immer beschäftigt, hast gesungen, warst unterwegs ... Und ich wollte dich nicht belasten. Ich wusste, du kannst nur singen, wenn du keine Sorgen hast. Also habe ich weitergespielt. Es kamen Zeiten, da hatte ich das ganze Geld wieder drinnen. Ich habe deine Konten wieder ausgeglichen, habe deine Schulden bezahlt.«

»Wie ... ich hatte ... früher schon ... Schulden?«

»Du weißt ja nur die Hälfte.« Jetzt bricht es aus Felix heraus. »Deine ganzen verdammten Delta-Aktien, die verschiedenen Wertpapiere, die Fonds, die dein neunmalkluger Steuerberater mit deinem Geld gekauft hat, sind alle nichts mehr wert. Ich habe versucht, die Sache vor dir zu vertuschen, damit du keine Sorgen hast und wieder singen kannst, und ich habe gehofft, deine Löcher mit meinen Spielgewinnen stopfen zu können. Aber das Gegenteil war der Fall.«

Jetzt brauche ich Champagner. Sonst überlebe ich diese Beichte nicht. Doch der abgestandene Apfelsaft muss genügen.

»Ich habe dich leiden sehen, Ella. Wie du mir zusammengefallen bist, als sie dich nicht mehr wollten, als diese junge Russin plötzlich in aller Munde war. Wie tapfer du die ganzen Zeitungsartikel geschluckt hast, wie du versucht hast, trotz allem mit den Kindern und deinem Großvater eine fröhliche, heitere Atmosphäre zu schaffen. Dabei hast du gelitten wie ein Hund ...«

Er presst die Fäuste gegen die Schläfen, und ich stehe auf und bringe ihm ein Glas Wasser mit drei Aspirin.

»Ich habe gespielt und gespielt, um dich da wieder rauszuholen, aber du hattest kein Engagement mehr, und als deine Reserven komplett erschöpft waren, habe ich meine ... Geschäftspartner angepumpt. Natürlich nur vorübergehend ... Man trifft immer wieder die Gleichen am Roulettetisch.«

Es ist erstaunlich, wie ruhig ich dasitzen kann. Es erleichtert Felix so, sich mir endlich anzuvertrauen, dass er mich bestimmt nicht anlügt.

»Aber was sind das für Menschen, für die ich Daueraufträge ...«

»Nachdem ich bei mindestens zwanzig Leuten Schulden hatte, versuchte ich mich aus der Schlinge zu ziehen, indem ich ihnen anbot, die Schulden in Raten abzustottern. Der eine Typ hat gemeint, ich könnte erst mal den Unterhalt für seine zwei unehelichen Kinder übernehmen. Dann erscheint das nicht auf seinen Kontoauszügen, und seine Frau bemerkt nichts davon.«

Mir fällt die Kinnlade runter. »Heißt der Siegfried Breitscheidt?«

»Genau. Und die Geliebte von ihm heißt Bernadette Kaiser.«

»Für die zahlst du Miete, Auto, Versicherung und das Handy. Beziehungsweise du hast das gezahlt. Bis ich ... alles gestoppt habe.«

Mein Magen dreht sich um.

Das ist doch alles ...

Wieso knalle ich ihm jetzt nicht die Apfelsaftflasche über den Schädel? Wieso brülle ich ihn jetzt nicht an, dass er sofort mein ... *ähäm* Mister Pringles' Haus verlassen soll?

Ich weiß es nicht. Fassungslos starre ich ihn an. Ich empfinde keine Wut.

Auf diesen Moment habe ich lange gewartet. Dass mir einer erklärt, wie mir diese ganze fürchterliche Scheiße passieren konnte.

Jetzt sehe ich wenigstens klarer.

»Aber das Schlimmste ist, dass ich dich und die Kinder verlieren werde.«

Wie er da so sitzt, im zerknitterten T-Shirt und in Boxershorts, unrasiert, kahl geschoren, graugesichtig und mit rasenden Kopfschmerzen, tut er mir unendlich leid. Zutiefst berührt stelle ich fest, dass uns beiden die Tränen über das Gesicht laufen.

In guten wie in schlechten Zeiten, geht es mir durch den Kopf. Er nimmt meine Hand, und wir klammern uns aneinander fest. Schluchzend sitzen wir da auf der Kaminbank, beide ein Bild des Jammers.

»Wie kann ich dir nur helfen?«, flüstere ich mit einem dicken Kloß im Hals. »Bitte mach eine Therapie! Bitte, tu es für uns, dann werde ich zu dir halten! Ich bin deine Frau, und wir stehen das zusammen durch!«

Sein Blick ist leer. Völlig erschöpft. Ausgelaugt. Er starrt ins Leere. Er flüstert irgendwas, aber ich kann ihn nicht verstehen.

Ich habe Angst, dass er durchdreht.

»Felix, lass dich behandeln, du bist nicht der Einzige, dem so etwas passiert!«, rede ich auf ihn ein. »Du bist nicht allein, glaub mir! Wenn du erst mal eingesehen hast, dass es eine verdammte Sucht ist, die dich treibt, wirst du einen Weg da raus finden! Es gibt hier in der Stadt ein Therapiezentrum, wo du mit anderen Betroffenen ...«

Ich erstarre, als ich seinen Gesichtsausdruck sehe. »Felix? Hast du mir überhaupt zugehört?«

»Der Scheck«, stößt Felix schließlich hervor. »Ich könnte es noch ein letztes Mal probieren, wenn du mir noch ein letztes Mal vertraust ...«

Er hebt den Blick, sieht mich flehentlich an.

»Bitte, Ella. Vertrau mir. Ich reiße alles wieder raus. Gib mir den Scheck.« Er streckt die Hand aus, die so sehr zittert, dass ich mich abwenden muss.

Ich kann nicht mehr. Mechanisch stehe ich auf. Ich balle die Hände zu Fäusten und presse die Lippen aufeinander.

Genug ist genug.

»Felix«, höre ich mich sagen. »ich kann so mit dir nicht mehr weiterleben.«

Das tut mir entsetzlich weh. Aber es ist heraus.

Felix senkt den Kopf und schweigt.

Wie Großvater. In meinem Kopf schwirrt es.

Wie Großvater?!

»Ich werde jetzt gehen.« Ich beuge mich zu Felix hinunter und drehe sein fahles Gesicht zu mir. »Und wenn ich wiederkomme, möchte ich, dass du nicht mehr da bist.«

Ich denke nicht, dass er begreift, was ich gesagt habe. Ich begreife es ja selbst nicht. Ein jähes Schwindelgefühl erfasst mich. Habe ich gerade unsere Ehe ... beendet?

Wo ich doch eben noch fest entschlossen war, zu meinem Mann zu halten, in guten wie in schlechten Zeiten?

Vor meinen Augen tanzen schwarze Flecken. Ich habe das Gefühl, mich sofort übergeben zu müssen.

»Ich werde jetzt zu Großvater gehen«, krächze ich monoton. Ich zittere am ganzen Körper. Ich muss hier raus. Bloß weg. »Du hast inzwischen Zeit, dich von den Kindern zu verabschieden. Bitte lass sie nach wie vor nichts merken, sie sind doch so ... ahnungslos!«

Als ginge es zum Schafott, stehe ich auf.

Er starrt mich an, ohne ein Wort zu sagen.

»Denk dir irgendetwas aus, das hast du ja bisher auch immer gut hingekriegt. Erzähl ihnen was von einer langen Geschäftsreise ...« Meine Stimme bricht, mein Kinn zittert, Tränen schießen mir aus den Augen und kullern mir über die Wangen.

Ich klappe die Bank auf, auf der ich die ganze Zeit gesessen habe, nehme den Scheck aus dem Monopoly-Spiel und stopfe ihn in die Hosentasche, als wäre er ein Einkaufszettel oder Busfahrschein.

Dabei zerreißt es mir schier das Herz. Jetzt ist alles aus. Jetzt kann ich nicht mal mehr ... Ich würde ihn so gern ein letztes Mal umarmen, ihm Mut machen, ihm sagen, dass er immer in meinem Herzen bleibt ... Aber ich werfe keinen Blick mehr zurück. Felix muss seinen Weg gehen. Aber ohne mich und die Kinder. Ich muss meinen Weg gehen.

Es ist aus.

Ohne nachzudenken, renne ich in die kalte, dunkle Nacht hinaus.

27 Es ist schon nach neun, als ich schließlich vollkommen erschöpft im Altersheim ankomme. In einer Stille, die von Sekunde zu Sekunde quälender wird, fahre ich im leeren Fahrstuhl nach oben und schleiche mich durch den schwach beleuchteten Gang bis zu Großvaters Tür, an der ein selbst gemaltes Bild von Jenny hängt. Wie unschuldig erscheint es mir, wie ... grotesk nach allem, was passiert ist!

Großvater liegt im Bett. Er hat die Augen geschlossen, und im Schein der Notbeleuchtung sieht er aus wie tot.

»Großvater?« Ich taste mich zum Bett und schüttle ihn sanft am Arm.

Verwirrt öffnet er die Augen. »Hallo, Ella«, nuschelt er zahnlos. »Da bisch du.«

Erleichtert ziehe ich mir einen Stuhl heran.

»Ja. Da bin ich. Ich wollte dich unbedingt heute Abend noch sehen.«

»Turbulente Zeiten«, krächzt er, und mir wird klar, dass er wieder Besuch von Jürgen und Hanne-Marie hatte.

Plötzlich überkommt mich ein unbändiges Mitteilungsbedürfnis.

»Ich stecke ganz fürchterlich in der Scheiße«, höre ich mich sagen.

»Felix hat mein ganzes Geld verspielt, was nach den Fehlinvestitionen von Jürgen noch übrig war. Felix wollte mich retten, hat mich aber immer tiefer reingerissen, und heute habe ich unser Haus verkauft. Die Kinder wissen es noch nicht!« Ich unterbreche mich, weil ich so fürchterlich weinen muss. Ich schlage die Hände vors Gesicht. »Felix war im Gefängnis, und er meint, das sei meine Schuld. Er sieht es nicht ein, ich habe ihn ... wir haben uns ... getrennt. Ich habe keine Ahnung, wie mein Leben weitergeht ...« Jetzt schluchze ich haltlos. »Ich muss doch für die Kinder weiterleben.« Mich schüttelt es. »Wenn ich wiederkomme, wird er nicht mehr da sein. Ich habe ihn wirklich geliebt, Großvater, und das Schlimme ist, ich liebe ihn immer noch.«

Großvater versucht, sich aufzusetzen. Er schaut mich aus einem wachsbleichen Gesicht an und wirkt wie vom Tod gezeichnet.

Kraftlos sinkt er wieder auf sein Kissen zurück und starrt in die Dunkelheit. Dann flüstert er, kaum hörbar: »Da machst du was mit.«

Ach, jetzt habe ich den alten müden Mann doch noch mit meinem Seelenmüll belastet! Das wollte ich doch nicht! Verdammt noch mal, warum konnte ich mich bloß nicht beherrschen?!

Aber ich bin einfach so verzweifelt, weiß nicht, wohin ...

Ich lasse den Kopf auf seine braune Wolldecke sinken und weine hemmungslos. Großvater legt seine von Altersflecken übersäte Hand auf meinen Kopf. Kaum spürbar. Aber da liegt sie. Wie ein lahmer Schmetterling, so leicht, so ... zerbrechlich ...

»Ich war so dumm und so naiv«, schluchze ich in diese Decke, die nach Kindheit und Großvater riecht, »ich habe das Leben betrachtet wie ein einziges Fest, ohne mir Sorgen um die Zukunft zu machen. Ich habe mich in finanziellen Dingen immer nur auf meine Männer verlassen, weil ich zu faul war, mal selbst einen Aktenordner aufzuschlagen. Ich habe ihnen vertraut, weil ich von diesen Dingen nichts verstehe und mir auch nicht die Mühe machen wollte ...«

Ich weine und weine.

Großvater tätschelt mich mit seiner gichtverkrümmten Hand. Er sagt nichts. Aber es tut gut, mich auszuweinen.

»Dann habe ich den Kopf in den Sand gesteckt und meine Augen vor dem verschlossen, was ich längst ahnte, aber nicht wissen wollte ...« Ich rede und rede, ich weine und weine, ich schluchze und schluchze. »Mein ganzes Leben ist verpfuscht«, stoße ich zwischen Jammern und Wehklagen hervor, »ich habe einfach alles falsch gemacht!«

»Kind, Kind, Kind«, sagt Großvater schließlich erschüttert.

»Ich wollte den Kindern eine fröhliche Mutter sein und dir eine fröhliche Enkeltochter«, bricht es stoßweise aus mir heraus, »aber ich war schon wegen Depressionen im Krankenhaus. Dabei kann ich die Rechnung für das Krankenhaus gar nicht bezahlen, weil alle meine Versicherungen gekündigt sind ... Ach Großvater, es ist ein Albtraum! Ein einziger Albtraum!«

Großvater sagt nichts. Aber ich spüre seine Hand. Wie gut das tut!

»Millionen von fremden Menschen wissen, dass ich pleite bin und hoch verschuldet!«

Es schüttelt mich so sehr, dass ich nicht weitersprechen kann.

Großvaters Hand ist noch da, und ich fühle mich getröstet.

»Dieser grässliche Unmensch von nebenan«, heule ich, wobei mir der Rotz aus der Nase quillt. »Der war schon ein paarmal bei uns zu Hause. Ich *hasse* ihn so! Einmal hat er das Auto mitgenommen zur Zwangsversteigerung, und einmal wollte er das Haus beschlagnahmen. Beinahe wären die Kinder und ich auf der Straße gestanden!«

Die Tränenflut will nicht stoppen. Ich greife nach den Kleenextüchern, die Großvater auf dem Nachttisch stehen hat, und schnäuze mich hinein, während Schüttelfrost von mir Besitz ergreift.

»Da hast du was durchgemacht«, nuschelt Großvater. Ohne sein Gebiss sieht er wirklich erschreckend greisenhaft aus.

»Und heute kam so ein alter amerikanischer Millionär daher ...« Ich erzähle ihm bruchstückhaft die Geschichte von Mister Pringles aus Texas, den mir der Himmel geschickt hat und der mir einen ... Blankoscheck ...

»Gib ihn besser nicht Feliksch«, nuschelt Großvater.

Ich hebe das tränenverschmierte Gesicht.

»Großvater, darf ich den Scheck bei dir in der Nachttischschublade verstecken?«

»Ja.«

»Sagst du auch nicht, ich soll meine Hand aus deiner Schublade nehmen?«

Schweigen. Dann das Unfassbare: Großvater nimmt meine Hand und sieht mir ins Gesicht.

»Es tut mir leid, Ella. Ich möchte mich bei dir entschuldigen.«

»Ist schon gut, Großvater«, sage ich, und die Tränen laufen mir unablässig über die Wangen. »Ist schon gut. Wir bauen alle mal Scheiße, nicht?«

Ich versuche ein Lächeln, und er sagt: »Aber so was von.«

Und dann umarmen wir uns. Lange und innig und ganz vorsichtig.

Ich liege an seiner Brust und höre sein Herz ganz leise schlagen. Wenn es einen Moment in unserem Leben gibt, in dem Großvater und ich uns nahe waren, dann ist es dieser. Für diesen Moment hat sich alles gelohnt.

Schließlich geht sein leises Atmen in ein friedliches Schnorcheln über. Fast so, als hätte er seinen Frieden gefunden.

Ich bin schon ganz verspannt, mein Rücken schmerzt, mein Bein ist eingeschlafen, und meine Lungen brennen vom vielen Weinen.

Leise erhebe ich mich, schnäuze mich noch einmal in das letzte Kleenextuch und wische mir die schwarz verlaufene Wimperntusche von den Augen.

Ich sehe furchtbar aus, wie ein Gespenst, als ich leise die Tür öffne. Gerade als ich versuche, mich hinauszuschleichen auf den schwach beleuchteten Flur, höre ich leise Großvaters Stimme vom Bett her:

»Mach's gut, mein lieber Schatz!«
So etwas Liebes hat er noch nie zu mir gesagt.
Nicht, solange ich mich erinnern kann.
»Du auch.«
»Und vergiss nicht, dass Felix dein Mann ist.«
Ich drehe mich abrupt um. »Was hast du gesagt?«
Leisen Schrittes taste ich mich noch einmal an sein Bett zurück.
Ich beuge mich vor, damit er mir ins Ohr flüstern kann:
»Felix braucht dich jetzt. Lass ihn nicht im Stich.«
Das klingt so zart, wie ein letzter Flügelschlag.

Ich krame in meiner Jackentasche nach dem letzten zerknüllten Rest eines eingeweichten Papiertaschentuchs und versuche, mir mit diesem Fetzen die erneut fließenden Tränen abzuwischen.

Ja, ich werde nach Hause rennen, und wenn Felix noch da ist, werde ich … Mir wird schon was einfallen. Er darf nicht gehen. Ich werde mich um ihn kümmern. Ich schaffe das.

So leise wie möglich lasse ich die Tür einschnappen.

Jetzt bloß kein überflüssiges Geräusch machen. Jetzt bitte niemandem begegnen … nicht einmal Simone!

Ich möchte mich erst wieder … fangen, über morgen nachdenken.

Da geht wie von Geisterhand lautlos die Nachbartür auf, und die riesige, dunkle Gestalt von Dr. Zauner schiebt sich auf den Flur hinaus.

O Gott. Bitte lass das nicht wahr sein. Warum immer *der*?

Warum immer im falschen Moment? Warum immer, wenn ich aussehe wie eine Vogelscheuche und suizidales Gedankengut hege? Der riesige Mann zuckt erschrocken zusammen, als er mich tränenverschmiert an der schwach beleuchteten, weiß getünchten Wand stehen sieht. Bestimmt hält er mich für ein Gespenst. Und das bin ich ja auch.

Schließlich brummt der schreckliche Unmensch mit Grabesstimme: »Grüß Gott.«

»Grüß Gott«, flüstere ich und drehe verschämt das Gesicht zur Wand, in der Hoffnung, dass er mich dann in Ruhe lässt.

Dr. Zauner geht ein paar Schritte weiter, überlegt es sich anders und kommt in seinem wehenden Lodenmantel zurück: »Kann ich Ihnen helfen?«

»Ja«, flüstere ich demütig, »haben Sie vielleicht ein Taschentuch?«

Er gibt mir ein großes Stofftaschentuch, das er aus den Tiefen seines Lodenmantels zieht, und ich schnupfe hinein. Das Taschentuch riecht nach Zimt und Anis. Wahrscheinlich hat er darin neulich noch ein paar Weihnachtskekse zu seiner Mutter transportiert. Das ist ja schon wieder rührend. Wenn ich nicht so nah am Wasser gebaut hätte, müsste ich deswegen nicht schon wieder losheulen.

Der Bezirksrichter nimmt mit sanftem Druck meinen Arm und schiebt mich zum Lift. Wenn ich bedenke, dass er mich zuletzt rauchend und kopfschüttelnd in eine Schneewehe geschubst hat und davongefahren ist, ist das eine ungeahnte Steigerung.

Zum Glück sieht uns niemand. Wir stehen schweigend im nächtlich beleuchteten Aufzug, und ich starre trotzig an die schmucklose Wand, an der die Essenszeiten und eine Einladung zu »Gymnastik mit Musik« hängen.

Bitte, lieber Gott, mach, dass er meinen Gefühlsausbruch von eben nicht gehört hat. Dass er nicht verstanden hat, was ich alles gesagt habe. Dass ich ihn hasse und das von Felix, von Jürgen ... und dem *Scheck*!!!, schießt es mir voller Verzweiflung durch den Kopf. Bitte mach, dass die Badezimmertür zu war. Es liegt ein Blankoscheck in Großvaters Schublade. Neben zwei Kugeln Ohropax, einem Knopf, etwas Kleingeld und einem Nagelzwicker.

Mein ganzes Leben liegt dort in der Nachttischschublade. Mein letztes Zipfelchen Vertrauen.

Wenn der Bezirksrichter diesen Scheck pfändet ... Mein Herz rast so laut, dass es mir in den Ohren dröhnt. Ich komme mir vor wie eine Schwerverbrecherin.

Auf dem schwach beleuchteten Parkplatz bleibt Dr. Zauner unschlüssig stehen.

»Soll ich Sie nach Hause fahren?« Sein Atem dampft, während er spricht, und er reibt sich frierend die Hände.

»Danke, geht schon.«

Erstaunlich, wo ich mein letztes Promille Reststolz noch hernehme.

»Es ist aber schon finster. Da wollen S' noch wandern?«

»Selig sind, die im Finstern wandern«, sage ich trocken. Ich streiche mir das Haar aus dem tränen- und wimperntuscheverschmierten Gesicht.

Er ... Sehe ich richtig oder ... zuckt es unmerklich um seine Mundwinkel?

»Das haben wir unlängst gesungen«, brummt Dr. Zauner. »Im Kirchenchor. Warum kommen Sie nicht auch mal zu einer Probe? Sie san doch a Sängerin?«

Ich stoße ein unfrohes Lachen aus. »Allerdings! Ich bin eine Profi-Sängerin«, stelle ich klar und straffe die Schultern. »Und nur weil ich pleite bin, mein Haus verkaufen muss und mein Auto versteigert wurde, heißt das noch lange nicht, dass ich in einem ... Dorfkirchenchor mitsinge.«

Sekundenlang starren wir uns schweigend an. Unser beider Atem dampft im Schein der Parkplatzlaterne, wo er sich zu einer Wutwolke vereinigt und wie ein Spuk verflüchtigt.

»Als Bezirksrichter kann ich Ihnen nicht verbieten, mich zu belästigen«, knurre ich wie ein gereizter Hund, »aber privat wünsche ich von Ihnen nicht mehr angesprochen zu werden!«

Damit drehe ich mich um und renne im Schweinsgalopp in die Dunkelheit.

28

Als ich am nächsten Morgen aufwache, hallt irgendein Geräusch in meinem Ohr nach. Aber was? Mag sein, dass Gottfried gebellt hat, aber das war es nicht. Ich sinke auf mein Kissen zurück und versuche, mich an gestern zu erinnern. Plötzlich ist alles wieder da.

Der Heimweg im Stockdunkeln. Mein verzweifeltes Keuchen beim Laufen. Der Schlüssel im Schloss, meine Hoffnung, dass Felix dasitzen könnte mit einem Glas Champagner für mich: »Prinzessin! Mach dir keine Sorgen! Wir kriegen das alles hin! Die Trottel haben sich geirrt!«

Aber alles war still und dunkel.

Die Küche war aufgeräumt, die Kinder schliefen, als wenn nichts wäre. Ich konnte es kaum fassen, dass er wirklich gegangen war.

Auf meinem Kopfkissen lag ein Zettel:

Du hast mich rausgeworfen, und das verstehe ich. Ich habe alles falsch gemacht. Setze mich ins Ausland ab. Werde keine Sekunde aufhören, dich zu lieben. Wenn du die Scheidung willst, werde ich darin einwilligen. Ich zahle dir alles zurück, das schwöre ich. Ich habe dich nicht verdient, und das wusste ich vom ersten Moment an. Immer dein Felix.

Ich habe den Zettel an meine Brust gedrückt und die ganze Nacht geweint, während ich mir kalt und grausam vorkam. Konnte mir wirklich nichts Besseres einfallen, als ihn auf die Straße zu setzen? Ihn in seinem Elend allein zu lassen?

Er wäre bei mir geblieben, hätte versucht, mit mir gemeinsam eine Lösung zu finden.

Ich habe Felix im Stich gelassen. Wo ist er? Was macht er? Wie geht es ihm? Er wird sich doch nichts ...

Ich liege eine Weile ganz still da, lasse alles auf mich einwirken. Meine Ehe. Meine Familie. Mein Zuhause. Meine Karriere. Alles ist zerstört. Alles. Innerhalb eines halben Jahres.

Die Welt, die ich kannte, ist nicht mehr.

Ich habe nichts mehr. Nichts. Nur noch Großvater und die Kinder.

Dieses Geräusch! Da ist es wieder! Es ... klingelt!!

Das wird doch nicht schon wieder dieser unsägliche Bezirksrichter sein? War das gestern Majestätsbeleidigung?

Vielleicht wirft er mich jetzt aus dem Haus.

Ich sollte den Scheck einlösen, ganz schnell! Dann kann ich noch was retten! Aber schaffe ich es überhaupt aus dem Bett?

Ich liege ganz still da, nur mein Herz klopft so laut, dass ich fürchte, man könnte es bis zur Haustür hören.

Es klingelt wieder. Erbarmungslos, dreimal hintereinander. Ich kneife die Augen ganz fest zu, bis mich eine vage Hoffnung packt: Felix?! Vielleicht ist es Felix!?!

Ich schlage die Bettdecke zurück, zwinge mich auf die Beine, schlüpfe in Hanne-Maries Entenpantoffeln und werfe mir den selbst gestrickten Poncho über. Sofort wird mir flau. Ich glaube, ich habe seit fünf Tagen nichts gegessen.

Während es erneut klingelt, kämpfe ich mich die Treppe hinunter zur Haustür.

Komm schon, Ella. Mach auf.

Noch mehr kann eigentlich nicht passieren.

Gerichtsvollzieher, Bezirksrichter, Polizei, Gefängnis, Finanzamt ... das hatte ich alles schon. Mit einem entschlossenen Ruck reiße ich die Haustür auf.

Draußen auf der Matte steht Simone. Sie ist blass und blickt mich unendlich traurig an.

Es ist noch *nicht* alles passiert.

Sekundenlang stehe ich reglos da. Ich schließe ganz bewusst die Augen und zwinge mich, mich gegen die nächste Hiobsbotschaft zu wappnen. Ich hole ganz tief Luft und öffne die Augen. Simone steht immer noch da.

»Er ist ganz friedlich eingeschlafen!«

Mich packt das blanke Entsetzen.

»Wir müssen sofort ins Altersheim!«

»Aber zieh dir doch erst mal was an«, protestiert Simone.

In wilder Hast streife ich mir wahllos ein paar Klamotten über, verzichte auf großartige Morgentoilette, zerre Simone mit und springe zu ihr ins Auto. Das baumelnde Stofftier am Rückspiegel knallt mit dem Kopf gegen die Windschutzscheibe, so heftig habe ich mich auf den Sitz fallen lassen.

»Simone! Komm schon! Worauf wartest du noch?«

Simone wollte wohl erst mal in Ruhe eine rauchen und bei mir in der Küche gemütlich Trauerarbeit leisten. Verdutzt stolpert sie hinter mir her, ihre Zigarette unwillig im Schnee zertretend.

»Warum hast du es so eilig?« Simone schaut mich ratlos an, während sie in ihrem Jutebeutel nach dem Autoschlüssel kramt.

»Sie haben ihn eh schon abgeholt!«

»Den Scheck?«, quietsche ich in heller Panik.

»Den Großvater!«

Eine Woge der Erleichterung überflutet mich. Simone sieht mich von der Seite an. Sie stellt keine Fragen, sie macht mir keine Vorwürfe. Das Einzige, was sie mir entgegenbringt, ist bedingungslose Freundschaft.

»Also fahren wir zur Friedhofskapelle?«

»Nein, ins Altersheim!«

Simone fährt rückwärts aus der Einfahrt, dann biegt sie in die

Parkallee ein. »Er ist einfach so hinübergeglitten«, teilt sie mir mit. »Heute Morgen um vier hat die Frühschicht ihn gefunden. Er hatte einen ganz entspannten Gesichtsausdruck.«

»Wir hatten noch ein sehr ... ehrliches Gespräch.« Mein Lächeln ist so verkrampft, dass es wehtut. »Ähm, die Ampel ist grün!«

»Warum hast du es bloß so eilig?«, wundert sich Simone und legt den dritten Gang ein.

Ich seufze laut auf. »Wir sollten Großvaters Zimmer ... so schnell wie möglich ausräumen«, wende ich mich mit einem hoffentlich natürlich aussehenden Lächeln an sie. »Die Warteliste ist lang.«

»Schon passiert«, sagt Simone, während sie vor der gelb gewordenen Ampel heftig abbremst.

Ich pralle mit dem Kopf fast gegen das Armaturenbrett.

»Das ist schon passiert?«, jammere ich entsetzt.

»Ja! Heute Morgen um halb sieben haben sie den Großvater abgeholt, und dann haben wir mit vereinten Kräften das Zimmer ausgeräumt. Es war ja nicht viel Persönliches drin, das ging ganz schnell. Die neuen Leute waren auch schon da, weil sie für ihre Oma ganz dringend ein Zimmer brauchen ...«

»Die neuen *Leute sind schon drin*?«, quietsche ich entsetzt.

»Ja, die sind ganz nett. Deren Oma ist schon fünfundneunzig!«

»Habt ihr auch die Schubladen ...« Ich schlucke und stottere fast: »Wo...wo ist der Nachttisch? Ich meine ... war da was ... Besonderes ... also Erwähnenswertes ...« Mir wird so heiß, dass ich trotz der frühmorgendlichen Märztemperaturen die Scheibe runterdrehe.

»Das Nachtkasterl haben wir nach nebenan gegeben, da war nämlich keines mehr ...« Simone sagt das so leichthin, dass ich schon wieder Hoffnung schöpfe.

Es steht ganz friedlich im Nebenzimmer, und dort werde ich mich gleich hineinschleichen, den Scheck nehmen und ihn zur Bank tragen. Ja, das ist vernünftig, und das werde ich tun.

Dann fällt mir siedend heiß ein, *wer* nebenan wohnt!

»*Nein!*«, schreie ich und schlage mir mit der flachen Hand gegen die Stirn. »Das habt ihr mir nicht angetan!«

Simone schaut mich besorgt von der Seite an. »Ella? Ist alles in Ordnung?«

»Nein«, jaule ich auf und möchte am liebsten auf ihr rechtes Bein drücken, damit sie endlich Gas gibt. »Grün!«, schreie ich genervt, »so fahr doch endlich los!«

»Das alte Nachtschränkchen war eh nix mehr wert, und die neuen Leute wollten ihr eigenes mitbringen. Da haben wir es der Mutter vom Zauner Matthias rübergestellt, weil die so viel Platz braucht für ihren ganzen Kram ...«

Ich schicke einen Stoßseufzer zum Himmel. Lieber Gott, bitte mach, dass noch niemand diese Schublade geöffnet hat! Und wenn doch, dass niemand den Scheck als solchen identifiziert hat! Den *Blanko*scheck!! Das nervöse Kribbeln in meinem Bauch wird langsam zu einem Krampf. Diesen Bezirksrichter hat mir der Teufel persönlich auf den Hals geschickt!

»So fahr doch schneller, Simone! Bitte!«

Endlich parkt Simone umständlich vor dem Altersheim ein.

»Die Sachen von deinem Großvater haben wir alle in eine große Schachtel getan«, erklärt sie beim Aussteigen.

Ich schöpfe Hoffnung. »Und wo ist die Schachtel?«

»Bei mir in der Teeküche!«

Hastig springe ich die Treppen hinauf in den dritten Stock, wobei ich ganz kurz Felix zu riechen meine. Ich renne an mehreren alten Leuten, die dort apathisch in ihren Rollstühlen hocken, vorbei in die Teeküche.

Da steht die Schachtel.

Ich reiße den Deckel auf und kippe den gesamten Inhalt auf den Fußboden. Es scheppert und klirrt, als Großvaters Teeglas, die Brille, seine Schuhe und seine Waschutensilien auf den Küchenboden purzeln.

»Suchst du was Bestimmtes?«

Simone steht mit verschränkten Armen im Türrahmen und mustert mich aus besorgten Augen.

»Scheiße, ja!« Vor meinen Augen tanzen schwarze Punkte.

Ich wühle mit zitternden Händen in Großvaters Habseligkeiten.

»Der Scheck«, flüstere ich, benommen vor Angst. »Da war ein Scheck drin!«

»Ich habe keinen Scheck gesehen ...« Simone hebt ratlos die Schultern und gräbt in ihrer Kitteltasche erst mal nach einer Zigarette. Mit der einen Hand raucht sie, die andere steckt sie suchend in die leere Schachtel und tastet sie ab: »Also hier drin ist er nicht!« Sie hebt die Schachtel hoch und schüttelt sie, dann schüttelt sie den Kopf: »Du machst aber auch Sachen ...«

Wie von der Tarantel gestochen rase ich über den langen gebohnerten Flur und reiße, ohne anzuklopfen, die Tür zur alten Frau Zauner auf. Dieses Zimmer sieht genauso aus wie Großvaters: der gleiche Teppich, die gleiche Tapete, die gleichen Lampen, der gleiche Schrank. Es ist ziemlich dunkel hier drinnen. Die alte Frau befindet sich, von ihrem Sohn gestützt, halb liegend, halb sitzend im Bett, während der Bezirksrichter ihr die Schnabeltasse an den Mund hält. Ich bin vollkommen erledigt. Mir ist ganz schwach. Gestern habe ich ihn noch angeschnauzt, er soll mich nie wieder privat ansprechen. Und jetzt dringe ich in seine Privatgemächer ein. Ich muss wie eine Vogelscheuche aussehen. Ungewaschen und ungekämmt, in einer Art ... Nachthemd mit Stiefeln, wirren Blickes und mit Schaum vor dem Mund.

Der Bezirksrichter sieht im ersten Moment total geschockt aus.

»Können Sie nicht anklopfen?«, fragt er mit seiner Grabesstimme. Sein Gesicht ist im trüben Licht der morgendlichen Flurbeleuchtung nicht gut zu sehen. »Was kann ich für Sie tun?«

Verlegen mache ich einen Schritt auf ihn zu.

»Ich ... ähm«, sage ich und winde mich vor Peinlichkeit.

Vermutlich rieche ich auch nicht besonders frisch.

Ich schaue ihn verzweifelt an. Er hat so etwas Merkwürdiges im Blick. So, als hätte er eine unheilvolle Macht über mich. Ich reibe mir die hämmernde Stirn.

»Glauben Sie mir, ich bin nur höchst ungern hier. Ich weiß, ich bin die Letzte, die Sie heute früh sehen möchten ...«

Und mir geht es da nicht anders, denke ich, aber ich verkneife mir die Bemerkung.

»Die Tatsache, dass ich trotzdem hier stehe, zeigt nur, wie ernst die Lage ist.«

»Tja, dann erst mal herzliches Beileid«, sagt der Bezirksrichter und erhebt sich ächzend von der Bettkante. »Wir haben es schon gehört ... Er war ein feiner Mensch.« Ganz im Gegensatz zu seiner Enkelin, verkneift er sich wahrscheinlich zu sagen.

Er streckt seine riesige Pranke aus, und mir bleibt nichts anderes übrig, als sie zu drücken. Die Pranke ist weich und warm.

»Da war noch was in der Schublade ...«, komme ich gleich zur Sache. Ohne lange zu fackeln, zwänge ich mich am Bezirksrichter vorbei und reiße in wilder Panik die oberste Nachttischschublade auf. Was sich meinem flackernden Blick offenbart, sind Tempotaschentücher, Beruhigungstee, Tabletten und Pillen jeder Art, Stützstrümpfe, eine Inhalierpumpe, ein paar rosa Knäuel Ohropax, ein Fürstenroman in Großdruck ... und das mir bereits bekannte Gebiss, dessentwegen wir uns ja auf so nette Art und Weise kennengelernt haben, der Bezirksrichter und ich.

Stille breitet sich aus.

»Sie haben nicht zufällig einen ähm ... so ein kleines, weiß-grünes Blatt Papier ...«

Der Richter wendet sich an seine Mutter: »Hast du ein weiß-grünes Zetterl gesehen?«

Die Mutter schüttelt heftig den Kopf und bedeutet ihrem Sohn, ihr wieder die Schnabeltasse zu reichen.

Kurz entschlossen reiße ich die ganze Schublade heraus und schüttle den Inhalt auf die Bettdecke, sodass auch noch ein paar alte Weihnachtskekse mitsamt Krümeln, eine tote Fliege und ein Stopfpilz hinterherpurzeln.

»Ja, was machen Sie denn da?«, brummt der Bezirksrichter unwillig.

»Wo ist der Scheck?«, röchle ich und versuche ein schiefes Lächeln. Jetzt ist mir das böse S-Wort doch rausgerutscht!

»Welcher Scheck?« Der Bezirksrichter hat nicht mal mit der Wimper gezuckt.

»Der ... ähm ... *Scheck*!« Mir kommt es vor, als kämen große Seifenblasen aus meinem Mund.

Der Bezirksrichter sieht mich mit einer Mischung aus Mitleid und leisem Spott an. »An Scheck hatten S' da herinnen?«

»Wo ist er?«, kreische ich panisch.

Das alte Hutzelweiblein tippt mit ihrem langen, zittrigen Finger an ihre Stirn, ohne mit dem Saugen an der Schnabeltasse aufzuhören. Bei ihrem Anblick muss ich mich an der Wand abstützen.

Mir knicken die Beine weg. Ich sinke an der Wand herunter wie ein sterbender Wurm, lasse den Kopf auf meine Knie sinken und starre auf den Linoleumfußboden, in dem sich die zuckenden Bilder des Fernsehers spiegeln. Der Ton des Fernsehers ist heruntergedreht, und bis auf das schmatzende Saugen der alten Frau herrscht Stille.

Mein Herz pocht in wilden Zuckungen gegen meine Knie.

Felix. Im Treppenhaus roch es nach Felix! War er noch hier, heute Nacht, bevor er sich davongemacht hat? Was hat er geschrieben? Dass er sich ins Ausland absetzt.

Er hat *gesehen*, dass ich den Scheck aus dem Monopoly-Spiel genommen und in die Hosentasche gesteckt habe. Er *wusste*, dass ich den Scheck bei Großvater lassen würde.

Bitte, lieber Gott. Nein. Mach, dass es nicht so war.

Mach, dass der Scheck im Abfall gelandet ist. Wie es sich für mich gehört.

Schließlich unterbricht die rabenschwarze Stimme des Richters meine verzweifelten Gedanken: »Was stand 'n drauf, aufm Scheck?«

Mit letzter Kraft hebe ich den Kopf und starre den Bezirksrichter glasig an.

»Er ist eine Million wert«, stoße ich verzweifelt hervor.

Der Richter zieht die buschigen Augenbrauen hoch. »Das ist allerdings mehr als fahrlässig«, brummt er unwillig. »So eine Summe gehört in einen Safe und nicht ins Nachtkasterl. Besonders in Ihrer Situation«, setzt er noch bärbeißig nach.

»Da muss man schon ein bisschen auf seine Wertsachen achten.«

Die alte Mutter nickt glucksend und tippt mit ihrem mageren Hexenfinger gegen die faltige Stirn.

Ich spüre, wie eine erschöpfte Wut in mir hochsteigt.

Gott, ist der herzlos. Hat er denn überhaupt kein Mitgefühl? Aber jetzt kann ich nichts mehr tun. Ich kann ja schlecht den Bezirksrichter des Diebstahls an meinem Blankoscheck bezichtigen! Niemand wird mir glauben. Ich werde mit dem Gedanken leben müssen, ganz allein für meinen Scherbenhaufen, der einmal mein Leben war, verantwortlich zu sein.

Wortlos schleppe ich mich aus dem Zimmer.

29

Auf Großvaters Begräbnis singt der Kirchenchor. Unvermeidlicherweise.

Wenigstens das Brimborium mit der schwarzen Kutsche, den Kaltblütern und der Blaskapelle konnte ich verhindern. Aber um den Kirchenchor kommen Großvater und ich wohl nicht herum. Simone und Katharina stehen in der ersten Reihe, singen sich die Seele aus dem Leib und werfen mir liebevolle Blicke zu. Meine treuen Freundinnen. Die einzigen Menschen außer meinen Kindern, die mir noch geblieben sind.

Ohne sie hätte ich dieses letzte Jahr nicht überlebt.

Unvermeidlicherweise singt auch der Bezirksrichter mit. Man hört seinen tiefen Bass bis in die Fugen des Kirchengemäuers.

Ja, hat der denn nichts anderes zu tun? Immerhin ist es morgens um neun. Da exekutieren solche Bezirksrichter doch gern Villen, Autos, Konzertflügel und Bernhardiner! Ich hocke schwarz gewandet in der ersten Bank dieser Friedhofskapelle und bemühe mich, den Mann keines Blickes zu würdigen. Er bemüht sich offensichtlich um das Gleiche. Wir ignorieren uns. Wir sind uns so was von peinlich! Aber mal im Ernst. Wer glaubt er eigentlich, wer er ist? Was gibt ihm das Recht, immer dann aufzutauchen, wenn es mir hundsmiserabel geht? Immer wenn ich fürchterlich aussehe und/oder heule (das eine bringt meist auch das andere mit sich), ist dieser Kerl garantiert in der Nähe.

Dafür hat der mich nicht *einmal* singen hören. Auf den Festspielen oder so. Als ich noch blühte und strahlte.

Er hat mich nicht *einmal* in einem festlichen Kleid gesehen, geschminkt, herausgeputzt und schön frisiert und alles.

Dafür ist Jürgen mit den Kindern da. Wir sitzen wieder wie eine intakte Familie einträchtig nebeneinander.

Genau wie damals bei Frau Bär. Als alles begann.

Es ist schön, dass sie bei mir sind. Ich darf in Ruhe und Würde von meinem Großvater Abschied nehmen.

Die ganze Zeit frage ich mich, ob ich eigentlich traurig bin.

Natürlich bin ich tieftraurig. Ich bin verzweifelt, aufgewühlt, fassungslos und ohne Hoffnung. Aber nicht wegen Großvater.

Es ist eine tiefe, wohltuende Ruhe, die er mir vermittelt.

Die Gewissheit, dass in all dem Chaos, das mich umgibt, wenigstens einer seinen Weg gefunden hat.

Großvater hat sein Ziel erreicht. Das gibt mir Trost.

Da liegt er nun, in seinem schlichten Eichensarg, der mit Abstand der preiswerteste war. Der einzige Kranz, der darauf liegt, ist von Jürgen. »Jürgen, Hanne-Marie und Kinder« steht darauf. »Ein letzter Gruß.«

Ich starre beschämt darauf.

Ich möchte im Boden versinken. Ich konnte mir keinen Kranz leisten.

Und doch: Großvater hätte keinen Wert auf einen Kranz gelegt.

Auf letzte Grüße auf einer Schleife.

Das weiß ich. Unsere Umarmung am Vorabend seines Todes war wichtiger.

»Lass Felix jetzt nicht im Stich!« Das waren seine letzten Worte.

Ich wische mir die Augen.

Großvater geht jetzt zu seiner Frau Bär. Und da er ganz fest an den lieben Gott geglaubt hat, kann es ihm dort eigentlich nur besser gehen.

Habe ich mich genügend um ihn gekümmert?

Konnte ich ihm sein letztes Lebensjahr noch halbwegs menschenwürdig gestalten? Habe ich ihm alles recht machen können? Konnte ich Frau Bär ersetzen?

Ein klares Nein.

Aber: Hat er sich in meiner Nähe wohlgefühlt?

Haben wir ... Zeit nachholen können?

Haben wir die Kluft, die uns jahrelang trennte, doch überwinden können?

Ich habe mir Mühe gegeben, Großvater.

Der gute Wille war da.

Dann kommt der Moment, wo der Sarg in die Erde gelassen wird.

Es ist vorbei.

Es ist endgültig vorbei.

Die Sargträger haben ihre Zylinder vom Kopf genommen. Sie treten beiseite.

Jetzt bin ich dran, endgültig Abschied zu nehmen.

Auf Wiedersehen, Großvater.

Mach's gut, mein lieber Schatz, höre ich seine Stimme wie aus weiter Ferne.

Ja, mein lieber Großvater, denke ich, als ich eine Rose auf den Sarg werfe, du hast die Prinzessin von ihrem Prachtboulevard auf den schmalen, steinigen Weg zurückgeholt, den die meisten Menschen gehen.

Dir habe ich es zu verdanken, dass ich die geworden bin, die ich jetzt bin.

Eine ganz normale Frau.

Vielleicht sogar eine, die ihre wahren Stärken noch nicht kennt.

Habe Dank.

Wie in Trance schleppe ich mich mit der Trauergemeinde noch in die Krone. Eine dralle Wirtin im Dirndl hat schon alles vorbereitet und serviert mithilfe einiger flinker Mädels ein opulentes Frühstück. Ich habe es nicht bestellt, aber das ist hier so Sitte. Nur habe ich nicht die geringste Ahnung, wovon ich dieses Gelage bezahlen soll.

Die Trauergäste samt Kirchenchor sitzen herum und palavern, essen und trinken, und ich spüre Jürgens hintergründigen Blick auf mir.

»Noch mal mein allerherzlichstes Beileid. Auch von Hanne-Marie. Kommt ja jetzt alles ziemlich knüppeldick.«

»Ist schon gut.«

Er soll mich lieber auf ein Glas Champagner einladen, aber das kommt ihm natürlich nicht in den Sinn. Stattdessen hält er mir die Kaffeekanne hin.

»Wie ich höre, ist Felix ... wieder auf Geschäftsreise?!«

Den Kindern habe ich natürlich nichts anderes gesagt.

Täusche ich mich, oder neigt der Bezirksrichter ein Ohr in unsere Richtung?

»Also Felix ist zurzeit, im weitesten Sinn ... Meinst du, es ist sehr pietätlos, wenn ich jetzt ...!«

»Kaffee?«, fragt Jürgen scheißfreundlich. Ich könnte ihn umbringen.

»Sag mal, wie lange kennen wir uns jetzt?«, frage ich um Selbstbeherrschung bemüht zurück.

»Ähm ... achtzehn Jahre?«

Der Bezirksrichter bückt sich nach seiner Serviette, die ihm – ausgerechnet in unsere Richtung – auf die Erde gefallen ist.

»Und wie oft habe ich in diesen achtzehn Jahren Kaffee getrunken ...?«

»Ach so«, sagt Jürgen. »Du frönst ja lieber dem Alkohol.«

In dem Moment wird ein großes helles Bier vor Dr. Zauner abgestellt. Um diese Uhrzeit für einen Österreicher kein besonderes Vorkommnis. Wahrscheinlich ölt er damit seinen Bass.

»Oh«, rufe ich. »Das bekomme ich auch bitte.«

»Mamski? Du? Bier?« Robby ist einigermaßen erstaunt.

»Dafür warst du dir doch bis jetzt immer zu fein«, äußert Jenny kess. »Außerdem sagst du immer, Bier macht dick!«

»Die Zeiten ändern sich ...« Ich hebe die Schultern.

»So dürr wie du geworden bist, kannst du dir ruhig mal ein Bier leisten«, meint Jenny und legt ihren runden Kinderarm um meine Schultern. »Dir schlottern ja schon die Klamotten um die Hüften.«

Stimmt. Das schwarze Kostüm, das ich anhabe, saß bei Frau Bärs Beerdigung noch ganz perfekt. Jetzt passe ich zweimal rein.

»Außerdem ist Bier billiger«, gibt Robby mit lauter Stimme seinen Senf dazu.

Ich zucke zusammen. Dr. Zauner schaut herüber.

Leider treffen sich in dem Moment unsere Blicke, was wir beide auch sofort heftig bereuen.

Robby sagt inzwischen laut und deutlich zu Jürgen: »Mamski ist nämlich in letzter Zeit ganz schön geizig geworden.« Zauners dunkle Augen unter den buschigen Augenbrauen ruhen genau eine Sekunde zu lang auf mir. Verdammt. Ich werde jetzt aber nicht rot. Hastig wende ich meinen Blick ab:

»Aber erst, seit du mich im Monopoly geschlagen hast«, gebe ich zurück. »Mir die Schlossallee vor der Nase wegzuschnappen und dann auch noch ein Hotel draufzubauen und mir die gesamte Kohle abzuluchsen ...«

»*Und* die Parkallee«, setzt Jenny noch einen drauf. »*Die* gehört dir auch nicht mehr!« O Gott, der Richter hebt eine Augenbraue und schielt unter ihr hervor.

»Mamski, du bist in letzter Zeit voll auf der Verliererschiene!«, sagt Robby und grinst mit pubertärer Grausamkeit.

»Sie wollte letztes Mal gar nicht weiterspielen! Sie hat fast geheult!«

»Na ja, sie kam ja auch ins Gefängnis«, plaudert Jenny eifrig weiter. »Und du gemeiner Kerl wolltest ihr nicht die Karte verkaufen, mit der sie wieder rauskann!«

»Doch, wollte ich. Aber nur für zehntausend Mäuse. Und die Kohle hatte sie nicht. Mamski ist überhaupt keine Taktikerin! Stimmt's, Mamski? Alles oder nichts!«

»Bitte, Kinder«, flehe ich. »Nicht so laut! Das hier ist eine Trauerfeier!«

»Mamski!« Robby lacht wieder sein übermütiges Stimmbruch-Lachen.

»*Wir* trauern um Großvater und *du* um deine Knete!«

Der Richter betrachtet seinen Bierdeckel.

»Jürgen«, sage ich. »Hau ihm eine.«

Jürgen lächelt sein wissendes »Schachmatt«-Lächeln.

Jenny streicht mir mit ihren weichen Händchen ganz sanft über die Wange: »Monopoly ist ein *Spiel*! Du darfst das alles nicht so *eng* sehen!« Sie sagt das mit einer solchen Wärme, dass mir fast schon die Tränen kommen.

Die Kinder haben wirklich nichts gemerkt. Wenigstens das habe ich geschafft.

Mich dürstet.

Als ich mein Bier bekomme, setze ich es gierig an die Lippen. Der Bezirksrichter hebt auch sein Glas. Täusche ich mich, oder ist es eine angedeutete Geste des Zuprostens ...? Quatsch.

Der wird sich doch nicht an meinem Elend weiden? Schnell gucke ich weg und mache Smalltalk mit Jürgen. Sein Geplauder über den reinrassigen adeligen Kater, den Hanne-Marie neuerdings an der Leine ausführt, um die Nachbarhunde vor ihm zu schützen, geht weitgehend an mir vorbei.

Als die Gäste sich erheben und allgemeine Aufbruchstimmung einsetzt, bekomme ich unrhythmisches Herzklopfen. Jetzt heißt es die Rechnung begleichen. Das wird ein schönes Sümmchen sein.

Während ich mich von allen Zaun... ähm ... Gästen verabschiede, überlege ich, wie ich der drallen Maid im Dirndl beibringen soll, dass ich im Moment nicht die richtige Handtasche *Achim* dabei habe, und dass ich *Horst* ... die Rechnung dann bei Gelegenheit ...

Um Zeit zu schinden, verdrücke ich mich erst mal ausführlich in den Waschraum. Die alte schwarz gekleidete Frau, die mir aus dem Spiegel entgegenblickt, habe ich noch nie gesehen. Sie ist bleich und ausgezehrt und hat tiefe Ringe unter den Augen. Ihre dünnen Haare sehen einfach schrecklich aus. Nein, diese Frau kenne ich nicht. Ich lehne mich an die kühlenden Kacheln und halte mir ein nasses Papierhandtuch an die Schläfen.

Als alle weg sind und nur noch Jürgen mit den Kindern am Tisch sitzt, schleiche ich mich zu der Wirtin. Dabei mache ich das gleiche Gesicht wie Gottfried, wenn er unter mein Schlafzimmerfenster gekackt hat. Ich will gerade mit der Handtaschen-Arie anfangen, aber sie lässt mich gar nicht zu Wort kommen.

Zu meinem Erstaunen sagt sie: »Passt eh derweil.«

»Wie, passt eh derweil?«

»Die Rechnung hat schon der Herr da drüben bezahlt«, sagt sie und weist auf den Erkertisch am Fenster, an dem Jürgen mit den Kindern ein Kartenhaus aus Bierdeckeln baut.

Also das finde ich jetzt ...

Das hätte ich ihm gar nicht ...

Mann, wie tief bin ich gesunken. Stolz bitte an der Kasse abgeben.

Demütig schleiche ich zu Jürgen, lege ihm die Arme um die Schultern, beuge mich an sein Ohr und stammle unter vergeblichen Versuchen, die Schamesröte und die Tränen zurückzudrängen: »Danke, dass du so großzügig bist! Das werde ich dir nie vergessen!«

Und während Jürgen sich erstaunt aufrichtet, schreit die dicke Maid im Dirndl: »Naaa, net *der Herr*! Der große Mann, der eben den Rollstuhl vorbeigeschoben hat ... am *Fensta*! Jetzt issa weg!«

An diesem Abend stehen mir Simone und Katharina bei.

Mit zwei Flaschen Champagner sind sie vor zwei Stunden am Gartentor aufgetaucht, nicht ohne Gottfried verflucht zu haben, in dessen Haufen Katharina mit ihren feinen spitzen Wildlederstiefelchen getreten ist.

Sie wollen endlich gemütlich mit mir Trauerarbeit leisten.

Natürlich habe ich den beiden von der Katastrophe mit dem Scheck erzählt, und auch von meiner grässlichen Trennung von Felix, unterbrochen von heftigem Weinen und Schluchzen. Irgendwann kommen keine Tränen mehr.

Ich bin vollkommen am Ende.

Um mich aufzuheitern, hocken sie bei mir im Wohnzimmer und lästern über den Bezirksrichter ab.

»So ein humorloser alter Spießer«, schimpft Katharina. »Der soll dich in Ruhe lassen mit seinen blöden Sprüchen!«

»Er kümmert sich aber schon sehr rührend um seine Mutter«, verteidigt ihn Simone.

»Sag mal, hat der eigentlich gar keine Frau?« Katharina reckt ein kleines bisschen zu interessiert den langen schlanken Hals.

»Der ist eingefleischter Junggeselle.« Simone zündet sich eine Zigarette an und grinst. »Der hat seine Traumfrau noch nicht gefunden.«

Katharina wirft ihre perfekt gestylten blonden Haare in den Nacken. »Also mein Typ ist er nicht. Auch wenn er eine Wahnsinnsbassstimme hat.« Dann wendet sie sich mir mit ehrlicher Anteilnahme zu: »Und was ist, wenn Felix den Scheck wirklich genommen hat?«

»Ich weiß es nicht«, flüstere ich mit letzter Kraft. »Wenn er ihn verspielt, bin ich erledigt. Dann wird das Haus doch noch gepfändet, und Mister Pringles wird mich verklagen.« Meine Stimme zittert, und ich bin kurz davor, verrückt zu werden.

»Noch ist nichts bewiesen«, versucht mich Simone zu trösten. »Das würde dir dein Felix nicht antun. Er hat Scheiße gebaut, aber ich wette, es tut ihm leid.«

»Natürlich würde er das tun«, eifert sich Katharina. »Er hat ihre Konten leer geräumt! Natürlich hat er den Scheck!«

Ich halte mir die Ohren zu. »Bitte ... ich kann nicht!«

»Besser ein Ende mit Schrecken als ein Schrecken ohne Ende«, sagt Katharina. »Ich weiß, wovon ich rede!«

Ich nicke stumm.

»Wenn du ihn verklagen willst, ist allerdings der Bezirksrichter zuständig«, kichert Katharina grausam. »Sorry, Süße, aber der bleibt dir wie Kinderlähmung.«

Ich starre sie fassungslos an. Simone dreht sich weg, ihre Schultern zucken. *Lacht* sie etwa?

»Was anderes, Ella, ich möchte dir mein Solo vorsingen«, versucht Katharina einen Fallrückzieher. »Ich möchte, dass du mir ganz ehrlich sagst, wie du es findest.«

»Ich ... ähm ...«, wage ich einen Einwand. Aber Katharina überhört ihn geflissentlich. Entschlossen steht sie auf, geht zum Konzertflügel und breitet ihre Mendelssohn-Noten darauf aus.

Wir drehen uns überrascht zu ihr um.

»Grundgütiger!« Simone schlägt sich die Hand vor den Mund und sieht dann mit weit aufgerissenen Augen von Katharina zu mir und dann wieder zu Katharina. »Dass du dich *das traust*!« Sie sieht mich lauernd an. »Du willst wirklich in der Kirche das *Solo* singen? Mit deiner mickrigen Stimme?«

»Ist doch in Ordnung«, beeile ich mich zu sagen und rapple mich auf. »Nur zu, Katharina. Jetzt reden wir mal von was anderem als immer nur von mir.«

Ich nicke ihr aufmunternd zu.

Katharina tippt mit ihren goldringbeladenen, picobello manikürten Zeigefingern auf dem Klavier herum, als suche sie eine Taste, die ihr zusagen könnte. Wie der sprichwörtliche Storch im Salat. Es klingt falsch und erbärmlich, und mein Konzertflügel ist beleidigt und verstimmt, was ihr aber nichts auszumachen scheint. Schließlich hat sie ihren Ton gefunden. Sie lächelt mich verlegen an.

Dann singt sie mit einem dünnen, wackeligen Stimmchen: »Sei stille dem Herrn und warte auf ihn, er wird dir geben, was dein Herz wü-hünscht, *er* wird dir ge-heben, was dein He-herz wünscht, er wird dir geben, was dein He-herz wünscht. Sei stille dem Herrn ... und *waaaarte* und warte auf ihn.«

Uff. Da kann sie lange warten. Mir tun die Ohren weh. Und die Konzertbesucher leid.

»Wunderschön«, sage ich und lehne mich an den Flügel. »Gefällt mir wirklich. Ich meine, der Mendelssohn.«

Erwartungsvoll sieht sie mich an. »Und? Meine Stimme? Wie findest du sie? Sag ehrlich.«

Ich schaue Hilfe suchend zu Simone, die sich mit beiden Händen an ihrem Champagnerglas festhält. »Da ist schon sehr viel Schönes dran«, behaupte ich und weiche sämtlichen Blicken aus. »Da waren schon ... ähm ... einige Töne ... also ... das ist ausbaufähig ...«

»Und du meinst, sie kann in der Öffentlichkeit das Solo singen?«, fragt Simone hoffnungsvoll. »Der Chorleiter hat sich nämlich in sie verknallt!« Sie kichert sensationslüstern, und Katharina wird rot.

Oh. So ist das also. Ich zucke die Achseln, sehe aber das erregte Leuchten in Katharinas Blick.

»Das ist natürlich etwas anderes«, räume ich ein.

»Tja, also wir wünschten uns natürlich, *du* würdest es singen«, sagt Simone und wirft Katharina beschwörende Blicke zu. »Aber wir kennen ja deine Meinung dazu.«

»Genau«, sage ich und gehe ein paar Schritte zum Fenster. »Das haben wir schon besprochen.«

»Aber wenn du meinst, dass Katharina es singen kann ... Wir wollten natürlich, dass du es zuerst hörst. Wissen, was du dazu sagst, ob du das verantworten kannst. Schließlich geht es um *unseren* Kirchenchor, und es kommen mindestens fünfhundert Leute.«

»Ähm«, mache ich und nehme einen großen Schluck Champagner. »Es sind ja noch ... *Achim!* ... einige Wochen hin bis zum Konzert, und man könnte ... *Horst* ... ja noch ein bisschen daran arbeiten, also *well* ... ich bin natürlich gern bereit ...« Ich betrachte eine Weile meine Fingernägel.

»Du würdest *wirklich* mit mir üben?« Katharina strahlt mich an.

Sie springt auf und fällt mir um den Hals. Sie riecht gut. Nach etwas Edlem, Teurem, Exquisitem. Ich sehe uns im Spiegel über dem Konzertflügel: Sie apart und edel gekleidet, perfekt geschminkt, mit duftigen Haaren und langen pinkfarbenen Fingernägeln, und ich im grauen Pulli, viel zu weiten Jeans und Entenpantoffeln. Ich sehe bleich und geknickt aus, und aus meinem Mund kommen lauter Lügen.

Wie *tief* bin ich gesunken?! *Wie tief!!!*

Vor einem Jahr wollte die Krasnenko, dass ich sie unterrichte, und ich habe hochmütig abgelehnt!

»Wisst ihr, ich finde dieses Lied so toll«, schwärmt Simone, die sich langsam aufgerappelt hat. »Immer wenn ich gar nicht mehr weiter weiß, singe ich diesen Mendelssohn, und dann geht es mir gleich besser. »Sei stille dem Herrn und warte auf ihn, er wird dir geben, was dein Herz wünscht.«

»Es ist eine wunderbare Arie«, gebe ich ihr recht. »Ich habe sie früher oft gesungen. Ich war eine gute Sängerin«, stoße ich erstickt hervor. »Ich habe gute Arbeit geleistet. Aber sie haben mich ausradiert, als hätte ich nie existiert.« Ich schlucke den Klumpen in meiner Kehle hinunter.

Außer den trommelnden Regentropfen draußen auf dem Wintergartendach ist vorerst nichts zu hören. Simone sieht hin- und hergerissen aus.

»Blöde Banausen«, sagt sie schließlich heiser. »Ihr Pech.«

Sie schmiegt sich, ihre Zigarette am langen Arm von sich haltend, an uns, und wir umarmen uns zu dritt.

Ein Windstoß fegt über das Haus hinweg und reißt einige Zweige der großen Kastanie ab. Regen peitscht hinterher. Mich überzieht eine Gänsehaut. Das hier wird nicht mehr lange mein Zuhause sein.

Ich weiß nicht, ob ich den Mut aufbringen werde, nach Felix zu suchen. Es ist fast zum Lachen, dass Hanne-Marie mir angeboten hat, ihn ausfindig zu machen, ohne mir ihre Bemühungen in

Rechnung zu stellen. Einerseits reißt mir die Sehnsucht nach ihm fast das Herz aus dem Leib. Andererseits habe ich panische Angst davor, dass er den Scheck haben könnte ...

Ich weiß nicht mehr, worauf ich noch hoffen soll. Ich bin total am Boden. Das Singen mit Katharina und Simone ist der sprichwörtliche Strohhalm im Fluss der grenzenlosen Verzweiflung.

30

Es klingelt am Gartentor. Ein Blick aus dem Küchenfenster versetzt mich in Atemnot.

Nein.

Doch.

Der Scheck ist geplatzt. Felix hat ihn verspielt. Das Haus wird zwangsversteigert, und ich werde abgeführt.

Ergeben öffne ich die Tür.

Jetzt steht dieser ... Mann ... kraft seines Amtes wieder bei mir auf der Matte.

Wenigstens hat er keinen Lodenmantel an.

»Griaß Eana.«

»Grüß Gott.«

»Ich hätte da ein Einschreiben vom Gericht, für Sie persönlich.«

Dass er keine Einladung zum Wiener Opernball dabei hat, ist mir auch klar. Mein Herz droht meine Brust fast zu sprengen. Er muss mir doch ansehen, dass ich fast zusammenbreche!

Aber *nie wieder*, das habe ich mir geschworen, kratzt mich dieser Mann vom Boden auf und bringt mich in die Nervenklinik.

»Eigentlich wollte ich Ihnen einen Kaffee anbieten, da Sie die Begräbnisfeier meines Großvaters übernommen haben«, versuche ich die angespannte Atmosphäre aufzulockern. »Das wäre wirklich nicht ... nötig gewesen.«

»Passt schon«, brummt er einsilbig.

Aber er macht kein bisschen ein freundliches Gesicht.

Dann eben nicht.

Nein. Keine Panik. *Keine Panik!*

Mein Herz rast. Schau mich nicht so an, du Unmensch. Du hast wohl eine Riesenfreude daran, mich immer wieder in Angst und Schrecken zu versetzen.

Mit zitternden Fingern nehme ich den Schrieb entgegen.

»Was steht da drin? Ich meine, können Sie mir mit einfachen Worten erklären ...«

Dieses Amtsdeutsch werde ich sowieso nicht verstehen, und meine Finger zittern zu sehr, um das Papier ruhig zu halten. Außerdem versagen mir meine Augen ihren Dienst.

Wenn ich jetzt wegen der Schulden ins Gefängnis komme, und Jürgen kriegt die Kinder ...

Keine Panik, reiße ich mich am Riemen.

Das Leben geht weiter. Einatmen, Ausatmen. Du kippst nicht um. Egal was jetzt kommt. Ich zwinge mich zu einer Andeutung von einem Lächeln und komme mir vor wie Johanna auf dem Scheiterhaufen.

Der Bezirksrichter zeigt mit der Hand auf seinen Wagen.

»Steigen S' ein, bittschön.«

»Muss ich?!« Ich meine, hat er Handschellen dabei ...?

»Das würde die leidige Prozedur verkürzen.«

Also doch. Ich werde abgeführt. Das hier ist eine amtliche Verwahrungsmaßnahme, oder wie sagt man dazu?

Wie ich diesen Mann hasse!

Hat der denn gar kein Herz?

»Darf ich mich wenigstens noch von den Kindern verabschieden?« Jetzt zittert meine Stimme doch. »Sehen Sie, ich muss am Leben bleiben. Ich bin Mutter. Dass ich so lange einsitze, bis sie Abitur machen, kommt überhaupt nicht infrage.«

»So lang wird's net dauern.«

Mir wird klar, dass dieser Ausdruck auf seinem Gesicht nur als mühsam unterdrücktes Grinsen bezeichnet werden kann.

»Sie meinen, ich muss nicht so lange ... einsitzen?«

»Sie sollen nur bei einer Testamentseröffnung anwesend sein!«

Dr. Zauner verdreht die Augen, und seine buschigen schwarzen

Augenbrauen stehen in alle Richtungen. »Ich habe die Ehre, Sie persönlich zu laden, weil Sie ja sonst nicht zu erscheinen gedenken. Sie öffnen ja keinerlei Post vom Gericht mehr und lassen alles retour gehen.«

»Eine Testa... hmpff ...«

»Ich selbst war ja beim Begräbnis Ihres Herrn Großvaters dabei, und da ist es doch nicht weiter verwunderlich, dass ... Sie waren doch seine einzige Angehörige?!«

»Mein Großvater hat mich in seinem Testa...«

Hoffnung keimt auf. Der Schwung, mit dem ich in das Auto des Bezirksrichters steige, bringt das ganze Gefährt zum Wackeln.

Großvater hat mir sein Reihenhaus in Oer-Erkenschwick vererbt, und dazu noch seine Ersparnisse aus den letzten siebzig Jahren. Er war ein Pfennigfuchser, und dafür liebe ich ihn.

Einen Großteil meiner Schulden bei Banken und Finanzämtern konnte ich damit bezahlen. Aber noch nicht alles. Frau Ausweger von der Dorfsparkasse hat mit grenzenloser Geduld einen Plan mit mir ausgearbeitet, mit dem ich es langfristig schaffen kann, irgendwann auf null zu sein.

Auf null! Okay. Ich gebe nicht auf.

Die Phase der Fassungslosigkeit ist vorbei. Ich weiß, welchen Weg ich gehen werde.

Ich lasse mich nicht unterkriegen. Ich bin eine Ameise, die zwar humpelt, aber immer noch krabbelt. Eines nach dem anderen. Ich schaffe das.

Felix hat sich nicht mehr gemeldet. Er ist spurlos verschwunden.

Jeden Tag versuche ich, ihn mir aus dem Herzen zu reißen. Auch das werde ich schaffen. In einem Anflug von Mut habe ich Mister Pringles in Texas angerufen und ganz beiläufig gefragt, ob alles in Ordnung sei.

Er hat, unterbrochen von vielen Hustern und Räusperern der Marke *Horst* und *Achim* mitgeteilt, dass er kurz vor den Festspielen kommen will. Die *Carmen* sei ja jetzt neu inszeniert, und er sei so gespannt auf die Krasnenko. Ob er mich zur Premiere einladen dürfe, wenn er mir damit nicht zu nahe trete? Ich habe geschluckt und gewürgt und dann tapfer gesagt, dass ich gern mitkomme, weil ich noch nie im Leben im Festspielhaus eine Premierenkarte hatte. Er hat gelacht und gehustet und sich geräuspert, dass ich kein Wort mehr verstehen konnte. Der Scheck wurde mit keiner Silbe erwähnt.

Am Schluss hat er mich gefragt, ob ich schon eine Haushälterin gefunden hätte, und ich habe erleichtert ausgerufen: »Die beste, die Sie sich vorstellen können!«

Wobei ich immer noch keine Ahnung habe, aus welchem Ärmel ich die perfekte Superhausfrau schütteln soll.

Der Umzug steht bevor! In vier Wochen beginnen die Festspiele, und Mister Pringles will das Haus bewohnen.

Dankenswerterweise hat mir Hanne-Marie ihre kleine Zweizimmerwohnung in Bad Reichenhall angeboten, in der sie früher gewohnt hat. Sie habe keine Verwendung mehr für die Maisonette, seit sie in den Bungalow gezogen ist. Die Maisonette ist ganz in der Nähe des Bungalows, sodass die Kinder erst mal dort einziehen werden, und ich sie täglich sehen kann. Die Kinder waren mit dieser Lösung absolut einverstanden, da sie den Bungalow für eine Art Ferienhotel halten, in dem sie fernsehen dürfen, so lange sie wollen, und wo sie niemand mit Hausaufgaben und anderen lästigen Pflichten behelligt. Ich habe seufzend eingewilligt.

Hanne-Marie hat inzwischen ihre Wohnung komplett ausgeräumt, und Jürgen meinte großzügig, ich könne jederzeit mit dem Renovieren anfangen. Im Baumarkt in Bad Reichenhall sei jetzt Aktionswoche, wo sie Heimwerkerbedarf zum halben Preis verkaufen.

Ich stehe da wie der Ochs vorm Berg. Ich kann noch nicht mal einen Hammer von einem Schraubenzieher unterscheiden.

Wie mir soeben klar wird, muss ich in vier Wochen
a) eine 520 Quadratmeter große Villa räumen
b) eine Maisonettewohnung in Bad Reichenhall renovieren
c) von a nach b ziehen
d) und zwar mit einem Bruchteil der Sachen, die hier aus allen Schränken quillen
e) Und das Ganze ohne Auto

Dass ich handwerklich komplett unbegabt bin, ist nichts Neues. Auch verfüge ich über keinerlei nennenswerte Armmuskeln. Einen starken Kerl habe ich auch nicht mehr.

Und kein Geld für eine Umzugsfirma.

Ich stehe einsam und ratlos im Garten.

Es ist dreißig Grad heiß, das Gras wuchert kniehoch vor sich hin, im Pool schwimmt allerlei Ungetier, und das Unkraut schlängelt sich unternehmungslustig zwischen den Terrakottafliesen der Terrasse hindurch.

Ich reiße mich zusammen: Für Selbstmitleid bleibt keine Zeit.

Als Erstes brauche ich die perfekte Haushälterin.

Auf meine mehrmals geschaltete Anzeige in allen regionalen Tageszeitungen haben sich nur unwürdige Bewerberinnen gemeldet. Als sie die Villa sahen und erfuhren, dass sie da allein drin wohnen würden, haben sie entweder in Betracht gezogen, ihre achtköpfige Familie gleich mitzubringen, oder laut davon geträumt, den Amerikaner zu ehelichen und nach seinem Ableben die Villa alsbald ihr Eigen zu nennen.

Ich raufe mir ratlos die Haare.

Was soll ich tun?

Was soll ich nur tun? Ich stehe auf dem Rasen und kratze mich am Kopf.

Wild entschlossen stiefle ich in die Garage und greife zum Rasenmäher. Er ist viel schwerer, als ich gedacht hatte, und bei meinem Versuch, ihn anzuwerfen, stinkt er übel nach Benzin und gibt knatternde Geräusche von sich. Einen Kloß von der Größe eines

Tennisballs hinunterschluckend, gieße ich mit zitternden Fingern Benzin aus einem verbeulten Kanister nach. Null Problemo. Ich mache das hier. Wieder und wieder ziehe ich mit meinem schwachen Ärmchen an der Schnur des Rasenmähers und ...Verdammt! Wieso will denn das Scheißding nicht? Ich zerre mit wachsender Wut, bis ich vor lauter Anstrengung einen roten Kopf habe, und fluche laut vor mich hin. Aber der Rasenmäher brummt nur unwillig wie ein Tier, das nicht geweckt werden will.

Ich schließe die Augen und konzentriere mich mit aller Kraft, dieses Ungetüm zum Laufen zu bringen.

Wenn jetzt dieser Rasenmäher anspringt, wird irgendwann alles gut, denke ich und beschwöre die magischen Kräfte des Universums. Mit einem martialischen Kampfschrei ziehe ich an der Schnur. Zu meiner Verwunderung springt der Rasenmäher an!

»Na also!«, brülle ich, »geht doch!« Während ich mit unbändiger Energie dem Rasen zu Leibe rücke, stelle ich mit einem Anflug von Stolz fest, dass ich verdammt zäh sein kann.

Später telefoniere ich mit Simone.

»Wie heißt das Ding? Lagerhaus?«

»Genau«, sagt sie, und ich höre, dass sie wieder mal heimlich pafft. »Da gibt es diese großen schwarzen Säcke, die sind reißfest und ...«

»Wohin trage ich den ganzen Sperrmüll?«

»In das Rohstoffsammelzentrum! Ach so, du hast ja kein Auto ... ich leih dir meines!«

»Danke, Simone, du bist ein Schatz.«

»Dafür krieg ich am Wochenende wieder eine Gesangsstunde!«, lacht Simone. »Vergiss nicht, alles zu ordnen ... die Klamotten tust du in die blauen Säcke, den Bioabfall in die orangen, und alles, was du mitnehmen willst in die neue Wohnung, das packst du in Umzugskisten.«

»Aha.« So viele wertvolle Ratschläge. Mensch. »Und wo kriege ich die her?«

»Die gibt es ganz billig bei der Metro! Im Zehnerpack sind die am günstigsten. Übrigens ist die Gemeinde sehr interessiert an gut erhaltenen Sachen. Der Kirchenchor macht demnächst einen Flohmarkt, und wenn du willst, schickt dir der Chorleiter ein paar starke Burschen, die dir das Zeug aus dem Haus schleppen.«

»Solange der Bezirksrichter nicht dabei ist ...«

Simone lacht. »Nein, den halte ich dir schon vom Leib, keine Angst.«

Nach diesem höchst aufschlussreichen Briefing von Simone, die schon hundertmal mit Sack und Pack umgezogen ist und sich jedes Mal, wie sie lachend versichert, in der Wohnqualität erheblich verschlechtert hat, bleibt mir nur eins: Ich krempele die Ärmel hoch und spucke in die Hände.

Dieser Sommer ist der heißeste Sommer, an den ich mich erinnern kann.

Oder liegt das nur daran, dass ich so schwitze?

Ich habe in meinem ganzen Leben noch nicht so geackert.

Morgens um sieben stehe ich bereits mit meinen verschiedenfarbigen Müllsäcken vor dem Rohstoffsammelzentrum, von dessen Existenz ich bis vor Kurzem noch gar nichts wusste. Zum Glück habe ich das alte klapprige Auto von Simone, an dessen Rückspiegel das berühmte Stofftier baumelt. Immerhin leistet es mir Gesellschaft, und ich ertappe mich dabei, mit dem albernen Vieh zu reden.

So transportiere ich das ganze Zeug, das sich im Lauf der Jahre in unserem Wohlstandshaushalt angesammelt hat, zu den verschiedenen Containern.

Meine Kampfmontur ist nicht besonders kleidsam, aber praktisch: eine alte rote Turnhose von Robby, die er wegen des fehlenden Markenlogos nicht mehr an seinen Allerwertesten lässt, und ein ausrangiertes Schul-T-Shirt von Jenny, auf dem in leuchtend roten Buchstaben das Wort »Chor« steht.

Auf diese Weise bin ich meinen Kindern wenigstens nahe, während ich schufte.

Zweimal stündlich rufe ich sie an und frage, was ich entsorgen darf. »Jenny, wie viele von den Stofftieren brauchst du wirklich noch?«

»Alle!«, brüllt Jenny in den Hörer. »Schmeiß bloß kein Kuscheltier weg!«

»Aber Liebes, du wirst zwölf! Du schminkst dich schon, und außerdem schmeiß ich die Kuscheltiere nicht weg, sie kommen nur zu armen Kindern!«

»Also gut. Ich sage dir, was für Kuscheltiere ich behalten will.«

»Okay. Ich habe hier eine Kiste, und da ziehe ich jetzt eines nach dem anderen raus«, rufe ich in den Hörer, weil gerade ein Kleinlaster vorfährt, der ziemlich viel Sperrmüll ablädt und dabei höllischen Krach macht. »Das grüne Krokodil mit der roten Zunge.«

»Kannst du wegwerfen.«

»Okay. Der riesige Hase mit dem appen Ohr.«

»Auf *keinen* Fall! Den will ich behalten!! Den haben Papa und Hanne-Marie mir ...«

»Okay. Den behalten wir also. Das Eichhörnchen. Das Känguru. Der Bär. Der Affe. Das Kamel.«

Ich zaubere ein Kaninchen nach dem anderen aus dem Hut und beschreibe es, um von Jenny weitere Anweisungen zu empfangen.

Wieder fährt ein Wagen vor, ihm entsteigt ein großer kräftiger Mann in zerrissenen Jeans und Turnschuhen. Er hat ein verwaschenes, enges T-Shirt an, und zerzauste dunkle Haare.

Aus dem Kofferraum wuchtet er eine Menge Altpapier und stopft es in den Container, der neben meinem steht.

»Der *Wurm*«, schreie ich gerade in den Hörer, als er sich nach mir umdreht.

Ich kenne ihn von irgendwoher, aber es fällt mir im Moment nicht ein. »Die *Negerpuppe?! Ähäm*, ich meine die dunkelhäutige Puppe mit den schwar...«

Nein. Doch.

Der kann ja richtig ... gut aussehen ... ohne seine Amtstracht ...

Es zuckt unmerklich um seine Mundwinkel, als sich unsere Blicke treffen.

Es ist ein komisches Gefühl, ihn heute, nach so langer Zeit, im Hochsommer, ganz ohne Lodenmantel und Aktentasche am ... Müllcontainer des Rohstoffsammelzentrums wiederzutreffen.

»Griaß Eana«, brummt er mit seiner Grabesstimme. Er hört auf, alte Kartons, Zeitungen und eselsohrige Kitschromane in den Container zu stopfen.

Ich klappe das Handy zu und den Mund auch und kippe hastig den Karton mit den von Jenny genehmigten Kuscheltieren in den Altkleidercontainer.

»Lange nicht gesehen«, sage ich so cool wie möglich.

»Wie geht's?«, fragt er und lässt angelegentlich seinen Blick über meine roten Turnhosen und das, was aus ihnen herausschaut, schweifen. »Wusste gar nicht, dass Sie so lange Haxn hom.«

War das ein ... Grinsen?

Hat er mir ein ... Komplhhhhh...

Ich starre ihn wie belämmert an. Er hustet verlegen und verfällt dann in erwartungsvolles Schweigen.

Mist, wieso kriege ich denn jetzt wackelige Knie?

Offensichtlich ist der Herr Bezirksrichter heute privat unterwegs, dass er sich solche Kühnheiten erlaubt.

»Prima geht's mir, ganz ausgezeichnet«, gebe ich würdevoll von mir und wuchte eine alte kaputte Gitarre aus Simones Kofferraum. Gerade als ich sie in hohem Bogen auf den Sperrmüll werfen will, reitet mich ein kleines Teufelchen: »Oder hat der Herr Bezirksrichter Verwendung dafür?«

Das Grinsen erstirbt ihm im Gesicht. Oh. Jetzt bin ich dem Herrn Amtsrichter zu nahe getreten. »War ein Scherz«, sage ich großzügig.

Übergangslos zeigt er auf das T-Shirt und sagt: »Hat sich die gnädige Frau jetzt doch entschlossen, im Chor zu singen?«

Ich könnte mich auf der Stelle erschießen.

»Nein!«

Dass der Mann aber auch immer wieder auf diesem unwürdigen Thema herumreiten muss!

»Das T-Shirt gehört meiner Tochter, und sie zieht es nicht mehr an, weil es die Farbe des letzten Schuljahres hat. Das ist alles. *Ich singe nicht im Kirchenchor. Ein für alle Mal!*«

Damit pfeffere ich die Gitarre auf den Holzhaufen.

Sie gibt ein ziemlich jämmerliches Geräusch von sich.

Ihr letzter Abgesang.

»Und selbst?«, frage ich und zeige auf den vollgestopften Kofferraum des Herrn Bezirksrichters. »Misten Sie aus? Wie geht's der werten Frau Mutter?«

»Meine Mutter ist verstorben«, sagt der Richter mit finsterer Miene.

Es entsteht eine seltsame Pause. Ich fühle mich tief beschämt. Ich kann nichts sagen, denn sonst würde ich wahrscheinlich in Tränen ausbrechen. Ich kann es nicht fassen, dass ich es dermaßen vermasselt habe. Nicht nur, dass ich *wieder mal* beschissen aussehe, wenn dieser Mann aus dem Nichts auftaucht, ich habe auch *wieder mal* das völlig Falsche am völlig falschen Ort zur völlig falschen Zeit gesagt! Jetzt bin ich in seinen Augen eine noch viel größere Witzfigur als vorher.

Warum muss ich in wirklich jedes Fettnäpfchen treten!! *Warum nur!!!*

»Oh, ähm ... *Horst*, das ähm ... das ist *Achim* ... das tut mir entsetzlich leid ...«

Wieso schaut der mich denn so an? Das konnte ich doch nicht wissen!

Ich werde mich doch nicht von ihm durcheinanderbringen lassen? Ich bin doch wohl noch in der Lage, mit meiner Arbeit weiterzumachen? Er entsorgt seinen Kram, und ich entsorge meinen. So einfach ist das.

Ich mache eine vage Geste mit einem kaputten Kinderfahrrad.

»Herzliches Beileid.«

Wir starren uns eine Weile wortlos an. Ich werfe das Kinderfahrrad in den Container für Marmor, Stein und Eisen und gerate dabei leicht ins Taumeln. Zitternd vor Erschöpfung lehne ich mich kurz an den Container. Dass ich aber auch so gar keine Muskeln in den Armen habe!

Den hölzernen Bollerwagen schaffe ich nicht. Und die alte Hollywoodschaukel. Und das Trampolin.

»Sie sehen erschöpft aus«, sagt der Richter mit plötzlicher Besorgnis. »Haben Sie denn keinen, der Ihnen hilft? Dann werde ich wohl mit anpacken müssen!« Er bückt sich und greift nach einem kaputten Gartenstuhl.

»Brauchen Sie nicht«, entgegne ich kühl. »Ich habe schon so viele Häuser ausgeräumt. Wenn ich es recht bedenke, mache ich das im Sommer viel lieber als auf den Festspielen zu singen.«

Er starrt mich an, und seine Augenbrauen heben sich erstaunt. Ich muss jetzt irgendetwas tun. Irgendwas, das mich seines bohrenden Blickes enthebt. Nur kriege ich kein einziges Kilo Sperrmüll mehr gehoben.

Da entdecke ich einen Bagger, der hinter einem rostigen Eisenhaufen hervorlugt.

Um allen weiteren Peinlichkeiten mit diesem Bezirksrichter zu entgehen, renne ich zu dem Bagger, klettere in das Führerhäuschen und werfe den Motor an. Wenn ich etwas kann, dann Bagger fahren! Der Bezirksrichter staunt nicht schlecht, als ich auf knirschenden Kettenrädern knapp an ihm vorbeifahre.

»Ich mache das auf meine Art«, rufe ich fröhlich aus dem Fenster, während ich mit dem Schaufelbagger meinen Unrat vor mir herschiebe. »Schönen Tag noch!«

Sein Gesichtsausdruck ist so einmalig, dass ich ihn in Bronze gießen möchte.

31

Mir bricht der Schweiß aus. Mister Pringles wird in wenigen Tagen hier sein, und ich rackere, was das Zeug hält. Gott, ich bin so was von im Hintertreffen, aber weiter. Keine Pause. O Gott, ich kann kaum hinsehen. Ich habe Tausend und Abertausende von Fliegen und Spinnen aus dem letzten Winkel des Heizungskellers gesaugt, ich bin auf allen vieren in die Küchenschränke gekrochen, habe sie gescheuert und gewischt, gewienert und geschrubbt. Ich habe es geschafft, den Staubsauger zu finden, ihn sogar zum Laufen bekommen und mich mit ihm genauso innig angefreundet wie mit der Waschmaschine, dem Trockner und der Klobürste.

Ich habe alle Einbauschränke entrümpelt und unzählige Wagenladungen von überflüssigen Dingen, die wir alle mal in das Haus hineingetragen haben müssen, wieder rausgetragen. Ich habe Kartons zerstampft und Holz zersägt, ich habe Flaschen zerhauen, Bücherregale leer geräumt und Bücherkisten zum Flohmarkt geschleppt. Und ständig wieder hinter mir hergeputzt. Kaum zu glauben.

Wie mühsam das ist! Wie mich das körperlich anstrengt!

Uff. Na gut. Ich lege den Lappen weg, versuche mich aufzurichten. Mein Rücken schmerzt, meine Schultern knacken, meine Beine sind ganz steif.

Ich hatte ja keine Ahnung, was Hausfrauen alles leisten.

Beschämt erinnere ich mich an meine Bemerkung, Hanne-Marie betreffend: »Es gibt natürlich auch Frauen, die etwas Richtiges *können*!«

Dabei müssen gerade Hausfrauen Multitalente sein!

Innerlich leise ich Hanne-Marie Abbitte.

Ich hole mir ein kaltes Mineralwasser aus dem Kühlschrank und nehme einen tiefen Schluck. Ah. Erfrischend. Nie schmeckte mir ein Champagner besser als das Wasser nach körperlicher Arbeit. Ich wische mir über den Mund und ziehe mir erneut die klebrigen gelben Haushaltshandschuhe an. Weiter. Das Bad.

Ich wische und wienere, ich scheuere und schrubbe, bis alle Kacheln und Spiegel glänzen. Während ich das vierte Klo putze und mit einem Duftpölsterchen unter der Brille versehe, ertappe ich mich dabei, wie ich den Mendelssohn vor mich hin summe.

Die ganzen Flakons, Düfte, Seifen und Cremes, edlen Handtücher und Shampoos und Duschgels kommen in den Sack. Das kriegt alles Simone. Genau wie einen Großteil meiner Klamotten, Geschirr, Besteck und Haushaltszeug.

Ich befreie mich von allem überflüssigen Haus- und Zierrat. Und stelle fest, mit wie wenig der Mensch leben kann. Es befreit mich. Es bereitet mir ein fast körperlich spürbares Glücksgefühl, das neue Energien in mir freisetzt. Meine Gehirnzellenfirma hat ihren Betrieb wieder aufgenommen. Alle Mitarbeiter sitzen wieder an ihren Schreibtischen und kleben sich gegenseitig gelbe Memos an die Computerbildschirme.

Weiter. Das Treppenhaus.

Ich greife zu einem ätzenden Putzmittel, das die letzten Reste meiner einst so schönen langen Fingernägel zerstört. Egal. Ich wienere und scheuere, bis meine Hände rot und rau sind wie die von Simone. Nach sieben Stunden ist es geschafft. Das Treppenhaus glänzt wie neu.

Ein völlig neues Gefühl stellt sich bei mir ein, eine nie gekannte Art von Zufriedenheit.

Zwischendurch kamen Simone und Katharina mit dem halben Kirchenchor vorbei. Die Frauen brachten mir etwas zu essen und halfen putzen, räumen und verpacken, und die starken Männer haben bei den schweren Möbeln mit angepackt. Nur den Konzertflügel haben wir im leeren Wohnzimmer stehen gelassen.

Katharina hat dem Chor ihre Arie vorgesungen, und plötzlich hatten es alle eilig und wollten lieber wieder Kisten schleppen.

Jetzt sind alle lieben Heinzelmännchen wieder weg, und ich habe noch lange weitergeschuftet.

Meine Hände sind verschorft und blutig, meine Knie voller blauer Flecken. Während ich so vor dem Wintergarten stehe und die sauber glänzenden Blätter der Zimmerpalmen und Gummibäume betrachte, in denen ich mich fast spiegeln kann, merke ich, was ich alles geschafft habe.

Ich habe Ordnung gemacht, angepackt, aufgeräumt. Der Schritt in ein neues, einfacheres Leben ist getan.

Mein einziges Problem ist: Wo kriege ich innerhalb von vier Tagen die perfekte Haushälterin für Mister Pringles her?

Eine, die sich auskennt mit dem Haus? Eine, die ihm das Leben angenehm macht und ihm die Betten frisch bezieht? Eine, die seine Wäsche bügelt, ihm einen Kuchen bäckt, wenn er kommt, und mit dem Essen auf ihn wartet? Eine, die überall frische Blumen hinstellt und die seinen Wagen wäscht, bevor sie ihn vom Flughafen abholt? Ich lasse meine Gedanken schweifen und stelle mir die perfekte Hausfrau vor, die Mister Pringles sich wünscht.

Im Grunde braucht er eine, mit der er auch reden kann. Er hat seine Frau verloren und seine Tochter. Er ist einsam. Er braucht eine Haushälterin, die auch Zeit für ihn hat, die ihm zuhört.

Eine, die mit ihm zu den Festspielen geht, wenn die Krasnenko singt.

Lange sitze ich da und kratze mich nachdenklich am Kopf. Es muss jemanden geben. Ich muss nur überlegen. Meine Gehirnzellenfirma arbeitet auf Hochtouren. Wer aus meinem Freundeskreis kann perfekt kochen und backen und bügeln und einen Tisch decken und ein Haus dekorieren ... da war doch jemand! Und plötzlich habe ich eine Idee.

Verdammt!

Warum bin ich denn nicht früher darauf gekommen? Okay. Ich habe die Lösung. Das wird vielleicht nicht auf Anhieb perfekt funktionieren, aber was Besseres fällt mir nicht ein.

Mit letzter Kraft erhebe ich mich und greife zum Telefon.

»Also. Wenn du einen Tisch deckst, brauchst du Platzteller, farblich dazu passend den Teller für die Hauptspeise, den Suppenteller und den Dessertteller. Der wird erst später aufgedeckt. Zwischen den Tellern muss immer eine Serviette liegen, damit sie beim Essen nicht rutschen. Das Besteck liegt so, dass die Messer der Hauptspeise auf zwölf Uhr zum Rotweinglas zeigen. Das Weißwein- und das Wasserglas stehen schräg davor, schau ... Der Brotteller steht links, das Buttermesser liegt diagonal darauf.«

Hanne-Marie tritt einen Schritt zurück und betrachtet kritisch ihr Werk. Es sieht wirklich einladend aus.

Sie hat den Tisch aber auch sehr geschmackvoll gedeckt, mit Blumen und Kerzen und Brombeerzweigen, passend zur Jahreszeit.

Man möchte sich gleich hinsetzen und anfangen zu tafeln. Mann, hab ich lange nichts gegessen!

»Was fehlt jetzt noch?«, fragt Hanne-Marie streng.

»Ähm ... Das Brotkörbchen?« Ich wische mir die Hände an den Jeans ab und schaue mich suchend nach einem passenden Behältnis um. Warum habe ich nur so viel weggeworfen?

»Das Brotkörbchen kommt zum Schluss, damit das Brot frisch bleibt. Was ganz wichtig ist, sind die Servietten. Nimm niemals Papierservietten, sondern immer Stoffservietten, die zur Tischdecke passen. Hier.« Sie legt einen Stapel frisch gebügelter Servietten auf den Tisch. »Kannst du sie zu Schwänen falten?« Meine Augen kleben am Tischtuch.

»Nein.«

»Das macht nichts. Jenny kann es. Ich habe es ihr beigebracht.«

Sie reicht mir ein paar silberne Serviettenringe, die sie aus ihrem Bestand mitgebracht hat, und zeigt mir, wie man die Servietten elegant hineindrapiert. Auf den Teller gelegt, sehen sie wirklich edel aus.

»Hast du nach dem Fleisch gesehen?«

Ich zucke zusammen. »Sind schon acht Minuten um?«

Wir haben Kalbsfilet vorbereitet, ich durfte es in Butterschmalz anbraten und würzen, jetzt muss das zarte Fleisch in den vorgeheizten Ofen, damit es eine Stunde bei hundertachtzig Grad vor sich hin garen kann.

Andächtig belege ich das Kalbsfleisch mit Thymian, Rosmarin und ein paar Knoblauchzehen, bevor ich es in das Ofenrohr bugsiere.

»Hier! Nimm die Handschuhe!«

Uff. Das Kälbchen schmort. Ich bin stolz. Das ist der erste Braten meines Lebens!

Unsicher lächle ich Hanne-Marie an. »Danke, dass du mir das alles zeigst!«

»Was ist mit Bügeln?«, gibt sie geschäftsmäßig zurück. »Wir haben jetzt eine Stunde Zeit, es zu üben. Was wirst du für diesen Amerikaner bügeln müssen?«

»*Achim*, Hemden ... schätze ich. Wenn ich Pech habe, auch Pyjamas.«

Hanne-Marie lacht. »Wenn du noch mehr Pech hast, schläft er nackt.«

Ich grinse. Die hat ja Humor! Wer hätte das gedacht!

»Also«, schlägt Hanne-Marie vor. »Du stellst das Bügelbrett auf, und währenddessen schaue ich nach dem Kuchen.«

Wir haben eben einen Teig angerührt, mit Mehl und Milch und Eiern und Butter. Wir haben fast zwei Stunden lang die Butter schaumig geschlagen und dabei haben wir gekichert und gelacht, über Jürgens liebenswerte Eigenheiten gelästert, und sie hat mir gestanden, dass er sich noch immer die Birne an der Dachschräge stößt, wenn er aus der Wanne steigt.

Dabei haben wir die Wesendonk-Lieder gehört, weil Hanne-Marie das so wollte. Ich hab ihr den Unterschied zwischen einem Tritonus und einer übermäßigen Quart erklärt – es gibt nämlich keinen –, und dann haben wir die Backform mit Butter eingefettet und beratschlagt, welche Frisur Jürgen auf Dauer jünger und moderner aussehen ließe. Anschließend habe ich kurz entschlossen den ganzen Koffer mit den Klamotten von Felix, die ich im letzten Moment doch nicht dem Kirchenchor für seinen Flohmarkt geschenkt habe, Hanne-Marie gegeben.

Beim Kramen in den Umzugskisten sind wir auf die Tönungskur gestoßen, die ich mir immer schon mal gönnen wollte, und dann haben wir uns gegenseitig die Haare getönt: In einem ganz warmen, haselnussfarbenen Braunton, der uns beiden supergut steht. Wir sehen fast aus wie Schwestern, Hanne-Marie und ich.

Jetzt greife ich beherzt zu dem Bügelbrett, das Hanne-Marie mir aus ihrem Bestand mitgebracht hat, nachdem ich mein eigenes auf den Sperrmüll getragen habe, und komme mir dabei vor wie die routinierteste Hausfrau der Welt.

Energiegeladen zerre ich an einem Metallbein, aber es bockt und klemmt. Ich versuche ein anderes. Vergebens. Das bockige Bügelbrett will sich nicht aufstellen lassen.

»Hanne-Marie?«, rufe ich hilflos. »Wie geht das?«

»Unter dem Brett ist ein Hebel, den musst du ziehen«, ruft Hanne-Marie aus der Küche. Ein herrlicher Duft von frisch gebackenem Vanillestreuselkuchen dringt zu mir herüber.

»Klar!«, rufe ich zurück. Ich wische mir mit ihrem Schürzenzipfel den Schweiß von der Stirn und taste so lange mit Feuereifer an dem Bügelbrett herum, bis es plötzlich ohne Vorwarnung unter schrecklichem Quietschen zwei Beine herausschießen lässt. Es gleitet mir aus den Händen und flutscht prompt auf die Höhe eines Rauhaardackels herab.

Okay. Ich kann auch im Sitzen bügeln.

Entschlossen hocke ich mich im Schneidersitz auf die Erde und greife nach dem letzten von Felix' Hemden, die ich doch nicht der Altkleidersammlung der Gemeinde überantwortet habe.

Es riecht nach Felix, und ich muss die plötzlich aufsteigenden Tränen mit dem Handrücken wegwischen.

»Na, kommst du klar?« Hanne-Marie steht plötzlich vor mir, den duftenden Kuchen auf einem runden Teller in der Hand. »Was machst du denn da unten?«

»Ich bügle«, antworte ich hoheitsvoll und wische mir mit dem Hemdsärmel schnell über die Augen.

Hanne-Marie drückt mir kurz entschlossen den Kuchen in die Hand, nimmt mir das Bügelbrett ab und hat es mit zwei Handgriffen auf die richtige Höhe eingestellt. Ich rapple mich schnell hoch.

»Du kannst auch im Stehen an Felix denken«, sagt sie, knufft mich liebevoll in die Seite und drückt mir das heiße Dampfbügeleisen in die Hand. »Wenn dir dabei die Tränen kommen, liegt es an der feuchten Luft.« Das Bügeleisen ist viel schwerer, als ich gedacht habe, und verströmt eine mächtige Dampfwolke, in die es mich gnädig hüllt. Mann, ist mir heiß.

»Den Kragen zuerst stärken«, merkt Hanne-Marie an. »Ich würde die Hemden gar nicht erst in den Trockner stecken, sondern feucht bügeln, dann sparst du dir die Stärke.« Sie sieht mich prüfend von der Seite an.

Mich überkommt eine solche Sehnsucht nach Felix, dass sich das Feuchtbügeln schon beinahe von selbst ergibt. Bittere Tränen tropfen auf den Hemdkragen.

Plötzlich fühle ich, wie mich ein paar weiche Frauenarme von hinten umschlingen.

»Du schaffst das, Ella«, höre ich Hanne-Marie dicht an meinem Ohr sagen. »Er denkt genauso ununterbrochen an dich wie du an ihn, glaub mir.«

Ich fahre herum, sodass wir Nase an Nase dastehen: »Hast du ihm etwa wieder hinterhergeschnüffelt?«

Hanne-Marie weicht einen Schritt zurück und zuckt die Schultern: »Du willst ja nicht, dass ich das tue. Aber ich habe das Gefühl, dass er ganz in deiner Nähe ist.«

»Und warum meldet er sich dann nicht?«

»Gib ihm Zeit«, sagt Hanne-Marie schlicht.

Sie nimmt mir das Hemd aus der Hand und macht sich energisch daran, meine Tränen darauf trocken zu bügeln.

32

Heute werden die Festspiele eröffnet.

In Sophienhöh sind alle Straßen überfüllt, Fernsehteams und Journalistenknäuel drängen sich vor dem großen Festspielhaus. Über den roten Teppich schreiten die herausgeputzten Paare, die aus ihren schwarz glänzenden Limousinen steigen. Den ganzen Tag schon bringen sie es im Fernsehen, wer alles an Prominenz und Wichtigkeit für diese große Premiere angereist ist.

Von der Krasnenko bringen sie die Ausschnitte ihrer großen Auftritte im letzten Jahr. Sie hat die Azucena an der Met gesungen, die Amneris in Mailand und die Adalgisa in Covent Garden, dazu zahlreiche Konzerte.

Alles meine Engagements.

Es kam auch ein Interview mit Dieter Fux. Er hat selbstgefällig berichtet, dass er die Krasnenko genau vor einem Jahr entdeckt hat, als die mental instabile Ella Herbst zehn Minuten vor ihrem Auftritt abgehauen ist.

Ich habe die TV-Berichte beim Herrichten des Hauses angesehen, während ich frische Blumen verteilt und gestärkte Stoffservietten zu Schwänen gefaltet habe.

Zuerst sind die Schwäne wie der sprichwörtliche sterbende Schwan in sich zusammengesunken, aber ich habe sie einfach nicht sterben *lassen*, und jetzt stehen sie da, aufrecht und majestätisch, und harren des Herrn.

Mister Pringles hat sein Kommen angekündigt und ins Telefon gerufen, dass er einen Fahrer habe, und ihn die Haushälterin nicht vom Flughafen abholen müsse. Es sei dann auch alles so weit vorbereitet mit dem Notar für die Formalitäten bezüglich des *Achim*

Hauskaufs, und er werde noch heute Nachmittag seine *Horst* Unterschrift unter den Kaufvertrag setzen.

Mir ist der Schweiß ausgebrochen, und Frau Panik stand wieder mal mit dem Nudelholz hinter mir: vom Scheck nach wie vor keine Spur! Offensichtlich ist er aber noch nicht eingelöst worden, und schon gar nicht mit einer überzogenen Summe, sonst hätte Mister Pringles das vielleicht erwähnt.

Ich habe mich inzwischen mit dem Gedanken angefreundet, dass der Scheck im Müll eines natürlichen Todes gestorben ist. Die Möglichkeit, dass Felix ihn haben könnte, weise ich einfach ganz entschieden von mir.

Aber die Zeit drängt! Nur nicht grübeln. Immer wieder fällt mir diese Melodie ein, an der sich Katharina so eifrig versucht: »Sei stille dem Herrn und warte auf ihn, er wird dir geben, was dein Herz wünscht ...« Komisch. Die summe ich beim Arbeiten unaufhörlich vor mich hin.

Ich habe die Betten bezogen, der frisch gebackene Kuchen duftet auf dem Blech, und der Champagner steht kalt. Ich will das Haus in perfektem Zustand übergeben.

Mitsamt perfekter Haushälterin.

Gerade als ich mir ein letztes Mal die Hände an der Schürze abwische, höre ich einen Wagen in der Einfahrt.

Okay. Ganz ruhig bleiben jetzt. Keine Panik. Ob ich knicksen soll?

Grüß Gott, Mister Pringles, ich bin Ihre neue Haushälterin. Ich hoffe sehr, alles zu Ihrer Zufriedenheit erledigt zu haben ... und herzlich willkommen im neuen Haaaahhhhmpf!

Ähm. Es ist nicht Mister Pringles.

Nein. Bitte. Nicht. Lieber Gott. Hast du denn gar keinen Humor.

Nicht schon wieder der Bezirksrichter. Er ist ganz schwarz gekleidet, obwohl so ein heißer Sommertag ist. Ach ja. Heute ist ja auch das Kirchenchorkonzert.

Mit undurchdringlicher Miene stapft er die Stufen zur Haustür hinauf, hinter der ich mit hämmerndem Herzen lehne.

Er beschlagnahmt das Haus doch noch.

Er kommt Mister Pringles um Minuten zuvor!

Ich öffne einfach nicht.

Meine Beine knicken ein, ich gleite hilflos wie ein Fisch an der Tür hinunter, hocke auf dem spiegelblank gescheuerten Fußboden des Vorhauses und höre meine Zähne aufeinanderschlagen.

»Hallo? Jemand zu Hause?«, dröhnt der rabenschwarzer Bass des Vollstreckers.

Der Bezirksrichter pocht mit seinen Riesenpfoten gegen die Haustür.

Ich komme mir vor wie das siebte Geißlein. Weit und breit kein Uhrenkasten!

Warum musste ich auch sämtliche Verstecke auf den Sperrmüll schleppen?

Mist. In Österreich pflegen Haustüren tagsüber offen zu sein. Der böse Wolf muss sich nur ein bisschen mit seinem wuchtigen Körper dagegenlehnen, und schon gleitet sie leise quietschend auf. Die Haushälterin rutscht in ihrem Kittel auf den glatten Fliesen weg wie ein halb totes Geißlein.

»Oh«, entfährt es dem mächtigen Mann, der seine buschigen Augenbrauen verdutzt auf mich Bündel Elend richtet. »Was machen Sie denn da unten?«

»Ich spalte das Atom«, gebe ich bockig zurück.

Während ich versuche, mich aufzurappeln, beugt sich der verdutzte Riese zu mir herunter und reicht mir – etwas verlegen zwar, aber doch ...

Die Hand! O Gott! Was sollte das denn jetzt? In einer Art Reflex ziehe ich blitzschnell meine Hand weg und tue so, als müsste ich ganz dringend den obersten Knopf meines Küchenkittels schließen.

Erwähnte ich schon mal, dass der Bezirksrichter immer dann

aufzutauchen pflegt, wenn ich richtig scheiße aussehe? Die Nummer mit dem Küchenkittel hatten wir noch nicht. Ich hüstle künstlich und zupfe mir am Kittelsaum herum. Mann, sind die Dinger kurz. Nicht dass er wieder eine Bemerkung über meine Haxn macht!

Nun stehe ich vor ihm, mein Herz rast, und trotz der roten Flecken, die in meinem Gesicht und am Hals wahre Feuerwerke entzünden, blicke ich ihm trotzig in die Augen. »Nun kommen Sie schon zur Sache«, sage ich kühl.

Er wendet sich von mir ab.

»Ich hab da was für Sie«, brummt der Bezirksrichter und macht sich umständlich an seiner Aktentasche zu schaffen.

»Des is mir jetzat wiakli sehr sehr unangenehm ...«, verfällt er in seine österreichische Mundart.

»Die Zwangsversteigerung«, helfe ich nach.

Zauner richtet sich auf und kratzt sich verlegen am Kopf. Seine Augen ruhen mit tiefem Mitleid auf mir.

»Naa, wie soll ich Eana des jetzt sogn ...«

»Können Sie bitte hochdeutsch mit mir sprechen«, stammle ich unter Herzrasen.

Er schaut mich an, als wäre ich drei und hätte gerade einen Mikadostab in die Steckdose gesteckt. Dann deklamiert er so langsam und deutlich, als wäre ich dement oder schwerhörig: »Also meine Mutter, die hatte ja so gerne die Romane mit der großen Schrift ...«

Was faselt er? Wovon fantasiert er? Warum kommt er nicht zur Sache?

Ich starre den Richter so böse an wie möglich.

Er hat einen Gerichtsbeschluss verfasst, dass mein Haus doch noch zwangsversteigert wird, und jetzt fängt er von seiner toten Mutter an! Wie perfide ist das denn!

Er zögert einen Moment, doch dann fährt er mit seiner seltsamen Erklärung fort.

»Na, und weil sie nicht mehr so lange am Stück hat lesen können ...« Was quatscht der denn da? Seine olle Mutter ist schon am Verwesen, und ich hab echt andere Sorgen!

Ob ich ihm dreist ins Wort fallen soll? Ich meine, verschissen habe ich es bei dem Amtschimmel sowieso.

»... da hat sie sich immer so Zetterl ins Buch eini getan, sozusagen als Lesezeichen.« Er verstummt, als er meinen eiskalten Blick bemerkt.

Ich mache den Mund auf, und heraus purzeln folgende Worte: »Das interessiert mich einen feuchten Scheiß!«

Ups! Was ist mir denn da für eine giftige Schlange aus dem Mund gekrochen? Na gut, ich hasse ihn, aber ich sollte höflich bleiben!

Der Bezirksrichter zögert einen Moment, dann fängt er an zu grinsen: »Jetzt lassen S' mich doch ausreden, Frau Herbst!«

»Sie haben Nerven«, gifte ich ihn an. »Jeden Moment erwarte ich den Käufer meines Hauses, und er hat mir ein super Angebot gemacht, das mich und meine Kinder retten könnte, aber Sie müssen ja wieder genau in dem Moment auftauchen, wo Sie noch alles zerstören können! Volltreffer! Das Schiff ist versenkt!«, sage ich theatralisch. »Wenn Sie Ihre verdammte Zwangsvollstreckung jetzt ähm ... vollstrecken müssen, dann tun Sie sich keinen Zwang an! Beschlagnahmen Sie meine Villa und führen Sie mich ab!«

Ich mache eine ausladende, bühnenreife Geste, wobei mir mein oberer Kittelknopf wieder aufspringt.

Die Atmosphäre ist dermaßen geladen, dass mir die Worte im Hals stecken bleiben.

Der Richter glotzt mich an, und mir fällt auf, dass auch seine Halsschlagader pocht wie verrückt.

»I wui Ehrane Villa nicht vereinnahmen«, bringt er schließlich stockend in purer Mundart heraus.

»I wui Eana bloß das hier wiedergeben.«

Mit zitternden Fingern hält er mir einen grün-weißen Zettel entgegen.

Völlig ungläubig starre ich ihn an.

Es ist ...

Der Scheck.

33

Genau in dem Moment schiebt sich in riesiger Blumenstrauß zur Tür herein, und hinter dem Wahnsinnsgebinde der Mann, den ich seit Wochen sehnsüchtig erwarte.

Mister Pringles.

Der alte Amerikaner nimmt seinen Cowboyhut vom Kopf und ruft erst mal laut und erfreut »*Achim!*«, bevor er mich herzlich umarmt.

»Mister Pringles!«, krächze ich, immer noch völlig unter Schock über die plötzlichen Ereignisse. »Herzlich willkommen zu Hause!«

Ich sinke an des gütigen Multimillionärs Brust, wo mich die Blumen in der Nase kitzeln. In meinem Kopf spielt sich eine märchenhafte Vorstellung von unserer Hochzeit ab: Ich in einem Traum aus weißer Seide, er in seinem edelsten Cowboydress, reiten Seite an Seite durch die Wüste, und die jubelnde Menge wirft nicht Reis, sondern Pringles-Chips. Die Pferde haben Chipstüten am Schwanz, auf denen »Spicy«, »Hot« und »Crispy« steht.

Nie wieder Geldsorgen. Nie wieder.

Ich bin eine Milliardärsgattin.

Wir baden in Chips, wie Onkel Dagobert springen wir vom Dreimeterbrett hinein. Allein die Vorstellung macht mich ganz schwach vor Sehnsucht.

Aber dann fällt mir ein, dass ich Mister Pringles gar nicht liebe. Ich werde mich schon überwinden, einen dicken alten Texaner zu lieben, nehme ich mir ganz fest vor. Das kann doch nicht so schwer sein.

Aber dann fällt es mir siedend heiß ein: Ich *bin* ja schon verheiratet.

Mit einem Mann, den ich wirklich liebe.

Der nur leider spurlos verschwunden ist.

Immerhin hat er nicht den Scheck. Er hat *nicht den Scheck*!!! Ich habe es gewusst!

Ich könnte vor Erleichterung heulen!

Ich sehe zu Mister Pringles auf und blinzle, um den Tränenschleier vor meinen Augen loszuwerden.

Mann, bin ich erleichtert. Alles wird gut. Ich hätte mir gar keine Existenzsorgen machen müssen. Wenn ich jetzt das Haus an Mister Pringles verkaufe, kann ich meine restlichen Schulden ... Mein Gesicht prickelt, und meine Armbewegungen sind deutlich ungestümer, als ich wollte.

Der Bezirksrichter beobachtet unsere Wiedersehensszene mit wachsendem Erstaunen.

»Ich hätte da noch einen Brief für Sie«, brummt er und macht sich mit zitternden Fingern an seiner Hosentasche zu schaffen.

»Oh, *well*, das ist genial, dass der Notar auch schon hier ist«, zieht Mister Pringles ganz falsche Schlüsse, »dann können wir ... *Horst* ... das Unvermeidliche ganz schnell über die Bühne bringen, bevor wir uns der *Achim* großen Festspielbühne zuwenden ...«

»Ach so«, sagt der Bezirksrichter. Er sieht etwas verlegen aus und stopft den Schrieb wieder in seine Gesäßtasche. Mich wundert es etwas, dass der Bezirksrichter seine amtlichen Dokumente in der Gesäßtasche mit sich herumträgt, aber er ist halt immer wieder für Überraschungen gut. »Aber wenn ich Ihnen in dieser Angelegenheit behilflich sein kann ...«

Er steckt die Hände in die Hosentaschen und schaut fragend von einem zum anderen. »... Ich kann Ihnen gern assistieren, aber absegnen muss das Ganze ein Notar.«

»Ähm, wollen wir nicht erst einen *Horst* Tee trinken«, räuspere ich mich verlegen, »oder *Achim* Kaffee, der Kuchen ist nämlich noch warm«, lache ich die Herren freundlich an.

Das lassen sich die beiden nicht zweimal sagen. Sie nehmen umständlich am riesigen Esszimmertisch Platz, den ich vor zwei Stunden im Schweiße meines Angesichtes genau nach Hanne-Maries Anweisungen genial gedeckt habe. Währenddessen schleppe ich den riesigen Blumenstrauß in die Küche und suche verzweifelt nach einer Vase, die diesen mannshohen Blütenmassen gerecht werden könnte. Warum *hab* ich aber auch alles weggeworfen, ich dumme Gans?

»Wo ist denn die *Horst* Haushälterin?«, fragt Mister Pringles, der sich in Vorfreude auf den Streuselkuchen bereits einen sterbenden Schwan in den Hemdkragen stopft.

Ich benetze mir die trockenen Lippen. Dann schenke ich dem einen Herrn Kaffee ein und dem anderen Tee, um Zeit zu gewinnen. Meine Hand zittert kaum.

»Die steht vor Ihnen«, sage ich, nachdem ich einmal tief Luft geholt habe. Mir ist übel. Mann, jetzt könnte ich einen Schluck Champagner gebrauchen.

»Oh«, sagt Mister Pringles überrascht. Seine Augen ruhen erfreut auf meiner bekittelten Wenigkeit. »Das ist sicher ein Scherz.«

Ich bemerke den Blick des Bezirksrichters. Seine Augen drücken so etwas wie ... Anerkennung aus. Ich wage es nicht, mich umzudrehen. Ich wage es nicht, mich zu bewegen.

»Nein, das ist mein voller Ernst«, sage ich entschlossen. »Wenn Sie mich nehmen, heißt das natürlich.« Ich knickse fast. *Mann*, warum sitzt denn dieser Dr. Zauner immer noch hier? Ich fühle seinen Blick im Rücken, und mir stellen sich alle Härchen auf.

»Aber liebend gern!«, freut sich der gute alte Mister Pringles, und der Streuselkuchen fällt ihm fast aus dem Mund vor Glück. »Natürlich *nehme* ich *Sie*! Aber doch nicht als Haushälterin!« Seine kleinen Äuglein hinter der mit Brillanten besetzten Brille strahlen mich mit großer Wärme und Güte an.

Ich lächle bescheiden, während mir das Blut in den Adern gefriert.

War das jetzt ein *Antrag*?

O Gott, ich bin so blöd. Ich hätte einfach nur still dastehen und den Kaffee servieren sollen.

Einfach weiterreden, denke ich. Fröhlich weiterplaudern und dabei mit der Kuchenzange gestikulieren. Währenddessen befingere ich immer wieder den zerknitterten Blankoscheck, der in meiner Kitteltasche steckt.

»Es ist so, dass Hausarbeit mein Hobby ist«, höre ich mich plappern, »ich wusste gar nicht, dass Kochen und Putzen und Backen und Bügeln so viel Spaß machen! Es würde mir wirklich viel bedeuten, wenn ich mein ... Hhhmmpfh ... also *Ihr* Haus in Zukunft für Sie in Ordnung halten dürfte.«

»Aber das schaffen Sie doch unmöglich allein«, sagt Mister Pringles, indem er sich einen großen Klacks frisch geschlagener Sahne auf den Streuselkuchen legt. »Der Garten und der Pool und die Autos ...«

»Also ... das ist eigentlich alles ziemlich übersichtlich«, höre ich mich sagen. »Das sieht schlimmer aus, als es ist.«

Täusche ich mich, oder zuckt der Bezirksrichter mit den Mundwinkeln?

»Nein, ich finde, das ist Männerarbeit«, entscheidet Mister Pringles. »Was ist denn mit Ihrem lieben Mann?«

»Ähm, der ist ... *Horst* ... zurzeit, also eigentlich meistens, um nicht zu sagen, immer ...« O Gott. Ich rede mich um Kopf und Kragen.

»Der Gatte is in freiwilligem Gewahrsam«, sagt der Bezirksrichter plötzlich.

Ich erstarre. Mir fällt fast die Kuchenzange aus der Hand.

Der Gatte ist bitte *wo*?

Was hat er gesagt?

Felix ist ... Er hat sich freiwillig ... Er *ist* ganz in der *Nähe*!!

Ich sinke auf die Bank, auf der Zauner sitzt. Meine Beine versagen ihren Dienst.

Die Finger des Bezirksrichters zittern, als er sich erhebt und den zusammengefalteten Brief aus seiner Gesäßtasche zieht.

»Der ist von Ihrem Mann. An Sie.«

Ich starre ihn an, wilde Stiche durchzucken meine Schläfen, ich kann den Mund nicht schließen, obwohl ich das dringend tun sollte.

Mister Pringles scheint den Bezirksrichter nicht verstanden zu haben und kaut genüsslich an meinem, ähm Hanne-Maries Streuselkuchen herum.

»Er hot net woll'n, dass Sie's wissen«, brummt Zauner, der immer noch verlegen den Brief in den Fingern hält. »Aber gsogt hätt-ich es Eana scho.«

Aha. Na toll. Er hätte es mir also irgendwann gesagt. Wie großzügig. Fragt sich, wann. Wenn ich mich umgebracht hätte oder was?

Ich *fasse* es einfach nicht, wie kalt und herzlos dieser Mann sein kann. Und ich lade ihn auch noch zum Tee ein.

Am liebsten würde ich ihm das kochende Wasser über den Kopf gießen.

Mit feuchten Händen reiße ich ihm den Brief aus der Hand und stürme in mein ... also Mister Pringles' Schlafzimmer.

Dort sitze ich mit klopfendem Herzen auf dem blütenweiß bezogenen Bett, dessen Laken ich alle noch gestärkt habe, und starre den Brief an. Vor meinen Augen verschwimmt alles, ich nehme die Umrisse der Möbel nur noch schemenhaft wahr.

Ich schaffe es nicht, den Brief zu öffnen. Sicher hat Felix bei Zauner die Scheidung eingereicht. Warum sonst sollte mir der Mann den Brief bringen?

Er hat im Gefängnis darüber nachgedacht, wie sehr ich ihn im Stich gelassen habe. Er ist verbittert und gedemütigt, und er liebt mich nicht mehr. Diese Erkenntnis trifft mich mitten ins Herz. Ich habe das Gefühl, dass es aufgehört hat zu schlagen.

Mit geradezu stoischer Ruhe öffne ich den Brief.
Es ist aus. Damit muss ich mich nun abfinden.
Aber das wusste ich doch schon längst, oder?
Worauf habe ich dumme Gans mir denn noch Hoffnungen gemacht?
Der Brief ist mit Felix schräger Handschrift eng beschrieben. Soll ich ihn überhaupt lesen? Ich falte ihn auseinander, und zu meinem grenzenlosen Entsetzen fällt mir sein Ehering entgegen.
Er rollt über Mister Pringles' Bett und bleibt unter dem Kopfkissen liegen.
Okay. Das war es also.
Ich werde ganz ruhig. In mir stirbt alles ab.
Irgendwann schaffe ich es, mir die Brille aufzusetzen und auf das Geschriebene zu schauen.

Ella,
ich weiß nicht, wie ich diesen Brief beginnen soll, und ich fürchte, du wirst ihn gar nicht lesen. Ich gebe ihn deinem Freund Zauner mit. Er hat mir versprochen, dass er ihn dir persönlich gibt und nicht eher geht, bis du ihn gelesen hast.

Meine geliebte Frau,
wie sehr habe ich dich verletzt! Erst jetzt, nachdem ich wochenlang wegen Veruntreuung hier im Untersuchungsgefängnis sitze, weiß ich, was ich dir angetan habe. Als ich an jenem Abend gegangen bin, wusste ich nicht, wohin. Ich wusste nur, dass ich die Grenzen deiner Toleranz überschritten und deine Liebe nicht mehr verdient habe. Da ich keinen anderen Ausweg sah, habe ich mich beim Bezirksrichter freiwillig gestellt und warte meine endgültige Verurteilung ab.
Das war der schlimmste Gang meines Lebens, denn ich wusste ja, wie schrecklich der Freiheitsentzug ist. Aber man behan-

delt mich hier sehr fair, und ich konnte gleich am zweiten Tag meiner Haft mit einer Therapie beginnen.

Das hat mir die Augen geöffnet. Ja, Ella, ich war tatsächlich spielsüchtig, so wie andere Leute alkohol- oder rauschgiftsüchtig sind. Es ist ein Sog, und man kann nicht mehr da raus! Man verstrickt sich in Lügen und gibt es noch nicht mal vor sich selbst zu, dass man wie ein hilfloses Insekt in einem Spinnennetz gefangen ist.

Dabei kränkt und belügt man die Menschen, die man am meisten liebt. Es ist ein Teufelskreis, und du hast mir sehr geholfen, weil du mir den Scheck nicht gegeben und mich vor die Tür gesetzt hast.

Ich musste wissen, dass ich Riesenidiot dich und die Kinder verloren habe, bis ich mir eingestehen konnte, dass ich krank bin.

Der Bezirksrichter, er heißt übrigens Matthias und ist ein feiner Kerl, hat mich in den letzten Wochen immer wieder besucht. Ich wollte nicht, dass du weißt, wo ich bin, weil ich mich so geschämt habe. Er musste mir versprechen, dir nichts zu sagen, auch wenn es ihm wirklich schwerfiel. Er hat mir immer wieder berichtet, wie es dir geht und was du tust. Auch Hanne-Marie war ein paarmal hier. Sie ist eine prima Frau und hält große Stücke auf dich. Sie hat mir viel erklärt, und mir ist bewusst, was ich alles angerichtet habe bei dir.

Von ihr weiß ich auch, dass du dich entschieden hast, als Haushälterin in der Villa zu bleiben. Du hast die Partie der perfekten Hausfrau genauso gründlich einstudiert wie früher deine Opernpartien. Sie ist richtig stolz auf dich. Ich wage nicht mehr, stolz auf dich zu sein, weil ich nicht weiß, ob du noch meine Frau bist.

Dr. Zauner hat mir auch erzählt, dass du den Scheck gesucht hast. Bestimmt hast du geglaubt, ich hätte ihn dir gestohlen. Und ich habe auch mit dem Gedanken gespielt, Ella, das gebe ich offen zu.

Ich war so verzweifelt, dass ich ihn als rettenden Strohhalm sah. Danke, dass du ihn mir nicht gegeben hast. Zauner war so klein mit Hut, als er den Scheck in einem Buch seiner Mutter gefunden hat, und traut sich dir jetzt gar nicht mehr unter die Augen.

Ich auch nicht.

Ich schäme mich entsetzlich und möchte dich in aller Form um Entschuldigung bitten.

Es tut mir leid, dass ich dir in dieser verdammt schweren Zeit nicht beistehen konnte.

Weißt du, was der Bezirksrichter über dich gesagt hat?

Dass du eine Frau zum Stehlen bist.

Ich glaube, er würde dich mir stehlen, wenn er könnte. So wie ich dich Jürgen gestohlen habe. Da warst du eine strahlende, berühmte Frau, und jetzt bist du ganz unten. Der Richter würde dich trotzdem stehlen.

Er hat erkannt, was deine wahren Werte sind: nämlich dein großes Herz und dein Humor. Du hast es geschafft, die Kinder weitgehend aus allem rauszuhalten, damit sie weiterhin glücklich und sorglos leben können. Und genau das wollte ich auch für dich tun.

Obwohl ich dich über alles liebe, gebe ich dir hiermit den Ring zurück. Ich habe es nicht verdient, dein Mann zu sein.

Trotzdem sollst du wissen, dass ich dich liebe und dich immer lieben werde.

Dein Felix

Meine Gedanken schwirren wie ein wild gewordener Wespenschwarm in meinem armen Kopf herum.

Felix. Er hat alles eingesehen. Er bereut es. Er hat sich gestellt und sitzt seit Monaten ein. Er macht eine Therapie. Er schämt sich. Er hat nachgedacht.

Er liebt mich noch.

Ich sinke völlig durcheinander auf das gestärkte Kopfkissen von Mister Pringles. Mein Herz fängt wieder ganz leise an zu schlagen. Gibt es doch noch Hoffnung für uns? Wird es wieder so wie früher werden? Liebe ich ihn noch? Ich weiß nur eins. Er hat eine Antwort verdient. Und zwar sofort. Allerdings habe ich jetzt keine Zeit.

Okay. Konzentriere dich auf das Wesentliche, Ella.

Da unten sitzen zwei Herren bei Tee und Kaffee und warten auf dich.

Ich nehme das gebügelte Stofftaschentuch, das ich für Mister Pringles auf dem Nachttisch bereitgelegt habe, und stecke Felix' Ring dort hinein.

Dann stehe ich entschlossen vom Bett auf, straffe die Schultern, streiche meine Haare einigermaßen glatt und gehe lächelnd zu den beiden Herren, die abwartend vor ihren inzwischen kalt gewordenen Getränken sitzen.

»Würden Sie dies bitte meinem Mann geben?«, raune ich dem Richter zu. Freundlich stecke ich ihm das Taschentuch in die Jackentasche. »Aber nicht wieder verlieren, ja?«

Der Gesichtsausdruck des Richters ist noch eine Steigerung zu neulich. Ich habe noch nie eine so tiefe Befriedigung empfunden.

Wenig später schreiten wir zur vorläufigen Vertragsunterzeichnung.

Mister Pringles hat alle Unterlagen bereits fein säuberlich vorbereitet und reicht mir nun den mehrseitigen Schrieb mit der feierlichen Überschrift *Kaufvertrag* zur Unterschrift. Ich greife nach meiner Lesebrille und ziehe mir – zum ersten Mal in meinem Leben – den Sermon rein, den ich gleich unterschreiben werde:

1) Ella Maria Herbst, im Folgenden kurz verkaufende Partei genannt, ist alleinige Eigentümerin nachangeführter Liegenschaften ...
   5739 Sophienhöh, Bezirksgericht Sophienhöh

a) Bestehend aus dem Gst. 974/37 und dem darauf errichteten Gebäude, Parkallee 74 mit einer im Grundbuch vorgetragenen Fläche von 2700 m^2
b) Inklusive Teich, Pool, Sauna und Tennisplatz, ...
c) ... beabsichtige Veräußerung des Kaufgegenstandes ...
2) a) Die kaufende Partei verpflichtet sich, gleichzeitig mit dem Kaufpreis die Grunderwerbssteuer ... in Worten ... und die Eintragungsgebühr von ... in Worten vierunddreißigtausendfünfhundertnullnull ...
3) a) Treuhandkonto ... Finanzamt, Eintragsgebühr bei Fälligkeit ...
4) a) Besitzübergang Kaufgegenstand Eintritt der Auszahlungsvoraussetzungen gemäß II Absatz 3 des Vertrags ...

Mich dürstet.

5) Gewährleistung ... Erfüllung der Käuferpflichten ... Grundbuchgericht ...

Okay. Das hab ich jetzt echt verstanden. Der Richter wird mir wirklich bleiben wie die Kinderlähmung.

6) Die kaufende Partei erklärt den Kaufgegenstand vor Unterfertigung dieses Vertrages eingehend besichtigt zu haben ... Schnell weiterblättern, damit er nicht noch auf blöde Ideen kommt ...

Entschlossen greife ich zu dem edlen Schreibgerät, das Dr. Zauner aus seiner Aktentasche gezaubert hat, und pfeffere beherzt mein Autogramm an den unteren rechten Rand der letzten Seite. Wie immer ziere ich meinen Namen mit einem Herbstblatt, das sich um das Ella zieht.
»Maria sollten S' au no dazua gebn«, brummt der Richter, der in meinem Pass herumblättert.
Na meinetwegen. Wenn er unbedingt will.

Ich quetsche noch ein Maria auf das Blatt und schiebe das ganze Geschreibsel Mister Pringles zu.

Der lugt interessiert durch seine Brille, in der die Brillanten umeinanderpurzeln:

»Sie haben ja bei ›Betrag‹ gar nichts eingesetzt!«

Erstaunt blicke ich ihn an. »Hätte ich das tun sollen?«

Er lächelt mich warmherzig an: »Was steht denn auf dem *Horst* Scheck?«

»Nix«, sage ich ratlos. »Es sei denn, die Mutter vom Richter hätte eine Telefonnummer darauf notiert.«

Der Richter verdreht die Augen.

Ich fasse es einfach nicht, was ich hier für einen Müll rede. Das hier ist eine ernste Angelegenheit.

Etwas verunsichert sehe ich zu Mister Pringles, der, ohne eine Sekunde zu verlieren, mit seinem grünen Füllfederhalter eine Summe auf den Scheck schreibt.

Zahlen Sie an Ella Maria Herbst gegen diesen Scheck zweihundert ... ähm ... *Achim* tausend ... *Horst* ... Mihhhooooo ...

Wie viele Nullen *macht* der denn noch???

Gelähmt vor Erstaunen, beobachte ich, wie er denselben Betrag auf den Kaufvertrag setzt, bevor er ihn mit seiner grünen Tinte unterschreibt.

Hat er sie noch alle??? Gut, ich hab echt das Haus entrümpelt, alles sauber geputzt und gewaschen, und der Kuchen war auch okay, aber...

Fröhlich lächelnd schiebt Mister Pringles mir das Lesezeichen von der toten Mutter des Bezirksrichters hin.

Ich traue meinen Augen nicht. Ganz ruhig, keine Panik, sage ich mir. Benimm dich ganz natürlich.

Zweieinhalb Millionen Euro.

Ein Scheck über zweieinhalb Millionen Euro. Ausgestellt auf meinen Namen.

Wie in Trance strecke ich meine Hand danach aus.

»Da ist jetzt Ihr erstes Jahresgehalt auch schon drin«, grinst Mister Pringles. »So hat alles seine Richtigkeit.«

Ich bin gerettet. Ich lese noch einmal ganz langsam, was da steht, und dann werde ich von einer Welle der Erleichterung erfasst, dass ich laut losheulen möchte. Zweieinhalb Millionen Euro. Das ist mehr als die Miesen auf meinem Konto und die Zinsen und Zinseszinsen der vermaledeiten Delta-Aktien und die Kreditzinsen der Aktien und Wertpapiere und die Steuern aus den letzten Jahren für Miet- und Pachteinnahmen aus mir nicht mehr gehörenden Objekten und die Spielschulden von Felix und die *Bastelsachen für Jenny*!!!!!!!

»Das ist aber echt großzügig von Ihnen«, höre ich mich selbst wie aus unglaublicher Entfernung sagen. »Ich meine, ich weiß nicht genau, ob diese ähm Villa das wirklich wert ist ...«

»*Sie* sind es wert«, antwortet Mister Pringles schlicht.

Mir schießen die Tränen in die Augen.

Der Bezirksrichter hat – wer hätte das gedacht, der Mann ist ja doch flexibel – inzwischen den Champagnerkorken knallen lassen und reicht uns beiden ein Glas. Seine Finger zittern immer noch, und er kann mir kaum in die Augen schauen.

Dabei faselt er etwas von amikaler Lösung, einer leidigen Angelegenheit, dass da jetzt ein paar Verfügungen obsolet seien und dass man auch mal rasch eine Amtshandlung ausführen könne, auch wenn heute Sonntag sei. Wahrscheinlich meint er den Kaufvertrag, und irgendwie finde ich ihn plötzlich nett.

Ich schließe die Augen und genieße den ersten eiskalten Schluck Champagner nach langer Zeit.

34

Mister Pringles hat die besten Plätze im Festspielhaus, wie immer, unten im Parkett. Ich glaube, er hätte sich gefreut, mit mir dorthin zu gehen.

Aber ich habe dankend abgelehnt. Erstens sehe ich einfach nicht gut genug aus. Mir Zeit für mich selbst zu nehmen wäre mir wie Diebstahl an Mister Pringles' Haus vorgekommen.

Nicht dass ich was gegen die Festspiele im Allgemeinen oder die Krasnenko im Besonderen hätte. Nein, ich werde sicher noch oft hingehen und mir die Krasnenko in ihrer Rolle als Carmen ansehen. Ich habe meinen Frieden mit der Krasnenko gemacht. Sie ist fantastisch, ein Jahrhunderttalent, und die Leute lieben sie. Mein Weg ist inzwischen ein anderer. Ich bin dankbar für die tolle Zeit, die ich erleben durfte. Erst jetzt weiß ich, wie wenig selbstverständlich dieses Leben war.

Und zweitens habe ich heute Abend etwas Wichtigeres vor.

Heute ist nämlich das Kirchenchorkonzert von Simone und Katharina. Sie üben seit letztem Herbst für diesen Auftritt wie verrückt, und wir haben viel daran gearbeitet.

Katharina hat mich angefleht, zu kommen. Sie hat so fürchterliche Probleme mit ihrem Solo, hat sie gesagt, dass sie keinen Ton herausbekommt, wenn ich nicht in der ersten Reihe sitze. Ich muss ihr einfach beistehen. Und das habe ich ihr auch versprochen. Dem Bezirksrichter habe ich es auch noch mal versichert, dass ich bestimmt pünktlich da bin, und er hat versprochen, Felix bei nächster Gelegenheit das Taschentuch zu geben. Der Blick, mit dem er mich dabei angesehen hat, war eine Mischung aus Schuldbewusstsein, Bewunderung und Enttäuschung.

Die Glocken der Dorfkirche in Sophienhöh läuten feierlich, als ich mich mit den Gemeindemitgliedern über den Marktplatz schiebe, auf dem immer noch der Maibaum steht. Es ist kurz vor sechs. Jetzt geht punktgenau die Premiere im Festspielhaus los, schießt es mir durch den Kopf, und die Erinnerung an die Vorfälle vor einem Jahr überfällt mich kurz und schmerzhaft wie eine Nachwehe, an die man schon gar nicht mehr gedacht hat. Aber ich bin hier in einer anderen Welt, und ich fühle mich wohl darin. Das hier sind keine Festspielbesucher in feinen Abendkleidern und Smoking. Hier liegt auch kein roter Teppich. Die Leute fahren nicht in Limousinen vor, sie kommen zu Fuß, viele von ihnen in Tracht. Sie ergießen sich in bunter Farbenpracht über den Kirchenvorplatz. Der gesamte Kirchhof ist voller Leute, und ich erinnere mich kurz an unsere Hochzeit, die in dieser Kirche vor genau fünf Jahren stattgefunden hat. Die meisten Leute grüßen mich freundlich und respektvoll, so als habe sich inzwischen rumgesprochen, dass ich mit dem Kirchenchor für das Konzert geübt habe.

Erwartungsvoll strömen wir in die kühle, dunkle Kirche, die die sommerliche Hitze ausschließt. Durch die bunten Fenster scheint die schräg stehende Sonne und taucht die festliche Gemeinde in ein sehr warmes Licht.

Es ist schon voll, und ich schiebe mich ziemlich weit hinten in eine hölzerne Bank. Jetzt kommt Bewegung auf, die Leute recken neugierig die Hälse, um ja nichts zu verpassen, was in ihrer Dorfkirche vor sich geht. Aha. Es scheint loszugehen.

Da vorn am Altar stellt sich zögerlich der Kirchenchor auf. Die Männer haben schwarze Anzüge an, die Frauen dunkle Kostüme oder Hosenanzüge. Vorn in der ersten Reihe kichern einige junge Mädchen, die ihren Verwandten oder Freunden im Publikum verstohlen zuwinken.

Der Chorleiter sitzt bereits an der Orgel und gibt das A, das kleine Orchester, bestehend aus Jugendmusikschülern und einigen

Lehrern, stimmt vorsichtig die Instrumente. Es klingt ziemlich dünn, und ein paar unsaubere Töne finden sich erst kläglich, dann selbstbewusster zusammen, bis ein halbwegs reines A zu hören ist. Neugierig spähe ich zwischen den breiten Rücken meiner beiden Vordermänner hindurch und betrachte das Geschehen mit freudiger Erwartung, Aufregung, Lampenfieber und Hunger nach Musik. Die hölzerne Bank drückt sich jetzt schon in mein Steißbein, und ich rutsche nervös auf ihr herum. Hoffentlich macht Katharina ihre Sache gut. Ich habe so lange und intensiv mit ihr geübt! Für ihre dünne, hauchige Stimme kann sie ja nichts ... dafür sieht sie einfach super aus! Das Auge hört mit!

Allmählich erkenne ich den einen oder anderen aus dem Kirchenchor wieder; sie waren fast alle in meinem Haus, um mir zu helfen. Irgendwie sind wir alle eine große Familie geworden.

Jetzt entdecke ich auch den Richter in der hinteren Reihe. Ich wusste ja, dass er dabei sein würde, aber er macht mir immer noch Angst. Seine mächtige Gestalt im dunklen Trachtenanzug ist auch nicht zu übersehen. Eben war er noch bei mir zu Hause. Eigentlich vor einer Stunde noch.

Gleich wird er wieder seinen dröhnenden Bass anstimmen. Simone steht ganz rechts im Sopran. Sie scheint sich suchend nach jemandem umzusehen, und auch die anderen im Chor werden langsam unruhig. Warum fangen sie denn nicht an?

Der Chorleiter steht auf und geht auf den Chor zu. Er verhandelt mit ein paar Frauen aus dem Sopran, dann dreht er sich suchend um die eigene Achse.

Was ist denn da los? Plötzlich weiß ich, auf wen sie warten.

Katharina! Katharina ist nicht da!

Der Chorleiter huscht eilenden Schrittes und um Unauffälligkeit bemüht in die Sakristei. Einige Orchestermitglieder stehen auf, gestikulieren ratlos mit ihren Instrumenten. Das Publikum beginnt zu tuscheln und zu argwöhnen. Ein Flüstern geht durch den Kirchenraum und hallt von den Wänden wider.

Schließlich kommt der Chorleiter achselzuckend zurück.

Er wendet sich der Gemeinde zu und sagt: »Zu meinem großen Bedauern muss ich Ihnen mitteilen, dass sich unsere Chorsolistin nicht wohlfühlt. So müssen wir Ihnen den Mendelssohn leider ohne Gesang vorspielen. Ich bitte, unsere Unzulänglichkeit zu entschuldigen.«

Das Publikum reagiert mit ungläubigem Raunen, aber dann tritt augenblicklich Stille ein. Der Chorleiter dreht uns den Rücken zu und hebt die Arme. Es ist unbeschreiblich rührend, dass er das Stück trotzdem zu Gehör bringen will! Das Orchester beginnt mit dem Vorspiel. Ich kenne jeden Ton. Es sind die Takte, die ich so oft für Katharina am Klavier gespielt habe und die ich beim Putzen hundert Mal vor mich hin gesummt habe. Sie haben mir Kraft gegeben, und den Mut, nicht zu verzweifeln. Es sind Katharinas und meine Töne.

O Gott, schießt es mir durch den Kopf. Sie hat mich bestimmt nicht gesehen, und wagt sich deshalb nicht nach vorn! Ich hatte ihr doch versprochen, mich in die erste Reihe zu setzen! Unschlüssig stehe ich auf und schiebe mich möglichst unauffällig durch den Seitengang nach vorn. Die erste Reihe ist so brechend voll, dass ich mich unmöglich noch da hinquetschen kann! Also bleibe ich stehen. Jetzt müsste Katharina mich aber wirklich entdecken. Verstohlen winke ich mit der Hand.

Der Kirchenchor schaut erwartungsvoll.

Aber doch nicht auf mich, Leute?! Hallo? Doch nicht auf *mich*!! Sie stoßen sich in die Rippen und fangen an zu lächeln.

Jetzt müsste eigentlich der Einsatz kommen.

Der Dirigent zeigt mit der rechten Hand auf mich. Ich sehe ihn fragend an.

Er nickt aufmunternd, bittend, ja fordernd.

Ähm, ich? Ich sehe mich noch mal suchend um, aber Katharina ist nicht zu sehen. Noch drei, noch zwei, noch eins ...

Und plötzlich singe ich.

»Sei stille dem Herrn und warte auf ihn, er wird dir geben, was dein Herz wünscht, er wird dir geben, was dein Herz wünscht. Sei stille dem Herrn und warte auf ihn.«

Meine Stimme trägt mich, als hätte ich Flügel. Ich fliege wirklich! Die Kirche ist ein riesiges Schiff, das mich über das schwarze Wasser der Vergangenheit trägt! Ich darf wieder singen! Verwirrt lasse ich meinen Blick über die Gemeinde schweifen, die mich so liebevoll aufgenommen hat. Ich gehöre dazu! Zu ihnen!

Plötzlich traue ich meinen Augen kaum. Mitten in der ersten Reihe thront verzückt lächelnd Mister Pringles!

Nanu! Was macht der denn hier?! Ich denke, er sitzt im Festspielhaus in der ersten Reihe und betet die Krasnenko an? Ungläubig starre ich ihn an und zucke fragend mit den Schultern. Und woher wusste er überhaupt, dass ich singen würde?! War das etwa ... hat ihm der Richter ... das ist doch wohl ein abgekartetes Spiel?!

Mister Pringles lächelt mich aufmunternd an und formt mit Zeigefinger und Daumen einen Revolver, den er auf mich richtet. Er drückt ab und fasst sich ans Herz.

Diese Texaner! Unwillkürlich muss ich lächeln, während ich weitersinge.

Da geht ein kleiner Ruck durch die Menge.

Und während sich einige Köpfe nach hinten drehen, sehe ich ganz hinten die Kirchentür aufgehen.

Eine Gestalt schiebt sich, um Lautlosigkeit bemüht, zur Tür herein. Eine schlanke, männliche, mit kurz gelockten Haaren, die im hereinflutenden Sonnenlicht glänzen wie ein Heiligenschein.

Nein.

Nein. Unmöglich. Das kann doch unmöglich ... Ich kneife die Augen zusammen, als wäre ich plötzlich in tiefes Wasser geraten und hätte keinen Boden mehr unter den Füßen.

»Er wird dir geben, was dein Herz wünscht«, singe ich mit zitternder Stimme.

Felix! Wieso ist er frei ... und woher wusste er ... Ich starre ihn mehrere Sekunden lang reglos an, vollkommen fassungslos.

»Lass ab vom Zorn und lass den Grimm ... sei stille dem Herrn und warte auf ihn.«

Meine Gedanken überschlagen sich ... Was hat der Bezirksrichter gesagt?

Vereinbarungen obsolet ... Flexibel handeln, amikale Lösung, Amtshandlung, auch wenn heute Sonntag ist ... Ist Felix ... *frei?*

Ich reibe mir die Augen und versuche, meine wirren Gedanken zu ordnen, während das Orchester ein wunderschönes Zwischenspiel anstimmt.

Mir ist schwindelig.

Felix. Er ist da.

Er fasst sich mit der Hand an den Mund. An seinem Finger glänzt der Ring.

»Sei stille dem Herrn und warte auf ihn«, singe ich zum letzten Mal, bevor der Chor einsetzt. »Er wird dir geben, was dein Herz wünscht.«

Und mit einem Mal wird mir klar, was ich hier tue. Ich spiele keine Rolle, ich bin nicht verkleidet, habe keine Perücke auf, keinen Ohrring im Ohr, ich tanze nicht barfuß mit Kastagnetten auf dem Tisch und stelle eine dar, die ich nicht wirklich bin.

Ich bin ich.

Und was ich singe, das meine ich auch.

Es ist ein Gebet.

Wenn ich etwas aus diesem verkorksten, verzweifelten Jahr gelernt habe, dann, dass man sein Leben gar nicht ruinieren kann. Man kann Fehler machen, aber man muss nicht an ihnen zerbrechen. Das Leben ist eine ziemlich robuste Angelegenheit, wie ich am eigenen Leib erfahren habe.

Ich kann putzen, kochen, backen und Rasen mähen. Ich kann bügeln, Kisten schleppen und Bagger fahren. Ich kann anderen zuhören und für andere da sein.

Ich kann Freundschaften schließen und aufrechterhalten.
Auf einmal erfüllt mich tiefe Dankbarkeit.
Ich darf wieder singen. Aber nicht für Ruhm, Erfolg oder Geld.
Trotzdem fühle ich mich rundum glücklich.

Vor einem Jahr war ich eine gefeierte Sängerin, und jetzt bin ich Haushälterin in meinem eigenen Haus. Meine Karriere ist vorbei. Mein Lebensstil ist im Vergleich zu früher lächerlich. Ich wohne jetzt in der Dienstbotenkammer und verdiene ein Hundertstel dessen, was ich früher verdient habe. Und das mit einem Job, über den ich mich früher immer heimlich lustig gemacht habe. Ich singe in einem Kirchenchor. Das war das Letzte, was ich in meinem Leben tun wollte.

Ich habe mich verändert. Ich habe kämpfen gelernt. Ich habe gelernt, über meinen Schatten zu springen und bin über mich hinausgewachsen.

Sicher, ich könnte als Sängerin vielleicht wieder eine Riesenkarriere machen.

Mister Pringles würde mir alle Wege ebnen, mir mein Glück erkaufen.

Aber ich bin auch so glücklich.

Ich habe die Kinder. Ich habe die besten Freunde der Welt.

Ich habe vor einem Jahr auf mein Herz gehört und mich um Großvater gekümmert. Der sieht jetzt von oben auf mich herab und sagt: »Aber hallo.«

Felix ist da. Er hat alles eingesehen. Er hat sich entschuldigt.

Er ist auch über seinen Schatten gesprungen, um unsere Ehe zu retten. Wir stehen in der Kirche, in der wir vor fünf Jahren geheiratet haben. Ich hebe die Hand, an der mein Ehering glänzt, beiläufig an meine Wange. Das ist meine Antwort.

Während mir diese Gedanken durch den Kopf schießen, bricht die Gemeinde in euphorischen Beifall aus. Der Dirigent drückt mir die Hand und verbeugt sich tief. Simone klatscht, lacht unter Tränen und zeigt auf die Tür zur Sakristei.

Da lehnt Katharina mit einem dicken Blumenstrauß und grinst mich an. Sie kommt auf mich zu, und der ganze Kirchenchor applaudiert herzlich, als ich von Katharina die Blumen entgegennehme.

»Ja seid ihr denn alle …«, beginne ich und muss dann unter Tränen lachen.

»Wir mussten das tun, sonst hättest du nie wieder einen Ton gesungen!«

Meine Augen suchen Felix, der irgendwo da hinten in der Menge steht.

Er legt drei Finger auf seine Lippen, während ihm die Tränen über die Wangen laufen, und ich erschaudere unter seinem angedeuteten Kuss.

Plötzlich spüre ich eine schwere Hand auf meiner Schulter und drehe mich verwirrt um. Das Gesicht des Bezirksrichters ist ganz nah an meinem, ich fühle fast seine buschigen Augenbrauen auf meinem Gesicht und zucke erschrocken zurück, als er mit seinem rabenschwarzen Bass anerkennend murmelt:

»Sie san wirklich a Frau zum Stehlen!«

Tja, denke ich. Mag sein, Herr Richter.

Aber stehlen lasse ich mich nicht mehr.

Ende

Dank

Personen und Handlung dieses Romans sind wie immer meiner Fantasie entsprungen und haben sich erst während des Schreibens zu dem entwickelt, was zwischen diesen Buchseiten steht.

Trotzdem danke ich meinen Lebensmenschen für die Steilvorlage. Ich liebe euch alle.

Dank gilt meinen Freunden: Ulli und Gaby, Guido, Sylvie, Anja und Helmut, Ingrid und Günther, Mechthild und Wolfgang, Esther und Klaus, Sunny und Raimund, Ivo, Wally, Margit, Eberhard, Charlotte, Brigitte, Marlies, Billy und allen, die mir in schweren Zeiten beigestanden haben. Ganz besonders inniger Dank geht an meine beste Freundin Marion.

Besonderer Dank gilt Alfred Winkler, der mir und meinen Problemen über mehrere Jahre die Treue gehalten und Letztere schließlich auch gelöst hat.

Danke an Fred Sturmmayr, Monika Stöckl und Robert Kaltenbrunner, dass sie mich nie alt aussehen ließen.

Danke an Monika Lehner, Harry Mayr, Dr. Michael Müller-Thies, die mir, jeder auf seine Weise, den Rücken gestärkt haben.

Danke an meine Schwägerin Sylvia, die für die Simone Patin gestanden ist.

Danke an Michaela, die mir das Kochen und Tischdekorieren beigebracht hat.

Danke an meine wundervollen Kinder, die mir immer gezeigt haben, was eigentlich wertvoll ist im Leben.

Danke an meinen Mann, dass er in jeder Phase unseres bewegten Lebens zu mir steht, was auf Gegenseitigkeit beruht.

Last, but not least danke ich Herrn R.P. aus S. Er weiß schon, wofür.

MORD KENNT KEIN VERGESSEN

Satt und faul liegt Kater Francis vor dem Kamin und trauert seinem Reißzahn nach, den er beim Kampf mit einer Ratte verlor. Doch viel Zeit zum Träumen bleibt ihm nicht, denn Francis junior, sein Sohn, will wissen, wie sein Vater zum Meisterdetektiv wurde. Den ungelösten Mord an seiner Familie hat Francis nie verwunden, nun steht ihm mit Junior endlich ein Helfer in eigener Sache zur Seite ...

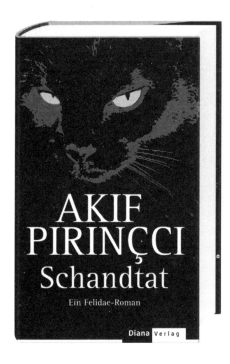

Diana Hardcover
978-3-453-00620-1

www.diana-verlag.de

Von den Autorinnen des Bestsellers
Wer, wenn nicht er?

Als Lilly mit sechsunddreißig schwanger wird, verfällt ihr Freund Christian in Babypanik. Vorsorgeuntersuchung, Wickelkommode, Kinderwagen: Lilly steht allein da. Wie gut, dass Ulli, ihr sympathischer neuer Nachbar, Hilfe anbietet und galant über Gewichtszunahme und Atemnot hinwegsieht.

Diana Hardcover
978-3-453-29022-8

www.diana-verlag.de